Pilar Baumeister

„Bis morgen"
Geschichten über Wiederholungsrituale

© 2015 Pilar Baumeister

Herstellung und Verlag:
BoD – Books on Demand, Norderstedt

Umschlaggestaltung:
Angelika Acker

ISBN 978-3-7347-9076-8

Inhalt

Beauty, Miss Deutschland 9
Der Rentner und die Chefin 24
Geburtstagsgeschenk 36
Alltägliche Gespräche über Blindheit 40
Die unglückliche Lust 44
Die Arbeitsbesprechung 51
Das authentische Foto 59
Die Patientenverfügung und die Überraschung 75
Elftes Gebot: Das Leben auf Erden lieben 91
Der neunte Anfang 110
Der Zwang 144
Gott umtaufen 158
Die Unendlichkeit der Enge 182
Die Rituale der Verbindung 193
Magische Dokumente 253
Das Konzert 262
Zu der Autorin 307

„Wer ein Versprechen wiederholt, will es brechen."
Max Halbe

„Man darf sich nicht wiederholen? Psst! Hoffentlich hat es das Glück nicht gehört."
Stanislaw Jerzy

„Es gibt nur zwei oder drei Menschengeschichten, aber die wiederholen sich immer, so heftig, als wären sie nie zuvor geschehen."
Willa Cather

„Wir sind nicht mehr als Schallplatten, die immer wieder abspielen, und wir bezeichnen diese Wiederholungen als Wissen."
Krishnamurti

Beauty, Miss Deutschland

„Miss Deutschland 2004 ist Miss Europa 2005 geworden. Shermine Shahrivar überzeugt in Paris und erobert Europa."
„Die bildhübsche 23-jährige türkischstämmige Jurastudentin Asli Bayram aus Köln ist Miss Deutschland 2005."

Da kann man sehen, wie weit die Integration ausländischer Mitbürgerinnen fortgeschritten ist: die eine aus dem Iran, die andere aus der Türkei. Als Schönheitsköniginnen dürfen sie unser Land vertreten, und das ist schon ein Höhepunkt, oder nicht?
Seitdem meine arme Tante Daniela wegen Inkontinenz und beginnendem Alzheimer ins Bett macht, muss ich viel waschen und bügeln. Na ja, zum Bügeln komme ich ja gar nicht; das Wichtigste ist, dass die Bettwäsche nicht stinkt. Aber die Tischdecken, die sie ständig schmutzig macht und ihre Stofftaschentücher, auf die sie zugunsten von Papiertüchern nicht verzichten will, müssen schon gebügelt werden. So auch die Hemden von Onkel Dietmar. Der Kampf gegen den Schmutz ist von großer Tragweite in meinem Leben. Ich war nie eine Putzfanatikerin; es gibt doch so viele andere interessantere und schönere Beschäftigungen! Aber jetzt muss ich an vielen Fronten ums nackte Überleben kämpfen, um nicht ganz vom Schmutz verschluckt zu werden. Onkel Dietmar muss auch hin und wieder gebadet, zur Toilette gebracht und sein Rollstuhl muss geputzt werden. Gott sei Dank, ist er nicht senil; sehr intelligent ist er, friedlich und rücksichtsvoll und er kann vieles alleine tun; er ist außerdem sehr schlank und schlau in seinen wenigen Bewegungen, so dass er sich fast selbständig kurz erheben kann, wenn er zur

Toilette muss; ich brauche nur ein wenig zu helfen. Doch das Duschen ist schon komplizierter.
„Politikstudentin, Jurastudentin..." Ich studierte auch, als ich Mitte zwanzig war.

„1888 wurde im belgischen Badeort Spa aus 21 Bewerberinnen die junge Marthe Soucaret aus Guadaloupe zur ersten Schönheitskönigin Europas gewählt."
„In Deutschland kann man die erste Miss-Wahl auf das Jahr 1909 datieren. Es gewann die in Ostpreußen geborene Zigarettenverkäuferin Gertrud Dopieralski."

Was ist aus all denen geworden? Einige der wunderbaren Geschöpfe sind wohl schon verstorben. Die Namen bewegen mich zutiefst, die eine Miss Deutschland, und dann die nächste Miss Deutschland...

„1927: Hildegard Quandt. 1928: Die konkurrierenden Hella Hoffmann und Margarete Grow. 1929: Elisabeth Rodzyn. 1930: Dorit Nitykowski. 1931: Die Baronesse Daisy d'Ora."

Leider kann ich die Fotos nicht sehen. Es ist nur eine Namensliste.
Und ich habe auch die kleine Wiebke, das Baby meiner Tochter, sehr oft bei mir. Natürlich ist es etwas ganz anderes, Babys sauber zu machen als ältere Leute... Aber Wasser und Seife braucht man immerhin trotzdem. Manchmal schaue ich mir die köstliche Schönheit ihres kleinen Körpers, ihrer unendlich poetischen, zarten Händchen an... und ich werde auf meine idiotisch großmütterliche Art wie ein Kind mit einer Puppe; ich bin voll von Träumen und Zuckervisionen. Aber Tatsache bleibt am Ende, dass die Laken in ihrem Bettchen

gewaschen werden müssen und dass das Schicksal der verspeisten Nahrung in ihrem Magentrakt sich auch bemerkbar macht... Wird sie auch irgendwann eine Miss Universum sein? So etwas Großes, Hohes könnte man schon von ihr erwarten.

„Australien 2004: Jennifer Hawkins gewann den Titel der Miss Universum 2004. Es ist eine noch viel prestigereichere und feierlichere Auszeichnung als Miss World. Die erste Gewinnerin war Armi Kuusela aus Finnland 1952."

Das Schlimme bei mir ist, dass ich nicht richtig putzen kann. Ich brauche viele Stunden, um etwas ganz sauber zu bekommen und auch dann ist es noch nicht perfekt. Deshalb habe ich bisher viele Putzhilfen bei mir gehabt und mit den meisten habe ich mich verkracht. Jetzt brauche ich ganztags eine Haushälterin. Ich habe schon viel inseriert: „54-jährige Journalistin sucht nach einer zuverlässigen Hausangestellten, bietet überdurchschnittlich gute Bezahlung an."
Ich habe auch viele Frauen und junge Mädchen empfangen und einen Wettbewerb nach strengen Kriterien organisiert. Die Zwanzigjährigen erinnern mich besonders an meine Jugend.

„Irene Sáez, Miss Universum 1981, kandidierte zur Präsidentin Venezuelas 1998 und verlor gegen Hugo Chávez."

Falsche Spalte! Da war ich schon dreißig. Und ein Schönheitswettbewerb ist es nicht, was ich veranstalte.
Leider habe ich noch nicht die passende gefunden, eine, die mit einem ehrlichen, festen Verantwortungsgefühl die Kleine und die Alten richtig und liebevoll betreuen könnte.

„Irene wurde 1992 zur Bürgermeisterin von Chacao und 1999 zur Gouverneurin der Insel Margarita gewählt."

Nur sechs Jahre ist es her. Gewiss, das Nachleben einer Miss Universum ist nicht vorgezeichnet. Nicht alle werden zu Models und Fernsehestars; vielleicht können sie sogar Philosophinnen, Geschichtsprofessorinnen oder Gründerinnen einer neuen Religion werden.
Meine Arbeit mit den Bewerberinnen ist manchmal nervenaufreibend, aber sie zerstreut mich und bedeutet eine Abwechslung. Die Termine mit ihnen, das Spiel mit meiner Enkelin, die interessanten Gespräche mit Onkel Dietmar und meiner Tochter bilden die Höhepunkte meiner sonst langweiligen Existenz; auch meine paar Rezensionen über Bücher in der Zeitung halten mich wach. Was ist mit meiner Amnesie? Leide ich auch unter Gedächtnisstörungen wie Tante Daniela? Nein, ich weiß noch alles genau.

Die dänische Studentin, Frau Elke Petersen, steht vor mir mit ihrem höflichen Lächeln.
Sie ist wenigstens ehrlich, pünktlich und eine schnelle, gründliche Maschine, ein Putzteufel aus Wut. Sie kommt mir wie ein wütender Staubsauger vor, der alles verschluckt und jedes Körnchen Schmutz mitleidslos und effizient fortsaugt. Nach zwei Monaten Probezeit ist sie mir noch ein Hoffnungsschimmer. Was studiert sie eigentlich? Sie studiert schon ewig. Sie hat Angst vor Prüfungen, nehme ich an, verschiebt ihr Examen von Jahr zu Jahr. Und sie ist schon 35. Sie ist ziemlich hässlich; sie wird mit Sicherheit nicht Miss Dänemark werden können, auch aufgrund ihres Alters nicht.
Ich gehe zu einer entfernten Miss Germany von 1932 zurück, als ich noch nicht geboren war.

„1932: Liselotte de Booy-Schulze. Der Reichsverband hatte wieder mal einen Skandal - die ursprünglich gewählte Miss Germany musste ihren Titel zurückgeben, weil sich der Verdacht der Wahlschiebung auftat. Stattdessen wurde dann die Tochter eines Ministerialdirektors gewählt. 1933: Charlotte Hartmann, die letzte offiziell gewählte Miss Germany vor dem Zweiten Weltkrieg."

Das alles ist Geschichte, lange vor meiner Geburt. Es muss ziemlich ärgerlich sein, wenn man so einen Titel abgeben muss, wie auch die Dorit Nitykowski, die während ihrer Amtszeit heiratete oder die eine, die schwanger wurde. Ich weiß den Namen nicht mehr... Schwangerschaften sind verpönt unter den Schönheitsgöttinnen. Aber hoffentlich entschädigte sie die Hochzeit für den Verlust ihres so aufregenden und intensiven Jahres.

Um Frau Petersen etwas zu ermuntern, sage ich leichtfertig zu ihr: „Heute liegt nichts Schweres an: Onkel Dietmar will nur etwas spazieren gehen. Du musst bloß seinen Rollstuhl schieben und ein bisschen mit ihm plaudern. Um meine Tante kümmere ich mich selbst."

Sie nickt gehorsam, aber ohne meine erwartete Erleichterung. Ich glaube, sie putzt lieber als spazieren zu gehen und zu reden; so kann sie ihre Aggressionen loswerden.

Ich ermuntere sie weiter mit meinem Lob: „Ich bin ziemlich zufrieden mit Ihnen. Nur die Ungewissheit, ob Sie mich eines Tages wegen Ihrer Qualifikationen nicht verlassen werden, macht mich nervös, wie Sie sich denken können."

„Sie können mindestens ein halbes Jahr fest mit mir rechnen."

„Das ist erfreulich. Und später können wir sehen. Ich könnte Ihnen auch eine bessere Position anbieten, als meine Sekretärin, wenn Sie mögen."
„Nicht wieder intellektuelles Zeug! Ich putze sehr gern, wie Sie wissen."
„Ich möchte, dass Sie sich bei uns wohl fühlen. Eine Gehaltserhöhung werde ich Ihnen auch zukommen lassen."
„Danke."
Wenigstens lehnt sie es nicht ab, aber sie fragt nicht wie viel und ab wann. Sie lächelt verwelkt und uninteressiert.

„Elisabeth Pitz, Miss Saarbrücken, vertrat Deutschland noch bei der Wahl zur Miss Europa 1935. Inge Löwenstein: 1949. Margit Nünke, spätere Filmschauspielerin: 1955. Gerti Daub: 1957."

Meine Nachbarin und beste Freundin heißt auch Gerti. Aber sie ist keine Schönheit mehr, sie hatte einen furchtbaren Unfall mit 40. Gerti ist keine Hilfe für mich; ich muss manchmal etwas Essen für sie mitkochen, weil sie so abgemagert und schwach aussieht; ich muss nach ihren Pflanzen und nach ihren zwei Katzen sehen, wenn sie im Krankenhaus liegt. Das ist eine meiner angenommenen Pflichten, die ich hasse. Meistens delegiere ich sie an Frau Petersen. Aber zum Glück ist Gerti seit einem Monat wieder zuhause. Elke und ich hören zusammen durch die dünne Wand oft ihren melancholischen Gesang, während sie versucht, Musik auf CD zu ihrer eigenen Begleitung zu verwenden; meistens ist es Jazz, Spirituelles auf Englisch. Dass sie damals eine bekannte Sängerin war, weiß heute kaum noch jemand.

„Wissen Sie, mehr als Geld suche ich Sicherheit bei Ihnen", sagt Frau Petersen sehr leise, „eine reibungslose Routine, eine praktikable Lösung meiner Probleme."
„Was für Probleme haben Sie? Könnte ich da helfen?"
„Ich glaube schon. Ich hätte eine Bitte, Frau Braun."
„Ja, sagen Sie ruhig."
„Wenn ich die kleine Wiebke in meinen Armen halte, muss ich zwangsweise an meine zwei Töchter denken, die ich von verschiedenen Männern habe und die zur Zeit bei Verwandten auf dem Lande untergebracht sind. Wenn Sie mir erlauben würden, sie hierhin mit zu nehmen, während ich die acht Stunden am Tag bei Ihnen arbeite, dann könnte ich sie zu mir in meine kleine Wohnung holen und eine richtige Mutter sein."
„Wie alt sind sie?"
„Stella ist zwei und Rumjana vier."
Warum nicht? Große Familie! Sie könnten mit Wiebke zusammen spielen, den Onkel und sogar Gerti zerstreuen und auch mit den Katzen spielen... Und so hätte ich meine Haushälterin fest für ein paar Jahre, denn nichts würde sie mehr binden als dieser Zustand des Gleichgewichts und der Sicherheit.
Ich sage langsam: „Das überrascht mich. Ich hätte Sie nicht mit Kindern in Verbindung gebracht. Und was ist mit ihrem Studium?"
„Das geht so weiter... Es gibt keine Zeitgrenze, es ist nicht so wichtig."
„Es ist in Ordnung, einverstanden. Wir können es ausprobieren."
„Ja. Ich sage meinen Verwandten, dass es zuerst vorläufig ist, und ich hole die Kleinen für zwei Wochen zu mir. Dann können wir entscheiden, ob es klappt oder nicht."

„Ich würde natürlich nur nein sagen, wenn es völlig aussichtslos wäre, wenn das Zusammenleben zwischen uns unmöglich wäre. Ich nehme an, ich werde mich in Ihre Töchter verlieben."

Hoffentlich machen die Kleinen nicht zu viel Schmutz. Ich vermute, dass Elke in ihrem Putzeifer schon aufpassen und alles aufräumen wird. Nur wenn sie zu viel Krach machen und der senilen Tante auf die Nerven gehen...

„Haben Sie Fotos von den Kleinen?"

Sie nickt ausdruckslos, aber teilweise auch stolz auf das, was sie zeigen wird. Es ist ein sehr schönes Bild. Stella und Rumjana sind sehr hübsche Kinder, besonders die letztere.

Na ja, die Jugend bringt in den meisten Fällen Schönheit mit sich, aber natürlich nicht in allen. Auch mit 16 war Frau Petersen keine Miss Kopenhagen gewesen wie unsere Miss Berlin, *„die 16-jährige Frisörin Angelina Grass aus Wedding."*

Ach, wenn ich mich im Spiegel anschaue! Ich habe mich sehr verändert, aber ich halte mich noch für interessant, aufgrund bestimmter Erlebnisse, die ich gehabt habe und die nicht jedem zugänglich sind. Ich fühle mich ungefähr so wie diese Miss New Jersey 1949 von Philip Roths Roman „Die Amerikanische Pastorale" sich gefühlt haben muss. Die Erinnerungen an die Vergangenheit ernähren uns, machen uns wild, bitter und gleichzeitig bezähmen sie unsere Krisen, strahlen aus der Ferne und zeigen uns, was lebenswert war.

Nicht nur Schönheit war es, was sie berühmt machte. Sie wurden zu viel mehr: einer Baronesse, einer Ingenieurin und der Gouverneurin der Insel Margarita. Gerti Daub wurde nach einer Filmrolle vom Papst empfangen und heiratete später einen Fernsehmoderator. Das Leben danach scheint mir fast so wichtig wie das davor oder während des großen Jahres, als sie im vollen Glanz in der Öffentlichkeit regierten.

„Der Niedergang der Miss Germany-Wahlen begann dann 1970. Es ließ sich keine neue Anwärterin finden, so dass Irene Neumann, die Siegerin von 1970, einfach ein Jahr weiter regieren musste."

Niedergang? Für wen?
In den Siebzigern geschah es tatsächlich... Da war ich Mitte zwanzig, da war die große Zeit meines Lebens.

„Miss Germany 1980: Gabriela Brun. 1988: Nicole Reinhardt. 1992: Ines Kuba."

Und jetzt diese eingewanderten Schönheiten aus dem Orient. In ihrer neuen Heimat werden ihre ausländischen Züge anerkannt, die so viel Charme enthalten, so viel exotische Wunderkraft wie ihre Namen und multikulturellen Geschichten: Shermine Shahrivar, Asli Bayram...
„Ich möchte Sie überraschen, Frau Petersen, genau so wie Sie mich überrascht haben. Wissen Sie, dass unsere Nachbarin unten eine berühmte Sängerin in den Siebzigern war?"
Sie staunt: „Nein. Wie sollte ich es wissen?"
Wir beide horchen in die Stille hinein, und dann plötzlich auf die kreischende Stimme mit der Musik im Hintergrund. Elke hebt den Kopf in meine Richtung und macht ein ungläubiges Gesicht.
„Hatte sie wirklich Erfolg?"
„Ja, sie hatte drei Schaltplatten aufgenommen. Ich kann Ihnen eine davon zeigen, wenn Sie möchten."

„Jazz ist nicht meine Lieblingsmusik, aber gerne."
„Diese Platten bedeuten uns viel, denn damals habe ich meine Freundin immer begleitet und war bei jeder Aufnahme dabei; ich registrierte ihre Nervosität, ihre Begeisterung, jede Schwankung ihrer Stimme bei der Aufnahme, die Scherze, die davor und danach gemacht wurden, den Ausdruck ihres Gesichtes bei jeder Unterbrechung und Wiederholung, die erforderlich wurde. 1972 bis 73 war es. Ihretwegen habe ich meinen alten Plattenspieler noch behalten, es ist wie ein Museumsstück."

„2003: Amelia Vega, Dominikanische Republik, als Miss Universum. 2002: Oxana Fedorova aus Russland. 2001: Denise Quiñones aus Puerto Rico."

Die Lateinamerikanerinnen sind öfters dabei, schöne Frauen, ganz anders als meine Hausangestellten; die dürfte ich nicht mit ihnen vergleichen. Venezuela war viermal innerhalb kurzer Zeit, Puerto Rico dreimal, Finnland und Indien zweimal dabei. Ja, im Jahre 2000: *Lara Dutta, Indien.*

Und jetzt gehe ich noch weiter zurück, als Monika, meine Tochter, 15 Jahre alt war.

1991 Lupita Jones, Mexico.

Aber das Gemälde, das Monika damals malte, hatte nichts mit Mexico zu tun und auch nicht mit schönen Mädchen. Soll ich es meiner Mitarbeiterin zeigen, ja oder nein?
Plötzlich hören wir ein Geräusch im Schlafzimmer meiner Tante. Sie hat wieder aus Versehen einen Teller zerschlagen. Das geschieht öfters; im letzten Monat hat sie bestimmt zehn

oder elf kaputt gemacht, und ich sollte es mir nicht mehr zu Herzen nehmen, mich nicht mehr davon irritieren lassen. Es sind meistens Teller; vor Tassen hat sie noch Respekt. Meistens macht sie das nach dem Frühstück, wenn ich im guten Glauben bin, dass ich ein wenig Ruhe haben werde, nachdem ich sie schon geweckt, gewaschen und alles vorbereitet habe. Wahrscheinlich will sie damit erreichen, dass ich während des Frühstücks auch bei ihr bleibe.

Frau Petersen folgt mir mit einem Eimer für die Scherben. Einen Teller fallen lassen ist von sehr unterschiedlicher Wertigkeit, hängt wahrscheinlich von der Stärke des Falls ab und vom Material des Gegenstandes; Teller ist nicht gleich Teller. Diesmal haben wir besonderes Pech. Explosionsartig zerbricht er in unzählige kleine Stücke, gefährliche Glassplitter wie Nadeln, die äußerst kompliziert zu beseitigen sind. Auf dem Teller waren schon fertig geschmierte Brote, die meine Tante aber noch nicht gegessen hat. Jetzt ist alles vermischt und überall verstreut. Zusammen mit den Glassplittern liegen die schmierige Butter, Stücke von Schinken und auch Marmelade auf dem kläglichen Teppich, auf dem Nachttisch, unter dem Sessel, wo sie sitzt, und zu meiner Verzweiflung sind sogar ein paar davon in ihr Bett gelangt.

„Mein Gott! Warum habe ich meiner Tante so viel zum Frühstück gebracht?"

Es ist nicht nur die Butter, es sind auch Oliven und hartgekochte Eier. Nachdem wir die dreckige Mischung von Glassplittern und fast flüssigen, cremigen Substanzen entfernt haben, bleibt uns die Jagd nach Oliven und Eierschalen durch den ganzen Raum. Es ist grotesk; einige sind halb zertreten, andere dagegen ganz unberührt, als wenn nichts passiert wäre. Aber alle muss man wegschmeißen. Alle sind Reste einer Weltkatastrophe voller Staub und Bodenschmutz und

vielleicht sind noch Glasstückchen darin. Ich hätte nie gedacht, dass so viele Oliven auf dem Teller waren.
Jetzt ist Monika nicht mehr 15, sondern die Mutter der kleinen Wiebke. Ich zähle die Jahre schnell anhand der Beautyqueens meiner Liste:

"1992: Michelle McLean, Namibia. 1993: Dayanara Torres, Puerto Rico. 1994: Sushmita Sen, India. 1995: Chelsi Smith, United States. 1996: Alicia Machado, Venezuela. 1997: Brook Mahealani Lee, United States. 1998: Wendy Fitzwilliam, Trinidad und Tobago. 1999: Mpule Kwelagobe, Botswana."

Meine Hände tun mir weh. Ich habe mich irgendwo geschnitten. Ich war immer sehr ungeschickt beim Putzen.
„Wissen Sie, wo Botswana liegt?"
„Irgendwo in Südafrika. Wir müssen im Internet suchen. Warum fragen Sie, gerade jetzt, wenn wir mit den Oliven und den Eierschalen auf dem Boden so beschäftigt sind?"
Ich höre ihre Atemlosigkeit und ihr unterdrücktes Lachen zwischen Aufregung und Spaß beim Saubermachen. Ich lache auch mit.
„Nur so. Meine Gedanken... Bringen Sie bald Stella und Rumjana, sonst sind sie schon erwachsen. Und ich hätte mir nicht gedacht, dass Indien so schöne Frauen hervorbringen kann, nicht nur Hunger und Computerspezialisten... sondern auch diese zwei Schönheiten: Sushmita Sen und Lara Dutta."
„Um Gottes willen, Sie lesen so viel! Wer sind denn diese Frauen? Ärztinnen, Erfinderinnen?"
„Nein, nur so, schön anzusehen... Aber sie können auch kluge Antworten geben, sie sind gebildet und würdige Vertreterinnen ihrer Länder, wenigstens für kurze Zeit. Das ist auch der

Punkt: in so kurzer Zeit können sie auch keine so gravierenden Fehler begehen; sie bleiben nur ein Jahr."

Nachmittags, bevor Frau Petersen weggeht, hören wir noch zusammen die alte Platte von Gerti, meiner Freundin.
„Ein hübsches Foto auf dem Cover", sagt sie, „und die Stimme ist viel besser als jetzt."
„Auch ihr Englisch war schön, nicht wahr?"
„Ja."
„Ich habe ihr immer gesagt, sie sollte es weiter üben und vielleicht in einem Chor mitsingen. Es ist weniger das Alter in ihrem Fall als dieses Vernachlässigen ihrer Begabungen. Es gibt viele Frauen, die mit 53 Jahren noch ganz gut singen können. Dann würde es ihr gesundheitlich auch besser gehen; es ist mehr ein seeliches Leiden bei ihr, weil sie nur für die Schönheit ihrer Vergangenheit existiert wie eine Museumswächterin. Bei mir ist es auch manchmal so. Es ist ein großes Risiko, wenn man eine sehr intensive Zeit im Leben durchgemacht hat. Aber ich schreibe noch meine Artikel, erlebe noch etwas, abgesehen vom Schmutz in dieser Wohnung. Trotzdem muss ich immer wieder Vergleiche anstellen zwischen damals und jetzt (das bleibt nicht aus), den Höhepunkten und Tiefen in meiner Biographie. Es ist unglaublich, wie Jugend und Schönheit die Welt zum Positiven wenden können und vor allem das ermutigende Lob unserer Umgebung. Damals wurde ich für jede Sache gelobt, die ich tat. Jetzt tue ich so ungefähr das gleiche, aber höre nur Kritik und kalte Einwände gegen meine Vorschläge oder Wünsche. Damals wurde ich regelrecht gefördert. Ich war ein Wunderkind. Ich spielte die Geige überdurchschnittlich gut; die Musikliebhaber küssten meine Hand und nannten mich mit zwölf „himmlisch". Danach wandte sich mein Talent mehr zum

Sport, ich wurde zu einer selbstbewussten Schwimmerin und gewann mehrere Wettbewerbe. Und dann kam das wunderbare Jahr, als ich überall wie eine Königin behandelt wurde, ja in den Siebzigern als ich Mitte zwanzig war... Damals beeindruckte mich das weniger, weil ich sowieso immer verwöhnt worden war. Aber jetzt... im Nachhinein muss ich die Zeit bewundern und alles als eine besondere Auszeichnung empfinden."

„Ein Jahr? Was hatten Sie denn dann gemacht?"

„*2005: Nathalie Glebova, Kanada.*"

Ich komme nicht mehr mit. Die Miss Universum vom Jahre 2005 scheint mir sehr weit weg, aber damals war ich sehr nahe daran.

„Im Grunde war es viel länger als nur ein Jahr. Ich war ungefähr fünf Jahre sehr intensiv darin involviert. Es waren noch zwei Vorbereitungsjahre davor. Die zwei danach sind auch als sehr wichtig zu betrachten. Einmal versuchte ich es in meiner Stadt und bekam nicht den ersehnten Preis. Aber es gab so viele, die es ein paar Mal versuchten, dass ich das nicht als Niederlage empfand. Und dann im nächsten Jahr klappte es schon und damit kam ich in die engere Wahl für das goldene Jahr, das dritte Jahr meiner Versuche, als ich zur unbestrittenen Königin gekrönt wurde."

„Und wass mussten Sie in jenem Jahr machen? Viel Schwimmen? Waren das die Olympischen Spiele?"

„Nein, es hatte mit Schwimmen nichts zu tun, und auch nichts mit der Geige. Es war wie bei Königinnen, einfach repräsentieren. Ich musste lächeln, mich für so viel Lob bedanken, kleine Reden über ‚Frieden und Heimat' halten. Ich war im Fernsehen, bei teuren Empfängen, wurde überall fotografiert und genannt, zusammen mit Schauspielern, Moderatoren, reichen Diplomaten, sogar mit einer Gräfin, die mich besonders mochte. Applaus, Ehren, immer ein Auto zur Verfügung, Schmuck und Schönes zum Anziehen, auch die Ausssicht auf die besten Jobs für die Zukunft... alles hatte ich. Meine Eltern und mein Verlobter waren sehr stolz auf mich. Aber eigener Werke konnte ich mich nicht rühmen. Ich repräsentierte bloß, wie auch viele andere Frauen. Dann kamen die zwei Jahre, als ich keine Königin mehr war. Aber es war nicht direkt ein Abstieg; es gab viele Reisen, Fotos, Konkurrenz mit anderen Mädchen aus vielen Ländern, viele Versuche, noch weitere Stufen auf der Skala hoch zu steigen. Ich war damals sehr blauäugig. Ich dachte zum Beispiel nicht, dass es Alzheimer, Rollstühle und den Tod gibt. Dann kamen aber schwierige Jahre, in denen mich der Tod zu verfolgen schien: mein Verlobter starb, dann meine Eltern, dann die Gräfin, die mich so sehr unterstützt hatte. Mit meinen Jobs war es auch nicht so toll, wie ich am Anfang gedacht hatte. Die Fernsehrollen, die mir angeboten wurden, passten nicht gut zu mir. Ich kam zu meiner eigentlichen Berufung zurück, über Bücher schreiben. Alles andere war nur vorübergehend. Nach ein paar Jahren war mein Ruhm schon verflogen, noch schlimmer als bei Gerti, denn sie hat wenigstens noch ihre Platten. Na ja, ich habe auch ein Album mit den ganzen Fotos von damals. Ich habe es wahrscheinlich aufgehoben, falls man es mir nicht glaubt, was ich erzähle. Ja, Frau Petersen, das ist die zweite Überraschung des Tages: Glauben Sie es, wenn ich Ihnen sage, dass ich einmal Miss Deutschland gewesen bin?

Der Rentner und die Chefin

Felice Richter, eine Arbeitskollegin, die noch keine vierzig ist, fragt nach meinem Mann und lächelt: „Monika, wie verbringt er seine Zeit? Hat er keine Langeweile zu Hause?"
Ich ärgere mich ein wenig über ihren oberflächlichen Ton, aber ich hätte mich daran gewöhnen sollen. Man spricht einfach so über die Rentner. Es ist eine Gruppe von Menschen, über die man einen bestimmten Wortschatz benutzt, und nicht nur die Rentner sind davon betroffen. Man wiederholt die alten, von anderen übernommenen Klischees. So reden wir, ohne viel zu wissen, über die Studenten, die Blinden, über Rauschgiftsüchtige, allein stehende Mütter, über Lernbehinderte, vergewaltigte Frauen, Richter und Angeklagte.
Ich möchte nicht direkt auf ihre Frage eingehen, ob Erasmus sich langweilt oder nicht und wie er seine Zeit verbringt. Die Frage scheint mir zu persönlich, und ich empfinde eine gewisse Solidarität zu meinem Mann, auch wenn er nicht mehr arbeitet und nicht mehr früh aus dem Haus gehen muss wie ich. Er seinerseits hat keine Arbeitskollegen mehr, mit denen er über mich und mein Leben sprechen könnte; er hat nur sich selbst und unser Zuhause... Ich muss sehr vorsichtig sein, ihn nicht vor Fremden zu verraten.
Seit seiner Pensionierung ist ein lästiges, unangenehmes Schuldgefühl in mir, das ich nicht genau präzisieren kann. Vielleicht unterstreiche ich unwillkürlich die Schwächen seines Alters, um meine noch unzerstörte Jugend und mein, wie mir scheint, „intelligentes Handeln" gegenüber „Senilität" hervorzuheben. So habe ich manchmal einigen Bekannten

gesagt: „Er hat Zahnschmerzen, aber er will nicht zum Zahnarzt gehen."
Seitdem fragen mich die Leute immer, wenn sie nicht wissen, worüber sie mit mir sprechen sollen: „Geht Ihr Mann noch immer nicht zum Zahnarzt?"
Und ich habe fast Angst davor, dass sie mich fragen; aber ich weiß nicht, wie ich es rückgängig machen könnte.
Felice wartet nicht lange auf meine Antwort, die sie wenig interessiert; sie lächelt weiter und sagt in ihrer sprunghaften, euphorischen Art, als könnte sie ihr albernes und etwas nervöses Lachen um nichts auf der Welt unterdrücken: „Vermutlich bist du neidisch auf ihn, weil du noch arbeiten musst und er nicht. Steht er immer mit dir auf und macht das Frühstück für dich?"
„Ja. Das Frühaufstehen behält er noch bei. Er betrachtet es als seine Pflicht, für mein leibliches Wohl zu sorgen. Er hat schon immer viel im Haushalt getan, und jetzt noch mehr. Er erlaubt mir nicht einmal zu spülen, nur am Wochenende, wenn ich nicht arbeite."
„Und du lässt dich ganz schön verwöhnen, nicht wahr?!"
Im Grunde bin ich genau so oberflächlich wie die anderen und rede auch über Themen und Situationen, die ich am eigenen Leibe nie erfahren habe. Es macht einen teuflischen Spaß, so an der Oberfläche der Dinge zu bleiben und wie Papageien an fertiggemachten Sätzen zu basteln, die keinen Schweißtropfen kosten. Ich glaube eher, dass die Papageien mehr als wir Menschen zu bewundern sind, denn für jeden auswendig gelernten Satz müssen sie bluten, während wir... Wir lassen die Wörter fließen wie Wasser aus dem Kran, mühelos und gleichgültig. Ich stehe auch Schlange am toll aufgebauten Buffet der vorgeprägten Meinungen. Eine Tendenz zu verharmlosen und zu verallgemeinern ist immer in der

Oberflächlichkeit der Menschen vorhanden, ebenso die fehlende Rücksicht auf die großen Unterschiede: „Die Studenten, die noch nicht arbeiten, sind verwöhnte Köpfe ohne viel Verstand; sie rechnen immer mit der Hilfe der Eltern."

„Die Blinden bekommen heutzutage viele Hilfen vom Staat, von der Kirche und ebenfalls seitens der Technik durch wunderbare Erfindungen. Sie werden mit den besten Stellen auf dem Markt versorgt; von „Diskriminierung" kann keine Rede sein. Natürlich kann man diesen armen Menschen das Sehvermögen nicht ersetzen, aber durch ihr überdurchschnittliches, gutes Gehör und dank dem gesellschaftlichen Fortschritt leisten sie Großartiges, habe ich gelesen."

„Das mit den alleinerziehenden Müttern finde ich hart. Ein Vater müsste schon da sein, um einen besseren pädagogischen Rahmen und eine gut funktionierende Familie zu garantieren. So viele Trennungen und Scheidungen machen die Kinder nur unglücklich."

„Die Rauschgiftsüchtigen sollten sehen, dass sie so früh wie möglich in das normale Leben zurückkehren; Therapie und eine Entziehungskur, das ist die naheliegenste Aufgabe."

„Eine vergewaltigte Frau leidet bestimmt viel, aber sie kann auch diesen schlechten Augenblick vergessen, genauso wie wir alle Operationen, Verbrennungen, Unfälle aller Art, Kriege und den Tod von Angehörigen am Ende vergessen."

„Seit dem elften September macht das Fliegen noch weniger Spaß... Trotzdem verlaufen die meisten Flüge, Gott sei Dank, problemlos."

Weißt du was, Felice? Ich habe es satt mit unseren ständigen Wiederholungen. Ich habe mich jetzt wegen meines Mannes auf das Rentnerdasein spezialisiert, aber mein Mangel an

Tiefe in allen anderen Lebensfragen erschreckt mich, paralysiert mich. Ich schreibe dir eine E-Mail im Büro mit folgendem Text: „Felice, wir töten die Oberflächlichkeit."
Ich beschuldige keinen damit, verfluche mich selbst, weil ich auch einseitig und eingeschränkt bin.
Als Erasmus und ich vor 29 Jahren heirateten, hatte ich mich auf andere Themen spezialisiert, über die ich besser als jetzt Bescheid wusste. Wir verlagern ja bloß unser Wissen; wir sind unfähig alles zu wissen, und deshalb nehmen wir bloß kleine Teilchen von Situationen und Erfahrungen wahr. Damals wusste ich viel mehr als jetzt darüber, wie man es anstellt, von einem Orgasmus so überwältigt zu werden, dass man kaum noch in der Lage ist, weiter zu atmen... Damals wusste ich über die sinnliche Liebe bescheid, die mir jetzt ganz weit weg bleibt, fast wie eine ferne Kindheitserinnerung.. Ich hatte eine tiefe Kenntnis über Liebesmechanismen, über Körperkontakt und verliebte Gedanken.
Dann, als wir unseren Sohn Matthias hatten, wusste ich eine Zeit lang viel von Mutterschaft, Schule, Asthma und Krankengymnastik, weil Matthias selbst an Asthma litt und einen spastischen Freund hatte, der sehr oft zu uns kam. Da redete ich ununterbrochen nur von Asthma und von den Problemen spastischer Kinder. Nachher habe ich mich nicht mehr drum gekümmert; es war nicht mehr aktuell für mich, da ich ganz andere Sorgen hatte. Als unser Sohn heiratete und die Schwiegertochter nichts mehr mit uns zu tun haben wollte, fing ich mit der Leier der einsamen Eltern an. Ich gab vor, viel über Einsamkeit zu verstehen, und vielleicht tat ich es auch, aber nur eine Zeit lang, auf meine eigene Art und Weise, ohne viel darüber nachzudenken. Für alles andere war ich leer und unerreichbar.

Periodenweise habe ich mir das eine oder andere vom riesigen Kuchen der Welt herausgepickt: Da gab es die Zeit des Reisens, wo ich nur von Reisen und Urlaub gesprochen habe. Erasmus und ich waren wie zwei Touristenführer oder Photographen, die schließlich zur Schilderung von Ländern, Städten, Straßen, Steppen, Bergen und Meerlandschaften da sind. Dann kam die Zeit der Nachbarn: Alles drehte sich um Nachbarschaft und Garteneinladungen, um sehr nette, hilfreiche Nachbarn, die uns besuchten, die unsere Wohnungseinrichtung, mein Gitarrenspiel und Erasmus' Münzensammlung lobten. Aber diese Phase endete katastrophal mit einer argen Enttäuschung, denn die heuchlerischen Nachbarn verwickelten uns allmählich in einen Beleidigungsprozess, der immer noch anhält; deshalb weiß ich jetzt viel mehr als damals über Ungerechtigkeit, Gerichte, falsche Aussagen, Meineid, feige und inkompetente Rechtsanwälte, miteinander befreundete Zeugen und vieles mehr, was ich sonst nur als ein utopisches Märchen betrachtet hätte. Ja, solange man nichts mit dem Gericht zu tun hat, weiß man nichts davon. Ja, genauso wie wenn man noch nicht blind ist... wenn man nicht arbeitslos ist... wenn man noch nicht fremd gegangen ist und in einer intakten Ehe lebt... und wenn man noch Kinder hat, die einen lieben, weil die böse Schwiegertochter sich mit ihrem Erscheinen etwas verspätet hat...
Dann kam die Zeit meiner schlauen und langfristigen Vorbereitung auf Erasmus' Pensionierung. Es war eine Zeit der Suche nach letzter Schönheit, nach noch mehr Selbständigkeit für mich und Betonung meiner Arbeitstüchtigkeit. Ich versuchte etwas mehr für mein Aussehen zu tun, redete nur noch von Boutiquen, Friseuren, schicken Hosen, Mode, Enthaarung, Make-up, Abnehmen. Ich

besuchte Vorträge und Tagungen mit meinen Schwestern und Freundinnen, und ich begann, meine Büroarbeit, die ich immer unterschätzt habe, besonders ernst zu nehmen. Es war eine Gegenreaktion auf das Kommende, weil ich wusste, dass Erasmus bald aufhören würde zu arbeiten und dass auch die Stunden meiner Berufstätigkeit gezählt sind. Jetzt weiß ich viel über letzte Ziele, über die Arbeit (und tue so, als wäre sie sehr wichtig), ich weiß über Freizeitbeschäftigungen und... wie gesagt, über die Existenz eines Rentners, der seit einigen Monaten bei mir lebt. Jetzt rede ich erstmalig von Lohnfragen, Betriebsrat, Halbtagsjobs, Arbeitsbesprechungen... mit dem tierischen Ernst meiner verzweifelten Oberflächlichkeit, denn ich kenne mich selbst.

Hypothetische E-Mail an Felice: „Letzte Ziele sind wie Gift, Felice, ich mag ihren Geschmack nicht. Manchmal denke ich mir, ich sollte, alle Leute beobachten, die hier zu wenig arbeiten und sie bei den Vorgesetzten verpfeifen. In irgendeiner Form würde es schon ein Ziel bedeuten, meine Macht zu festigen. Aber unter keinen Umständen möchte ich eine Spionin des Arbeitgebers sein. Nimm dich in Acht, Felice, was du alles gegen den Chef sagst! Ich könnte es ihm weitergeben. Glaub mir, die Gefährlichen sind nicht die Rentner; sie werden schon abgeschoben und man hört nichts mehr von ihnen. Die Gefährlichen sind die Vorrentner wie ich, die alles tun würden, um sich wichtig zu machen und im Schicksal der Firma noch mitzumischen. Dein Glück ist vielleicht, dass ich diese letzte Kraft, die ich besitze, gar nicht ausnutzen werde, weil ich sie so sehr verachte. Ich denke zu sehr an die Schwachen und Abgeschobenen, und wenigstens in diesem Punkt bin ich weniger oberflächlich. Schon damals dachte ich an die Asthmatiker, an die Spastiker und an die Lage meines Vaters, als er vor vielen Jahren auch Rentner wurde; aber jetzt geschieht es noch direkter, unter meiner Haut... und überspringt alle Grenzen."

Ich möchte nur Positives über Erasmus sagen, damit die anderen kein unrechtes Urteil über jemanden fällen, der nicht da ist und sich deshalb nicht verteidigen kann.

„Nein, nein... Er ist mutig und erfolgreich, er ist ein durchaus erfolgreicher Rentner, mit alledem, was dazu gehört: Er langweilt sich nie, hat immer neue Pläne, lernt Fremdsprachen, empfängt Besuch, kocht weiterhin und führt den Haushalt unermüdlich, damit ich mich schön nach der Arbeit ausruhen kann. Er engagiert sich ehrenamtlich in der Gemeinde und überall. Mit einem Wort: Er ist immer noch in der Gesellschaft... Auch wenn er jetzt, nach der Erfüllung seiner Berufspflichten mit Würde und Zufriedenheit seinen Ruhestand genießt. Und er geht jetzt immer wieder zum Zahnarzt... Oder, wenn er diese furchtbaren Schmerzen in den Knochen hat, geht er brav und vernünftig zum Hausarzt, weil er sehr daran interessiert ist weiterzuleben, denn er war schon immer sehr erfolgreich... und das Leben verlockt ihn mit seinen vielen Reizen. So rührt er keinen Tropfen Alkohol und keine Zigarette mehr an, ja, weil er mich noch viele Jahre durch das Leben begleiten möchte. Er ist das Vorbild einer gelungenen Existenz."

Ich sollte tatsächlich mehr für meinen Mann werben und seine Leistungen um jeden Preis loben, wie es viele Rentner und deren Angehörigen tun, damit uns keiner der Niederlage und Schwermut beschuldigen kann.

„Nein, er hat keine Depressionen, er kommt ganz gut zurecht. Er hat immer Ziele. Schon lange vor dem Ruhestand hatte er Seminare besucht, sich alle möglichen Psychologen angehört und sich dementsprechend gründlich vorbereitet. Wir wussten schon, dass es bald geschehen würde, und zehn Jahre davor

sind wir bereits zu den ersten Experten gegangen, die uns beide beraten haben, denn es steht mir auch in kurzer Zeit unmittelbar bevor... Und jetzt tanzen wir vor Glück und Zuversicht."
Aber die Gestalt des erfolgreichen Rentners widerstrebt mir, obwohl ich die Dynamik und Schwungkraft einiger Senioren bewundere, vor allem ihre hellen, unerschöpflichen Kräfte trotz Krebs oder anderer furchtbaren Körperleiden. Mit Krisen habe ich mich immer besser als mit Erfolgsgeschichten identifizieren können, und wenn ich jetzt meinen Mann so gut verstehe, ist es gerade, weil er plötzlich so zurückgezogen von der Gesellschaft lebt, so ganz allein in der Wohnung... ohne Enkel, ohne Reisepläne, ohne Lust auf Vögel oder Hund, die ihn zerstreuen könnten, ohne Lust auf Veranstaltungen, sogar ohne Gesundheitsfanatismus.
Felice sagt spielerisch, affektiert und mit einem gekünstelten Nachdruck wie eine Schauspielerin: „Bestell ihm viele Grüße, deinem Liebling. Er, der Glückliche... Er kann zu Hause bleiben, während wir... Wir müssen arbeiten!"

Das fiktive Gespräch mit Felice

Ich, Monika Kebelmann, schreibe weiter an einer imaginären E-Mail für meine Arbeitskollegin, einer E-Mail, die ich ihr nie schicken werde. Mehr als um eine Nachricht handelt es sich um ein erfundenes Gespräch, das ich mit ihr innerlich führe.
„Du, ich habe ein Geheimnis, das ich dir unmöglich anvertrauen kann, und ich kann es keinem erzählen, nicht einmal meinen Schwestern und Freundinnen, denn keiner würde es richtig verstehen... Diese unaussprechliche Last... Ich bin außer Atem und mir wird schwindlig."

Sie kommt neugierig näher, stößt ihr Ohr aus Versehen gegen meine Nase, fummelt nervös an meinem Handgelenk und flüstert ungeschickt, wispernd wie ein Kind, das die Sprache der Geheimnisse liebt: „Was ist los? Erzähl. Bist du krank? Musst du zum Betriebsarzt? Ich werde dich nicht verraten..."
„Weißt du, ich schäme mich entsetzlich."
„Was ist denn passiert?"
„Er trinkt keinen Kaffee mehr morgens. Sein ganzes Leben hat er zwei oder mindestens eine Tasse Kaffee mit mir zusammen getrunken. Aber jetzt hat er es gänzlich aufgegeben. Er sagt, sein Magen vertrage den Kaffee nicht mehr... egal wie mild oder stark, und er vermisse ihn gar nicht. Doch das verstehe ich nicht, dass er so ohne Kaffee weiterleben kann. Jetzt habe ich eine ganze Kanne für mich allein und trinke noch mehr davon, damit diese für mich so wertvolle Flüssigkeit nicht verschüttet wird. Ich frage ihn immer wieder, ob er nicht einen koffeinfreien Ersatz haben möchte, um wenigstens etwas von dem Geschmack zu behalten, aber er sagt, nein, der Verlust mache ihm nichts aus, er brauche den Kaffee nicht mehr..."
„Und was ist daran so schlimm?"
„Seitdem seine Interessen immer mehr verblassen, verstärken sich meine, treten immer mehr in den Vordergrund. Ich kann es nicht so gut erklären... Es ist nicht fair ihm gegenüber, was ich mache, dass ich meine Flügel wie eine riesige Decke ausbreite, endlos wie der Himmel... dass ich mir einbilde, noch so jung und unversehrt zu sein im Gegensatz zu ihm. Außerdem... Er sitzt immer seltener an seinem Computer, deshalb habe ich jetzt nicht nur ein Arbeitszimmer, sondern zwei zu Hause. Ich habe praktisch seinen bisherigen Raum mit übernommen, da ich den Computer, das Telefon und die Bücher immer mehr benutze, je weniger er das tut. Er begnügt sich mit der Küche und dem Wohnzimmer, wo unser

Fernsehen und die Stereoanlage stehen. Er telefoniert immer weniger mit Bekannten, unternimmt kaum noch Ausflüge. Nur noch Einkäufen geht er in alter Gewohnheit nach. Er schläft viele Stunden, und ich dagegen... Ich schlafe immer weniger. Es beunruhigt mich sehr, dieser harte Kontrast zwischen uns, obwohl unser Altersunterschied nicht so groß ist. Ich gehe Arbeiten, und das ist ein neues Kapitel der Einsamkeit, denn die Arbeit war etwas, was wir immer zusammen geteilt hatten. Ich mache den Briefkasten auf und schaue nach der Post. Das war auch etwas, was er immer getan hatte und mir jetzt überlassen hat. Das Lesen der Korrespondenz überlässt er mir ebenfalls ohne Neugier; nur Bankbesorgungen erledigt er noch für uns. Ich komme von der Arbeit, mache mich in meinen vielen Zimmern in der Wohnung breit, komme mir sehr beschäftigt und vital vor, schreibe Briefe am Computer, plane Verabredungen und Reisen alleine. Und alles hat er freiwillig von sich weggeschoben; ich habe ihn nicht gedrängt, sondern alles schweren Herzens übernommen. Aber ich fühle mich schuldig. Ich denke an viele andere Rentner, die ich kennen gelernt habe: Es ist eine häufige Situation. Viele Männer verlieren ihren Status der Mündigkeit und Emanzipation, sobald sie in den Ruhestand treten. Sogar der arrogante Herr Merkel spricht jetzt sehr bescheiden und respektvoll zu seiner Frau, seitdem sie ihn bei seinen vielen Krankheiten pflegt."
„Wer ist der Herr Merkel? Ach ja... ich weiß. Er hat bei uns gearbeitet. Er war damals sehr boshaft und rechthaberisch, aber ich habe schon mehrmals von einigen gehört, dass er jetzt ganz anders geworden ist."
„Ja, er ist wie ein Heiliger und steht unter den Pantoffeln seiner Ehefrau. Der Rentner und die Chefin... Wie ich das hasse dieses Bild! Die Männer werden schwächer und die Ehefrauen rächen sich an ihnen, herrschsüchtig,

selbstbewusst, entmündigend und mit einer übersprudelnden, entscheidungsmächtigen Kraft, die alles auffrisst. Vielleicht geschieht dieser Tausch der Rollen um der Gerechtigkeit willen, weil die Frau ihrerseits auch zu lange unterdrückt worden war. Auch meine Mutter war in den letzten Jahren die Chefin, und mein Vater derjenige, der alles allmählich abgeben musste, dessen Welt immer kleiner und dessen Stimme immer weniger gehört wurde. Er war nur der Rentner: eine herabsinkende, lustlose Erscheinung, seiner Ehefrau völlig ausgeliefert und untergeordnet. Um weiter zu leben, wollte sie, oder musste sie gezwungenermaßen, alles entscheiden und bestimmen. Viele Witwen sind auch noch Chefinnen, die sich selbst Befehle erteilen in Erinnerung an die Zeit, als sie noch einen ‚kleinen, nicht mehr arbeitenden und plötzlich häuslichen Untergebenen' hatten. Wenn ich daran denke, dass ich jetzt auch eine Chefin bin... Es wird mir übel, ich habe keine Geduld mehr mit mir selbst und meiner Wichtigkeit, die mich empört."
„Das ist Unsinn. Du bist doch keine Chefin."
Felice lacht; sie lacht, weil ich doch keine führende Position in der Firma habe, nur zu Hause, zu Hause... Doch was ist ein Zuhause im Büro? Es existiert einfach nicht, das Zuhause ist nur ein mythisches Bild.
„Gestern kam unser Sohn Matthias auf einen kurzen Besuch. Ein ganzes Jahr ist er nicht bei uns gewesen. Ich habe die beiden Männer allein gelassen und gehofft, dass sie vielleicht ohne mich besser miteinander auskommen können. Oft war ich eifersüchtig auf Erasmus' Kontakte mit anderen Menschen, jetzt aber wäre ich froh, wenn er eine bessere Beziehung zu Matthias oder zu meiner Schwägerin Margot aufbauen könnte. Ich sehe sonst keine Möglichkeit, dass er noch etwas Interessantes erlebt. Rentner sind wie Kinder, nur dass sie

keinen Kindergarten mehr haben, um zur Außenwelt zu gelangen. Was könnte ich tun? Ich möchte seine verlorene Stärke wieder, seine volle Lebendigkeit, dass er wieder mit mir Kaffee trinkt. Ich möchte nicht mehr die Chefin sein. Ich möchte entthront werden, möchte, dass meine ganze uferlose Macht gestürzt wird."
„Ich verstehe nicht, was du meinst. Du bist doch keine Chefin, du bist doch so unbedeutend!"
„Aber zu Hause, nicht hier, ich meine doch zu Hause..."
Nein, Felice wäre zu oberflächlich, um es nachzuvollziehen. Sie ist noch nicht im Rentneralter und kennt unser Zuhause nicht. Sie ist im Moment schwanger, und ihr Thema lautet Mutterschaftsurlaub. Sie kann an nichts anderes denken.
„Felice, wir tö-ten... Wen? Die Oberflächlichkeit, wenn du nichts dagegen hast...
Ich-will-ke-ine-Che-fin-sein-zu-Hause."

Geburtstagsgeschenk

Ich liege im Bett und versuche, mich selbst zu befriedigen.
Ich denke an einen schönen Mann, der mich - sozusagen - hypnotisiert und schwächt. Gleichzeitig gibt er mir aber neue Kräfte gegen meine Hemmungen. Er hat eine sehr starke Persönlichkeit, Intelligenz und eine wunderbare Stimme. Mit wachsendem Begehren schaut er mich an und beginnt mich zu entkleiden.
Nein, so untreu bin ich meinem Mann nicht. Er hat viel von Lothar, riecht nach ihm, hat seine Augen und seine Art, mich zu streicheln.
Aber der Fremde ist viel ausdauernder, seine sexuelle Abhängigkeit von mir hält länger an. Er spricht Liebesworte in Fremdsprachen, erzählt aufregende Dinge oder flüstert feurige Mitteilungen der Befriedigung ohne Worte... bei jeder seiner Entdeckungen in meinem Körper. Ach, er versteht meine Wünsche!
Was ist das für ein plötzliches, lästiges Geräusch neben mir? Die Heizung vielleicht? Ich höre es noch nicht so richtig, überhöre es lieber.
Ausrufe animalischer Erleichterung und Freude... Und er küsst mich immer weiter, nicht nur am Anfang. Er betrachtet mich, und seine übrigen Sinne nehmen mich auch vielseitig wahr, verschlucken mich gierig. Doch ist es nicht genau Gefräßigkeit, sondern eine tiefe Aufmerksamkeit, mit der er alle meine Bewegungen verfolgt. Ich weiß, durch den Einfluss altmodischer Lektüren neige ich dazu, meine Beziehung zu dem Fremden und zu meiner eigenen Wollust zu verklären.
Es ist gut, so bei ihm zu liegen, toll ... Wie wunderbar, wenn er mich ... Noch nicht, noch

nicht ... Es wäre zu schade, wenn es schon zu Ende wäre.
Mein Liebesakt mit Lothar vor ein paar Minuten ist zu kurz gewesen; er hat meinen Körper geöffnet und gereizt, und plötzlich alles in mir unterbrochen, erfroren. Jetzt brauche ich viel mehr. Die Krumen, die ich von ihm bekommen habe, reichen mir nicht aus. Unser Zusammensein ist wie eine ironische Überschrift, ein Minirock der Leidenschaft gewesen. Und davon muss ich eine... sogar zwei Wochen leben! Werden andere Frauen nicht viel reicher beschenkt als ich?
Mit trüben, monogamen Schritten setze ich meinen Marsch im Alleingang fort, ein musikalisches Meisterwerk ohne Sänger und ohne Instrumente.
Noch nicht, noch nicht... Ich beginne das Spiel von Neuem.
Der erotische Mann verlässt mich kurz, um sich mit sehr ernsten Arbeiten zu befassen. Er hält eine komplizierte Rede über Psychologie vor vielen Menschen, was mein Verlangen noch intensiviert. Dann kommt er wieder voller Begeisterung und Neugier zu mir, tanzt mit mir in einem leeren Raum und erforscht mich langsam. Der Ort ist verschwommen. Ich weiß nur, dass es nicht im Freien ist, und dass es kein Schlafzimmer ist, ein Bett brauchen wir noch nicht. Aber bald gibt es sicherlich etwas Ähnliches wie ein Bett für uns.
Was ist dieser Knall, dieses Brummen wieder?
Ach, Lothar schnarcht neben mir. Ja ... jetzt habe ich das Geräusch vollkommen identifiziert.
Dass Lothar schnarcht, ist nicht neu, nur die Gleichzeitigkeit der beiden Vorgänge ist neu, dass ich von diesem grotesken Laut inmitten meiner Selbstbefriedigung überrascht werde.
Lothars Schnarchen drängt immer mehr in die Welt meiner Wahrnehmung ein. Es drängt in mich hinein wie seine Männlichkeit in unserem kurzlebigen Beischlaf vorhin. Aber seine Männlichkeit hat sich, nach der plötzlichen Steigerung,

unbeherrscht und schnell, erschöpft. Dieser Laut dagegen wird immer stärker und hartnäckiger, verbreitet sich in alle Richtungen des Schlafzimmers und kennt nicht nur einen, sondern mehrere Höhepunkte.

Der Arme! Er wird sich selbst weh tun, wenn er diese komischen Geräusche stundenlang fortsetzt und seine Organe überanstrengt. Ich berühre ihn sanft in der Hoffnung, dass er sich zusammennimmt und damit aufhört. Aber er hört nicht auf. Ohne wach zu werden, ist er sehr unruhig und scheint seine Atemstrategie durcheinander gebracht zu haben. Kann ein Mensch sich tot schnarchen? Was, wenn er die Luft zu lange einhält und am Ende erstickt? Ich habe bisher noch keine Schnarchphobie gekannt, aber vielleicht entwickle ich sie, wenn er so weitermacht.

Das Schnarchen meines Mannes ist wie eine unbewusste Rache gegen meine halbe Untreue. Sein Schnarchen peitscht gegen die körperliche Idylle meiner ungebrauchten Kräfte in der einsamen Wärme meiner Phantasien unter der Bettdecke.

Der hässliche Laut wächst wie eine Antiklimax meines Orgasmus. Er stört mich so sehr, dass ich zum Schluss jegliche Form von Lust verliere und mit strengen, energischen Bewegungen aufstehe.

Ich gehe baden. Ich suche Sauberkeit, eine Sauberkeit, die mehr als nur Seife ist, eine löschende Instanz gegen Hilflosigkeit und unwirksame Handlungen.

Lothar versteht mich schon, aber nur teilweise.

Einmal vor drei Wochen sagte er zu mir: „Brunhild, ich kaufe dir diesmal etwas Besonderes zu deinem Geburtstag, einen Vibrator. Ich habe es gesehen, und es ist wirklich ein tolles Gerät. Du wirst viel Freude daran haben. Man kann die Geschwindigkeit nach Bedarf einstellen und... er ist der beste Liebhaber."

Ich habe mit echtem Entsetzen geschrien, als hätte er das Weltende verkündet: „Wie schrecklich! Wie kannst du so etwas sagen! Ich will keine Maschine, ich will dich, nur dich und unsere Liebe."

Alltägliche Gespräche über Blindheit

„Sind Sie blind von Geburt an?", fragte der neugierige Pförtner, der eine Zeitung geräuschvoll durchblätterte.
„Ja, ich bin seit meiner Geburt blind", sagte sie und beantwortete automatisch die nächste Frage, die kommen würde: „Ja, ich habe keine richtige Vorstellung, wie die Welt wirklich aussieht, ich muss es zugeben."
Sie gestand es ein, obwohl sie wusste, dass das ein falscher Schritt war, denn das würde die Verständigung mit den Sehenden noch schwieriger machen; so würden diese noch einen Grund mehr haben, um ihre Andersartigkeit zu bestätigen: Blinder als ein Blindgewordener... „Der Blindgewordene bewahrt immerhin die Urform der Anschauung der Farben in seiner Erinnerung", hatte Stefan Zweig über den blinden Dichter Oskar Baum geschrieben. Aber von „bewahren" konnte im Falle eines Geburtsblinden nicht die Rede sein.
Die Verdoppelung des Blindheitsphänomens verfolgte sie.
„Ja", sagte sie, „ein Späterblindeter hat mir vieles voraus. Ich kann die Dimensionen eines Gebäudes, graphische Darstellungen und sogar die Schönheit eines Körpers nicht so gut erfassen wie jemand, der gesehen hat..."
„Ja, wenn ich träume, bleibe ich trotzdem innerhalb meiner Schranken eingeschlossen, und ich träume nicht, dass ich sehen kann, weil ich das gar nicht kenne. Nichts erscheint mir in optischen Bildern, sondern als tastbare Formen. Der einzige Vorteil für mich in meinen Träumen ist, dass ich auf den Begleiter meiner wachen Stunden verzichten kann, weil ich mir immer vorstelle, dass ich mich in einer bekannten Umgebung befinde und imstande bin, ganz alleine zu laufen.

Komischerweise habe ich nie von einem Begleiter geträumt. Wahrscheinlich ist es ein instinktives, angeborenes Gefühl, dass das Geführtwerden gegen die Natur verstößt und dass jeder Mensch einzeln steht, seinen Weg allein gehen muss..."

„Ja, der Späterblindete hat es schwerer als ich, weil er etwas verloren hat, während ich nie gesehen habe und es deshalb nicht anders kenne. Aber ich habe es viel schwerer, weil es keine gemeinsame Vergangenheit zwischen Ihnen und mir gibt, weil uns noch mehr Dinge voneinander trennen..."

„Nein, ich bin nicht musikalisch begabt, ich habe kein hervorragendes Gedächtnis und vielleicht kann ich nicht besser hören als Sie..."

„Nein. Ich kann mir ein Bild von Ihnen anhand Ihrer Stimme machen, aber oft ist es ein falsches. Ich kann sagen, dass Sie groß und blond sind, und dann stellt sich heraus, dass Sie ganz anders aussehen, dass Sie sich als klein und braun beschreiben lassen. Aber

was heißt blond oder braun? Ich sage immer mit blödem Stolz, dass ich die Farben rot und blau noch etwas sehen kann, dass ich zwischen Tageslicht und elektrischem Licht noch unterscheiden kann. Ich greife nach dieser kleinen Gemeinsamkeit der Farben, damit Sie nicht so viel an mir zu bemängeln haben. Aber ich weiß, es ist so dumm... Als wenn jemand

behauptet, er könne Französisch, bloß weil er ‚oui' und ‚non' gelernt hat. Und ich denke an die vielen Blinden, die nie eine Farbe gesehen haben... Bin ich ihnen deshalb überlegen? Auch Sie halten sich mir gegenüber für überlegen, weil Sie so vieles sehen, was ich nicht einmal erahnen kann."

„Nein ... Ja..."

„Ich hatte nie gedacht, dass das Blindsein so wichtig sein könnte. Ich hatte damals geglaubt, ich wäre dazu berechtigt,

über jedes Thema zu sprechen, aber jetzt fange ich schon an, zu glauben, dass ich nur dafür da bin, um Auskunft zu geben über Menschen, die aus purem Zufall anders sind als Sie..."
„Ich weiß nicht einmal was für ein Vorwurf gegen mich in der Luft liegt. Es ist eine seltsame Mischung aus Mitleid, Wut, Unbehagen und Ablehnung, die Sie mir entgegenbringen. Ich erfahre am eigenen Leibe die antagonistischen Strömungen zwischen dem Sehen und dem Denken; wenn nur das Sehen zählt und die ganze Welt daran gemessen wird, dann bin ich nichts; wenn am Denken gemessen wird, dann bin ich viel. Aber für wen?"
„Ja, Blindenschrift... Ich kann im Dunkeln lesen."
„Nein, in der Wohnung brauche ich keine Hilfe."
„Ja, Blindenhörbüchereien."

Frau Hoffmann konnte sich nicht von diesen alltäglichen Gesprächen befreien. Sie gehörten in ihre unveränderliche Situation, in den sich ständig wiederholenden Kontext ihrer Blindheit. So unterschied sie sich von den anderen allein durch die Gespräche, die sie zwangsweise mit den Sehenden führen musste. Sie war manchmal erschöpft und unglücklich darüber. Aber andererseits war es vielleicht besser, als ewig zu schweigen und nie gefragt zu werden.
Nachdem sie ihre eigenen Schwächen offenbart hatte, hätte sie gerne etwas über die Schwächen des anderen vernommen, doch war es nicht so einfach zu fragen. Man durfte nicht mit den stereotypen Bemerkungen anfangen: „Sind Sie seit Ihrer Geburt sehend? Wie ertragen Sie Ihr Schicksal?"
Der neugierige Pförtner ließ zerstreut seine Zeitung fallen, lächelte gerührt und sagte tröstend: „Die Technik macht viele

Fortschritte. Vielleicht werden Sie eines Tages sehen können..."

Die unglückliche Lust

Seitdem ich in dieser Kurklinik hocke, seit ungefähr drei Wochen, bin ich zu jedem Verzicht bereit; mit lächerlicher Heldenhaftigkeit erkläre ich mich zu allem entschlossen: zum Verzicht auf den Nachtisch, auf ein Gläschen Wein, auf meinen Kaffee. Ich denke die ganze Zeit hypnotisch nur an die Waage und an jeden kleinen Fortschritt bei meinem Abnehmen. Der Arzt gratuliert mir zu jedem Kilo, das ich verliere.

„Es ist nicht erstaunlich, Frau Braams. Es ist zu Ihrem eigenen Wohl. Hätten Sie nichts dagegen unternommen, hätten Sie den Rekord von einhundert Kilo erreicht, Sie waren nahe daran. Die Menschen verunstalten ihre Körper viel zu leicht. Dass man so viel Unsinn mit dem eigenen Körper treibt und so viel zerstört, ist beschämend."

„Ich schäme mich schon gewaltig, Herr Doktor. Ich hätte einen schönen Körper haben können, stattdessen bleiben mir jetzt diese dicken Hüften und meine schweren, geschwollenen Beine. Meine Dickleibigkeit ist wie eine Ironie gegen meine tief empfundene Spiritualität, eine Überflutung des Materiellen, als hätte ich nur Fressorgien hinter mir. Ich empfinde mich selbst nur als überdosiertes Fleisch, Fett und alarmierende Gewichtsangaben. Es ist ein Schock für mich, ein Psychodrama. Herr Doktor, ich stehe unter Schock. Manchmal versuche ich diese Angaben über mein Gewicht zu vertuschen, aber vor Ihnen kann ich sie nicht verstecken. Lachen Sie nicht, es ist haarsträubend ernst. Ich habe auch einen gewissen Sinn für Humor und man lacht ja so schön über die Dicken. Aber mir ist zum Heulen zumute."

Doch wir heulen nicht zusammen, denn er ist sehr schlank, und ein Schlanker kann nie die Perspektive eines Dicken einnehmen. Womöglich denkt er, dass ich eine orgastische Freude am Essen entwickelt habe und dass die Befriedigung meiner Esslust mich großartig für alles entschädigt. Er wird mir bestimmt nicht glauben, wenn ich ihm sage, dass ich mich gar nicht mehr an dem Essen freue; dass es beinahe schmerzt, seitdem ich weiß, wie mein Körper an Umfang gewinnt. Die intimen, subtilen Prozesse der Verdauung danach machen mir große Sorgen, weil ich an ständiger Verstopfung leide.
Der Arzt, Aurelio Cuenca, der aus Argentinien kommt, gibt mir immer schlechte Nachrichten:
„Ihr Darm ist schon tot. Und geschrumpft sind Sie auch noch. Sie sind ein paar Zentimeter kleiner als Sie dachten. Oder Sie hatten sich damals in den Angaben über Ihre Größe vertan."
Doch gibt er mir auch hin und wieder eine gute Nachricht: Er gratuliert mir zu meinem kleinen Gewichtsverlust.
In dieser Kurklinik lebt man nur dafür, für Gymnastik, Massagen, Bäder und „die richtige Ernährung". Es ist eine kleine Welt mit einem sehr eng geschnittenen Horizont von Körperlichkeit und ohne weitere Dimensionen. Man könnte fast darin ersticken. Andererseits fühle ich mich in dieser Kuranstalt gewissermaßen geborgen, und es scheint, als hätte ich erstmalig ein superklares, einseitiges und leicht zu nennendes Ziel vor Augen. Zu diesem Ziel führen ebenfalls leicht zu nennende mechanische Hilfsmittel, die uns oft gepredigt werden: viel kauen... Abführpräparate zur Reinigung des Magens nehmen... Kleine Zwischenmahlzeiten verspeisen... Viel Bewegung... Kalorien zählen... Obst, Obst, Obst... Ich werde langsam zu einem gierigen Obsttier, esse Birnen als Ersatz für Kuchen. Wie wunderbar flüssig und süß sie schmecken! Doch habe ich gehört, dass, wenn die Birnen

zu süß sind, sie dann auch mit Vorsicht zu genießen sind. Die Gefahr des Übergewichts lauert in jeder Ecke. Die leckeren Saucen sind wie ein schlauer Mörder, der das Gift verführerisch verteilt. Die Kalorientabellen verunsichern mich: Einige Joghurts kann man empfehlen, andere dagegen sind für eine Diät nicht geeignet. Und was ist mit allerlei flüssigen Substanzen, die man nicht kauen kann, wie zum Beispiel Suppen, Pürees, Gemüse- und Obstsäfte aller Art? Und sind die Diätsalzkekse, die die Diabetiker nehmen, auch für mich eine Lösung? Oder muss ich darauf verzichten? Ich möchte, dass das Essen nicht so schnell aus meinem Mund verschwände. Steinbrot kauen... das ist das Beste, Vollkornbrot, ewig kauen. Die Ekstase des Kauens... bei wachsenden Kopfschmerzen, durch so viel Ermüdung und Eintönigkeit verursacht.

„Herr Dr. Cuenca, ich bin wie eine keusche Nonne. Schon seit drei Jahren lebe ich von meinem Mann getrennt. Ich habe gelernt, ohne Sex zu überleben. Jetzt fehlt nur noch, dass ich es schaffe, mit immer weniger Essen auszukommen. Fasten und pilgern... Das Materielle vollkommen ausklammern... Dann werde ich wie ein sich von der Erde verabschiedender Mönch werden, nicht wahr? Dann werden meine ganzen spirituellen Kräfte endlich zur Geltung kommen, nicht wahr?"

Der Arzt nickt unerschrocken und passiv in der tief meditierenden Haltung eines Buddhisten. Dann aber lacht er herausfordernd und sagt nüchtern: „Es kann aber auch das Gegenteil sein, dass Sie einen Kurschatten finden... Dann wird Sex Ihnen helfen, eine Zeit lang abzunehmen."

Ich bin von der Brutalität seines Lachens inmitten der Meditation enttäuscht.

„Was reden Sie von einem Kurschatten? Gerade Sie verkörpern Enthaltsamkeit, Verzicht!"

„Es gibt aber auch Ersatzmechanismen: Rauchen, um nicht zu essen; lieben, um nicht zu essen; spazieren gehen, um nicht zu essen; schlafen, um nicht zu essen; in der Kirche knien, um nicht zu essen; sprechen, um nicht zu essen..."
„Stopp, hören Sie auf, Herr Doktor. Ich möchte das Wort Essen nicht mehr hören. Wenn Sie wüssten, wie es mich abstößt und wie lustlos es mich macht! In letzter Zeit habe ich das Gefühl, als würden mir alle Menschen nur Botschaften aus dem Jenseits bringen: Das ‚wenig Essen' ist nur ein Teil des großen Verzichtes."
„Es tut mir Leid, Frau Brahms, Sie sind zu dick, um zu sterben. Sie sind geradezu der Gegensatz zu den im Hungerstreik lebenden, fastenden Mystikern Indiens. In Ihrem Fall sehe ich nur Ersatzmöglichkeiten."
„Das kann doch der Anfang meines spirituellen Werdegangs sein. Warum nicht? Trauen Sie es mir nicht zu? Jetzt brauche ich keinen Sex mehr. Ich werde mich in die Hand beißen, um nicht zu essen."

Gestern, am Ende der drei Wochen, gaben sie uns ein Abschiedsgala-Abendessen in der Kuranstalt. Ist das nicht widersprüchlich? Plötzlich wurden keine Kalorien mehr gerechnet und man durfte alles nehmen, was man sich wünschte.
Sind denn all meine Anstrengungen bisher umsonst gewesen? Ich konnte der Versuchung nicht widerstehen. Ich empfand den doppelten, großen Genuss nach der Enthaltsamkeit. Ich nahm von den riesigen Schüsseln und Tellern und auch von den Weingläsern, die eine unübertreffliche Verlockung darstellten, weil ich solange keinen Tropfen Alkohol mehr probiert hatte. Der süße Wein stieg mir zu Kopf, genauso wie das fein gekochte Fleischgericht mit einer unbeschreiblichen

Sahnesauce, die mich an Luxus, an köstliche, erstklassige französische Küche denken ließ. Da gab es kaum Zeit zum kritischen, distanzierten Kauen, auch wenn ich es manchmal in Erinnerung an meine vergangenen Leistungen sporadisch versuchte. Ich war außer Rand und Band, unkontrollierbar wie ein durstiger Hund. Ich hätte nie gedacht, dass das Essen, oder besser gesagt, der Essensentzug, soviel Leidenschaft in mir mobilisieren könnte. Vor allem waren es die Süßspeisen, das Mousse au Chocolat zum Schluss, was mich faszinierte und vollends verführte. Für diesen Nachtisch hätte ich alles Übrige gegeben. Ja, ich glaube, ich könnte ausschließlich von Süßigkeiten leben und alles andere vergessen.

Aber gerade im Höhepunkt meiner Lust begriff ich, wie unglücklich ich war. Ich freute mich gar nicht mehr, sondern war entsetzt über mich selbst und meine Gier, ja... als hätte ich mir aus niedrigen Motiven heraus einen Liebhaber genommen und dann nach der Befriedigung sofort den Schmerz der Entzauberung wieder gespürt. Mein Magen füllte sich schnell auf und schmerzte. Er wurde schwer, und die ungewohnte Last drückte mich zusammen mit meiner seelischen Depression nieder, weil ich meine hartnäckigen Prinzipien der Pflicht vernachlässigt hatte.

Nur den Nachtisch, den hätte ich wieder genommen, denn es war nicht viel auf dem Teller gewesen, nur eine kleine, bescheidene Portion. Ich blieb unbefriedigt und voller Sehnsucht nach Süßigkeiten. Aber das andere war entschieden zu viel gewesen, und morgen würde ich es beim Wiegen zu sehen und zu hören bekommen, wie unvernünftig und leichtsinnig ich mich verhalten hatte.

„Meine Beziehung zum Essen ist sowieso gestört, Herr Doktor; es ist eine unglückliche Beziehung. Es ist so eine Konstellation wie zwischen meinem Mann und mir vor der endgültigen

Trennung. Ich weiß, dass ich es auch aufgeben muss. Diese Kur hat schon mein ganzes Leben verändert, insofern als ich nicht mehr fröhlich und unbekümmert vor meinen Speisen sitzen kann. Es ist vielleicht eine gesundheitsfördernde Einstellung, aber gleichzeitig auch eine krankhafte. Immer werde ich das Gefühl haben, als hätte ich zu viel davon genommen und als müsste ich dringend beim nächsten Essen aufpassen, nichts berühren, das Versäumte wiedergutmachen. Und wenn ich könnte, würde ich mich erbrechen, wie die Bulimie-Patienten, um alles aus mir herauszubekommen, was meinen Körper verformt. Aber in meinem Fall bin ich so übergewichtig, dass man sich um meine Essensstörungen nicht zu sorgen braucht. Mein Genuss stirbt allmählich ab... Bald werde ich so weit sein, dass ich... Oder vielleicht bin ich zu optimistisch. Nur der innere Hunger nach süßen Speisen bleibt noch ganz ungebrochen und ungestört."
„Haben Sie es gestern beim Galaabendessen ein bisschen übertrieben, Frau Braams?"
„Ich fürchte, ja. Die Kerzen waren so schön, und der Wein... und meine unglückliche, so lange gezügelte Leidenschaft kam zu ihrem Höhepunkt. Ein paar Minuten lang betete ich das Essen an wie ein Gedicht von Rilke. Meine Geschmacksorgane befreiten meine Lust und Sinnlichkeit aus dem Käfig der Pflicht... und ich erinnerte mich vage an die unbeschwerten Augenblicke der Kindheit, als ich von Trüffeln, Zitroneneis, Bonbons und Kuchen träumen durfte, ohne mich zu schämen. Aber gerade nach diesem Leidenschaftsausbruch kam die Verzweiflung, mein Unwohlgefühl, können Sie das verstehen?"
„Natürlich, Sie müssen immer wieder daran denken, dass es bald aus ist mit der Befriedigung Ihres Bedürfnisses. Es lässt sich nicht ändern, Sie müssen ganz anders leben, und dafür

Ihre Esslust opfern. Aber vergessen Sie nicht, was ich Ihnen empfohlen habe: Die Ersatzmöglichkeiten, die uns allen verbleiben."

Herr Dr. Cuenca kann bestimmt sehr schöne Tangos singen, noch besser als mein Vater, der kein Argentinier war, aber oft von Carlos Gardel schwärmte. Doch ein Arzt singt keine Tangos, das ist mir klar. Die wären fehl am Platz. Ein Arzt meditiert nur wie ein Buddhist, rätselhaft und schweigsam, oder lacht trocken und abweisend. Und es ist schade, dass er keine Tangos singt, denn die Musik wäre ein schöner Ersatz für mich gewesen. Ich hätte einfach nur zugehört, um „wenig zu Essen". Und die melancholischen, traurigen Tangos wären genug gewesen, um mich zu füttern, wie mit Gedichten von Rilke oder mit Gebeten zum Gott meiner Träume.

„Ich glaube, ich schaffe es, Herr Doktor, ganz nackt und ohne Ersatz... ganz echt, wie es sein sollte. Habe ich es nicht schon erreicht, so lange ohne Sex zu leben und Sex doch mit keiner anderen Leidenschaft ersetzt? Und jetzt werde ich es lernen, immer vom Essen unabhängiger zu sein. Da ich so viele Reserven in meinem Körper habe, werde ich nicht verhungern, auch wenn ich Tage lang nichts zu mir nehme. Ich kann es den anderen geben. Ich bin die Nahrungsgöttin, die immer Essbares den Bettlern schenkt, die dicke, heilige Ilse Braams. Ich brauche nur Wasser zum Leben."

„Das ist nicht medizinisch nachgewiesen. Und eine Heilige möchten Sie werden!"

„Warum nicht? Ich denke oft an das Jenseits. Trotz Ihrer Wissenschaft und Skepsis sind Sie auch eine Stimme des Jenseits, Herr Doktor."

Die Arbeitsbesprechung

Wir haben einen Besprechungsraum neben unserem Büro. Verflucht! Auch eine Frau kann fluchen, nicht wahr? In letzter Zeit haben sich die Besprechungen bei uns gehäuft; es sind viel mehr als in der Zeit, als ich vor 20 Jahren anfing. Entweder wollen sie es jetzt besser machen und deshalb so viel reden... oder sie wollen lieber reden und weniger arbeiten. Das Phänomen nervt und stört mich mit besonderer Eindringlichkeit, wahrscheinlich weil ich es so oft und direkt vor meiner Tür erleben muss. Ich höre andauernd ihre arroganten Redensarten, wie sie sich grüßen, kichern, einen Stuhl an den Tisch vorrücken, die Tafel und andere Geräte für ihre so wichtigen Powerpoint-Präsentationen benutzen. Es ist eine richtige Plage mit so vielen Gesprächen und Powerpoint überall! Und ich sehe nur die geschlossene Tür vor meiner Nase, höre ihre manchmal imposanten, manchmal lustigen Stimmen. Ein paar lose Worte kann ich sogar hin und wieder verstehen, aber im Grunde nichts, was der Rede Wert wäre, denn alle halten viel von Geheimnistuerei in der Firma. Deshalb zügeln sie immer ihre Lautstärke, werden immer leiser bei jeder neuen Info, die ihren Lippen entkommen könnte.
Seitdem ich hysterische Anfälle bekomme (auch wegen privater Sorgen) kann ich die chronischen „Besprechungen" noch weniger ertragen. Alles geschieht in meiner Nähe, aber ich darf nicht hineingehen, mich nicht einmischen. Ich bleibe abseits, wie immer.
Ich höre sie reden wie ein Insektengeflüster im Hintergrund gegen die Wand meines erkrankten und Fieber geschüttelten

Gehirns; sie sind wie die Fliege, die trotz meiner Drohungen ihren alten Ort am Fenster nicht verlassen will.
Ich versuche mich auf meine eigene Arbeit zu konzentrieren.
Am liebsten würde ich ihnen einen Streich spielen, um die im Moment stattfindende Besprechung zu sabotieren. Ich möchte einen ganz wilden, schrillen Schrei ausstoßen, der im ganzen Gebäude ertönen würde und vor allem nebenan. Damit wäre die blöde Bespre... abrupt beendet und Herr Rosenbart würde mit bekümmerten Ausrufen die verdammte Tür, die mich von allen Geheimnissen trennt, aufmachen und fragen: „Was ist passiert? Ist Feuer ausgebrochen? Sind Sie verletzt, Frau Konrad?"
Da ich den Besprechungsraum sehr oft gesehen habe, kann ich mir fast vorstellen, wo jeder in der Runde sitzt. Herr Rosenbart sitzt meistens an der Tür, deshalb wäre er derjenige, der bei meinem Schrei hinausspringen würde. Ja, ich kenne den Raum und die Leute. Gerade eine meiner Aufgaben als Sekretärin ist es, alles aufzuräumen und dann die Kannen mit Kaffee, Tassen und Kekse für die nächste Besprechung herein zu bringen. Haben wir nicht heute schon sieben gehabt? Vielleicht wäre ich doch besser die Haushaltshilfe eines älteren Herrn geworden, dann hätte ich nur einmal am Tag Kaffee kochen müssen und nicht für so viele Menschen.
Nur was sie die ganze Zeit sagen, bleibt mir immer noch ein Rätsel: Manchmal sind es Referate für fremde Besucher, aber meistens sind es unsere Chefs mit ihren Schützlingen, jungen und ehrgeizigen Angestellten einer höheren Gruppierung, die alles tun würden, um die Leiter der Macht, der Managerkarriere noch schneller emporzusteigen. Sie reden über so vage Begriffe wie: Organisationsfragen, veränderte

Strukturen in der Firma, Sozialprojekte für die Pflege von Angehörigen, Vertretungsregelungen und Neueinstellungen.
Ich spitze die Ohren. Mein Neffe Rolf bekam nur einen Zweijahresvertrag, aber dieser wurde nicht verlängert. Gewiss reden sie nicht von ihm. Er wäre zu unbedeutend für diese hoch positionierten Herren.
Es gibt manchmal auch sehr selbstbewusste Damen mit privilegierten Beziehungen zum Vorstand, die sich sehr charmant geben und übertrieben viel lachen. Sie lachen bei jedem Satz so penetrant süß, affektiert und beinahe hysterisch, genau so hysterisch wie ich selbst bin, mit schelmischen und gleichzeitig resoluten Manieren, wie um zu beweisen, dass sie für die Geschäftsleitung geeignete Partnerinnen sind. Und die Männer lachen mit. Alle lachen...
Es ist fast wie eine Komödie. Sie sind alle wie eine Großfamilie, so leger und locker, gar nicht so wie eine seriöse Arbeitsbesprechung sein sollte.
Oder vielleicht habe ich noch eine irrtümliche Vorstellung. Ich sollte auch legere und locker sein, weil die Zeiten sich verändert haben und wir sehr modern geworden sind. Vielleicht sollte ich einfach die Tür, die uns trennt, aufmachen und herein platzen mit einer singenden Bemerkung, als hätte ich etwas getrunken: „Eh, ich habe Sie lachen hören. Ich möchte auch Spaß haben."
Aber ich weiß, dass es äußerst peinlich wäre. Herr Nicolai, der neue Assistent von Herrn Rosenbart, würde sofort eingreifen und mich fast mit Gewalt, mit seinem rigiden und heftigen Fleiß der Ordnungsliebe, in meine Schranken weisen.
„Sie sind für diese Besprechung nicht vorgesehen, Frau Konrad."
Gerade die heikle Frage, wer zu den Besprechungen eingeladen wird und wer nicht, gehört zu unserem sehr

strengen Kastensystem. Das Pensum an Besprechungen ist ausschlaggebend für die Qualität und die Ranghöhe unserer Leistungsträger in der Firma. Je mehr die Aktivität in Form von Besprechungen wächst, um so klarer wird der Aufstieg und Erfolg von einigen, wie zum Beispiel von Herrn Nicolai, der zu allen möglichen Sitzungen zugelassen wird, während andere sich furchtbar beleidigt fühlen, weil sie völlig umgangen worden sind und keinerlei Einladung bekommen haben. Ich für meinen Teil werde nie eingeladen, nur zu unserem monatlichen „Sekretärinnengespräch", wo wir uns über Teamarbeit, Fehlerquoten und weitere Bürothemen austauschen dürfen. Ich zähle zu der niedrigen Kaste und habe keinen Zugang zu den großen Besprechungen, die mysteriös und voller Geheimnisse an mir vorbeigehen. Nur durch meine Zufallstür bekomme ich etwas mit: Ihr Kichern, ihre Redepausen und durch spärliche, höchst verwirrende Protokollnotizen, die ich dann ins Reine tippen darf. Hin und wieder wird Frau Lenau, unsere Chefsekretärin, hergerufen, um als Protokollführerin zu agieren, aber das ist nur zu höchstoffiziellen Anlässen. Sonst bleibt das meiste unprotokolliert und die vielen Besprechungen vermitteln keinerlei Informationen an die Mehrheit der Angestellten. Kein Wunder, bei so viel Lachen, Kaffee trinken und leise reden! Wissensvermittlung ist nicht der Zweck unserer Besprechungen, sondern Verdunkelung. Fragen zu stellen bringt sowieso nichts. Es gibt immer diese stereotype Antwort: „Nichts Neues" oder „Nichts Relevantes für Sie". Aus diesem Grund empfinde ich eine immer wachsende Langeweile und Schläfrigkeit besonders in den letzten Jahren. Mein hoffnungsloses Gähnen tut mir fast weh. Wäre es nicht viel schöner, wenn wir Selbstbestimmungsrechte hätten und unsere Meinung offen über alles sagen dürften? Ich glaube,

ich könnte auch mehr leisten; so bin ich immer gehemmt, frustriert und müde, ohne die richtige Kraft, um mehr aus meinem Leben zu machen.
Alles ist Egoismus und Neid, ich weiß es. In den ersten Jahren hatte ich noch gehofft, zu einer dieser superwichtigen Besprechungen eingeladen zu werden. Ich wäre auch bereit gewesen, mit den Chefs zu kokettieren und wie diese jungen Damen viel zu lachen, süß und halb artikuliert zu flüstern und viel zu loben, nur Positives zu sehen. Hätte ich nicht so viele Lektionen der Demut bekommen, wäre ich sicherlich hochmütig wie Herr Nikolai geworden. Ich frage mich, woher die guten Eigenschaften und Tugenden kommen, Fleiß, Ehrlichkeit, Unbestechlichkeit, womöglich nur aus Zwang und Notwendigkeit.

Endlich hat es mich erwischt. Eines Tages bin ich so müde geworden, dass ich eingelullt durch das ewige Geflüster der Besprechung nebenan über meinen Schreibarbeiten eingeschlafen bin und sogar leise schnarche, wie bei mir im Schlafzimmer zu Hause. Mit meiner Brust gegen den Schreibtisch, an den stummen und geduldigen Computer angelehnt, genieße ich die Hitze der Heizung. Die ernsthafte Besprechung der Mächtigen wirkt nicht mehr bedrohlich und imponierend auf mich, sondern wie ein Wiegelied für ein völlig unwissendes und unvorbereitetes Baby.
Aber plötzlich geht die kleine Tür auf, nicht die, die nach draußen zum Flur, sondern die, die direkt in mein Büro führt. Warum haben sie die Besprechung unterbrochen? Sie hätte mindestens noch eine Stunde dauern sollen. Und die Toilette ist doch in der anderen Richtung. Was wollen sie von mir? Meine kleine Oase! Ein paar Minuten abschallten. Das sollten sie mir doch genehmigen.

„Rufen Sie schnell einen Krankenwagen an. Frau Lebenshut fühlt sich nicht wohl."
Es scheint, dass eine der kichernden jungen Damen in Ohnmacht gefallen ist. Frau Elsa Lebenshut, ein Schützling von Herrn Graf, unserem Personalchef. Ob sie in dem Raum mit den Herren eingeschlossen auch vor tödlicher Langeweile umkommt wie ich? Ob sie zu viel Parfüm benutzt hat, um ihr Publikum zu betören? Aber ich bin noch halb im Schlaf und ich kann die Nummer vom Krankenwagen beim besten Willen nicht finden. Es gibt bestimmt viele Firmen, private, staatliche... Ob sie schwanger ist, frage ich mich weiter betäubt. Aber nicht von Herrn Graf, natürlich.. Er ist schon zu alt und respektabel, doch von einem anderen. Vielleicht ist sie schon verheiratet. Ich weiß gar nichts von ihr. Nur dass sie eine sehr gute Position hat und dabei ohne viele Qualifikationen oder Erfahrung. Aber das ist schon üblich bei uns.
Und wo ist diese verdammte Nummer? Wo ist das Telefon überhaupt? Und meine schlaue Datei für Notfälle? Mein Computer scheint nicht zu funktionieren. Ich kriege mich selbst nicht wach. Meine eigene Schuld. Wahrscheinlich habe ich heute Nacht zu lange ferngesehen und dafür nicht richtig geschlafen. Sonderbar! Ich kann mich nicht bewegen, nicht reagieren. Ich schwitze vor Unbehagen, Verwirrung und Panik. Meine Brille ist verschwunden, mein rechter Schuh ist mir auch vom Fuß ganz weit weg entglitten.
Zum Glück sind alle noch um Frau Lebenshut besorgt, kreisen um sie herum wie die Fliegen und fragen sie wiederholt, wie es ihr gehe. Plötzlich sagt sie mit einem mutigen Lächeln: „Es geht schon wieder, glaube ich. Nein, ich brauche keinen Krankenwagen, wirklich nicht. Ich hatte eine furchtbare Migräneattacke, aber jetzt ist sie schon vorbei."

„Bist du sicher, Elsa?", fragt Herr Nikolai, der immer prinzipiell alle wichtigen Frauen kameradschaftlich duzt. „Möchtest du noch ein Glas Wasser?"
„Nein, Danke. Entschuldigung für die Störung. Wir können unsere Besprechung weiter fortsetzen."
„Immer langsam, keine Hektik."
Das ganze Personal ist sehr bemüht um Frau Lebenshut. Alle sind erleichtert und werfen hoch erfreute Kommentare der Zufriedenheit ein, als hätten wir einer Feier beigewohnt. Man könnte denken, dass unsere Firma besonders sozial engagiert ist und dass, je mehr Krankheiten man hat, man umso mehr belohnt wird. Aber das ist nicht der Fall. Wäre ich diejenige, die ohnmächtig geworden wäre, hätte das eine sehr peinliche Situation gegeben. Trotzdem bin ich auch sehr erleichtert nach der Überwindung meiner Lethargie und Ungeschicklichkeit, die mich in den letzten Minuten so extrem gequält haben.
Doch sofort merke ich, dass Rosemarie Bürger, eine intrigierende Kollegin vom Nebenbüro mich gesehen hat. Sie hat mich offensichtlich in meiner ganzen Schwäche ertappt und gesehen, wie ich eingeschlummert bin, als ich saß, oder besser gesagt, als ich praktisch in meinem Sessel gemütlich lag wie in meinem Schlafzimmer zu Hause und träumte. Sie kommt in meine Nähe mit einem glänzenden Ausdruck des Sieges. Sie zeigt mir ironisch das Telefon und auch wo die Liste für Notfälle zu finden ist. Sie quietscht wie eine Maschine: „Prophilaktisch! Es ist immer gut, so etwas parat zu haben."
Jetzt bin ich erpressbar. Ich werde ihr kaum etwas abschlagen können. Sonst wird sie im ganzen Betrieb herumerzählen, dass ich allein in meinem Büro einschlafe, während die anderen sich am harten Tisch der Besprechungen abarbeiten müssen. Früher oder später wird sie sowieso das Gerücht

verbreiten und ich werde ab jetzt die „Schlafmütze" oder „die schlafende Prinzessin" genannt.
Durch diesen Vorfall wird meine Freiheit noch geringer. Ich muss mir unbedingt eine neue Stelle suchen. Aber wo?

Das authentische Foto

„Die Autorin Marlen Haushofer heiratete Manfred zum ersten Mal 1941; sie hatten zwei Söhne. 1950 war die Scheidung... Das frühere Ehepaar hatte jedoch weiter einen gemeinsamen Hausstand. 1958 heirateten Marlen und Manfred Haushofer wieder."

Die vier Frauen vor mir sind keine Richterinnen, und doch im gewissen Sinne schon.
„Wie konntest du zweimal denselben Mann heiraten, Fanny?", fragt Dorothea resolut und bitter.
„Er war nicht derselbe, er war ein anderer. Zumindest hatte ich den Eindruck, als ob..."
Gewöhnlich erzähle ich nicht davon, weil die Menschen es nicht verstehen können. Meistens verschweige ich die Zeit, als wir geschieden waren, und der Name bleibt sowieso immer der gleiche: Wecker, so prosaisch, alltäglich wie der Wecker, der uns morgens so schmerzhaft in den Arbeitstakt hineinweckt... und gleichzeitig so tiefgreifend, künstlerisch und bewegend wie das vielfältige und anspielungsreiche Wort „Wecker", das „der in das Leben Erweckende" bedeutet. Es gibt viele deutsche „Wecker" im ganzen Land, und einer davon ist mein Mann, mein erster und mein zweiter Mann, Dennis Wecker.
Logischerweise werfen mir die wenigen, die davon wissen, Inkonsequenz vor. Wieso fand ich die Kraft für die erste Hochzeit? Und dann für die Scheidung? Und vor allem für die zweite Hochzeit? Gibt es noch Papiere irgendwo zu unserer Trennung, Scheidung, zu Sonntagsbesuchsregelung für die

Kinder und dann zur erneuten Zusammenführung nach dem traurigen Alleindasein?

Viola, eine der zwei Trauzeuginnen bei unserer ersten Eheschließung, sagt irritiert und verstimmt zu mir: „Dein erster Versuch war falsch. Als Zeugin fühle ich mich reingelegt. Und für die zweite Hochzeit konntest du uns nicht mehr nehmen, sondern musstest ganz andere auf den Platz stellen."

„Natürlich. Ich habe jetzt vier Trauzeugen, die mich mit ironischen Augen betrachten: meine Schwägerin Dorothea und du bei der ersten Hochzeit, als ich 19 war; meine Arbeitskolleginnen Eva und Lulu bei der zweiten Heirat, als ich schon 45 wurde. Weißt du, Viola, ich komme von diesem Mann nicht los. Er ist ein Leitmotiv meines Lebens, immer der gleiche. Als Teenager fühlte ich mich schon zu ihm hingezogen; er war mein erster und einziger Freund. Und jetzt als reifere, ältere Frau reagiere ich immer noch auf seine Ausstrahlung. Ist es so einigermaßen verständlich? Man ist das Opfer einer zu starken Treue zu sich selbst."

„Merkwürdig. Bei der Scheidung warst du auch du selbst; oder warst du dir dann untreu, Fanny?"

Ich vermute, alle vier ärgern sich über mich und wollen mir ihre Missbilligung zeigen, weil sie damals an mein Glück geglaubt haben und sich danach verraten fühlten. Bei ihnen kann ich die Geschichte meiner Inkonsequenz nicht leugnen. Teilweise erleichtert es mich trotz meiner peinlichen Scham, denn so brauche ich mich nicht wie bei den anderen zu verstellen.

Ich habe sie alle deshalb zusammen zu mir eingeladen. Wir sitzen im Wohnzimmer und trinken Kaffee. Ich merke, dass Viola diejenige ist, die einen besonderen Groll gegen mich hegt.

„Ich war damals so jung! Im Grunde solltest du es mehr in deinem Urteil berücksichtigen."

„Ich hätte nichts gegen solch eine Entscheidung, wie du sie damals nach 15 Jahren Ehe getroffen hast. Mit 35 warst du mündig genug. Aber dann das Zurücknehmen der Entscheidung mit 45, das ist, was ich nicht begreife."
Eva und Lulu sind weniger aggressiv; sie hatten sich von vornherein mit meiner zweiten Heirat abgefunden und diese als einen Teil der Gegenwart angenommen.
„Ich fand es toll, dass du den Mut hattest, es wieder mit ihm zu versuchen", sagte Lulu schwärmerisch. „Mit ihm hast du eine zweite Jugend erlebt; dass du deinen Fehler eingesehen hast, ist nur ein Zeichen der Klugheit. Ihr wart so ein wunderbares Paar an dem Tag!"
„Mir scheint auch vollkommen richtig, dass ihr euch wieder zusammengefunden habt", beendet Eva die Zeugenaussage ihrer Vorrednerin mit einem milden Lächeln.
Ich frage mich, ob dieses Lächeln nicht darauf hin deutet, dass man mit dummen Menschen, wie wir es sind, ein gewisses Mitleid haben muss.
„Immerhin schafftest du es, zehn Jahre deines Lebens ohne meinen Bruder zu sein", sagt Dorothea.
„Davon waren es eigentlich nur drei... Sonst haben wir uns immer wieder gesehen und lebten halb getrennt, halb verheiratet. Es war immer so ein Schwebezustand zwischen uns.
Ja, an sich wissen die meisten Leute nicht, dass wir eine Zeit lang auseinander waren. Wenn sie mich fragen, wie lange wir verheiratet sind, sage ich einfach 41 Jahre, und es stimmt schon. Ich kann unmöglich Unterteilungen vornehmen und zwischen der ersten und der zweiten Zeit unterscheiden. Die Lücken, in denen wir nicht zusammen waren, zählen einfach nicht."

„Eine schöne, glatte Rechnung: 41 und du bist 60 geworden. Aber durch diese Zäsur, die du eine ‚Lücke' nennst, kannst du die silberne Hochzeit noch nicht feiern. Oder habt ihr es unter euch doch symbolisch gefeiert? Wenn ich mich nicht irre, war sie annähernd in der Zeit eurer zweiten Eheschließung, nicht war?"

„Ja. Es geschah aber nicht absichtlich, es war purer Zufall. Und die goldene, die goldene Hochzeit werden wir nie erreichen, wenn wir von der zweiten ausgehen. Aber in neun Jahren sind wir ein halbes Jahrhundert zu-sam-men, mehr oder weniger... von den Lücken abgesehen..."

Eva beginnt als erste, etwas Kuchen zum Kaffee zu essen, und die anderen folgen langsam ihrem Beispiel. Die neugierige Eva fragt mit vollem Mund:

„Wie ist es im Moment? Bleibt ihr noch zusammen?"

„Ja. Nach so langer Zeit und nach so vielen Schwankungen und unwiderruflichen Entscheidungen kommen wir ganz gut miteinander zurecht, wir verstehen und akzeptieren uns gegenseitig."

„Damals seid ihr auseinander gegangen, weil er eine Geliebte hatte, nicht wahr?", fragt Viola.

„Richtig."

„Und jetzt hast du dich schon an seine Geliebten gewöhnt?"

„Ja, teilweise schon. Außerdem ist er älter geworden und hat nicht mehr die Kraft zu solchen Abenteuern."

„Vielleicht hat er so eine alte Geliebte wie dich, die ihn verärgert hin und wieder fallen lässt, aber dann als teure Jugenderinnerung behält."

Ich staune oft über die Boshaftigkeit von Viola und auch von meiner Schwägerin; sie sind wie die böse Fee im Märchen, die dreizehnte Fee, die aus Versehen nicht mit eingeladen wurde. Bei so einer Konstellation... Kein Wunder, dass es damals nicht geklappt hat. Aber auch Eva und Lulu wären nicht ganz abgeneigt, eine Mitteilung über unsere zweite Scheidung von mir zu hören. „Na ja, wir waren schon damals skeptisch. So etwas kann nie gut gehen", würden sie sagen. Im Grunde sind sie auf die ewige Wiederauferstehung unserer Liebe eifersüchtig.

Ich antworte gemütlich und ohne Zögern: „Nein. So eine alte Geliebte wie mich kann es nicht geben. Keine andere Frau würde so viel Geduld aufbringen. Die Hochzeit, besser gesagt, die zwei Hochzeiten, haben mir viel Kraft und Geduld abverlangt."

Lulu greift meinen Gedanken auf und übersetzt ihn in ihre eigenen neutralen Worte: „Du meinst, die zwei Hochzeiten üben eine heilende, therapeutische Wirkung aus, so wie eine Medizin oder Waffe gegen den Niedergang der Gefühle?"

„Ja, das meine ich. Auf jeden Fall waren sie nicht peripher und oberflächlich, diese zwei Zeremonien der Vereinigung, und ich habe meine Kraft darin gefunden. Ich brauche dieses Vorgefühl des Wunders, das Ritual der äußeren, aber vor allem der inneren Zusammengehörigkcit. Es mag konventionell klingen, aber eine Konkubine ohne Bindungen hat da weniger Chancen, an die Liebe glauben zu können."

Viola sagt trocken: „Ich darf doch bezweifeln, dass zwei Trauscheine etwas helfen können, eine kränkelnde Beziehung zu heilen."

Viola hat noch nie geheiratet. Sie hatte immer die Rolle der Konkubine gespielt, und deshalb verteidigt sie ihre eigene Gattung mit besonderem Eifer. Manchmal frage ich mich, ob sie in ihrer Jugend sogar etwas mit Dennis hatte. Es gab eine Zeit, als er unmöglich an einer Frau vorbeigehen konnte, ohne etwas zu empfinden, und vielleicht hat er auch mit Lulu geflirtet. Mit Eva scheint es mir so gut wie ausgeschlossen,

weil sie nur in ihren Mann verliebt und mit ihren 12 Kindern überbeschäftigt war.
Jetzt habe ich andere Gründe zur Sorge als die Untreue: Seinen Autounfall, seine Leberbeschwerden und seine etwas zynische Art, mich zu behandeln. Auch wie er unsere Adoptivtochter Irma und meinen alten Vater behandelt, ist mir wichtig... Und ob er wieder darauf bestehen wird, eine lange Reise mit mir zu machen, obwohl es uns gesundheitlich nicht sehr gut geht. Seine plötzlichen Anwandlungen, immer neue Reisepläne zu machen und sie manchmal durchzuführen, beunruhigen mich. Sonst ist er meistens sehr müde und mag nicht viele Leute um sich haben. Prinzipiell mag er keine Frauen mehr, er betrachtet sie kalt und gefühllos, und so auch mich... Ich wünschte, er könnte mich noch attraktiv finden und würde sich an unsere alte Liebe erinnern. Warum tut er das nicht? Leidet er womöglich an Alzheimer? Oder einfach an Gefühlskälte und an einer schon immer bestehenden, höllischen und undurchdringlichen Eigensucht, die sich mit den Jahren noch verschärft hat? Nur lange Bus- oder Autofahrten durch verschiedene Länder interessieren ihn noch; aber meistens fühlt er sich unzufrieden, weil seine Gesundheit nicht mehr wie in den jungen Jahren mitmacht und uns die ständigen Strapazen des Reisens immer weniger belustigen. Jetzt droht er mir schon seit einigen Wochen mit Italien oder der Türkei, vergleicht immer Hotelpreise von Reisebüros und Internet und auch, wie viel Benzingeld er für die Fahrten zu erwarten hat. Aber ich hoffe, dass wir am Ende unseren Urlaub verschieben. Ich mache mir immer Sorgen um Irma und meinen Vater, wenn wir weg sind. Am liebsten würde ich ihn alleine fahren lassen.
Ich kann für mich selbst nicht entscheiden, ob ich diesem Mann, der mir jetzt gänzlich gehört, oder dem anderen, dem

Untreuen, aber doch viel freundlicheren und voller Energien, der ersten Zeit den Vorzug gebe. Es sind eindeutige Vorteile, aber auch Nachteile in meiner jetzigen Lage. Ich glaube, am lohnendsten fand ich den Mann der mittleren Zeit, als wir zum zweiten Mal heirateten und die kleine Irma adoptierten. Das war wie die Bestätigung meiner besten Träume, eine hundertfach befestigte Zusage an unsere Liebe, der beste Nachweis für die Richtigkeit unseres Entschlusses, es erneut zu riskieren. Damals war seine Begeisterung für unser neues Familienleben so groß wie meine eigene, und fast drei Jahre lang, ein Jahr vor der Trauung und zwei danach, waren wir von der Richtigkeit unserer Entscheidung gänzlich überzeugt, voller warmer Zustimmung für unser gemeinsames Projekt, unser reifes Unternehmen als neue Partner und Adoptiveltern mit sehr verantwortungsvollen Aufgaben. Aber dann kam wieder der Abstieg, die mir schon von der ersten Ehe bekannten Zweifel und Niederlagen.

Bin ich mir jetzt dessen so sicher, dass wir uns nicht wieder geirrt haben? Doch... Man lernt viel aus Erfahrungen, und ich weiß, dass ich über den Wert unserer Beziehung viel an Sicherheit gewonnen habe. Wir bilden eine stabile, zusammengeschweißte Einheit, und sie wird uns bis zum Tode in irgendeiner Form erhalten bleiben.

Violas chronische Feindschaft mir gegenüber kann ich irgendwie gut nachvollziehen; was mir weniger verständlich erscheint, ist Dorotheas, denn mit 41 Jahren hatte sie schon Zeit genug, mich als Schwester zu akzeptieren.

Ich stelle einfach die Frage in den Raum: „Dorothea, warum bist du nicht damit zufrieden, dass die Ehe deines Bruders am Ende gerettet wurde? Was hättest du dir sonst für ihn gewünscht?"

Sie lacht tückisch: „Es ist nicht persönlich gegen dich, wie du weißt. Aber ihr habt euch so unnötigerweise an schmerzhaften Konflikten und Qualen wundgerieben. Das brauchte alles nicht zu sein: Entweder ist eine Ehe gut... oder nicht. Und eure war beileibe nicht vorbildlich, deshalb musste die Scheidung kommen. Und dann fing alles wieder von vorne an. Als echte Feministin muss ich sagen, dass ich nicht so viel ertragen hätte, wie du es mit Dennis tust. Ich habe keine Sympathie für deine Inkonsequenz. Als geschiedene Frau wärest du mir mehr eine Schwester, als du es jetzt sein kannst, obwohl wir vor dem Gesetz natürlich die alten, ewigen Schwägerinnen bleiben."

Sie hat Recht, wir sind das Gegenteil von Schwestern. Aber ich bin nicht betrübt, ich pfeife auf ihre Meinung. Ich konnte mich auch nie mit ihrem Privatleben anfreunden, mit der Tatsache, dass sie jahrelang zwischen zwei Liebhabern pendelte, einem Priester und einem Rechtsanwalt, und jetzt hat sie noch etwas mit dem jungen Neffen des Priesters. Heißt das Konsequenz, Charakter? Ich muss über ihren Feminismus lachen. Sie teilt sich zwischen drei Männern; mit dem Rechtsanwalt geht sie großartig aus, zum Konzert, ins Theater, in Restaurants und auf Reisen; in die Wohnung des alten Priesters geht sie auch noch zweimal wöchentlich putzen und kauft für ihn ein; angeblich aus Mitleid, weil sie ihn schon so viele Jahre kennt. Und mit dem Neffen geht sie tanzen, Fahrrad fahren und fühlt sich um 30 Jahre verjüngt. Wenigstens habe ich versucht, immer eine große Liebe für denselben Mann vor Augen zu haben, und ich habe gekämpft, um diese nicht aufzugeben. Doch vielleicht bin ich bloß neidisch, weil sie so einen jungen Liebhaber hat. Ich könnte auch sehr gut Abwechslung vertragen und bin zornig, dass ich mich immer für ihren Bruder aufgeopfert habe.

Warum habe ich sie alle zum Kaffee eingeladen? Mit Eva habe ich in letzter Zeit kaum noch privaten Kontakt, nur in der Firma. Mit Viola ist der Kontakt noch weniger. Aber ich wollte einfach mit ihnen über meine zwei Ehen reden. Doch sie machen es mir sehr schwer.

„Ich weiß, ich bin eine Mischung aus unkonventionellen und altmodischen Vorstellungen, ein Anachronismus, wie Dorothea sagt; ich hätte immer mit Dennis zusammen leben können, ohne ihn zu heiraten... aber das wollte ich nicht. Ich wollte doch wieder seine Frau sein, unsere Unterschriften wieder zusammen sehen, seinen Ring wieder tragen. Eva, du mit deinen zwölf Kindern... du hast immer zu deinem Mann gehalten und wärest nie auf die Idee gekommen, dich von ihm scheiden zu lassen, wie ich es tat."

Im Grunde kann ich am aller wenigsten mit diesen vier Frauen über meine Ehen sprechen.

Als wir zum zweiten Mal heirateten, schienen unsere Trauzeuginnen, Eva und Lulu, verständnisvoll zu sein. Sie taten sehr unschuldig und naiv, als hätten wir zum ersten Mal geheiratet. Aus Taktgründen fragten sie nicht nach der Vergangenheit. Sie behandelten uns ein bisschen wie Originelle, wie Schauspieler, die sich immer etwas Neues einfallen lassen, um ihre Freunde zu überraschen. Dorothea war damals verreist, kam deshalb nicht, und Viola schrieb in letzter Minute einen Entschuldigungsbrief mit der Ausrede, dass sie plötzlich erkrankt sei. Aber jetzt habe ich eine ganz andere Situation als die am Hochzeitstag selbst provoziert: die vier Frauen sitzen zum ersten Mal zusammen, sie verkörpern diese Zweiteilung meiner Existenz, sitzen dort wie in einer von mir selbst beabsichtigten Gegenüberstellung. Und nach 15 Jahren ist unsere zweite Ehe nicht mehr neu, nicht mehr mit Milde als „originell und interessant" zu beurteilen. In den

letzten zehn Jahren sahen Eva und Lulu genug von unserer Alltäglichkeit, als dass sie noch hätten fasziniert sein können. Für sie existieren die erste Ehe und die Scheidung kaum, während für die anderen zwei unsere zweite Hochzeit gar nicht zu zählen scheint. So bin ich immer wie verstümmelt mit abgeschnittenen Teilen, die unbarmherzig zersplittert sind und deshalb jedem Verstehen meiner Ganzheit im Wege stehen.
Aber sicher, ich hätte genauso reagiert, wenn eine Freundin oder Bekannte... zweimal den selben Mann geheiratet hätte. Ich möchte meinen Gästen so etwas in der Richtung andeuten, dass ich mir so ein Schicksal nie im Voraus hätte vorstellen können.
„Aber bitte bedient euch mit mehr Kuchen und Kaffee, ihr sollt nicht zu kurz kommen. Ich habe auch Kekse, Teegebäck, Pralinen. Ich besteche euch damit und erhoffe mir Stücke von eurer Aufmerksamkeit und eurem Verständnis, damit ich viel sprechen kann. Eine Kaffeezeremonie hat immer etwas Groteskes an sich, aber es ist ein beruhigendes, traditionelles Ritual wie so viele andere, wie eine Hochzeit. Ich möchte einfach mit euch reden"
„Was willst du uns erzählen?", fragt Lulu ungeduldig.
„Ich versuche es mir selbst und euch plausibel zu machen, wie es geschehen konnte, dass mein Leben nicht mehr logisch und geradlinig verlief, sondern sich in unzählige Krümmungen und Äste verzweigte. Ich versuche oft, aber umsonst, diese drei Momente, die so intensiv waren... zu analysieren, die zwei Hochzeiten, die Scheidung und auch die Übergänge, die nicht weniger wichtig waren: Die zwei Verlobungszeiten, die tödliche Zeit vor der Scheidung und noch die viel schrecklichere danach und die erstaunliche, unglaubliche Zeit der Wiederbelebung unserer Beziehung."

Violas Messer der Ironie zielt wieder mit einem zischendem Geräusch von Metall und Pulver auf mich:
„Das ist bestimmt eine sehr lange Geschichte, du hast reichlich Stoff zur Analyse."
Es ist absurd, dass ich Striptease mache und mich vor ihnen ausziehen will. Keine ist es wert, dass ich ihnen die Macht gebe, in mein Inneres zu blicken; sie könnten dann meine Gefühle zertrampeln und kritisieren. Eva ist eher die Harmloseste mit ihren vielen Kindern und ihrem normalen, langweiligen Leben. Lulu und Viola sind die potentiellen Geliebten von meinem Mann und Dorothea ist die böse Schwägerin, die überhaupt keinen Wert auf unsere Verwandtschaft legt. Aber um der Analyse willen und um mich besser zu verstehen, da tue ich alles, sogar diese vier zum Kaffee einladen. Wenn es mir vielleicht gelingt, es ihnen zu erklären... habe ich dann auch den Schlüssel zu meiner Beruhigung und Ausgeglichenheit. Seit dem Schock der Scheidung ist meine Persönlichkeit ständigen Angriffen von innen und außen ausgeliefert gewesen. Daher kommen manchmal meine schwere Verschwommenheit und die Unfähigkeit, mich selbst zu deuten, meine Regungen und Motivationen richtig zu ergründen.

Vor drei Monaten, am 16. Geburtstag Irmas, flogen wir mit ihr kurz nach New York zu einer alten Tante meines Mannes, die dort lebt. Im Falle ihres Todes wird sie wahrscheinlich unsere Kleine in ihrem Testament bedenken... Und auch deshalb, nicht wegen großer Zuneigung, rufen wir uns bei ihr hin und wieder ins Gedächtnis. Wir versuchen, ihr zu schreiben und sie zu besonderen Anlässen zu besuchen.
Der Aufenthalt war nicht schlecht gewesen, und wie so oft, dachte ich nur an das Positive: Dass mein Englisch sich noch

einigermaßen hören ließ, dass Dennis und ich uns nicht gezankt hatten. Außerdem waren die Cousine Irene und die Tante sehr nett zu uns. Aber auf dem Rückflug überkam mich eine große Einsamkeit: Wir hatten Irma für zwei Monate bei Irene zurückgelassen und kamen allein zurück, mein Mann und ich, wir zwei allein... So hatte ich irgendwie keine Ablenkung mehr und verfügte über genug Zeit, um endgültig an unsere Zweierbeziehung zu denken. Dann kam mir zum ersten Mal der Gedanke mit dem Foto: Welches war das richtige, das authentische Bild von meinem Mann? Und welches das verfälschte? Wenn ich nur eine Momentaufnahme unserer Gegenwart betrachten würde, dann müsste ich zu einer niederschmetternden Erkenntnis gelangen, dass er mich nicht mehr liebt. Kaum noch etwas von dem, was wir erstrebt haben, hält uns zusammen. So gesehen, wäre es das Dezenteste, dass wir uns wieder scheiden ließen. In jenem Augenblick sah ich es so klar, so ohne jede Möglichkeit der Rettung... Seine äußerst fremde Gestalt so distanziert und unabhängig von meiner eigenen, dass sich nicht einmal unsere Ellbogen berührten. Wenn der Zauber der Liebe nicht mehr existiert, was sollen wir noch zusammen? Es ist eine Unehrlichkeit zu behaupten, dass wir wirklich verheiratet sind. Meine Arbeit im Schmuckgeschäft interessiert ihn kaum, genau so wenig wie Irma und mein Vater oder meine verzweifelten Versuche, hübsche Frauenabende mit Freundinnen zu gestalten. Erotische Reize zwischen uns sind so gut wie ausgeschlossen, ja, ich musste es mir gestehen, die ältere Fanny bringt ihm viel weniger Lebensqualität als die jüngere. Was kann ich jetzt noch Gutes für ihn tun? Nur anerkennen, dass er mich nicht mehr braucht, nicht einmal als Pflegerin für seine Gesundheitsbeschwerden. Er mag keine Massagen von mir, kein Einreiben,

Temperaturmessen, keine Diätvorschläge oder Vorschriften über Medikamente. So gesehen ist meine Gegenwart an seiner Seite völlig unnütz und mit nichts zu rechtfertigen. Meine Rolle als Geliebte ist vorbei und die als Pflegerin hat nicht einmal angefangen, denn in der Hinsicht hat er gar kein Vertrauen zu mir. Und auch als Urlaubsgefährtin vermag ich ihm nicht das zu geben, was er braucht. Ich freue mich gar nicht über die langen Fahrten mit dem Auto. Ich selbst habe keinen Führerschein gemacht und bleibe viel lieber zu Hause. Nur nach langem Kampf kann er sich durchsetzen und mich manchmal zu einer Reise überreden. Hätte ich wenigstens den Führerschein gemacht, dann hätte er sich mehr auf mich verlassen und mit meiner Hilfe seine Müdigkeit und seine Gesundheitsprobleme besser bewältigen können. Ohne Ablösungspausen ist er wirklich sehr arm dran, beklagt sich immer darüber, dass er durstig und die Fahrt zu lang sei. Aber ich fühlte mich nie in der Lage, ein Auto zu fahren. Als wir zum zweiten Mal heirateten, stellte er diese für mich unerfüllbare Bedingung auch nicht. Sonst hätte die zweite Hochzeit auch nicht stattgefunden, denn ich kenne meine Grenzen und hätte so etwas nie versprochen. Hätte ich es versucht, hätten mir meine Nerven einen Streich gespielt, und ich hätte bestimmt eine Kette von Unfällen gebaut, auch wenn ich am Ende die Prüfung bestanden hätte. Wenn Irma 18 wird, dann kann sie vielleicht den Führerschein machen, aber ich glaube nicht, dass sie dann mit uns in Urlaub fahren wird. Dennis kümmert sich sehr wenig um sie, um ihre Bedürfnisse und auch nicht um meinen alten Vater und seine Krankheiten. Mit seinem gleichgültigen Egoismus eines sehr schnell alternden Menschen hat er mir schon alles vollkommen überlassen. Ich sehe das Bild der Gegenwart so trostlos und überwältigend... Wozu noch der Schein einer Ehe, wenn keine Küsse und

Umarmungen stattfinden? Zuerst zerriss das Körperliche zwischen uns, und dann nahm das Seelische auch immer weniger und weniger Platz in unserem Leben ein. Ja, womöglich war die zweite Hochzeit ein Irrtum. Wir haben unsere Beziehung zu sehr in die Länge gezogen, zu lange überleben lassen. Wenn ich jetzt die drei sehr intensiven Momente miteinander vergleiche, erschrecke ich fast am meisten über den jetzigen Zustand, sein gegenwärtiges Foto, in dem er, distanziert und völlig von mir abgewendet, mit einem deprimierten Schweigen in die Ferne schaut. Sogar nach der Scheidung schien alles besser zwischen uns als jetzt. Wenigstens gab es ein Potential an Möglichkeiten der Leidenschaft, Gemeinsamkeit und Wiedervereinigung. Während unserer Trennung glaubten wir noch jahrelang an unser Glück, sonst hätten wir nie diesen zweiten Versuch ins Leben gerufen. Aber wir haben unseren Glauben überstrapaziert und aufgebraucht, und jetzt haben wir nicht einmal einen Ansporn zum Kampf, denn wir wissen, dass wir sowieso zusammen bleiben und dass eine zweite Scheidung zu lächerlich wäre. Es fehlt uns an der Jugend, um neue Horizonte in unserer Beziehung durchstöbern zu können.

Ich, Fanny Wecker, versuche den Wecker meiner Wahrnehmungen und Erinnerungen wieder in Gang zu setzen. Ja, Erinnerung... Das ist das zweite Schlüsselwort für meine Erklärung des Geschehenen, denn auf der Rückreise sah ich nicht nur ein Foto von meinem Mann, sondern zwei.

In einer plötzlich zärtlichen Stimmung gehe ich zu meiner Schwägerin, streichle ihren Arm und flüstere: „Wenn es mir gelingt, euch zu erklären... Auch ganz abstrakt und sachlich, nicht nur auf mich persönlich bezogen... Wie es möglich ist, dass eine Frau zwei Mal denselben Mann heiratet. Du siehst

deinem Bruder sehr ähnlich, die gleichen müden und unerreichbaren Augen. Aber du hast noch einen jungen Liebhaber."
Dann gehe ich zu den anderen drei, mich besonders an Eva wendend, und sage viel lauter, um den nüchternen, zerlegenden Ton eines wissenschaftlichen Vortrages bemüht: „Als wir vor drei Monaten von New York zurückflogen, kam mir der Gedanke an das Foto."
„Von welchem Foto sprichst du?", fragt Eva.
„Ich sah zwei Fotos von Dennis und mir. Ich fragte mich, welches das authentische und welches das verfälschte sei. Wahrscheinlich waren beide richtig, nur mit verschiedenen Dimensionen. Auf einem Bild stand die ganze Gegenwart ohne Ausflüchte und Milderungsumstände, dramatisch, mir voll ins Gesicht spuckend. Auf der anderen Seite sah ich aber das allumfassende Konterfei von Dennis wie einen unendlichen Faden der Entwicklung, mit vielen kleinen Bildchen, die die verschiedensten Szenen in unserem Leben zusammen darstellten: Vergangenheit, Zukunft, vielleicht sogar Überzeitliches darin, stotternde Widerspiegelungen unserer Ewigkeit, wenn diese überhaupt existiert. Da entstand ein viel produktiveres und reicheres Bild, nicht der behinderte Zwerg, wie Dennis jetzt einer ist, sondern eine Supergestalt... Das Zuhause meiner eigenen Sehnsüchte und Hoffnungen durch lange Jahre unserer Beziehung. Am Ende nahm ich natürlich dieses... mit verzweifelter Entschlossenheit, und das erste Foto ließ ich unbeachtet in die seelischen Papierkörbe meines Ichs zurückfallen. Was ist eine bloße Momentaufnahme im Vergleich mit einem ganzen Lebensporträt, das so viele Zeiten, Ereignisse, kausale und temporale, innere und äußere Verbindungen umfasst? Ich glaube, die Entscheidung zur Scheidung wurde damals von

der entgegengesetzten Reaktion begleitet: Ich sah nur die Momentaufnahme, das Foto der Gegenwart. Als ich ihn wieder heiratete, sah ich das zweite, das vollständige Ganzheitsbild, das sogar über uns beide hinausreicht, über unsere Geburt und unseren Tod... wie ein Gedicht mit Hunderten von rhythmischen und semantischen Verknüpfungen. All die Menschen, die so eine Erfahrung wie ich durchgemacht haben, haben wahrscheinlich auch diese zwei Fotos gesehen. Dennis hat auch die zwei Fotos von mir gesehen. Er fragt sich ebenfalls, welches das authentische ist."

Die Patientenverfügung und die Überraschung

Wir, die Krankenhausverfolgten, waren düstere Gestalten, obwohl wir immer versuchten, uns über unsere Gebrechen lustig zu machen und sie manchmal sogar vergaßen. Wir zogen unseren vornehmen Sonntagsanzug an, und man hätte in uns die Schwächlinge, die Beängstigten, die Halbtoten kaum erkennen können, die sich immer mit Operationsvorbereitungen und Nachoperationsschmerzen quälen mussten.

Passt auf. Alles ist sehr verwirrend... und pervers. Wenn wir in einer Straßenbahn sitzen, weiß keiner, wer wirklich gesünder oder kranker in einer Masse von Menschen ist, wer an einer bloßen Erkältung leidet und wer an Krebs oder Blutvergiftung. Einige wissen nicht genau, wie krank sie sind, und andere schwindeln gerne, lassen sich nichts anmerken.

Ich für meine Person war keine Betrügerin, aber auch nicht ganz ehrlich zu mir selbst, und blieb gerne in diesem Schwebezustand von Halbwissen. Ich war schon 60 geworden und hatte bereits viele Verluste erlitten, drei Todesfälle in der Familie und den Zusammenbruch einiger wertvoller Organe meines Körpers. Ja, ich war auch einer dieser Krankenhausverfolgten, die nicht nur einmal, sondern oft zu diesem Ort zurückkehren müssen, Ort des Elends aber manchmal auch der Wiederherstellung und Sammlung von neuen Kräften, um weiter durchs Leben zu marschieren. Wie ein altes Auto musste ich immer wieder in die Werkstatt, und die Reparaturen wurden immer schwieriger und teurer. Zuerst war es meine Schilddrüse, dann Nierensteine, dann der graue Star, dann der Bruch meiner rechten Hüfte durch einen banalen Sturz, als ich dabei war, meine Fenster zu putzen, und am Ende war mein Herz das Sorgenkind meiner trüben Stunden, das wichtigste aller Organe. Oder ist das Gehirn vielleicht das wichtigste? Wenigstens damit hatte ich keine Probleme. Und auf den ersten Blick hatte ich nicht das Gefühl, dass ich mich körperlich oder innerlich viel verändert hätte. Es war Jugend, Leichtigkeit und Vergesslichkeit in mir. Wenn ich einmal diesen Ort meiner Verfolgung verlassen hatte, wusste keiner, dass ich dort gewesen war, wenn ich nicht unbedingt davon erzählte, und ich konnte es beinahe vergessen. Außerdem waren nicht fast alle Menschen früher oder später auch im Krankenhaus gewesen? Sogar kleine Kinder schon. Die einen mehr, die anderen weniger vom rettenden Monster verfolgt, aber es war eine uns allen gemeinsame Erfahrung. Ich brauchte mich damit nicht so wichtig zu machen. Auf der einen Seite konnte ich sehr empfindlich sein, aber auf der anderen auch sehr hart und oberflächlich mir selbst gegenüber. Ich leugnete fast, wenn notwendig, dass ich gelitten hatte, dass ich Angst gehabt hatte, dass mir einige Ärzte und Umstände meiner reparierten Beschädigungen widerlich waren. Ich war wie eine kleine Maschine, ein Roboter der Erneuerung, und das Motto der meisten Menschen hieß ja „um jeden Preis weiterleben", als wären wir intakt und heil wie neugeboren, wenn schon nicht aus dem Mutterleib kommend, so doch aus einer sympathischen und tüchtigen Brutkastenabteilung im Babykrankenhaus.

„Andrea, du siehst gut aus. Du hast es wunderbar überstanden", sagten die Leute schmeichelhaft nach jeder neuen Krankheit, die ich leider nicht so ganz vor ihnen verheimlichen konnte, denn meine zyklischen Fehler offenbarten sich rasch, dass ich weniger gut sehen, laufen oder atmen konnte, dass mein Hals durch die Knoten sehr dick wurde, dass ich wegen meiner Nieren länger als üblich

auf der Toilette verweilen musste. Viele fragten auch nach meinem Herzschrittmacher, sobald sie wussten, dass ich einen besaß; einen ziemlich teuren, einen der besten, wie Frauen, die luxuriöse Pelzmäntel tragen und oft nach dem Preis... gefragt werden. Mein Schrittmacher war wie ein kostbarer Pelzmantel, gewiss, mit dem Unterschied natürlich, dass mein ganzes Leben davon abhing. Über meinen Schrittmacher wurde mehr gesprochen als über meine Brillen oder Steine, obwohl es heutzutage kein Wunder der Technik mehr darstellt und so viele Leute damit leben.
„Wie ist das, Andrea, kannst du damit ein normales Leben führen und viel Sport treiben?"
„Ich könnte es schon. Aber meine linke Hüfte ist sehr verschlissen und dadurch wird bei mir jede Bewegung sehr umständlich und schmerzhaft."
Aber meistens gab ich keine ausführlichen Erklärungen, denn das Mitleid der anderen konnte nichts an meinem Zustand ändern und es hätte nur zu weiteren lästigen Fragen geführt:
„Aber du warst schon an der Hüfte operiert worden? Hat denn die Operation nichts gebracht?"
„Doch, aber es war die andere Hüfte."
„Und kannst du jetzt die linke nicht auch operieren lassen? Wie viele Prothesen hast du in deinem Körper schon? Künstliche Hüfte, Schrittmacher, Zähne?"
„Frag mich lieber nach etwas anderem. Gefällt dir mein Lippenstift und die neue Frisur?"
Die hartnäckige Befragung würde kein Ende mehr nehmen:
„Musst du bei der Mikrowelle, bei Handys und bei der Lichtschranke im Flughafen besonders vorsichtig sein?"
„Gäbe es vielleicht Komplikationen bei deiner zweiten Hüftoperation? Könnte dein schwaches Herz die Narkose nicht gut vertragen?"

Diese dunkle Wolke, die mich immer verfolgte, das Krankenhaus, hätte noch überwunden werden können, wenn ich eine fröhliche Umgebung von jungen Gefährten und Hoffnung verheißenden Enkelkindern um mich gehabt hätte. Aber meistens war ich einsam, mit nur ein paar Freundinnen, die wenig interessant, aber wenigstens treu geblieben waren. Und in Andalusien hatte ich noch ein paar entfernte Verwandte, die ich jedes Jahr im Urlaub besuchte. Davon abgesehen behielt ich noch meine Arbeit in einer kleinen Pension, wo ich alles Mögliche machte, von der Frühstücksausgabe, Geschirrspülen und Buchhaltung bis hin zur Telefonbeantwortung für eine unsichtbare Chefin, die fast immer krank oder verreist war. Im Grunde war es zu meinem Vorteil, denn ich konnte meistens alles dirigieren und dort unter den Gästen wohnen. Meine leer gewordene, unbewohnte Wohnung hatte ich schon längst aufgegeben und war stolz und beruhigt, dass ich noch meine vom Verkauf zugeflossenen Ersparnisse hatte. Aber was mich umgab, wirkte sich einschläfernd und traurig auf mich aus. Die meisten Gäste waren schon um die 70, meistens allein stehende, kinderlose Frauen oder Witwen mit einem Einzelkind, das meistens zu Weihnachten kam. Mehr als eine Pension schien es ein Altersheim zu sein, so wie sich das Haus entwickelt hatte. Und ich war froh über jede Minute, die ich draußen verbringen konnte, aber natürlich nicht im Krankenhaus.

Nora, eine Jugendfreundin, die mir noch geblieben war, brachte mir an jenem Tag zwei Muster für eine Patientenverfügung.

Erstes Muster:
„Ich, ..., geboren am .... in ...., wohnhaft in ...., bestimme hiermit - für den Fall, dass ich meinen Willen nicht mehr bilden oder verständlich verbal, mimisch oder gestisch äußern kann, im Falle eines Unfalls oder einer lebensbedrohlicher Erkrankung ohne kurative Heilungschancen - folgenden Willen:"

Zweites Muster:
„Für den Fall, dass ich durch Krankheit oder Unfall in einen Zustand gerate, in welchem ich meine Urteils- und Entscheidungsfähigkeit auf Dauer verloren habe ..."
„1. Wenn ich mich im Endstadium einer unheilbaren, tödlich verlaufenden Krankheit befinde, selbst wenn der Todeszeitpunkt noch nicht absehbar ist"
Ich holte tief Luft ein und mir wurde schwindlig vor lauter technischen Wendungen und hypothetischen Horrorfällen, an die ich bisher nicht ernsthaft genug gedacht hatte. Ich las weiter flüchtig und gebrochen Alternativ-Stellen aus beiden Mustern. Manche klangen mir ähnlich; das erste Muster war aber ausführlicher als das zweite und legte noch mehr Eventualitäten fest. Ich stieß einen schwachen Seufzer aus: „Meine Güte! Es ist hart. Aber der Tod existiert eben, das können wir nicht leugnen."
Nora sagte mit ihrer typischen aufklärerischen und begeisterten Wahrheitsliebe: „Heutzutage muss jeder eine Patientenverfügung haben. Sonst sind wir zu sehr Experimenten und Maschinen ausgeliefert. Und wir müssen uns so früh wie möglich damit befassen, ehe es schon passiert ist. Ich habe immer eine Kopie meiner Patientenverfügung in

der Handtasche, für den Fall, dass ich Opfer eines Unfalls sein könnte."
„Ja, ja, wir dürfen kein Tabuthema daraus machen, der Tod ist ja da..."
Aber ich dachte gleichzeitig mit einem gewissen Entsetzen: „Immer in der Handtasche tragen... Neben den Pensionsschlüsseln, dem Ausweis, den Euroscheinen und -münzen und dem Handy... Wenn man einkaufen und wenn man ins Kino geht... Wie alt ist meine Freundin? 72. Und wann muss man damit anfangen? Schon mit zwanzig?"

„2. Wenn ich mich in einem weit fortgeschrittenen Hirnabbauprozess befinde, wenn ich mit ausdauernder Hilfestellung nicht mehr in der Lage bin, Nahrung und Flüssigkeit auf natürliche Weise zu mir zunehmen ..."

„Und was hast du denn alles festgelegt?", fragte ich Nora atemlos.
„Ja, du wirst sehen. Es muss alles sehr deutlich ausgedrückt werden, damit dein Wille nicht missverstanden und fehlinterpretiert werden kann. Das zweite Muster ist etwas zu ungenau. Hör mal zu. Was ist gemeint mit ‚Ich möchte mein Leben in Würde vollenden?' und mit ‚Es soll auf Maßnahmen verzichtet werden, die nur noch eine Leidens- und Sterbensverlängerung bedeuten würden?'"
„Ja. Was meinen die damit? Wahrscheinlich weiß ich zu wenig von der Anatomie des Körpers und der Seele, um unter den verschiedenen Stadien des Bewusstseins und der vielleicht noch existierenden Heilungschancen eines Menschen differenzieren zu können. Man sollte nichts unversucht lassen, um ein Leben zu retten, das ist das erste, was mir einfällt, aber

wenn unbedingt gestorben werden muss, dann bitte so schmerzfrei wie möglich, ohne quälende Verlängerungen."
„Das ist der Punkt: Man muss es ganz konkret und klar nennen."
Sie zeigte mir angestrengt und zielgerichtet einige Zeilen im ersten Muster: „Ich wünsche, wenn alle sonstigen medizinischen Möglichkeiten zur Schmerz- und Symptomkontrolle versagen, auch Bewusstseinsdämpfende Mittel zur Beschwerdelinderung. Dabei nehme ich die wahrscheinliche Möglichkeit einer Verkürzung meiner Lebenszeit durch schmerz- und symptom- lindernde Maßnahmen in Kauf... Ich wünsche, dass keine künstliche Ernährung oder auch orale Zwangsernährung, unabhängig von der Form der künstlichen Zuführung der Nahrung (z.B. Magensonde durch Mund, Nase, Bauchdecke oder venöse Zugänge) erfolgt und ebenso die Unterlassung jeglicher künstlicher Flüssigkeitszufuhr."
Ich blieb mit dem schweren Zettel in meiner zitternden Hand stehen. Einiges hätte ich schon mitunterschreiben können. Vor allem keine Schmerzen und ein schneller Tod und an künstlicher Ernährung durch Schmerz verursachende Eingriffe von außen hätte ich auch keinen Spaß.
„Aber wie ist es mit dem großen Durst, Nora? Leidet man nicht ungeheuer darunter, wenn man nichts zu trinken bekommt, nicht einmal intravenös? Ich möchte schon gern bis zuletzt den erfrischenden Kontakt von Flüssigkeit in meinen Adern spüren."
„Dann schreibst du es so. Aber ich verzichte darauf, denn das verlängert unnötigerweise das Sterben. Und die Qual des Durstes wird schon dadurch gemildert, dass jemand die Lippen mit einem nassen Tuch immer wieder befeuchtet. Hier

steht es: ‚Ich wünsche fachgerechte Pflege von Mund und Schleimhäuten.'"

Mein guter Gott, so viele Einzelheiten! Meine Herzbeschwerden wurden intensiver, und ich fing an zu schwitzen. Ich hatte an sich noch keinen Menschen sterben sehen, davor und danach schon, aber nicht im selben Augenblick des Todes. Ich erinnerte mich an das Röcheln meines Vaters, seine lange Woche der Atemnot, der Sprachlosigkeit und hoffentlich der völligen Bewusstlosigkeit. Er war an keine Beatmungsmaschine angeschlossen und bekam auch keine künstliche Ernährung, nur intravenös, keine Magensonde. Das soll so unangenehm sein... Insofern hatten wir ihm einiges an Leiden erspart. Aber inwieweit waren die Schmerzmittel stark genug? Nora war sich so sicher auf die beste und bequemste Art zu sterben! Sie war lange Jahre Krankenschwester gewesen und auch jetzt noch ehrenamtlich in einem Hospiz tätig. Aber ich war nicht so sehr mit der Materie vertraut und daher nicht so sicher.

„In den oben beschriebenen Situationen wünsche ich, die Unterlassung von Versuchen zur Wiederbelebung und dass der Notarzt nicht verständigt wird bzw. dass ein ggf. hinzugezogener Notarzt unverzüglich über meine Ablehnung von Wiederbelebungsmaßnahmen informiert wird. Ich wünsche, dass keine künstliche Beatmung durchgeführt bzw. eine schon eingeleitete Beatmung eingestellt wird, unter der Voraussetzung, dass ich Medikamente zur Linderung der Luftnot erhalte."

Nora klammerte ausdrücklich noch andere Maßnahmen aus: Dialyse, Antibiotika, Transfusionen, was mir ziemlich radikal erschien, denn ich hatte diese drei Möglichkeiten immer als lebensrettend empfunden, doch sicher, wenn sie nur die Wirkung hatten, das Leiden zu verlängern...

Meine Freundin sagte schließlich: „Dann musst du vermerken, ob du zu Hause oder im Krankenhaus sterben willst, beerdigt oder verbrannt werden willst, deine Organe zur Spende freigibst oder nicht."
„Ja, ich verstehe."
„Du siehst blass aus. Habe ich dich erschreckt?"
„Nein. Es ist ja das Schicksal aller Menschen."
„Überlege es dir gut und trifft deine letzten Verfügungen in Ruhe, jetzt da wir noch geistige Klarheit besitzen, damit andere, Ärzte, Institutionen oder Angehörige, uns zu nichts zwingen können, wenn wir etwas nicht wollen."
Ich nickte, aber skeptisch. Die Medien reden viel davon, viel mehr als in den 90er Jahren, vielleicht weil es jetzt noch mehr technische Möglichkeiten zur Lebensverlängerung gibt. Merkwürdigerweise ist unsere eine Zeit der Freiheit und Vollmündigkeit wenigstens im Sterben. Wir werden praktisch dazu gezwungen, unsere Wahlkriterien an diesen Neuschöpfungen, den so genannten Patientenverfügungen zu erproben. In anderen Zeiten hat man nicht so viel daran gedacht. Jahrhunderte lang hat man den eigenen Tod nicht so eifrig vorgeplant und analysiert.
„Das mit der Freiheit scheint mir sehr fraglich", sagte ich zu Nora. „Ich fühle mich oft verfolgt, vom Krankenhaus, von Patientenverfügungen... Wenn eine Operation missglückt und man dadurch behindert und noch kranker als zuvor wird, dann kann man sowieso wenig entscheiden. Man hat bei jeder Operation sein Einverständnis zu allen eventuellen Risiken mit seiner Unterschrift bekundet. Das nervt mich auch, dieses Ritual der Unterschriften. Die Sprache der Akten, des Schriftlichen überflutet uns. Aber das heißt nicht, dass wir sehr frei sind. Und wie ist das mit eindeutigen und zweideutigen Formulierungen? Ich bin etwas eigensüchtig, ich weiß, aber

ich möchte gerne meine Organe behalten und nicht zu wissenschaftlichen Zwecken spenden. Neulich hörte ich etwas, was mich alarmierte: Wenn man nicht ausdrücklich die Organe verweigert, werden diese einem automatisch weggenommen, denn man braucht sie immer dringender für Transplantationen und Experimente. Jetzt habe ich noch die Möglichkeit, meine Organe zu reklamieren und nein zu sagen. Doch ich fühle mich nicht, als wäre ich sehr frei durch diesen Zettel. Unsere Zukunft im Jenseits ist auch so ein Mysterium, so verschleiert und unerforscht, und die Frage ist, ob unser Körper irgendetwas merkt und sogar leidet, wenn er im Unbewussten liegt... wenn er verbrannt wird... oder wenn er von den Organen entleert wird..."
„Nein, der Körper merkt nichts mehr", sagte Nora kategorisch, „wie bei der Narkose; nach dem Tod spüren wir nichts und das Bewusstsein wird völlig ausgeschaltet. So weiß eine Leiche nicht, wie viele Tage sie in einem Kühlschrank im Krankenhaus bis zur Beerdigung aufbewahrt wird."
„Das ist ein Glück. Ich hätte es nicht so gern im Kühlschrank und auch nicht begraben oder verbrannt. Alle Alternativen sind schlecht. Deshalb ist das mit dem Wort ‚Verfügung' etwas ironisch gemeint."
„Trotzdem kann man sich unter dem Schlechtesten das Beste aussuchen, was dir mehr liegt: Ich nehme mir lieber ein Grab und eine traditionelle Beerdigung und sterbe lieber zu Hause oder in einem Hospiz."
„Ja, ich muss mir darüber Gedanken machen. Kübleros schreibt auch, dass es meistens zu Hause am schönsten ist, selbst wenn die Behandlung vielleicht nicht so gut wäre. Eine vertraute Suppe bringe mehr als alle Infusionen dieser Welt. Aber was mich betrifft, ich kann nicht in der Pension unter fremden Gästen sterben und von ihnen gepflegt werden. In

Andalusien mit den Verwandten wäre es auch nicht so gut; meine Tanten und Cousins würden mich nur mit Erinnerungen an die Kindheit quälen, an die Zeit als ich noch nicht in Deutschland lebte."
Nora fragte plötzlich: „Wie ist das mit deiner Hüftoperation? Wann gehst du ins Krankenhaus?"
Sie hatte wieder an meiner empfindlichsten Stelle gerührt und ich wäre beinahe explodiert und hätte wie eine Geistigkranke geschrien, eine Verfolgte, die zum Psychiater muss. Aber ich antwortete noch einigermaßen beherrscht: „Ich weiß es nicht. Ich kann mich noch nicht dazu entschließen."
„Arme Andrea, ich verstehe dich schon."
„Die beiden Alternativen gefallen mir wieder nicht. Es könnte sein, dass ich wegen meines schwachen Herzens bei der Operation sterbe... Aber wenn ich mich nicht operieren lasse, dann werde ich am Ende kaum laufen können und muss mir unbedingt einen Rollstuhl besorgen. Es ist noch ein Glück, dass diese Pension so klein ist und ich nicht viele Schritte gehen muss. Aber das Einkaufen einmal wöchentlich fällt mir zunehmend schwerer. Meistens schicke ich das Putzmädchen dahin. Schau mich an. Ich bin wie ein gefangenes Tier in einem Käfig."
Sie tröstete mich auf ihre unbeholfene Art: „Aber die Ärzte wissen schon, was sie tun. Wenn sie es sich zutrauen zu operieren, dann brauchst du dir keine Sorgen zu machen."
„Meine Güte, als wäre alles so einfach! Als würden die Ärzte nie einen Fehler machen!"

Überraschungen... Was für eine Überraschung könnte es noch für eine 61-Jährige geben? Als Nora weggegangen war, las ich noch einmal die Varianten der Patientenverfügung und wollte mich schon für eines der kostbaren Gerichte des Todes entscheiden und unterschreiben... (Ja, zu trinken durften sie mir noch bis zuletzt geben, sonst würde ich innerlich verbrennen) als es plötzlich in der Pension klingelte. Es war aber kein telefonisches Klingeln, sondern an der Tür, was jede Überraschung, angenehme oder schreckliche, unmittelbarer und unausweichlicher macht. Man kann sie nicht zurückstellen, nicht auf den Anrufbeantworter speichern, sich nicht einmal fünf Minuten vor dem Spiegel vorbereiten.

Es war ein Mann um die 45, den ich nicht kannte, oder besser gesagt, nicht erkennen konnte, denn ich hatte ihn um die 30 Jahre nicht gesehen, als er noch ein Kind war. Aber er lüftete sofort das Geheimnis mit nur ein paar Worten: „Ich bin Ocke Minden, der Neffe Ihrer Freundin Elisabeth. Wissen Sie noch?"

Ich rief erstaunt aus: „Ach ja, natürlich, Elisabeth! Wie geht es ihr im Moment?"

„Nicht so gut. Sie sitzt im Rollstuhl und hat Rheuma. Aber sie kann noch Witze machen und über Politik diskutieren. Sie ist 75 geworden."

„Ich weiß. Sie wollte unbedingt, dass ich zu ihrem Geburtstag nach München komme, aber in meinem jetzigen Zustand konnte ich es nicht. Und Sie... Du... können wir noch das alte Du beibehalten, obwohl wir ganz andere Menschen geworden sind?"

„Von mir aus schon, Andrea."

„Was machst du hier in Berlin?"

„Urlaub, entspannen und mich etwas zerstreuen. Ich reise viel, wie du weißt wegen meines Berufes. Ich bin Pilot. Ich bin meistens in Hotels, aber ich habe mir neulich gedacht, ich könnte ein paar Tage in deiner Pension verbringen, wenn ihr noch Platz für mich habt. Ich mag diese Gegend besonders, und es ist vielleicht familiärer als in einem Hotel."

Ist es wahr oder ein Traum? Ein Pilot in unserer Pension...
Das hatten wir noch nicht gehabt, und so jung...
„Sicher geht das. Du bekommst das beste Zimmer, aber Luxus haben wir nicht, und die Atmosphäre ist nicht so toll. Viele sind feste Kunden, die wohnen hier schon ewig, eine ganz alte Familie."
Ich bekam plötzlich Angst, dass er weggehen könnte. Ich durfte ihn nicht so sehr entmutigen.
Er sagte nur: „Das stört mich nicht, so habe ich mehr Ruhe. Ich bin auch kein junger Mann mehr, und seitdem Luise, meine Freundin, im vorigen Jahr starb, verfalle ich oft in traurige Stimmungen."
„Es tut mir Leid. Luise, ja, armes Mädchen. Ich habe schon von ihr gehört."
Ich nahm die Patientenverfügung wieder in meine Hand und wollte weinen. Ich dachte auch an seine Mutter, die nicht mehr lebte. Aber in seiner munteren und zielgerichteten Art rief mich mein Besuch zur Tat zurück: „Komm Andrea, zeig mir mein Zimmer und wir erledigen die Formalitäten."
„Ich möchte dich gern als meinen Gast einladen. Für ein paar Tage brauchst du nichts zu bezahlen."
„Es ist lieb, aber ich kann es nicht annehmen. Du bist hier nicht die Chefin, sondern eine Angestellte, und ich verdiene bestimmt viel mehr als du."
„Aber wenigstens darf ich hin und wieder in meinem eigenen Zimmer für dich kochen. Die anderen bekommen nur Frühstück."
„Gut. Das sind die Privilegien der Freundschaft. Schon als Kind bekam ich viele Sachen von dir, Geschenke aller Art und Süßigkeiten."

„Ja. Ich ärgerte mich immer wieder, dass ich nicht deine Patin geworden war und war auf Claudia Sommerfeld eifersüchtig, die diesen Titel trug und sich nie um dich kümmerte."
„Ja, Frau Sommerfeld, eine geizige Patin. Aber sie ist schon lange tot."
„Sie auch?", schrie ich fast hysterisch. „Das Wort ‚tot' sollte verboten werden, dann hätten wir keine Patientenverfügungen mehr."
„Trotzdem würde der Tod weiter existieren, selbst wenn das Wort fehlte."
War er dasselbe Kind wie damals? Unglaublich! Als Kind hatte ich ihn geliebt, und jetzt könnte ich ihn auch wieder lieben.
„Ich konnte dich nicht erkennen, Herr Minden. Du dagegen hast sofort meinen Namen gerufen. Hat dir Elisabeth mein Bild gegeben? Damals vor 10 Jahren fotografierte sie mich bei unserem Klassentreffen."
„Ja, damit ich dich leichter finden konnte. Gestern war ich bei ihr, und sie gab mir das Foto. Aber ich hätte dich auch ohne erkannt, du hast dich nicht so sehr verändert."
„Du bist ein Charmeur. Deine Mutter und Elisabeth hatten auch diese Eigenschaft. Sie konnten immer so gut schmeicheln und loben, während die übrige Welt meistens sehr kalt und ungastlich blieb; sie waren die würdigen Töchter einer französischen Schauspielerin."
„Ja, und sie konnten endlos plaudern, Kunden überreden und verkaufen, deshalb hatten sie immer überall Boutiquen. Sie hatten bestimmt sieben verschiedene Läden gehabt immer in Verbindung mit Kosmetika und Kleidung, sofern ich mich erinnern kann."
„Wir könnten hin und wieder über die drei Frauen reden, wenn du möchtest."

„Doch, aber in Grenzen und nicht zu viel. Ich mag Nostalgie nicht so sehr. Man lebt nicht in der Vergangenheit, sondern in der Gegenwart."
„Ich würde gerne mit dir fliegen, dich als Pilot in deinem Beruf kennen lernen."
„Das lässt sich schwer verwirklichen, da ich im Moment Urlaub habe."
„Es muss sehr gefährlich sein so ein Flugzeug zu steuern und so viele Menschenleben liegen in deinen Händen! Aber wir reden nicht mehr davon, du hast Urlaub. Und ich auch. Im Grunde brauchen mich die Leute in der Pension nicht wirklich."
„Doch, ich brauche neue Handtücher und Seife."
Ich gehorchte schnell. Zu meiner Verwunderung konnte ich jetzt gut laufen und meine verschlissene Hüfte tat mir nicht weh. Ich holte eine Vase mit frischen Blumen, Lilien, und brachte alles zu einem großen und hellen Zimmer auf der rechten Seite des Flurs.
„Ich bin derjenige, der dir die Blumen hätte bringen sollen", sagte er mit einem Lächeln. „Aber ich werde mich rächen. Ich habe eine Geige mit für meine Freunde." Er öffnete seinen Koffer und zeigte mir seine Geige. „Bald werde ich ein Konzert für dich alleine geben und bei meiner Musik wirst du in einen schönen Schlummer der Ruhe fallen."
Gewiss, das wäre der beste Tod: Mitten in einem Geigenkonzert zu sterben, mit dem Klang der himmlischen Musik in den Ohren, sanft einschlummern statt höllisch leiden und röcheln. Und wie wäre es im Flugzeug mit meinem Piloten? Ich hatte mir das Verunglücken in einem Flugzeug als grauenvoll vorgestellt, aber vielleicht wäre es gar nicht so schlimm. Man bräuchte dann keine Patientenverfügung mehr. Das Meer würde unsere Knochen verschlucken. Kein Grab und kein Verbrennen mehr nötig, keine Magensonde und

keine Beatmungsmaschine für uns, die Krankenhaus-Verfolgten.
Aber das Geigenkonzert hätte ich lieber.
Und noch viel lieber hätte ich es mindestens ein paar Jahre, zehn oder fünfzehn, weiter zu leben, jetzt da ich diese große Überraschung erlebt hatte und mit ihm sein konnte, mit meiner alten Liebe, einem plötzlich erwachsen gewordenen Kind als faszinierenden Mann, Piloten und Künstler.
Ich machte die Tür hinter uns zu. Ich wollte bei ihm im Zimmer bleiben, aber ich war zu schüchtern, um es auszusprechen. Er verstand mein Bedürfnis und sagte fröhlich und schelmisch: „Es gibt Menschen, für die die Jahre nicht vergehen. Du siehst noch jung, fast wie damals aus."
Ein schönes, sauberes und frisch gemachtes Bett wartete auf uns. Zum Glück war es kein Bett im Krankenhaus.

Elftes Gebot: Das Leben auf Erden lieben

Als ich in den Himmel kam, war ich natürlich begeistert von der großen Vielfalt der Eindrücke und der Geschöpfe, die mir plötzlich begegneten. Da war vor allem der Schöpfer, die Engeln und Heiligen, meine eigenen Toten der Familie und auch die Geister der Menschen, die ich mein ganzes Leben bewundert und verehrt hatte: Louis Braille, Edison, Kafka, Rabingranath Tagore.

Na ja, so einfach war es nicht eine Audienz bei ihnen zu bekommen, auch im Himmel nicht. Man musste sich auf eine Liste eintragen und lange auf den Termin warten, denn die waren meistens überlastet mit Besprechungen und Aufträgen, noch von der Erde oder von Bewohnern des Jenseits, wie ich selbst einer war. Jedes Mal wenn ein Licht, ein Radio, Fernseher, Kassettenrekorder oder Kühlschrank angeht, muss Edison eine kleine, sekundenlange Arbeit verrichten, damit die elektrischen Vorgänge gestartet werden und alles funktioniert. So ist er ständig beschäftigt und sehr gefragt, sehr bemüht, die Spuren seiner Erfindung nicht aus den Augen zu verlieren, auch wenn er jetzt nicht mehr auf der Erde verweilt. Und jedes Mal, wenn Kafka gelesen wird, fühlt er sich von seinem Werk gleichzeitig angezogen und abgestoßen; man hört seine Seufzer, seine quälenden, gierigen Fragen... Man sieht Schweißperlen, Sorgenfalten und angestrengte Bewegungen in seiner Geistesoberfläche. Das bedeutet, dass sie alle nicht ganz von Stress befreit sind, sie unterliegen den Reizen ihrer Vorgeschichte und ihrer Persönlichkeit auf Erden. Mit einem Wort, Sprechstunden können nicht so leicht vergeben werden. Rabingranath Tagore ist der einzige, der sich nicht um seine Ruhe bringen lässt. Er grüßt nur sanft und aus der Ferne die

Tempelbesucher, unerschütterlich verträumt, und bleibt meistens sehr dicht bei seinem Schöpfer, als hätte er ernsthaft vor, jeden Augenblick eine heilige, unaufschiebbare Schachpartie mit Gott zu spielen. Und Luis Braille, der Erfinder der Blindenschrift, ist der einzige, der noch über reichlich Zeit verfügt, um Leute zu empfangen, weil nur wir, die Minderheit der Nicht-Sehenden auf der Erde, noch an ihn denken.

Mit Braille rede ich ziemlich oft. Wir sprechen über unsere Vergangenheit, als wir noch nicht sehen konnten... als wir noch nicht tot waren, über die Blindenschulen und über seine Punktschrift, die mir damals so viel brachte. Und wir sprechen über die Probleme mit der „Gesellschaft", die wir damals erlebten und die uns jetzt so überholt, so unbedeutend erscheinen. Mein Aufenthalt auf der Erde liegt ungefähr zwei Jahre zurück, deshalb sind meine Erinnerungen noch sehr frisch im Vergleich zu seinen. Es ist bestimmt von Wichtigkeit, ob man sich vor beinahe zwei Jahrhunderten von der Gesellschaft verabschiedete oder erst vor zwei Jahren, wie es bei mir der Fall ist. Und ich kann mich noch über bestimmte Sachen ärgern, die ihn dagegen ganz gleichgültig lassen. Er ist ein bisschen wie der Tagore, lächelt immer und bedankt sich ständig bei Gott für die himmlische Inspiration, die ihm gegeben wurde, diese wunderbare Erfindung für die Blinden zu erzeugen.

Von den vielen Kontakten, die mir, sozusagen vom Himmel zugefallen sind, erfreue ich mich besonders an dem Gespräch mit meinen damals Verlorenen. Sie wurden damals bis zur Unerkennbarkeit der Verwesung preisgegeben, erscheinen aber jetzt wunderähnlich verjüngt und gänzlich wiederhergestellt, so dass man ihnen gar nichts von der Verwüstung des Todes anmerken kann, nicht einmal die geringsten Risse beim Zusammenkleben der verstreuten Teile im Innenbauch des Grabes. Ich spreche mit Oliver, meinem Vater, meiner Großmutter Cecilia und Alexander, ein Freund, der viel jünger war als ich und schon mit 38 plötzlich starb. Ich spreche auch mit meinen alten Vorfahren, die mir einen erstaunlichen Einblick in verschiedene Zeiten der Geschichte ermöglichen, besonders mit zwei Urgroßtanten mütterlicherseits, die mir ausgesprochen lieb sind, denen ich sogar gleiche und mit denen ich mich sehr gut verstehe. Ich höre immer gerne Geschichten von damals, von Pferdekutschen, Kerzen, Brieftauben... von einer fernen Zeit ohne Computer, ohne Kaffeeautomaten und Laborbabys. Melanie und Judith sind für das mündliche Erzählen besonders begabt und erzählen mir viel, was meine Stunden im Himmel noch schöner und interessanter macht als sonst. Judith erzählt oft von den Judenpogromen, dass sie sich nie wohl in Deutschland gefühlt habe. Melanie erzählt von den ersten Schritten in der Frauenbewegung, dass sie mit der ersten Ärztin in Deutschland befreundet gewesen sei.

Aber sicher, am schönsten sind meine Gespräche mit Gott, der so originell und einfallsreich ist; er ist wie ein ausdrucksvoller Schauspieler, der alle Stimmen und Rollen der Welt - Frauen, Männer, Tiere, Steinchen und Pflanzengeflüster - ohne die geringste Anstrengung imitieren kann. Gott ist der beste Imitator, den ich je gehört und gesehen habe. Manchmal, wenn ich Langeweile habe, bitte ich ihn darum, mich selbst nachzumachen. Ich finde seine Imitationen so faszinierend und lustig. Er nimmt meine ganze Gestik, meine Lieblingsredensarten und meine Stimme an, und ich könnte mich totlachen, wenn ich wahrnehme, wie genau er mich wiedergibt. Nicht nur akustisch, sondern mein ganzes Aussehen. Die damalige Farbe meiner Augen und meiner Haare reproduziert er wie einen spontanen Nachhall

meiner Identität. Ein paar Sekunden lang verwandelt er sich in mich selbst, mir zuliebe, auf eine spielerische und unendlich gütige Art. Er nimmt meinen Körper an, damit ich besser lachen kann, wenn ich mich sehe. Ich finde mich in ihm wiederholt, als wäre er kein Gott mehr, sondern ich selbst.
Mein Schöpfer weiß alles über meine Geschichte... über die schwache, kleine und unentschlossene Krisi Hunold, eine Bauerntochter, eine in München blind geborene, spätere Pianistin und Studentin der Theologie, eine eifrige Braille-Leserin und Radiozuhörerin und mit zwei sehr guten Schwestern ausgestattet, die mir oft das Gefühl gaben, in eine schöne, sehr gemütliche Welt hineingeboren worden zu sein. Mütterlicherseits stamme ich von Klavierlehrern und Theologen ab. Da ich besonders religiös erzogen wurde, war meine Beziehung zu Gott immer gut, deshalb kann er mich auch so gut imitieren; vor Atheisten hat er einen gewissen Respekt, wirkt verunsichert, eingeschüchtert und tut so etwas nicht.
„Lieber Gott, du hast es wieder ausgezeichnet gemacht. Ich könnte applaudieren... Und wie du dich in jedes deiner Geschöpfe verwandelst! Ich bewundere, dass keines dir zu gering erscheint, und ich bewundere dein unerschöpfliches Einfühlungsvermögen, dein scharfes, lückenloses Gedächtnis... dein erstklassiges Rollenspiel. Aber bitte ich möchte jetzt die Platte wechseln und einen neuen Videofilm sehen. Mach lieber Dahlia oder Lätizia nach. Ich habe so viel Sehnsucht nach meinen Schwestern! Wirklich, es ist fast krankhaft. Ich verstehe es nicht, denn hier im Himmel fehlt mir natürlich an nichts, aber mein Heimweh nach den Schwestern wächst von Tag zu Tag. Ich kann es nicht fassen, dass ich jetzt nicht mehr mit ihnen sprechen und leben darf."

Wie immer zeigt Gott viel Verständnis für mich und verhält sich geduldig. Als erstes macht er die kleine Lätizia nach, als sie noch ein Baby war und ich so viel Freude daran hatte, wie eine fürsorgliche Kängurumutter das winzige und musikalische Päckchen überall mit mir hin zu tragen. Mein Babygott bringt mich gleichzeitig zum Lachen und zum Weinen, ich kann kaum meine Tränen der Sehnsucht unterdrücken. Dann macht er die schöne, ruhige und erwachsene Dahlia nach, wie wir beide Hausaufgaben besprechen und uns dann auf den Besuch eines alten Verwandten aus Indien vorbereiten: „Exciting, thrilling", Indien... Wiedergeburt... Dahlia möchte am liebsten in Japan wieder geboren sein. „Warum schwärmt sie immer so sehr für Japan?", frage ich mich manchmal. Als Lätizia 15 wurde und ich 29, konnte Dahlia endlich ihren Traum erfüllen und nach Japan reisen. Ich glaube, sie war etwas enttäuscht, aber sie würde es nie zugeben und setzte ihre japanischen Studien fort.

„Gott, weißt du, warum sie immer von Japan schwärmt? Letzten Endes hat sie dort keinen Ehemann und keine Freunde. Es ist komisch, dass eine Jüdin sich so sehr von Japan begeistern lässt; zu Israel und den arabischen Ländern dagegen hat sie keinerlei Beziehung; es ist als hätte sie sich eine neue Heimat ausgesucht, um nicht Partei zwischen den beiden Kulturen ergreifen zu müssen. Wir alle in der Familie haben ein paar Tropfen jüdischen Blutes, aber wir merken es kaum oder tun so, als ob... Nur die Urgroßtante Judith bestand mit Stolz auf ihren jüdischen Namen. Hier sind Rasse und Herkunft so unbedeutend, aber auf Erden hatte es eine ungeheure Wichtigkeit, das mit dem jüdischen Blut."

„Ja, ich weiß, wie wichtig, das ist. Ab 1939 kamen so viele Menschen zu mir geliefert, die nicht eines natürlichen Todes gestorben waren! Ich konnte nicht viel für sie tun... Na ja, später schon... Ich konnte sie mit noch mehr Himmel belohnen, mit einem noch breiteren und intensiveren Gefühl vom Himmel beschenken als die meisten Menschen, nachdem sie die Hölle der Erde kennen gelernt hatten."

Wir sind traurig geworden, Gott und ich. Aber dann imitiert er meine Mutter und meinen Mann, diese zwei Wesen meiner irdischen Existenz, die ich auch im Himmel so grauenhaft vermisse, und ich beginne wieder gleichzeitig zu weinen und zu lachen.

„Gott, es ist so unübertrefflich lustig! Es ist zu wenig bekannt, dass du so ein wunderbarer Schauspieler werden kannst. In den Evangelien ist nie die Rede davon, warum?"

„Ich bin kein Schauspieler, sondern euer Schöpfer, und deshalb ist mir alles lieb, was euch betrifft, und ich kann mich in euch verwandeln, um dich ein wenig dafür zu trösten, dass du deine Leute im Moment nicht haben kannst."

„Ja, es ist ein schreckliches Gefühl... wie damals als Vater, Großmutter und Alexander uns verließen. Jetzt sind die Lebenden für uns die Unerreichbaren, wie es damals die Toten waren."

„Du musst dich gedulden. In ein paar Jahren seid ihr alle zusammen. Und was sind schon ein paar Jahre hier oben?"

„Ich möchte dir nicht widersprechen. Aber... mir liegt etwas auf dem Herzen. Die ganze Zeit wollte ich dich schon rufen und mit dir darüber reden. Wärest du sehr böse auf mich, wenn ich dich inständigst um etwas bitten würde? Lass mich wieder auf die Erde zurückkehren. Ich habe so ein Heimweh nach meiner Familie und nach der Wiederherstellung meiner Gewohnheiten, meiner Freuden! Im Grunde solltest du mich nicht dafür bestrafen, denn ich bin ja so in dein Werk verliebt, in das irdische Leben, in das, was du geschaffen hast. Ich liebe nicht nur die Menschen, sondern auch das Grausame in der Natur, das Vergängliche und Veränderbare. Ich mochte auch unsere Unfreiheit und Alltäglichkeit, unseren sehr begrenzten, konditionierten Handlungsrahmen, bei dem jeder von uns nur unbeantwortete Fragen stellen und vom Ganzen nur sehr wenig verstehen konnte."

„Du willst mir ja bloß schmeicheln, indem du meine Schöpfung preist. Du bist nichts als ein kapriziöses Mädchen, das alles ausprobieren will: jetzt den Himmel, dann wieder die Erde... Aber es geht nicht, diesen Wunsch kann ich dir leider nicht erfüllen, denn ein solches Verhalten würde gegen die universellen Gesetze verstoßen: Noch nie ist jemand aus dem Totenreich auferstanden und zu den Seinigen zurückgekehrt."

„Doch, Lazarus... Erinnerst du dich nicht mehr an ihn?"

„Doch, aber das war ganz anders. Es geschah aus meinem großen Mitleid mit den Angehörigen heraus und nicht weil er selbst das gewollt hatte. Du bist der erste Fall von jemandem, der freiwillig die Wonnen des Himmels mit denen der Erde zurücktauschen und uns verlassen möchte. Im Grunde sollte ich dich doch bestrafen, weil du so unreif bist. Unreife Menschen dürfen nicht in den Himmel. Wie könntest du so gedankenlos und frivol deine Toten, die Engel und mich selbst ohne Reue aufgeben? Diejenigen, die noch nicht im Besitz des großen Geheimnisses der Schöpfung sind, müssen sich mit dem schmerzhaften Übergang der Erde begnügen, aber du, die du das hier schon kennst... Das Paradies der Ruhe, der Unendlichkeit und Wahrheitsfindung willst du ohne weiteres wegschmeißen, bloß um das Vorläufige, das Verschwommene und Unvollkommene, das nicht zu Ende gesprochene Wort zurück zu bekommen? Ich mag es nicht meine eigenen Geschöpfe für dumm zu halten, aber wirklich... Du hast keinen Kopf, meine Tochter."

„Die emotionalen Dinge der Liebe haben nichts mit dem Kopf zu tun. Du hast mir so wunderbare Schwestern gegeben, und ich liebe sie so sehr, dass ich sogar das Verbrechen der Flucht begehen würde, solltest du es mir nicht erlauben, zu ihnen zu gehen. Und du hast mir auch viele Beschäftigungen, kleine Aufgaben und Freizeitgenüsse ermöglicht, an denen ich viel Freude hatte, wie kann ich jetzt ohne all diese Freuden leben?"

„Bist du so unzufrieden mit dem Himmel? Gefallen dir die Gespräche mit Edison, Kafka, Tagore und Braille nicht mehr?"

„Doch, aber meistens sprechen wir über das irdische Leben, und das macht meine Sehnsucht noch stärker."

Ja, ich habe einige Kritikpunkte gegen den Himmel: Die erste Zeit war ich so fasziniert von den Neuigkeiten des Jenseits, dass ich weniger daran dachte. Die Begegnungen mit den Meinigen: mit Oliver, Melanie, Alexander, Judith und sogar mit berühmten Gestalten der Geschichte, mit dem christlichen Kaiser Konstantin und seiner Mutter, der heiligen Helena... Das alles berauschte und erfüllte mich, machte mich glücklich wie ein großartiges Abenteuer. Auch die Gespräche mit der wunderbaren Maria und mit der heiligen Teresa von Avila gefielen mir sehr. Doch alle Gespräche kreisen mehr oder weniger um die Sterblichen und um deren Vergangenheit. Sogar Tagore, der mehr als üblich an Gott und nur an ihn denkt, macht sich ebenfalls Sorgen um die Menschen der Erde und versucht, diese für seine mystischen Meditationen empfänglich zu machen; oft spricht er seine himmlischen Vorträge über Lautsprecher aus, und wir alle müssen ihm zuhören, was ich auch nicht so richtig finde, denn ich kenne schon im Voraus den Inhalt seiner Reden. Auch Marx, Lenin und alle Philosophen, angefangen mit Platon, machen von ihrer Freiheit vollen Gebrauch und halten lange Reden über

Lautsprecher. Es ist zu viel des Guten. Man kann sich vor lauter Kundgebungen und Vorstellungen der verschiedensten Ideologien kaum retten. Die Schriftsteller auf der einen Seite quatschen über ihre Bücher, die Chemiker und allerlei Naturwissenschaftler auf der anderen nerven mich mit ihren ständigen Formeln für irgendwelche Substanzen der Erde, die jetzt für uns nicht mehr existieren; und die Erfinder reden ja nur von ihren Erfindungen. Was geht uns jetzt die Atombombe an? Atomstrahlungen können uns hier nicht mehr erreichen, trotzdem hören wir ständig über die Angst der Menschen davor und die Physiker zittern und quälen sich mit ihrem schlechtem Gewissen. Veranstaltungen und Aktivitäten aller Art vermischen und verhindern sich dabei, überschreien sich gegenseitig. Simultanität in Handlungen und Reden ist grandios... Aber ich hatte lieber unsere bescheidene Einsträngigkeit der Ereignisse und Gefühle auf Erden, bei der uns nicht so viel zugemutet wurde. Immer diese Violinen, Geigen, Gitarren, Klavierkonzerte und Chöre, die sich überschneiden und übertrieben laut in den Himmelsräumen ertönen, und dann... diese ewigen Bilderausstellungen für das geistige Auge, die uns vor lauter Intensität atemlos machen! Der Himmel der Kulturen ist schön, aber ermüdend und nicht richtig zu genießen, weil keine Privatheit und kein Auslesevermögen mehr zu bestehen scheinen. Auch nach dem Tod unterliegen wir Zwängen: entweder müssen wir uns Erzeugnissen der menschlichen Kunst unterordnen, hören, betrachten und lesen, oder sonst, wenn wir es nicht mehr ertragen können, müssen wir in das Reich der Stille flüchten, in das Reich der Pflanzen und Bäume, der himmlischen Wälder, wo es keine Geräusche mehr gibt... nur das Flüstern der Natur, des Windes und der Einsamkeit. Aber auch das möchte ich manchmal nicht; grundsätzlich langweile ich mich in der Stille und laufe verwirrt post mortem zwischen diesen zwei Alternativen umher. Doch es ist ein Glück, dass die Tiere nicht darauf bestanden haben, auch über Lautsprecher zu reden.

Gott hat meine Gedanken erraten.

„Warum beschwerst du dich? Für Abwechslung ist gesorgt. Du kannst dich entweder ausruhen oder alles in dich hineinfließen lassen, was der menschliche Geist bisher geschaffen hat. Du hörst ein Bachkonzert im Kerzenlicht, dann siehst du eine Inszenierung von Shakespeares ‚Macbeth' und dann läufst du zu den Bäumen und lässt dort den Wind und das erfrischende Wasser des Baches deine müden, inneren Glieder streicheln. Zu diesem Zweck nämlich, um euch zu streicheln und zu beruhigen, habe ich das Wasser erschaffen."

„Aber manchmal möchte ich, es wäre weder das eine, noch das andere. Ich möchte mit meinen Schwestern auf Erden sein."

„Es ist erstaunlich, meine kleine Krisi, dass du dich so erdverbunden zeigst. Bei dir hätte man durch deine Blindheit eher vermuten können, dass deine Freuden auf Erden weniger als die der anderen seien und deshalb deine Sehnsucht nach dem ewigen Sehen umso größer ist, nach dem Himmel... Ich merke aber, dass ich mich getäuscht habe."

„Ja. Ich war dir für jede Sache dankbar, die du mir gabst: für die Wärme der Heizung im Winter, für ein angenehmes, kühlendes Bad im Sommer, für das Betasten der Blumen und für jede sinnliche Erfahrung meines Körpers. Den vermisse ich jetzt auch, den Körper, trotz des Elends meiner Augen und der darauf zurückzuführenden Schwierigkeiten in meiner Motorik und Selbstständigkeit. Ich liebte das Leben sehr und konnte alles intensiv genießen: Mein Stricken, die Arbeit mit dem Computer, meine Bücher, die Gespräche und Spaziergänge mit meinen Schwestern, später das Zuhause mit meinem Mann. Auch wenn die Besucher nichts Besonderes an unserer Wohnung fanden, erschien sie mir wie ein Paradies. Ich liebte das Telefon, die Kassetten, CDs, alles was man hören kann und dessen Lautstärke ich selber bestimmen konnte, nicht so wie hier... wo sich alles so riesig und monumental anhört, als wäre es für Schwerhörige geplant. Ich liebte mein akustisches Archiv, das ich im Laufe der Jahre aus Platten, Radiosendungen und Hörbüchereien zusammengestellt hatte. Diese Hunderten von Kassetten... Wer hat sie jetzt? Sie sind in verschiedenen Städten bei meinen Erben verstreut, bei meiner Mutter, meinem Mann, meinen Schwestern, die nicht genau wissen, was damit anzufangen ist. Sie halten sie bloß in ihren Händen und weinen zwischendurch, weil sie sich an mich erinnern. Von vielen Dingen deiner Schöpfung bin ich echt begeistert gewesen, wie zum Beispiel von unseren Betten... Ach, die unvergesslichen, so bequemen und sanften Betten! Ja, als ich in der Jugend mit meinen Schwestern zusammen lag, und dann das Ehebett später... Die körperliche Liebe mit Arthur war auch ein Segen und die Erfüllung eines lang gehegten Traums; und diese Liebe vermisse ich jetzt, da ich keinen einzigen Teil seines Körpers, nicht einmal seine Hände und seine Haare berühren darf. Es ist wirklich schade, dass du mich so früh von diesem geliebten Menschen getrennt hast. Mit 51 war ich noch jung, und du hättest mich noch ein paar Jahre bei ihnen leben lassen können, findest du nicht? Und Alexander starb ebenfalls zu jung, noch viel jünger als ich. Die Freundschaft mit ihm war schön. Diese fernen Tage mit ihm, mit Oliver und der Großmutter waren mein erster Einblick in die Ewigkeit von heute. Aber das Leben auf Erden hat eine unvergleichliche Macht auf uns alle ausgeübt, die wir dort unten waren. Der Tod war so... schmerzhaft; doch bald lernten wir, die Toten abzuschreiben und haben weitergelebt. Ich hing an so vielen Dingen, die mir ein wunderbares Gefühl von Lebendigkeit gaben; ich liebte den Käfig mit den zwei singenden Wellensittichen; den Schmuckkasten, aus dem die Schwestern und ich Ringe, Ketten, Ohrringe und Armbänder herausholten und dann mit Silber und Gold spielten, die wunderbaren Steine miteinander verglichen und mit einem kommentierenden, plauderhaften Ton begutachteten. Für einige kitschige Menschen wie mich ist gerade ein Schmuckkasten wie ein Symbol des Lebens. Künstliche Produkte sind vielleicht weniger wertvoll als die Natürlichen. Eine Perlenkette hat wenigeren Ausdruck als die Vögelchen und die Blumen, die in einer direkteren Beziehung zu dir stehen; aber auch Künstlichkeit, das was der Mensch geschaffen hat, intensiviert das Leben. Ich mochte unsere gemütlichen und sanften Betten, wie gesagt, die hier selbstverständlich überflüssig geworden sind. Ich mochte unsere Holzbank mit den gestickten Kissen darauf, den Kaffeegeschmack, den Schokoladenjoghurt und all die genussreichen Mahlzeiten in einer vertraulichen Ecke der Küche mit den geliebten Menschen, die jetzt nicht mehr stattfinden können."

„Du vermisst sogar das Hungergefühl und das Durstgefühl, ist das so, meine kleine Tochter? Du enttäuschst mich ein wenig: Andere Menschen entwickeln immer mehr ihre spirituellen Fähigkeiten, wie sie sich befreien und von den Körperattributen loslassen können. Du dagegen warst immer mehr in die Erde eingewurzelt und mit der Erde verbunden."

„Nicht genau. Ich habe alles vermischt und ineinander eingeflochten: Dein Werk als Seele und Körper zusammen, als vergängliche Materie und ewiges Gefühl. Die äußeren Dinge für mich waren meistens eine Intensivierung des Inneren. Ich mochte unsere Uhr im Wohnzimmer, die so tänzerisch, kühn und unverdorben mit immer neuen und fröhlichen Glöckchen die Zeit ansagte, als wenn nie ein Mensch gestorben wäre. Ich mochte die von mir selbst gestickten Pullover und Läufer, die schönen Stoffe für Kleider und Tischdecken zu feierlichen Anlässen. Ja, im Großen und Ganzen war ich frohen Mutes und an allem interessiert, dem Leben gegenüber sehr positiv eingestellt, wie du weißt. Nur bei Operationen, Prüfungen, Kopfschmerzen und Schicksalsschlägen gegen meine Lieben war ich etwas niedergeschlagen und besorgt. Sonst lachte ich viel, voller Harmonie und guter Laune in ständiger Dankbarkeit für die großen Freuden des Lebens. Da ich so vieles mochte, konnte ich gar nicht verbittert sein. Ich mochte auch sehr, in die Kirche zu gehen und zu dir zu beten. Es war natürlich nicht so wie jetzt... aber aus der Ferne mit dir zu sprechen, hatte auch einen gewissen Reiz. Ich liebte das Reisen in die verschiedensten Länder, die vielen wunderbaren Sprachen der Erde; einmal brachte ich ein Reliefbild von Tolstoi aus Moskau mit und betastete sein Gesicht, vor allem seine Stirn mit meinen blinden Händen, während ich immer wieder über diesen großen Mann rätselte, dessen Biografie von Enrie Troya ich mit Inbrunst gehört hatte. Jetzt kann ich selbst mit Tolstoi sprechen, und das ist natürlich besser, aber sein Reliefbild war auch wichtig, ebenso wie seine Biographie und meine Kenntnisse der russischen Sprache; ohne sie hätte ich ihn nie richtig verstanden, seine Persönlichkeit nie geahnt. Ohne seine Existenz auf Erden, ohne seine Bücher, die voll von dir sind, was wäre er gewesen? Du hast uns so abhängig von der Erde gemacht, dass der Himmel im Grunde nur eine Fortsetzung davon ist. Sei nicht böse auf mich, Gott. Ich wollte dir nur sagen, dass ich die Erde liebe, weil sie auch von dir stammt."

„Es ist keine Sünde, und ich verurteile dich nicht deswegen. Ich kann keinen Fehler in dir finden: Auf Erden warst du wie ein Engel, voller Güte und Liebe für alles. Nur hier beschwerst du dich viel zu viel. Du hast mich halb davon überzeugt, dass der Himmel tatsächlich nicht der beste Ort sei. Hier brauchen wir keinen Schmuck, keine Betten und keine Reisen: Dafür haben wir auch keine Schmerzen, keine unerwiderte Liebe, keine Verbrechen, keine Depressionen und keine Einschränkungen; wir haben den Teufel besiegt und uns von ihm absetzen können, was schon eine großartige Leistung ist. Oder hättest du es lieber, diesen grausamen Feind im Rücken zu haben? Man kann nicht behaupten, dass die Menschen im Himmel zur Faulheit erzogen werden, die Schöpfung ist nicht zu einem völligen Stillstand gekommen, auch wenn wir uns alle vorrangig erholen. Noch gibt es viele unter uns, die im Himmel Bücher schreiben, neue Musik komponieren oder Bilder malen... nur dass jetzt keine Materie mehr notwendig ist, keine Instrumente, kein Papier, keine Leinwand; sie malen, schreiben und komponieren in der Luft. Ich bin der einzige, der noch die Materie benutzt: Ich erschaffe noch immer neue Planeten und Sonnensysteme bis zur Unendlichkeit. Aber du sagst, dass du hier vieles vermisst..."

„Ja. Doch ich möchte dich nicht ärgern, und vor allem... Ich möchte nicht einer Versuchung des Teufels erliegen. Sitzt er uns im Verborgenen immer noch im Nacken?"

„Auch die reichen Menschen der Erde schätzen ihr Glück nicht genug und sind manchmal deprimiert und lustlos wie du. Aber was kann ich jetzt tun, meine Tochter? Dein Körper ist schon verfault und von den Würmern halb zerfressen. Hättest du dich ein paar Sekunden nach dem Tod gemeldet, dann hätte ich vielleicht eine sanfte und relativ unauffällige Wiederauferstehung wie bei Lazarus bewirken können, aber jetzt nach zwei Jahren... Ich könnte dich höchstens als eine andere, eine völlig Fremde, in die Welt zurückschicken, aber dann würden dich die Deinigen nicht erkennen. Du hättest keinen Nutzen davon, kein Mensch würde dir deine Geschichte glauben; alle würden dich für verrückt erklären, wenn du behaupten würdest, dass du eine Zeit lang im Himmel gelebt hast. Ich bin zwar ein mächtiger Gott, aber ich kann nicht meine eigenen Naturgesetze umschmeißen, und die Natur erfordert es, dass du nie wieder die gleiche sein wirst; eine Verlängerung des Lebens nach dem Tod gibt es nicht. Das einzige, was ich dir anbieten kann, ist eine Wiedergeburt innerhalb von, sagen wir mal 80 oder 90 Jahren und mit einer ganz anderen Identität, das heißt, nie mehr wieder als die blinde Krisi, die trotz ihrer Blindheit so glücklich und zufrieden mit der Erde war. Das wäre schon eine große Ausnahme, die ich mit dir machen würde, denn es verstößt eindeutig gegen die Regeln. Wiedergeburten sind im Himmel gar nicht gefragt, da alle hier Versammelten schon zum Stadium der Perfektion gelangt sind und deshalb der Rückkehr zur Erde nicht mehr bedürfen. Aber wenn du das Risiko eingehen willst, wieder bei den Sterblichen zu sein... Wenn du tatsächlich des Himmels überdrüssig bist, kann ich dich nicht zurückhalten. Nur diese Zeit, bis zum Jahre 2100 ungefähr, musst du schon warten. Zwischen dem Tod eines Menschen und seiner Wiedergeburt muss schon eine beträchtliche Menge an Zeit verstreichen, und besonders in deinem Fall, denn gerade jemand, der im Himmel gewesen ist, wird sich immer daran erinnern müssen und die Himmelszeichen nie ganz von sich abwaschen können. Vielleicht musst du sogar zwei oder drei Jahrhunderte warten und sehr lange in den Gewässern des Vergessens baden, denn der Himmel lässt sich nicht so leicht abstreifen. Ein Stück davon wird immer in

dir bleiben, auch wenn du in deinem neuen Leben eine ganz andere Richtung einschlagen solltest... Sag, willst du eine Wiedergeburt? Wenn ja, dann müsste man es sehr langfristig im Voraus planen und in die Wege leiten!
Ich verneine mit dem Kopf sehr energisch und ohne Zögern, dann auch mit verbalen Ausdrücken der Abwehr und des Entsetzens: „Nein, nein... Ich möchte hier nicht weg. Ich könnte euch, dich, unmöglich verlassen, jetzt da ich den sicheren Beweis deiner Existenz habe und alles mit dir teilen, dich tagtäglich mit meinen neuen, vor lauter Sehen großgewordenen Augen beobachten darf. Logischerweise habe ich dich noch mehr liebgewonnen, seitdem wir hier zusammen sind. Deine Imitationen, um mich zu zerstreuen, sind so rührend, mir unentbehrlich, und deine gutmütige, verständnisvolle Art mit mir umzugehen. Und was hätte ich von so einer Erdenzukunft, in der die alten Menschen und Sachen, die ich liebte, nicht mehr zu finden wären? Ich wollte ja mit meinen Schwestern spazieren gehen, nicht mit Fremden, und ich wollte mein Strickzeug, das ich vor zwei Jahren auf meinem Schreibtisch liegen ließ, an die Hand nehmen und einen Schal für Arthur Stricken. Erzähl, wie ist das mit den Laborbabys und den Klon-Experimenten der letzten Zeit? Würde ich vielleicht als eines davon, ein Laborprodukt menschlicher Wissenschaft und Phantasie, ein Kunststoffgeist namens X oder Y... auf der Welt erscheinen? Und wärest du dann auch mein Schöpfer? Oder würde ich vielleicht als ein poetischer Engel, eine Beatrice, zur Welt kommen? Und würde ich auch blind wiedergeboren werden?"
„Wir könnten die Blindheit ohne weiteres abschaffen, wenn sie dir Sorgen macht. Wenn du möchtest, könntest du dir deinen neuen Körper aussuchen. Ich hätte nichts dagegen, dass du

mir dabei hilfst, auch deinen zukünftigen Charakter, deine Eigenschaften und äußere Umgebung selbst zu bestimmen."
„Nein, nein", sage ich wieder entschlossen, „es ist mir zu schwierig und kompliziert. Ich weiß, dass du mit Recht zu Vergeltung neigst und mir jedes Mal mit der ‚Wiedergeburt' drohen wirst, wenn ich mürrisch oder melancholisch ausschaue. Ich verzichte, ich verzichte endgültig auf das irdische Dasein. Ich werde auch nicht mehr jammern und dich mit meiner Sehnsucht quälen."
Gott lacht misstrauisch.
„Aber du hast noch eine Bitte, nicht wahr, Krisi?"
„Ja. Erlaube mir wenigstens auf ein paar Sekunden die Erde zu besuchen, in den Träumen meiner Schwestern, Arthurs und meiner Mutter zu erscheinen."
Er nickt jetzt mit einem traurigen Lächeln des Einverständnisses.
„Gut, aber übertreibe es nicht. Denke daran, nur für ein paar Sekunden! Ich verstehe deine Sehnsucht, weil ich auch immer um die Erde kreise, um all die Gestalten, die ich selbst erschaffen, und die Gegenstände, die ich auch indirekt geschaffen habe. Ich belebe sie alle ständig mit meinem Atem. Nein, ich kann es dir bestimmt nicht übel nehmen, dass du die Erde liebst, so wie ich sie auch liebe."
Wir haben uns nicht gezankt, Gott und ich, sondern wir sind uns ganz einig darüber geworden. Während er immer neue Sonnensysteme, neue Menschen und Steine zeichnet (das ist eine seiner Schwächen), erlaubt er mir hin und wieder einen kurzen Blick in das Reich meiner lieben Hinterbliebenen zu werfen.
Ich besuche an sich nur meine Schwestern, die mir am nächsten stehen und mich am besten in ihre Träume aufnehmen können; ich werfe ihnen einen flüchtigen Kuss zu

und kitzle sie manchmal spielerisch mit meinem sanften Geist, wobei ich aber nie genau weiß, ob sie es je merken werden. Arthur träumt nie von irgendetwas; er schläft ganz gedankenlos und ohne Bilder wie eine völlig abgeschaltete Maschine, deshalb kann ich mich nie in sein Unbewusstes einschleichen. Nur manchmal vermische ich sehnsüchtig meinen Atem mit dem Ticken seines Radioweckers, der uns jahrelang bei den Nachrichten um fünf Uhr morgens geweckt hat. Diese zwei Sekunden beim Wachwerden, wenn er sich instinktiv an mich erinnert und nach mir sucht... ja, dann ergreife ich die Gelegenheit und springe wie eine Zirkustänzerin zu ihm hin, verschlucke den riesigen Abstand, der uns noch trennt. Meine Mutter hatte immer Angst vor Gespenstern, deshalb darf ich sie nicht besuchen. Aber wenn sie ein Gebet für den Frieden meiner Seele zu Gott spricht, dann fliege ich auch zu ihr hin wie die Bienen zu den Blumen. Es tut mir leid, meine Mutter, dass ich früher als du gestorben bin und dir dadurch eine unvergleichlich schwere Stunde verursachte... Aber das war die Entscheidung unseres Schöpfers. Auch Jesus Mutter musste so etwas erleben. Auf jeden Fall bin ich froh, dass ich keine Kinder gehabt habe, die früher als ich hätten sterben können. Gerne wäre ich noch ein bisschen länger bei euch geblieben. Noch streichle ich innerlich die kleine Welt der Wohnungen, in denen ich gelebt habe, Wohnungen in verschiedenen deutschen Städten und in mehreren Urlaubsländern. Unter ihnen waren es vier, die einen festeren Bestand hatten und weniger vorläufig erschienen: In der einen lebte ich mit den Eltern, in der zweiten mit den Schwestern, in der dritten alleine, in der vierten mit Arthur. Aber jetzt lebe ich im Himmel... und ich muss das Beste daraus machen.

Sorge dich nicht um mich, meine kleine Schwester Lätizia! Mach dir keine Vorwürfe, wenn du meine ganzen Bücher und Kassetten nicht aufbewahren kannst, weil du zu wenig Platz hast. Gib sie jemandem, der etwas damit anfangen kann; sonst müssen wir alles wegwerfen, irgend wohin; auf der Erde gab es viele Container und Entsorgungsmöglichkeiten. Aber hier in der Ewigkeit bleibt alles, was wir lieben, immer irgendwie erhalten, und nichts geht verloren.
Gott ist gar nicht beleidigt, dass ich die Erde so sehr liebe, und ich bin froh darüber, denn ich will ihm nicht zu stark widersprechen. Er nennt mich gutmütig seinen „Engel der Erde", seine „blinde, kleine Geliebte der Vorläufigkeit" oder jetzt mehr im Ernst „die Fürsprecherin für ein elftes Gebot", das noch nirgendwo steht, aber schon längst in seinen großzügigen Gedanken mitschwimmt. Er ist natürlich stolz auf seinen Himmel, und doch nimmt er jede geäußerte Kritik gerne an. Wirklich, wir könnten uns keinen besseren Gott wünschen.
Ihr, meine Lieblinge, ihr braucht keine Angst in der Stunde eures Todes zu haben; dann werde ich euch fröhlich und strahlend empfangen und euch alles zeigen. Ihr werdet sehen, Dahlia und Lätizia, wie ihr auch die Geschichten der Urgroßtante Judith besonders interessant finden werdet.
Um mich ein wenig zu trösten, und voller Spiellust wie ein Kind, schalte ich jetzt die riesigen elektrischen Birnen im Himmel aus, damit Edison sehr schnell und beschäftigt zu mir kommt und sie wieder anmacht. Und dann werde ich mit Tolstoi über seine Werke sprechen.
Ich glaube noch, dass ich den Schmuckkasten in meinen Händen halte, damals als wir so jung waren und alles so schön fanden. Aber davon abgesehen... Ich habe alles, oder ganz vieles, bis auf wenige Ausnahmen... vom ersten Tag meines Lebens an bis zum letzten, sehr schön gefunden.

Der neunte Anfang

Karoline Krause hat schon einige Telegramme in ihrem Leben verschickt und sich noch viele weitere ausgedacht, die sie auch gerne geschickt hätte. Aber meistens reicht der Platz nicht aus, um viel zu schreiben, oder der Empfänger ist verzogen und nicht mehr erreichbar. Deshalb werden die meisten Gedanken der Menschen nur in Notsituationen telegraphiert... Kurze Worte entstehen manchmal wie durch Zauberhand... Die knappe Mitteilung, ein Haiku des nur angedeuteten Gefühls, ja, solche Blitzgefühle, wie der Eindruck, eine Sekunde lang unter einer Dusche zu stehen oder... auf eine Bananenschale getreten zu haben, ohne hingefallen zu sein.

„Habe mir nichts gebrochen. Nichts passiert, alles in Ordnung."

Es ergäbe sich ein sehr teures Telegramm, wollte Karoline ihre ganze Biographie darin erzählen. Aber in ihren Gedanken kann sie schon verschwenderisch sein und sich selber ausgiebig erzählen. Es gibt keine Zeit- und keine Platzbegrenzung, und wir alle erzählen uns ständig unsere Biographie in Gedanken.

„Ich bin (oder war) die Jüngste der Familie. Jetzt habe ich Nichten und Neffen."

Als sie zur Welt kam, war ihre Mutter schon vierzig, die drei großen Schwestern, Gunda, Karin und Malbine, bildeten eine Einheit für sich, machten zusammen Ausflüge und Heiratspläne und vernachlässigten die Kleine, die meistens mit der Mutter, auf Eltern und Schule beschränkt, außen vor blieb.

„Jetzt sind die Schwestern zugänglicher, akzeptieren mich mehr, da ich schon erwachsen bin und sie sich auch mit ihren eigenen Kindern beschäftigen müssen."
Sie hat vier Nichten und zwei Neffen.
„Gundas Tochter, Elsbeth, ist meine Lieblingsnichte; sie sieht mir sehr ähnlich und ich bin ihre Patentante."
Es sind nicht nur zwei Neffen, sondern drei; der dritte ist im März geboren worden. Er kam einen Monat zu früh zur Welt und musste lange in einem Brutkasten liegen.
„Wir hatten schreckliche Stunden, immer mit der Sorge, ob er es überleben würde. Ich glaube, ich habe dadurch meine ersten grauen Haare gekriegt, obwohl ich erst 32 bin. Aber Gott sei Dank, ist unser Frank vollends wiederhergestellt, und jetzt können wir seine Taufe feiern."
Sie hat mehr Familienfeiern als andere Menschen auf der Welt erlebt, denn in dieser Familie ist es üblich, alles zu feiern: Geburtstage, Namenstage, Weihnachten, Verlobungen und vor allem Taufen und bestandene Prüfungen. Auch die Prüfungen der zwei großen, unverheirateten Brüder wurden besonders gefeiert; diese waren meistens auf Reisen und kamen nur wegen den großen Feiern nach Hause, oder später zu Malbines Hochzeit, zu Franks Taufe und zur Wiedergesundung des Vaters nach der Operation.
„Mindestens 25 Tage im Jahr feiern wir. Allein die acht Geburtstage von uns Erwachsenen und die sieben der Kinder machen schon fünfzehn, und dann gibt es die allgemeinen Feierlichkeiten: Anfang der Osterferien, Silvester und, was weiß ich noch... plus die besonderen Anlässe wie die goldene Hochzeit der Eltern. Nicht immer können wir zusammen feiern, aber wir versuchen es schon, und wenn es nicht klappt, dann vertagen wir die Feier auf ein günstigeres Datum für uns alle."

Und zu den Feiern gehört eine Kette von typischen Ereignissen, von Wiederholungen: Geschenke kaufen, sich schön anziehen, in der Küche helfen das leckere Essen vorbereiten und dann ein paar Stunden mit der Familie zusammen sitzen. Manchmal haben sie eine Musikkapelle gemietet; es sind Freunde von Gundas Mann, die sehr gut singen können und nicht zu teuer sind. Auch die Geburtstage der drei Schwager müssen berücksichtigt werden, selbst wenn man keine so gute Beziehung zu ihnen hat. Ein Kärtchen muss geschrieben und eine Kleinigkeit ausgewählt werden, sogar an Malbines schwedische Schwiegermutter muss man denken, die hin und wieder nach Heidelberg zu Besuch kommt. Wenn jemand aus dem Ausland einreist, dann muss man besonders gastfreundlich sein und mehr als nur eine bescheidene Feier anbieten.
„25 Tage im Jahr! Ist das nicht ein bisschen zu viel? Ist es nicht beinahe unnatürlich viel? Mir tun die Füße weh vor lauter Stehen und Kuchen backen... und die Augen vor lauter mich im Spiegel anschauen... und mein Hintern, die Ohren, vor lauter Sitzen und nur Hören, was die Familie erzählt..."
Aber wie könnte man so eine feste Gewohnheit ablegen? Es ist wie mit dem Rauchen. Eine Familie, die immer feiert, ist wie in einer Art Sucht gefangen.
„Ich möchte nach einem Haiku im Internet suchen."
Abgesehen von Feiern, arbeitet sie als literarische Übersetzerin und in ihrer Freizeit sucht sie viele Dinge im Internet, das ist ihr neues Hobby seit 1999, als sie einen Computerlehrgang gemacht hat.
„Karoline von Günderode, Sylvia Plath, Walter Benjamin, Stefan Zweig, Ernst Hemingway, Jack London, Tucholsky, Virginia Woolf, was haben sie alle gemeinsam? Selbstmord... Und warum?"

Schon immer wollte sie eine Arbeit über Selbstmord von Schriftstellern schreiben.

„Es ist schon höchste Zeit, dass ich mir die Biographien der Betroffenen unter diesem Gesichtspunkt ansehe... Aber ich habe Angst. Suizid ist eine richtige Plage! Deshalb bin ich keine Schriftstellerin, sondern übersetze nur... Bei Schauspielern, Malern und Opernsängern scheint es weniger üblich zu sein."

„25 Tage Familienfeiern im Jahr, und noch dazu die vielen Sonntage, wo aus irgendwelchen Gründen auch ein Familientreffen stattfindet: Eine Schachtel Pralinen für die Oma besorgen und sie im Altenheim besuchen; Illustrierte und Blumen für die kranken Cousinen der Mutter besorgen und jedes Jahr an Allerheiligen mit den Schwestern das Grab des Opas besuchen. Ich kann nicht sagen, dass ich es satt habe. Ich mag es irgendwie, ich fühle mich geborgen, wie eingelullt von einem sehr hübschen Wiegenlied. Irina sagt, sie hätte gern so eine Großfamilie. Sie war Einzelkind und alle übrigen Verwandten sind in Russland geblieben, so dass sie nichts, überhaupt gar nichts, feiern können."

Irina aus Leningrad ist eine Freundin von Karin; sie ist ein häufiger Familiengast und, praktisch gesehen, die Babysitterin. Sie passt immer auf die kleinen Nichten und Neffen auf, während die Schwestern Einkäufe machen und Arbeiten erledigen.

„Irina sieht viel besser aus als Karin. Meine Schwester ist schon ziemlich alt geworden und verkalkt. Sie verrechnet sich immer wieder in der Buchführung ihrer Boutique, weshalb sie oft, mit Recht, von ihrem Mann kritisiert wird. Ach, an wen würde ich denken, wenn ich keine Großfamilie hätte? Na ja, an meine fünf Liebhaber wahrscheinlich."

Natürlich, sie ist nicht nur die jüngste Tante der Kleinen, sondern auch eine heißblütige junge Frau; sie ist schon mehrmals mit verschiedenen Männern in Betten gestiegen und hat ihr sonst etwas eintöniges Leben mit reizvollen, kostbaren Liebesgeschichten geschmückt.
„Über die Anatomie der Männer weiß ich im Grunde wenig, obwohl ich schon fünf verschiedene... Ich weiß nicht, ab welchem Alter sie an Potenz verlieren, wann und in welchem Ausmaß das männliche Geschlechtshormon bei ihnen abfällt, Testosteron oder so etwas ähnliches, hörte ich gestern im Radio."
Bisher hat sie Glück mit ihren Liebhabern gehabt; alle haben sich kräftig und ausgedehnt mit ihr beschäftigt und ziemlich intensiv auf ihre Reize reagiert. Aber das ist, weil alle unter vierzig waren.
„Einen älteren hätte ich sowieso nicht genommen, es ist ein Prinzip von mir."
Alles scheint in Ordnung zu sein und folgt einem gesunden Muster in ihrem Liebesleben. Wenn überhaupt etwas zu beanstanden ist, dann lediglich manchmal der Mangel an emotionaler Wärme nach dem Liebesakt... Aber das ist das Problem vieler Frauen. Henriette erlebt das gleiche wie ich. Sie weiß das bestimmt, das mit dem Testosteron."
Tante Henriette, die Schwester ihres Vaters, arbeitet als Gynäkologin in einer Klinik. Sie hat sehr seltsame Neigungen, eine masochistische Vorliebe für ältere Männer, von denen sie sich versklaven lässt und mit denen sie „tiefes Mitleid" zu empfinden vorgibt. Sie hat oft ein Verhältnis mit siebzigjährigen Männern.
„Ich könnte es auch im Internet suchen, dieses komische Wort... Aber ich suche lieber nach einem Haiku oder nach

einem Gedicht von Sylvia Plath. Selbstmord... Haiku? Was ist das genau? Ein Dreizeiler. Aber wie schreibt man so etwas?"
Stumm sich ergeben / erwarten was gewesen / verlieren was wird.
(Aus: *Tulpen. Deutsch von Erich Fried*)
„Anne Sexton war eine Zeit lang mit Sylvia Plath befreundet." Im Alter von 46 nahm auch sie sich das Leben.
„Selbstmord... In meiner Familie geschieht so etwas nicht. Keiner hat so eine Erfahrung gemacht, und auch Schizophrenie und Scheidungen scheinen so gut wie unvorstellbar. Wir sind halt eine intakte Familie. Wir sind auf Taufen, Geburtstage, Erstkommunionstage und auf allerlei Feiern zu Klausuren und Jubiläen programmiert. Mir kann nichts passieren. Trotzdem verstehe ich, dass jemand seinem Leben ein Ende setzen will. Vielleicht verstehe ich es so gut, weil man es häufig in der Literatur und im Kino sieht, so viele Schauspielerinnen wie Romy Schneider und Marilyn Monroe und... Jeder Mensch hat irgendwie ein Leitmotiv, ein immer wiederkehrendes Thema, das ihn besonders anspricht."
Bei ihrem Vater sind es die Papageien, die Zirkusfreunde, die Jagd und das Fernsehen. Bei ihrer Mutter ist es die Religion, besonders das Judentum, weil ihre beste Freundin, die jetzt in Israel lebt, eine Jüdin ist. Henriette spricht von ihren alten Liebhabern und gegen Abtreibung; sie ist eine fanatische Gegnerin von abtreibenden Müttern, obwohl sie selbst nie Kinder gehabt hat. Die Oma im Altenheim spricht von ihren vielen Reisen der Vergangenheit, an die sie sich noch deutlich erinnern kann; noch im Jahre 1993 war sie in Australien und im Jahre darauf machte sie ihre letzte Reise zu einer damaligen Freundin in New York; diese Oma ist vielleicht die Originellste der Familie und die am meisten gereist ist, denn alle anderen bewegen sich kaum. Die einzige Ausnahme

bilden die Brüder, die aber nur innerhalb Deutschlands viel reisen, und Malwine, die natürlich hin und wieder zu den Schwiegereltern nach Schweden muss.

„Die Oma trainiert ihr Gedächtnis mit Reiseberichten, aber es ist wenig Herz darin. Ich hätte fast lieber, wenn sie etwas verwechseln würde. Sie spricht nur kurz über Topoi und nicht über persönliche Ereignisse. Sie ist wie ein Geographiebuch: Landschaftsschilderungen, Einwohnerzahl, Dias, die sie damals machte, um sie in ihrem Seniorenclub zu zeigen."

Gundas Mann spricht immer nur von Autos und von sehr humorvollen Zeitungsartikeln, die er schreibt. Karin spricht von ihren vielen Erkältungen, Allergien und häufigen Asthmaanfällen in der Nacht, und darüber, wie unvollkommen die Schöpfung der Welt sei; nicht nur die Kranken seien eine Blamage Gottes, sondern all die physiologischen Bedürfnisse, die wir Menschen zwangsweise miteinander teilen.

„Ja, das ist ihr Thema, und ich finde es ziemlich interessant, schon im Bereich des Philosophischen angesiedelt. Die Wiederholbarkeit der Familienfeiern ist nichts im Vergleich mit der Wiederholbarkeit des unvermeidlichen, ständigen Wasserlassens in unserem Leben. Wie oft müssen wir zur Toilette gehen? Wie oft uns die Nase putzen? Wie oft versuchen wir, die Fliegen und Moskitos von uns wegzuscheuchen? Wie oft müssen wir unseren schmutzigen Körper waschen?"

Elsbeth ist nur 14 und hat noch kein klar bevorzugtes Thema, aber im Moment spricht sie sehr gerne von Novizinnen, die aus dem Kloster wollen, von Entscheidungskonflikten zwischen Gott und der Gesellschaft und von Rauschgiftsüchtigen sowie der alarmierenden Wirkung von Ecstasy unter den Jugendlichen; wie unangenehm es sei, in einer Disco so etwas zu erleben. Irina spricht am liebsten über

Musik, wenn sie sich mitteilen will. Karins Mann spricht über die Steuererklärung, über die Finanzen, und Malwines Mann meistens über Fremdwörter, die er nicht verstehen kann und die er nicht mag. Und Malwine spricht die ganze Zeit über ihre Kinder oder über Frauen und Männer, die fremdgehen und es nachher bitter bereuen.

„Kindererziehung und Trennungen, das ist ihr Leitmotiv, während ihr Mann eine pedantische, linguistische Ader hat."

Malwines Schwiegermutter aus Uppsala redet gerne von den Sehenswürdigkeiten in Deutschland und über „schöne deutsche Männer und Frauen", über die Geschichte der Geschlechter in den beiden Ländern, Moden und die unterschiedlichen Öffnungszeiten in den Geschäften. Die ältere Nichte, Ingeborg, ärgert sich über „langweilige Filme" und den „langweiligen Urlaub", den sie immer bei „wenig erfreulichen Freundinnen" verbringen muss. Als der Opa noch lebte, sprach er meistens mit großer Feierlichkeit von seiner Kindheit, als wäre er damals das begabteste und glücklichste Kind gewesen. Die unverheirateten Brüder sprechen über Fußball und auch über Finanzen, wie der Schwager Leo, und wie gut es sei, dass sie alle noch Arbeit haben. Gunda ist die einzige, die kein richtiges Leitmotiv besitzt. Sie sagt wirklich sehr wenig und wenn, dann nur apathische, lose Worte über Todesnachrichten von Bekannten, Beerdigungsvorschriften, Diät und Gymnastik, um sich fit zu halten. Die kleine Eugenie redet immer über Tiere, ihre Lieblingstiere... Und ihre größere Schwester, Silke, hat ein ganz neues Thema für sich entdeckt: Die Periode, die sie seit vier Monaten bekommt. Die alte Cousine der Mutter ist eine Blumenspezialistin, interessiert sich nur für den Garten, die Jahreszeiten, das Wetter und die Pflanzenwelt.

„Wir sind alle sehr einseitig, eingeschränkt. Ich spreche nur über Internet und über meine Übersetzungen. Es sei denn, ich treffe mich mit Freundinnen, dann sprechen wir über Männer."
Aber Karoline Krause kann jetzt nichts im Internet suchen und auch nicht über ihre Übersetzungen sprechen. Sie befindet sich nämlich in einem Flugzeug auf ihrem Weg zurück von Kanada. Es ist ein Neubeginn für sie, und sie denkt an die vielen Anfänge in ihrem Leben, die sie schon gemacht hat. Sie nennt diesen den zehnten Anfang.
„Wie viele waren es genau? Es sind alle so schnelle Bilder! Ich kann sie kaum voneinander trennen."
Sie ist ein Glücksmensch: Sie verfügt über die Fähigkeit, sich immer wieder zu erneuern, sich von alten Situationen zu befreien und die genaue Grenze zwischen den ersten und letzten Schritten auf einer Straße zu vergessen.
„Wenn ich etwas beginne, bin ich voll und ganz darin vertieft und erinnere mich gar nicht an die Vorkonstellation meiner bisherigen Hoffnungen. Ich habe nur Augen für diesen einen Anfang."
Es ist ein gutes Gefühl im Magen bei jedem Beginn, als hätte sie Marmelade mit Butter gegessen oder auserlesene, kostbare Trüffel zum Nachtisch. Es ist nicht genau Nervosität. Sie läuft fasziniert und verträumt durch die Gegend und leckt sich mit der Zunge den eigenen guten Geschmack von den Lippen, während sie lächelt.
„Ich glaube, viele beneiden mich um diese Fähigkeit, weil ich eine unermüdliche Erneuerungsmaschine bin. Maschine ist nicht das richtige Wort, ich bin keine Maschine... Ich bin wie eine Schwalbe, die den Winter nicht abwartet und jedes Jahr nach einem besseren Klima, nach milder Temperatur und nach immer neuen Asylkapiteln sucht. Von außen her betrachtet, bin ich im Grunde immer an derselben Stelle

geblieben, und deshalb wissen viele oberflächliche Beobachter gar nichts über meine vielfältigen und großangelegten Anfänge."
Karoline will eine Schwalbe sein und keine Maschine... Mit dem Rosenkranz ihrer Anfänge läßt sie sich viel Zeit, denn sie will all die hinterlassenen Eindrücke in Ruhe analysieren. Sie muss sowieso im Flugzeug sitzen bleiben, und es ist noch viel Zeit bis zur Landung.
„Aber ein Vaterunser für jeden Anfang... das scheint mir komisch. Es war mehr Erotik als religiöse Vorstellungen in jedem Anfang meines Schwalbendaseins, und die Männer, die fünf Männer, müssten dann erschrocken und befremdet ihre Hände von meinen Brüsten entfernen."
Noch ruht die Hand des Mannes auf ihrer Brust mit seinen warmen, gastfreundlichen Fingern, die, kitzelnd und orgasmusvorbereitend, sich mit einer konzentrierten und langsamen Zärtlichkeit auf ihrer Haut spreizen. Es ist Brians Hand, die Hand des kanadischen Freundes, den sie zu Silvester in Toronto besucht hat.
„Ach, nein, Fata Morgana. Es ist schon vorbei..."
Sie sitzt im Flugzeug. Aber sie kann sich noch an die anderen Hände erinnern, die ebenfalls ihren Körper berührt haben, und nicht nur an die Hände... Durch den intimen Kontakt hat sie die Körper der jungen Männer sozusagen mit der Kamera ihres Gehirns fotografiert. Sie sieht Gustavs Arme... Der erste Verlobte hatte mehr Arme als sonst etwas: diese ewige Geste des Umarmens, des Empfangens. Sie flog durch die Luft und er bremste sie, fing sie auf, presste sie so stark gegen seinen Brustkorb, dass sie beinahe geschrien hätte.
„Das war die Schwelle, mein Prolog."

Dieses chronische Küssen und Drücken, das sie überforderte, beunruhigte und ihr gleichzeitig gefiel. Und das war noch gar nichts im Vergleich mit dem anderen, was nachher kam.
„Das andere hatte er mit mir nicht gemacht, oder doch, einmal... Aber es war nicht besonders poetisch und schön."
Er hatte die Grippe, und sie hatte Angst, sich bei ihm anzustecken. Am nächsten Tag war seine Mutter nicht besonders nett zu ihr, als sie sah, dass die beiden zusammen geschlafen hatten. Das war kein richtiger Anfang; der wirkliche Anfang lag in seinen wilden Umarmungen und an der Verlobungsgeschichte, die sie ein paar Wochen mit Stolz erfüllte, denn sie war immer auf die verheirateten Schwestern neidisch gewesen und auf ihre wichtigen Hochzeitsfeiern, die sich auch jetzt noch fortsetzten, als zum Beispiel die verschwenderische Gunda die ganze Familie zu ihrer Kupferhochzeit in ein Hotel einlud.
„Ach, würden die fünf Männer, die mich zu verschiedenen Perioden geliebt haben, gleichzeitig anfassen! Das wäre sehr aufregend... Aber ich darf nicht daran denken, es ist pervers."
Jene Beziehung zu Gustav lag schon weit in der Vergangenheit zurück, als sie erst 16 war. Aber im Grunde wollte sie alle bisherigen Bindungen bis zu einem gewissen Punkt... noch in ihrem Blut und ihrem Gedächtnis beibehalten, um sich damit Auswege gegen Trockenheit und Tod zu verschaffen. So telefonierte sie noch hin und wieder mit Gustav, der eine andere Frau geheiratet hatte und seit vielen Jahren in Berlin lebte. Sie holte sich zum Beispiel juristischen Rat bei ihm, als sie einmal von ihrem Chef sexuell belästigt wurde und kündigen musste; oder sie benutzte irgendwelche Ausreden über ihr „großes Interesse an Kulturveranstaltungen in Berlin" um hin und wieder zu erfahren, ob er noch lebte. Und auch zu Brian hatte es in verschiedenen Abständen

mehrere Kontaktversuche gegeben. Es war immer das gleiche Muster: Ein intensives Verhältnis, Bruch, ein freundschaftliches Verhältnis, ein erneutes Aufflammen des Gefühls, Feindschaft, Stille und angebliche Indifferenz, und dann wieder erneutes, sehr lebhaftes Gespräch zwischen beiden. Sie konnte sich nie ganz von ihren Männern trennen. Sie blieb zwar unverheiratet, aber genau so wenig war sie der Typ der geschiedenen Frau, die in aller Heftigkeit versucht, sich von allem abzuwaschen und das Vergangene zu löschen. Sie liebkoste die Vergangenheit, war ihr gegenüber eher versöhnlich. Manchmal tat die Einsamkeit weh, aber sie behielt Kontakt. Sie wirkte immer anziehend auf die Männer in ihren Temperamentsschwankungen und ihrer Weisheit der Wiederherstellung einer in letzter Sekunde geretteten Beziehung. Die Männer suchten Karoline genau so auf, wie auch sie ihre vergangenen Liebhaber. Mit ihr konnte man sich immer wieder aussprechen, und das wussten alle; sie war keine kompromittierende Sackgasse, sondern eine weltliche, sehr flexible Frau, die es trotz mancher Schlachten immer schaffte, ein schönes Rendezvous zu zweit zu arrangieren. Sie beherrschte die Kunst der interessanten Wiederbelebungen und Wiederholungen in einer schon tot geglaubten Liebe. Sie war kokett, nachgiebig und gerade dann einsichtig, wenn man es am wenigsten von ihr erwartete.
„Ich bin kokett, nachgiebig, einsichtig."
Einmal war es ihr sogar gelungen, eine Wiederbegegnung zu dritt herbeizuführen, wobei die zwei Geliebten, der gegenwärtige, Thomas Naumann, ein Medizinstudent, und der ehemalige, Ludwig Krämer, ein Journalist, sich am Anfang ziemlich verlegen fühlten, aber zum Schluss viel Spaß miteinander hatten, auch mit ihr als Mittelpunkt ihres Begehrens.

Es war eine Ausnahmesituation. Es hat mir schon viel zu denken gegeben. Ich konnte mich damals selbst nicht verstehen. Wir hatten kräftig zu dritt geflirtet und schon ein gefährliches Vorspiel begonnen."
Aber dann mussten sie schnell voneinander lassen, weil ihre Mutter zu Besuch kam. Sie fühlte sich so dermaßen zu beiden hingezogen, dass sie am 25. September, einen Tag vor ihrem 22. Geburtstag, den Vormittag bei dem einen im Bett verbrachte und dann am Nachmittag auch bei dem anderen im Bett lag.
„Ich erinnere mich oft an jenen Tag, denn es ist nicht so, dass ich jeden Tag mit zwei Männern schlafe. September, ich und meine zwei Liebhaber... Am Vormittag besuchte ich Ludwig in seinem Zimmer und wir erinnerten uns an die alten Zeiten, was ein unwiderstehliches Kitzeln der Leidenschaft mit sich brachte. Und am Nachmittag suchte ich Thomas in seinem Zimmer auf und wir taten es wieder."
Im Grunde war es ein sehr intensiver, schöner Tag für sie und ohne Gewissensbisse, denn die beiden Männer waren ziemlich locker in Bezug auf Treue und Beständigkeit. Nur... hätten sie sich vielleicht etwas geärgert, wenn sie es gewusst hätten, dass die zeitliche Spanne zwischen den beiden so intimen Erfahrungen kaum eine Stunde und zehn Minuten betrug. Dieser fünfundzwanzigste zeigte ihr sehr deutlich, dass es wohl viele Anfänge gibt, aber kein endgültiges Ende, es sei denn, natürlich, den Tod. Aber Todesfälle in der Familie gab es kaum welche im Vergleich mit den vielen Taufen und Geburtstagsfeiern, und so dachte sie wenig daran.
Nicht mit allen Männern hatte sie diese Rückfälle in die alte Liebeskrankheit erlebt. Mit Gustav zum Beispiel nicht... weil dieser schon verheiratet und Vater von drei Kindern war, und er hätte sie sowieso nur als alte Schulkameradin akzeptiert.

Und mit ihrem damaligen Chef, der sie sexuell belästigte und ihr danach nur Ekelgefühle einflößte, hätte sie auch gar nichts mehr anfangen wollen. Oder vielleicht doch? Das war eine zwiespältige Beziehung, viel schlimmer als der 25. September mit den zwei Männern, denn da gab es noch die Ausrede, dass die beiden ihren Körper und ihre Seele durch neues Feuer und alte Gemeinsamkeiten durcheinander gebracht hatten... Aber dieser Chef und späterer Liebhaber, Tristan Grabenstein, hatte sie wirklich gedemütigt, sexuell belästigt und halb gezwungen.

Sie war damals noch keine literarische Übersetzerin, sondern Studentin und arbeitete als Aushilfe in einer Druckerei.

„Schon beim dritten Diktat verlangte Tristan, meine Brüste zu sehen, ‚sonst wäre es ihm zu langweilig im Büro', sagte er. Er war ja auch selten da, nur dann, wenn er ‚seine schönen Frauen' brauchte."

Am Anfang war sie als emanzipierte, gebildete Frau sehr gekränkt und selbstbewusst; sie solidarisierte sich mit all den übrigen Sekretärinnen, die ihn auch nicht ausstehen konnten. Immer wenn er etwas bei ihr oder bei anderen versuchte, kamen alle zusammen in das Arbeitszimmer hereingeflogen, schrien und verteidigten sie. Ein kleiner Hilferuf genügte. Es waren unangenehme und gleichzeitig sehr lustige Szenen, die sich dort abspielten. Aber was war, wenn kein Hilferuf kam? Und er begann, sie auch mit seinem Auto nach Hause zu fahren. Sie war zu schwach, um lange der Verfolgung eines Mannes widerstehen zu können. Obwohl er düster, autoritär, von wenigen Worten, taktlos mit Frauen und nur auf Disziplin und Unterwerfung versessen war, besaß er trotzdem einige positive Eigenschaften: Er war noch jung, reich und frei, geschieden, aber noch willig, sich an eine Frau zu binden, die ihm seine unerschöpflichen sexuellen Wünsche erfüllen würde. Er überhäufte sie auf seine Art mit Komplimenten und mit erpresserischen finanziellen Begünstigungen und Geschenken. Außerdem schenkte er ihr seine ständige Aufmerksamkeit, denn er begehrte sie stündlich, immer mehr... je länger sie zusammen waren. Er war vor allem ein sexbesessener Mann, der den Geschlechtsakt überdurchschnittlich brauchte. Ob das die Fesseln waren, die sie so an ihn fest gekettet hatten?

„Damals war ich schon 26 und mit wenigen Aussichten auf Heirat. Er war alleinstehend und auf seine grobe, animalische Art sehr um mich bemüht. Kein Mann hat so viel mit meinem Körper gespielt, ihn so viel mit Streicheln, Eindringen und Überreizung überwältigt und auch so viele Liebkosungen und Orgasmen von mir gefordert. Die Beziehung hielt über zwei Jahre an. Ich konnte mein Studium nicht beenden, klammerte mich nur an ihn. Eine Zeit lang war ich wie betäubt, konnte keine Bücher mehr lesen, dachte nur an sexuelle Experimente. Einmal verlangte er, dass wir zusammen zu einem Bordell gingen, damit ich sehen konnte, wie die anderen, die professionellen Frauen es mit ihm machten. Nach den ersten Monaten der Euphorie kritisierte er mich nur noch, die Unordnung in meiner Wohnung, meine Freunde und all meine Gewohnheiten; meine Familie wollte er nicht kennen lernen. Er wollte nur mit mir experimentieren... und ich schäme mich dessen, wenn ich daran denke. Im Betrieb waren die lustigen Fälle und die Solidarität der Frauen schon zu Ende. All die Angestellten verachteten mich, weil sie wussten, dass ich etwas mit ihm hatte."

Zum Schluss kündigte sie und blieb ein ganzes Jahr im Ausland, in Kanada, wo Verwandte ihres Vaters eine Mittelklassepension besaßen; dort arbeitete sie, während sie ihre Englischsprachkenntnisse vertiefte.

„Angeblich, das war der vorgeschobene Grund; Auslandsaufenthalte sind immer gut gegen Liebeskummer, wie wir es schon im viktorianischen Roman lesen können."
Ja, wieder ein neuer Anfang... Kanada und Brian... und jetzt nach so vielen Jahren wieder Brian... Brian war Gynäkologe wie Tante Henriette, aber natürlich eine ganz andere Persönlichkeit.
„Er ist nicht nur naturwissenschaftlich, sondern auch literarisch gebildet. Er rezitiert Whitman und singt in einem Chor. Er weiß nicht nur die benennende Form für jeden Knochen, für die Klitoris der Frau, sondern auch die poetische Bezeichnung für jede Saite, jeden Nerv im Körper der Geliebten."
Er war das Gegenteil von dem brutalen Arbeitgeber Herrn Grabenstein, von dem unsicheren Teenager Gustav und von den zwei lockeren partysüchtigen jungen Männern Ludwig und Thomas.
„Sein gynäkologischer Stuhl ist nicht alarmierend, sondern voll von Verständnislauten wie eine psychoanalytische Podiumsdiskussion, in die man nicht einmal einzugreifen braucht, nur zu protokollieren, wer als Anwesender da ist oder nicht."
Er hatte so viele faszinierende Umstände in seiner Familie, dass man sich darin verlieben konnte. Der Vater war evangelischer Pfarrer, sehr tolerant, fröhlich, clownartig, ein bisschen oberflächlich, aber sehr gutherzig. Die Mutter war Russin. Sie hatten neun Kinder, alle schön und gesund, und auch da gab es viele Familienfeiern wie bei Karolines Familie, nur dass sie nicht katholisch, sondern evangelisch waren. Aber bald kamen wieder die schweren Folgen für sie: Brian war von Natur aus untreu und liebte viele Frauen aus den verschiedensten Gründen, wahrscheinlich war er so untreu wie auch sie. Er verliebte sich meistens in seine jüngeren und

hübscheren Patientinnen oder in die Freundinnen seiner sechs Schwestern. Die Konkurrenz war zu groß und stark für sie, besonders in ihrer unbeholfenen Lage als Einzelgängerin bei Verwandten, als Ausländerin ohne einen fertigen Universitätsabschluss. Seine Abhängigkeit vom Wechsel, von immer neuen Abenteuern, machte sie tödlich unglücklich vor Eifersucht.

„Er ist nicht besser als der Grabenstein. Was nützen die poetischen Worte?"

Dann hatte sie Heimweh nach der eigenen Familie, besonders nach der Mutter, und kam nach Heidelberg zurück.

„Meine Güte! Ich muss meine Anfänge sortieren, ordnen, sonst verliere ich den Überblick."

Viele Koffer... Wohnungsauflösung... Man nennt es nicht Anfang, sondern gerade umgekehrt.

„Die Oma hat immer Angst vor Wohnungsauflösungen, weil sie sagt, dass diese meistens bei Todesfällen erfolgen. Dann wird alles weggeräumt, alles was stört... Dann werden die alten Möbeln entsorgt und die Zimmer sehen so ärmlich, so leer aus ohne Bekleidung und ohne Bewohner."

Die Großmutter hatte tatsächlich Recht gehabt, denn als ihre Wohnung aufgelöst wurde, ging sie in den halben Tod, in das Altersheim.

„Aber es gibt noch andere sehr erfreuliche Anlässe, weshalb man eine neue Adresse ins Kärtchen schreibt und die alte am Ende ganz allmählich vergisst. Ich habe unsere damalige Telefonnummer vergessen, die Adresse noch nicht, denn sie war mir sehr vertraut, mit dem Vornamen meines Vaters, Wilhelmstraße. Die Wohnung war uns zu klein geworden, wir brauchten viel mehr Platz, einen großen Saal für die Verlobungsfeiern der Schwestern und für noch weitere Feiern, die nachher stattgefunden haben. Wir brauchten mehr Zimmer für Gäste zum Übernachten, für das Klavier, die Kleider, Bücher und meine eigenen Schulhefte und Puppen. Wir brauchten einen Hobbyraum für die Brüder, die immer an schönen Dingen aus Glas und Metal bastelten und Krüge, Kerzenständer und allerlei Gegenstände sammelten. Die Großeltern, die damals noch bei uns lebten, hatten auch mehr Platz nötig. Platz war die Begründung für unsere Freude, als wir die alte Wohnung verließen. Wir vergossen keine Tränen, wir sprangen und sangen vergnügt beim Einpacken der schweren Kartons, oder wenigstens ich mit meinen damals zwölf Jahren, ich sang und sprang hoch ohne Bedenken über die verlassenen Räume der Kindheit und das nicht mehr bewohnte Zuhause. Das war ein schöner Anfang, der Umzug in die neue Wohnung, meine ich, nicht die Auflösung der alten. Die Auflösung bedeutete gar nichts für mich, nur eine Vorbereitung auf das neue Leben."

Der Wohnungswechsel war der erste Anfang für Karoline Krause, genauso wichtig wie später der Beginn jeder neuen Liebe, jeder neuen Entwicklungsphase oder Tätigkeit für ihre Selbstbehauptung. Die neue Wohnung brachte auch eine neue Schule und andere Bekannte mit sich und, wie vorausgesehen, viel Platz, eine räumliche Erweiterung.

„Dummerweise haben sich die Eltern mit so viel Platz verrechnet, denn die meisten Zimmer bleiben jetzt unbenutzt. Nur der große Saal erfüllt noch seinen Zweck für die vielen Familienfeiern."

Der Opa starb, die Oma musste ins Pflegeheim, die Brüder verreisten, die Schwestern heirateten. Sie empfand die Einsamkeit der unbenutzten Zimmer und sprach manchmal mit ihren Geistern... Als erwachsene Frau pendelte sie hin und her zwischen der großen Wohnung der Eltern, dem

Studentenheim und den nur vorübergehenden Zimmern ihrer Liebhabern.

Zweiter Anfang... in einem Sportverein mit viel Turnen und Schwimmen in einem Schwimmbad, das sehr kalt ist... „Aber die Kälte merke ich gar nicht, nur jetzt, wenn ich alleine dahin gehe". Gustavs Bücher über Gesetze, seine wilden Umarmungen und Küsse, Pralinen, Orchideen... Ein verrauchtes Zimmer im Haus der zukünftigen Schwiegermutter. Diese betrachtet sie lieblos und verärgert; der Sohn hat die Grippe und hustet. Und das ist das Ende... oder der erste Teil des Endes. Keine jubilierende Flugbewegung mehr in der Luft, um sich an seinen Hals zu werfen, sondern ein unbewegtes Erforschen von Gliedmassen. Hin und wieder ein Anruf. Sie besuchte ihn noch zweimal in seinem Studentenheim, aber es ist mehr Neugier als Liebe, was sie noch verbindet.

Dritter Anfang: Ludwig Krämer hat einen Artikel über sie in einer Zeitschrift geschrieben. Es geht um „die Erfahrung des Glücks im Jahre 1980". Gerade in diesem Jahr hat sie zwei sehr schöne Erlebnisse gehabt: Sie hat ihre Abiturprüfung glänzend bestanden und noch dazu hat sie eine Reise nach Thailand bei einem Wettbewerb im Fernsehen gewonnen. Sie darf sogar zwei Minuten ins Fernsehen, um sich für die schöne Reise zu bedanken.

„So glänzend war sie doch nicht meine Abiturprüfung... und der Aufenthalt in Thailand dauerte kaum eine Woche, nur Übernachtung mit Frühstück. Und der Artikel, den Ludwig über mich schrieb, war sehr kurz... Aber natürlich darf ich mich nicht beschweren, besser das als gar nichts."

Die zwei Minuten im Fernsehen brachten wenigstens etwas Positives, ihre leidenschaftliche Beziehung zu Ludwig, der sie ein paar Tage lang zu verschiedenen Partys und Kollegenbesuchen in seinem reparaturbedürftigen Wagen mitschleppte. Er hatte keine feste Stelle, war arm, verschuldet und wohnte abwechselnd bei den großzügigeren Kollegen, meistens Kolleginnen. Aber er war ein begabter und belesener Landstreicher mit sehr originellen, journalistischen Einfällen, ein Meister der Rhetorik, Philosophie und Werbungstechniken. Und als er sich nach drei Jahren wieder in Heidelberg blicken ließ, war er zu einem ziemlich renommierten Theaterkritiker emporgestiegen, der unter anderen Vorhaben die Produktion eines großen, historischen Films über die Niederlande plante. Er war selbst in Amsterdam geboren und hatte dort die meisten Beziehungen.

„Gustav im Bett war für mich eine Enttäuschung gewesen, aber dann lernte ich Ludwig kennen, und das war wirklich etwas ganz anderes... ein Sturm, eine Euphorie des Gesprächs und der gegenseitigen Bewunderung. Ohne ihn wären alle meine sexuellen Triebe stumm und ausdruckslos geblieben. Ich bin froh, dass ich Vergleichsmöglichkeiten hatte im Gegenteil zu meiner Mutter, die immer nur denselben Mann geliebt hatte. An Ludwig und nicht an meinen ersten Freund verlor ich wirklich meine Unschuld, deshalb hänge ich so sehr an ihm und würde ihn immer gerne wiedersehen, egal ob er in zehn Jahren, in zwei Monaten oder morgen, erscheinen sollte. Zu einer Verabredung mit ihm könnte ich nie nein sagen."
Ein offenes Ende... Das ganze Leben war ein offenes Ende.

Der vierte Anfang heißt Thomas... Er ist sympathisch, mitteilsam, mit wenig Tiefgang, sehr diplomatisch, erfolgreich in seinen ganzen Beziehungen und Klausuren. Schachspiel,

Kegeln, Fernsehabende und manchmal harmlose, medizinische Experimente in seinem Zimmer. Er erklärt ihr, was Leukämie sei, aber sie kann es nicht verstehen.
„Ich habe Angst vor alldem, was ich nicht verstehe."
Nach ein paar Jahren erfährt sie über das Internet, dass Rilke und auch Ivan Goll an Leukämie gestorben seien. Aber damals war das Thema deutsche Literatur und Tod für sie noch nicht aktuell.
Augenblicke der Sinnlichkeit hatten sie auch, obwohl diese spärlich und hart erkämpft waren. Meistens musste es dienstags um achtzehn Uhr geschehen, in der Zeit, wenn seine Schwester, die mit ihm lebte, zu einem Sprachkurs ging, oder samstags am Abend circa zweiundzwanzig Uhr, immer wenn die Schwester in eine Disco ging.
„Seine Fähigkeit, sich schließlich auf diese festgesetzten Zeiten zu konzentrieren, irritierte mich. Er wollte sich nicht uferlos verausgaben und bestand darauf, seine ganzen Reserven für diese zweimal wöchentlichen Liebesbegegnungen zwischen uns aufzuheben. Der 25. September war die Ausnahme gewesen. Da spürte er einen Fremdkörper in meinen Augen und in meiner Haut, in meiner Gebärmutter. Männer haben manchmal abgrundtiefe, komische Bedürfnisse und mögen unglaubliche Dinge. Er wusste auf jeden Fall, dass ich an den anderen dachte, weil wir am Tag davor so viel zu dritt gelacht und geflirtet hatten. Sie hatten sogar mit dem Gedanken gespielt, zusammen mit mir zu schlafen. Hemmungslos drückten und streichelten sie meine Hände: Ludwig die linke, Thomas die rechte. Ludwigs Lippen berührten schon langsam mein Haar und meinen Hals, während Thomas gezielt und ohne Vorbehalte begonnen hatte, meine Bluse aufzuknöpfen, als wären wir beide ganz allein. In der Zwischenzeit redeten die beiden Männer über

Computer mit gleichgültigem Ton, und dann lachten und scherzten sie weiter, während sie sich unauffällig, komplizenhaft und simultan über mich beugten, sich mit mir beschäftigten. Ich fühlte mich unsicher, fand es ungewohnt und unanständig und wollte aufstehen. Aber Ludwig ließ mich nicht gehen, er umkreiste meine Schulter mit seinem Arm und massierte beruhigend mein Handgelenk, meinen Handrücken und meine Fingernägel, während er flüsterte: „Es ist schön so mit dir", als wenn Thomas unsichtbar für ihn wäre. Thomas blieb hartnäckig auf meine Bluse fixiert, auf die sechs behindernden Knöpfe, bis ihm nichts mehr im Wege stand und meine Brüste sich offenbarten, plötzlich herauskamen wie sprudelnde Bäche, erregt und zitternd in der Öffentlichkeit des warmen Raumes zwischen den Blicken der beiden Männer. Sie lachten spielerisch, wahrscheinlich in der Absicht, mir die Verlegenheit und die Angst zu nehmen. Aber dann kam meine Mutter und rettete mich vor ihnen, vor dem weiteren Spiel. Am nächsten Tag wurde dieses - jedoch in getrennten Einheiten der Lust - fortgesetzt... Ich hatte Ludwig lieber, und deshalb ging ich zuerst in sein Zimmer. Dann ging ich zu Thomas in der Hoffnung, dass seine Schwester wahrscheinlich dort sein würde. Aber sie war nicht da, und er wartete schon auf mich wie ein gekränkter Ehemann, der die alten Eherechte für sich beansprucht und damit gegen den ungesetzlichen Liebhaber triumphiert. Der 25. bleibt ein Tag der Liebe für mich, mit einem Beigeschmack... aber manchmal auch mit einem guten Geschmack, bitter, voller körperlicher und seelischer Aktivität und noch mehr als das... unbegreiflich. Die anderen Menschen sprechen vom Valentinstag im Februar; für mich ist es der 25. September. Je nach meinen verschiedenen Launen interpretiere ich ihn entweder als äußerst befreiend oder beengend, als faszinierend oder schrecklich."

Neuer Anfang: Da die Männer nicht mehr da waren, nahm sie sich fest vor, ernsthaft zu studieren und später eine anspruchsvolle Tätigkeit, einen richtigen Platz in der Gesellschaft für sich zu finden.

„Die Männer geben kein Glück, ich kann sie so gut wie abschreiben. Man kann nicht auf sie bauen."

An einem Regentag lief sie mit zielstrebiger und entschlossener Miene durch die Straßen. Sie wollte keine Vorlesungen mehr versäumen, sie wollte nur für ihre gute Mutter leben und für die süße Nichte Elsbeth, mit der zusammen sie viele Fotos hatte machen lassen, als könnten diese Fotos die andere, die etwas verkommene, triebhafte und unreife zweiundzwanzigjährige Karoline löschen. Sie stellte alle ihre Sinne jetzt in den Dienst der germanistischen Wissenschaft, des Studiums. Sie ging zum Augenarzt und ließ sich eine bessere Brille machen, einfach um die Professoren und Doktoren bei den Vorlesungen besser sehen zu können, und dann ging sie zum Hals-Nasen-Ohren-Arzt, um sich die Ohren reinigen zu lassen, damit sie die Universitätssprache und die großartigen Vorträge besser zu hören bekam. Sie begrub sich hinter schweren Büchern, kämpfte mit Worten und Definitionen, roch ständig nach gedruckten Blättern, wie sie damals den besonderen Duft der Männer nach Tabak, Seife, Pullover und salzigem Penis eingeatmet hatte. Sie fing sogar an, ein Tagebuch zu schreiben. Sie war immer fleißig und sehr beschäftigt: Sie schrieb Zitate ab, machte vor dem Schlafengehen Gedächtnisübungen. Sie wurde zu einem intellektuellen Tier, das nur an Vortragsreihen und Begriffsbestimmungen dachte. Sie schlug immer neue Wörter im Englischwörterbuch nach, na ja, im Durchschnitt ungefähr 70 pro Woche, mehr Wörter, als sie je gesucht hatte.

„Es war ein ernst gemeinter Anfang."
Aber diese Periode dauerte nur ein halbes Jahr. Dann geschah die Affäre mit Grabenstein.

Sechster Anfang: Durch die Sexualität wurde sie wieder in die dunklen Bereiche ihrer unbewussten und widersprüchlichen Neigungen entführt. Zuerst war es nur der Spaß am Krieg gegen ihn. Alle Frauen in der Firma freuten sich über ihre Zusammengehörigkeit und Stärke ihm gegenüber. Sie trafen sich ständig in Cafés, redeten nur über ihn und machten ihn lächerlich. Aber so stark waren sie eigentlich nicht. Schon zwei davon hatten etwas mit dem Chef angefangen und waren dann weggegangen, kurz bevor Karoline ins Büro kam. Die übrigen sieben in der Gruppe sprachen auch immer voller Gift über sie, über diese zwei „feigen Verführten", die, anstatt ihm eine Lektion zu erteilen, sich so menschenunwürdig von ihm hatten behandeln lassen.

„Ich freundete mich mit den sieben Frauen an und wir unternahmen vieles zusammen, aber im Grunde hatte ich nur Angst vor ihnen. Und zum Schluss wollte ich nur mit Tristan allein sein."

Ach, Karoline! Du kannst nie für die Rechte der Frau kämpfen. Du bist zu kokett.

„Aber die sieben waren auch Schuld daran... wegen ihrer fixen Idee und Besessenheit, weil sie nur von dem Chef sprachen und den Chef beobachteten."

Mit ihnen brechen konnte sie nicht ganz. Sie fürchtete den Skandal, das Geschrei, und so führte sie ein schwieriges Doppelleben zwischen ihnen und dem Verführer. Da sie nur Aushilfe war, kam sie immer seltener ins Büro und entschuldigte sich für ihre „nicht mehr existierende" Freizeit mit Ausreden über Klausuren und Hausarbeiten für die Uni. In

Wirklichkeit blieb sie immer länger bei Grabenstein, der eine richtige Sucht nach ihr entwickelte und sie nicht mehr aus den Augen ließ.

„Sein Verhältnis mit mir hielt viel länger als das mit den anderen. Aber kann ich wirklich stolz darauf sein?"

Am Anfang gab es noch ein paar aufregende, schöne Seiten. Er schenkte ihr Schmuck, Konzert- und Theaterkarten, eine Stereoanlage. Sie gingen zusammen Tanzen, Trinken, meistens zu Stripteaselokalen, und sie verbrachten einen kurzen Urlaub in der Türkei. Aber mit der Zeit wurde es zu einem zerstörerischen Leidensweg...

„Er hatte immer diese abnormen Tendenzen, diese übermäßigen Bedürfnisse... Er war ein Teufel des Fleisches und konnte nie genug davon haben. Er wollte nur seinen egoistischen Genuss und war total unempfindlich für meine seelischen Schranken, meine Schüchternheit, meine noch bestehenden Tabus im Bezug auf die Liebe. Jelinek hatte ihr Buch „Lust" noch nicht geschrieben, aber da war er schon..."

In Stripteaselokalen holte er sich intensive, neue Anregungen für ihr Leben zu zweit. Sie musste danach in der Privatheit seines Zimmers Ähnliches leisten und seine Männlichkeit wachrufen, was ihr nicht schwer fiel. An Partnertausch war er lebhaft interessiert und bestand immer darauf, sie zu irgendwelchen neuen „Schritten" zu bewegen. Er wollte etwas Besonderes mit ihr erproben, vor allem viel experimentieren.

„Doch glücklicherweise hatte er doch seine Grenzen: mich schlagen, Rauschgift nehmen und mit Hunden kopulieren, das hat er wenigstens nicht versucht. Und das mit dem Partnertausch blieb auch nur eines seiner Lieblingsthemen, das aber nie in die Praxis umgesetzt wurde. Das mit dem Bordellbesuch ist wirklich passiert... an einem Samstagabend... Er ließ mir keine Ruhe; er sagte, ich solle viel mehr lernen. Aber ich stellte wenigstens die Bedingung, die „Dame" solle es nicht mit ihm, sondern mit einem anderen, einem Zuhälter des Hauspersonals machen, und wir beide würden nur als Zuschauer zugelassen. Das Ganze war unsinnig, denn wir hätten genauso viel davon gehabt, wenn wir uns einen Pornofilm angeschaut hätten, wie wir es oft taten. Was kann man noch lernen? Aber sicher, es gab auch Unterschiede wie zwischen einem Film und einem volllebendigen Theaterstück, das sich vor unseren Augen abspielt. Es roch auch anders im Raum, nach Frauenparfüm und unsauberen Socken, nach Martini und Kaffee, die die beiden getrunken hatten, und wir hätten die beiden Körper sogar betasten können, wenn wir es gewollt hätten. Welche Varianten der Liebe ohne Liebe gab es noch? Ich war schon sehr müde von seinen ekelhaften Einfällen und Befehlen. Aber andererseits ergriff mich auch stellenweise die ansteckende Krankheit der Wollust, und ich blieb zu lange die freiwillige Beute seines leidenschaftlichen Experimentierens."

Es wurde immer schwieriger nach einem neuen Anfang zu suchen. Die Hauptquelle seines Genusses in seiner Beziehung zu ihr bildete das Moment der Überraschung: Er überraschte sie gern mit dem Liebesakt gerade dann, wenn sie ihn am wenigsten erwartete und an den unmöglichsten Stellen, wo sie sich verlegen und unbequem, schockiert fühlen musste, zum Beispiel in einem Park, in einer öffentlichen Toilette oder im Büro der Druckerei, wo die sieben Kolleginnen vor der Tür standen und sich gegenseitig etwas zuflüsterten. Sobald er wusste, dass sie von irgendeiner Arbeit besonders gefesselt war, warf er sich gerne dazwischen, unterbrach ihre Beschäftigung und verlangte, gerade in jenem Augenblick und ohne Aufschub die geschlechtliche Nähe. Daraus entstanden Konflikte, aber auch regelrechte Sexorgien zwischen den beiden. Sie provozierte ihn unwillkürlich; sie tat manchmal so, als wollte sie etwas für die Klausuren vorbereiten, während sie im Grunde nur das andere wollte. Es kam zu peinlichen und gefährlichen, aber auch sehr aufregenden, wollüstigen Gewohnheiten zwischen den beiden: Er entwickelte zum Beispiel eine Telefonsexomanie, die darin bestand, gerade das Telefon als Einführung für den Liebesakt zu benutzen. Immer wenn Karoline mit ihrer Mutter telefonierte und sich um harmlose, alltägliche Sätze über „Gardinen, die Schwestern, die Kleinen" bemühte, konnte sie schon mit Sicherheit davon ausgehen, dass Grabenstein, sonst gleichgültig in seiner Zeitung lesend, den Platz am Fenster verließ, rasch zu ihr ging und anzüglich, dramatisch versuchte, mit allen möglichen Mitteln der körperlichen Annäherung, mit Kneifen, Bissen, Küssen, Streicheln usw. sie von dem Gespräch mit der Mutter abzulenken.

„Arme Eltern! Sie wussten nichts davon, und ich schämte mich so!"

Jedes Mal wurde ihr fast übel vor Anstrengung, vor Angst, nicht natürlich genug zu klingen, und dass die Mutter etwas Sonderbares an ihrer Stimme oder an ihren zu langen Pausen merken könnte. Sie musste sich beherrschen, um nicht vor Wollust zu schreien, während die Hände und Lippen des Mannes sie kitzelten, bedrängten. Sie konnte unmöglich am Telefon losbrüllen: „Lass mich in Ruhe, geh weg." Stattdessen musste sie eine brave und wohlklingende Antwort für die Mutter finden: „Ja, wir treffen uns morgen zum Einkaufen. Natürlich um fünf. Aber jetzt, Mutter... ich kann nicht länger reden, ich muss etwas Wichtiges erledigen."

Wenn sie den Hörer auflegte, war sie meistens erschöpft und verschwitzt, schon halbnackt und willenlos in die Arme des Liebhabers fallend, der sie belustigt auslachte. Er hatte eine sadistische Ader, den Wunsch, sie auf eine subtile Art zu quälen, und er ließ es sich nicht nehmen, sich an der Ambivalenz ihrer Gefühle zu ergötzen, an ihrer schwierigen Lage zwischen unschuldiger Tochter und verdorbener Frau. Gerade nach den Telefonaten hätte sie ihm ihre Wut zeigen, ihn beschimpfen und ihm strengstens verbieten sollen, das noch einmal zu tun. Aber meistens war sie zu schwach, und sie wollte nur das gleiche wie er... Sie war nass, nicht nur vor Schweiß und Verlegenheit, sondern vor sexueller Erregung, und sie wollte in krankhafter Abhängigkeit, dass er die begonnenen Zärtlichkeiten zu Ende führte. Deshalb wiederholte sich diese Szene sehr oft in den nächsten Monaten, immer wenn sie mit ihrer Mutter telefonierte, und nicht nur mit der Mutter, sondern auch mit ihren Freundinnen oder Geschwistern, und einmal bei einem Anruf von der Universitätsbibliothek, einmal bei einem Gespräch mit einer Doktorandin, die ihr Fragen über das letzte Seminar von Professor Huber stellen wollte. Immer wenn das Telefon klingelte und sie ernst und gedämpft mit „Krause am Apparat" antwortete, da kam schon Grabenstein hinter ihr her und begann sie systematisch auf die Liebe vorzubereiten, sie weich und schwach zu machen. Sie fürchtete es und wünschte es sich zugleich. Manchmal wollte ihre Mutter über 20 Minuten mit ihr reden. Das war schon eine Zumutung; sie glaubte ohnmächtig zu werden...

„Hoffentlich hat sie nichts bemerkt, dachte ich. Ich wusste nicht mehr, was sie mir erzählte."

Aber er geduldete sich sehr gesittet in der Zwischenzeit mit leidender und genießerischer Mimik. Und das lange Warten reizte ihn noch mehr. Auch im Büro hatte er es besonders gern, wenn sie mit den Kunden telefonierte und lange Erklärungen geben musste, während er ihren Rock und

Unterrock hob und eine Suchreise durch ihren zitternden Körper begann.
Und wie war alles zu Ende gegangen? Es war nicht genau ihr Verdienst. Er kritisierte sie immer mehr, fand immer wenigere Freude an ihren Telefonaten. Er ging in Kur und traf dort eine andere Frau, eine Schauspielerin. Karoline kündigte ihre Stelle und flog zum ersten Mal nach Kanada.

Der Anfang in Montreal bei den Verwandten war sofort mit der schönen, kräftigen und gesunden Gestalt von Brian verbunden.
„Alle anderen Männer sind im Vergleich mit ihm hässlich. Er hat ein sehr schönes Englisch und kann über alle möglichen Themen sprechen. Er ist auch sehr rücksichtsvoll. Jetzt erinnere ich mich an etwas und muss meinen Satz zum Teil verändern: Er ist meistens rücksichtsvoll, aber nicht immer."
Wahrscheinlich entstanden durch die seelischen Schwierigkeiten in ihrer Beziehung zu Grabenstein, hatte sie viele Probleme hormonaler Art, häufige Unregelmäßigkeiten mit ihrer Periode, die manchmal zwei bis drei Monate ausblieb. Deshalb ging sie zum Frauenarzt, zu Doktor Sullivan, Brian... Er war sehr delikat und behandelte sie, als wäre sie eine zerbrechliche Blume oder eine jungfräuliche Schülerin der Sekundarstufe 1. Während der Untersuchung tat es überhaupt nicht weh, sondern ganz im Gegenteil... Und in seiner Praxis, schon im Wartezimmer – vermutlich als Teil seiner Therapie – gab es im Hintergrund eine sehr beruhigende, chinesische Musik, Gongakkorde und buddhistische Gesänge, die ihrem Sinn für Harmonie besonders zugute kamen, ihr inneres Gleichgewicht völlig herstellten.

„Auf dem gynäkologischen Stuhl gab es nicht das anonyme Krepppapier, sondern gemütliche, aufgewärmte Gästetücher, die nach Kräutern dufteten."
Sie sprachen über Deutschland; er erzählte, dass auch er deutsche Vorfahren habe und sehr gerne diese Sprache lerne. Nachher stellte sich heraus, dass sie gemeinsame Bekannten hatten. Die kanadische Cousine und ihre Tochter Malin kannten seinen Vater, den evangelischen Pfarrer. Das war ein schöner Zufall. Dadurch trafen sie sich öfters bei den beiden Familien. Malin empfand eine offensichtliche Zuneigung zu dem Arzt, aber Karoline war schneller und schnappte ihn sich, ohne sich viele Gedanken um die Enttäuschung der anderen Frau zu machen.
„Die Strafe kommt immer. Ich bekenne mich dazu: Ich verlor Malins Freundschaft und ihn konnte ich sowieso nicht lange behalten."

Achter Anfang: Sie begann ihr Studium wieder in Heidelberg unter der Obhut der Familie. Aber diesmal lebte sie nicht mehr in einem Studentenheim, sondern in einer Wohngemeinschaft mit zwei Freundinnen: Ursula und Lucille. Es gab unter anderem Klausuren, erste Übersetzungsarbeiten, Computerlehrgänge, viele Kinobesuche und vor allem Familienfeiern.
Es vergingen ein paar Jahre, und die Liebe schien für sie fast unmöglich, obwohl sie im sexuellen Bereich nicht gänzlich inaktiv blieb. Die Männer meldeten sich bei ihr oder sie rief sie an, besonders Ludwig und Brian. Nur mit Grabenstein hatte sie keinen Kontakt mehr, sie wusste nicht einmal, wo er lebte. Ludwig tauchte wieder einmal auf; sie verbrachten drei berauschende Nächte voller Sentimentalität und Erinnerungsbereitschaft zusammen.

„Ich lebte mehr für Briefe und Telefonate als für die Gegenwart. Thomas, der kein Arzt geworden war, sondern Informatiker, besuchte sie auch gelegentlich; das Liebesritual wurde zwischen ihnen ebenfalls wiederholt. Er versprach, sie immer wieder aufzusuchen, immer wenn er in Heidelberg wäre. Warum hatte sie keinen festen, ständigen Liebhaber und musste immer auf die alten zurückgreifen? Stand sie nicht meistens alleine und geschlechtslos wie eine moderne Nonne vor alten Reliquien?
„Die verzweifelte Treue der Untreuen ist in mir. Wenn ich an den 25. September denke..."
Brian schrieb lange E-Mails. Er hatte geheiratet und sich nach zwei Jahren scheiden lassen. Einmal kam er voller Begeisterung aus Kanada für sie, und sie verbrachten eine ganze Woche zusammen. Manchmal hatte sie es ganz satt mit den Männern und wollte nichts mehr mit ihnen zu tun haben. Es war an ihrem Geburtstag, als sie 29 wurde: Um freier von den Männern und glücklicher zu werden, verwickelte sie sich in eine lesbische Liebe zu Lucille, die auch eine ähnliche Phase durchmachte. Sie verabschiedeten die nicht lesbische Ursula und blieben als Liebespaar in der Wohnung.
„Heutzutage ist es nicht mehr gravierend, sich Frauen zuzuwenden. Es ist fast zu einer Mode geworden."
Aber es war von sehr wenig Bestand und Innerlichkeit. Lucille war nicht weniger egoistisch als die männlichen Liebhaber und auch nicht beständiger, immer von flüchtigen Leidenschaften getrieben. Sie blieben wenigstens dem Schein nach zusammen, obwohl Lucille schon eine neue Geliebte hatte. Wie damals bei Grabenstein und dem Bordellbesuch hatte sie wenigstens die eine Bedingung gestellt: Die Neue, eine Frau Rossetti, Italienerin, durfte keine Liebe zu dritt in der Wohnung verlangen. Wie keusch und altmodisch kam sie sich vor!

Karoline fuhr öfters mit ihrer Lieblingsnichte Elsbeth in Urlaub. Aber es war nicht nur die Freude des Urlaubs, was die Beziehung mit ihr für sie so wertvoll machte; sie pflegte ihre Nichte einmal bei einer langen Krankheit und gefiel sich besonders in ihrer neuen Mutterrolle.
Karoline übersetzte meistens englische Bücher ins Deutsche. Sie verdiente ziemlich viel Geld und konnte sich am Ende eine Wohnung kaufen.
„Einweihungsfeier."
Sie lud die ganze Familie ein, und es gab wieder eine dicke Feier. Die Kapelle war auch da, und Irina, die aus Russland kam, weshalb sie Karoline an Brians Mutter erinnerte. Ein junger Musiker der Kapelle hatte ein bisschen zu viel getrunken und versprach Karoline, sie in derselben Nacht zu besuchen. Es kam aber nicht dazu... Er war nicht so ganz richtig im Kopf, wie seine Schwestern oft erzählt hatten. Karoline zankte sich energisch mit ihm, bevor er sie weiter belästigen konnte.
„Das ist aber nicht die Schilderung eines Anfangs, eher ein knapper Überblick, eine Zusammenfassung. Ich hasse meine Erzählerin. Du hast viel zu viele Anfänge übersprungen."
Obwohl sie anscheinend so stolz auf ihre eigenen Leistungen war und die Familienkonstellation so anstandslos akzeptierte, muss etwas nicht ganz in Ordnung gewesen sein... denn plötzlich stürzte sie sich in den neunten Anfang: Wiederum Brian... Wie eine alte Platte, die man immer wieder hören und einüben muss, um die Melodie nicht gänzlich zu verlieren, um sich nicht vor dem Auditorium zu blamieren. Zu Weihnachten, wie von ihr erwartet, hatte sie sich dem Familienrahmen völlig angepasst, das übliche Gratulieren, Beschenken, backen und Sitzen über sich ergehen lassen. Aber zu Silvester, ohne jemandem ein Wort davon gesagt zu haben... verschwand sie

unauffällig und lautlos. Sie flog nach Kanada, nach Toronto, wo Brian jetzt lebte. Nach einigen sehr intensiven Telefonaten, in denen er ihr gestand, dass er im Moment keine Freundin habe, dass er sie wiedersehen wolle und sehr stark begehre, packte sie ihren Koffer und ging.

Die beiden freuten sich sehr über ihr Wiedersehen. Er behandelte sie wieder sehr delikat und aufmerksam, konnte sich aber schwer bremsen und bis zum Schluss des Abendessens auf die Liebesstunde warten.
„Es ist letzten Endes nicht egal, mit wem und wie wir unsere Orgasmen erleben. Es ist immer schöner, wenn eine gewisse zivilisierte Reihenfolge beibehalten wird. In seinem Appartement nach dem Abendessen angekommen, rauchte er noch seine Pfeife, spielte noch den freundlichen Gastgeber mit allerlei wunderbaren Getränken; wir hörten chinesische Musik, wir sprachen viel und dann... Es war wieder eine unübertrefflich schöne Woche."
Aber am allerletzten Tag verlor sie die Kontrolle über sich selbst und sagte mit zittrigem und hysterischem Verlangen: „Ich möchte nicht mehr zurück. Wenn du möchtest, werfe ich die Flugkarte weg, ich brauche sie nicht mehr. Was meinst du? Könnte ich nicht ganz hier bei dir bleiben?"
Er sagte ganz entschieden ohne Bedenken: „Es geht nicht. Du muss doch zur Arbeit... Du hast dort deine Stelle, deine Wohnung, alles."
„Aber ich könnte auch hier eine Arbeit finden. Das wäre ein richtiger Anfang, verstehst du?"
Doch er war nicht erfreut, nicht einmal interessiert, machte sich nur Sorgen um ihr Gepäck, dass sie alles beieinander hielt und dass sie bitte die schönen Geschenke seiner Familie für Deutschland nicht vergessen solle.

„Du hättest nur Heimweh und mit Recht, wie das erste Mal, als du wegfliegen musstest. Aber wenn du möchtest, können wir uns bald wieder sehen."

Zehnter Anfang: Und jetzt saß sie im Flugzeug. In ein paar Stunden würde sie wieder die Familie in ihre Arme schließen und die Freundinnen, auch Lucille mit ihrer alten Halbverliebtheit und Freundschaft, und sie würde wieder im Internet nach „Selbstmord" unter Schriftstellern suchen.
„Der neunte Anfang ist der schlimmste von allen gewesen. Oder war das Ende das Schlimmste? Der Mann hat mich abgelehnt... Aber ich überlebe es noch. Ich war verrückt, ihn zu fragen. Ich hätte alles für ihn aufgegeben, und er dachte nur an mein Gepäck."
Karoline Krause begann ihr neues Leben mit großem Mut. Am nächsten Tag erzählte sie allen, wie froh sie war, wieder zu Hause zu sein.

Der Zwang

Cornelia Braun ist keine Heldin. Am liebsten würde sie sich unter dem Tisch verstecken, wenn so unangenehme Dinge auf dem Programm stehen wie nicht mehr zu Hause sein zu dürfen, ins Krankenhaus zu müssen und vor allem einem Fremden den Schlüssel ihres Körpers übergeben zu müssen. Ja, das ist das Schlimmste von allem, dass die arme Cornelia ihr Leben nicht mehr steuern kann,

dass jemand in meine inneren, mir selbst unbekannten Organe eindringen und Stücke daraus schneiden wird, während ich total ausgeliefert schlafe. Der Chirurg wird meine Organe, die ich bisher nie anzusprechen gewagt habe, heftig, unmittelbar, respektlos duzen und aufrütteln. Und hoffentlich schlafe ich tief genug, nicht dass ich aus der Ferne noch etwas merke von alledem, was sie mit mir tun. Hoffentlich ist die Narkose nicht zu schwach, die sie mir geben werden.
Ich erzähle es keinem, dass ich so feige bin, nicht einmal meiner besten Freundin. Mein Gott, fast jeder Mensch hat irgendwann im Leben eine Operation zu ertragen; manche haben sogar drei, vier... oder sechzig hinter sich.
Bernadette Schmied, eine gute Freundin, sagt, stolz auf ihre Vergangenheit: „Ich bin schon drei Mal operiert worden: am Blinddarm, an den Mandeln und die letzte war eine ziemlich ernste Brustoperation."
Mein Mann kann auch wenig Verständnis für meine Angst aufbringen, denn er hat sehr oft schwere Knochenoperationen erdulden müssen.
Viele Frauen prahlen auch über ihre Entbindungen. Diese sollen noch schlimmer als Operationen sein, denn die

Wöchnerinnen bleiben bei vollem Bewusstsein, und manchmal erstreckt sich die Folter der Geburtsschmerzen über ganze Stunden pausenloser Qual. Ich habe wenigstens die liebevolle Freundin Narkose, die mich einlullen und in schönere Gefilde als die Wirklichkeit spazieren führen wird, bis ich nicht mehr weiß, ob ich wirklich Cornelia bin oder nur ihre Begleiterin... oder Cornelias Ärztin... oder die Putzkolonne im Krankenhaus. Ich kann mit meinen Erfahrungen nicht viel angeben. Bisher bin ich immer verschont geblieben, hatte nur meine chronischen Beschwerden, die ich im häuslichen Bereich noch bewältigen konnte. Meine Weltkatastrophen waren nur Zahnbehandlung und die Beobachtung der Krankheiten anderer Menschen. Jetzt kommt aber auch für mich die Stunde der Wahrheit, und ich muss noch dankbar sein, denn es handelt sich um eine alltägliche, einfache, weit verbreitete Operation. Meine Nachbarin, Ursula Hoffmann, und eine Freundin von Marlies Gras, meiner Arbeitskollegin, sind auch an der Schilddrüse operiert worden. Gut, dass es für mich so mild anfängt und nicht direkt mit einer Herztransplantation.
„Ach, hätte ich das schon früher geübt, als Kind, wie das Schwimmen! Jetzt wäre ich bestimmt einsichtiger und weniger ungeschickt."
Meine Großmutter, die auch einen langen Weg von Operationen hinter sich hat, hört mir zu und nickt sachlich.
„Bald ist alles vorbei. In zwei Wochen wird es dir zweifellos besser gehen."
Die ganze Familie scheint sich darin einig zu sein: Großmutter, Eltern, meine Schwester, Marlies, Bernadette und die Nachbarin. Angekleidet in dem zerschlissenen und armen Stoff ihrer Philosophie bieten sie mir den Trost der Vergänglichkeit „allen Leidens" an. Angeblich soll

Vergänglichkeit fast so gut sein wie die gute Freundin Narkose.
Was könnten sie sonst tun? Sie sind so machtlos wie ich, nur dass sie die Macht der Vernunft vertreten, während ich keine Macht mehr besitze. Es irritiert und bedrückt mich, fordert meine Opposition heraus, dass sie diesmal keine gegensätzlichen Meinungen - wie sonst üblich - hervorbringen. Cornelia Braun steht immer zu ihren Entscheidungen trotz ihrer Feigheit. Sie hat nicht den Bräutigam am Hochzeitstag stehen lassen; sie hat nicht die geplante Reise nach China abgesagt; ist nicht ihrer angestrebten Englischprüfung aus dem Weg gegangen, ist nicht vor der Beerdigung des Großvaters weggerannt, ist auch nicht vor der Fehlgeburt ihrer Schwester geflüchtet; sie hat es nicht versäumt, den guten, kranken Hund zum Einschläfern zum Tierarzt zu begleiten. Sie glaubte immer, die richtige Entscheidung getroffen zu haben und bereute bisher keine. Aber jetzt ist die Flitterwoche der Selbstgefälligkeit zu Ende.
„Ach, warum habe ich nicht über meine Beschwerden geschwiegen, Großmutter? Warum habe ich die Familie alarmiert?"
Die Hauptschuld liegt an mir selbst. Wäre ich nicht zum Arzt gegangen, hätte sich keiner um meinen Zustand gekümmert. Und auch später hätte ich die Operation auf einen unbestimmten Zeitpunkt aufschieben können. Die Familie hätte es viel zu gerne vergessen. Sie reagieren sehr sensibel auf Krankenhäuser und sind abgeneigt, neue Gesundheitssorgen zu übernehmen, seitdem der Großvater tot ist, seitdem meine Schwester ihr Baby verloren hat und auch der Hund nicht mehr da ist. Doch ich wollte mich durch meine Krankheit wichtig machen. Und das habe ich jetzt davon.

„Man kann nicht darüber schweigen, wenn der Körper nicht richtig arbeitet, Cornelia."
„Hätte ich in Ruhe abgewartet... Vielleicht wären dann meine Beschwerden von selbst weniger geworden und ich hätte mich selbst heilen können."
Aber der fremde Eingriff ist nicht mehr rückgängig zu machen. Der Aufnahmetermin steht schon fest.
Auf der Arbeit wissen alle, dass ich nächste Woche nicht kommen werde. Die Familie hat sich schon gründlich vorbereitet. Marlies leidet aufrichtig mit mir mit und hat mir alles Gute gewünscht. Am Freitag spendieren die Kollegen ein Eis und machen mir einen schönen Abschied. Es ist kein Abschied, nur ein netter Einfall, weil es bei uns in den letzten Tagen so heiß geworden ist.
Meine Freundin Bernadette kommt am Freitag, um mir beim Packen meines Köfferchens zu helfen. Wir kaufen zusammen zwei neue Nachthemden, zwei Unterröcke und einen Morgenmantel fürs Krankenhaus. Fürs Krankenhaus zu kaufen macht keinen Spaß. Aber natürlich werde ich diese Schaustücke auch zu schöneren Anlässen tragen können.
Bin ich nicht eine verwöhnte Person? Einige sterben im Krankenhaus und keiner weiß, wo sie ihre Wäsche gekauft haben und ob sie jemand dabei beraten hat.
Man geht meistens allein ins Kaufhaus und dann zur Kasse, ohne Freundin, ohne Verkäuferin, die uns eine kleine Beratung für spezielle, schwierige Stunden im Krankenhaus anbieten würde. So ist es meistens im Leben: Nur Größe und Preis erfahren und dann zur Kasse... Ein Überfluss an einsamen Gängen ohne kommentierende Zwischenschübe der Gemütlichkeit und ohne persönliches Geplauder. So ist es auch für mich meistens: trockene Einsamkeit.

Aber heute wird die rührende Krankenhausvisitenkarte gezeigt. Ich habe eine Freundin, einen Mann und vielerlei gesellschaftliche Bindungen von allen Seiten.
Meine Einsamkeit rettet mich nicht vor Verpflichtungen. Ich weiß nur, dass ich gebunden bin, gefesselt, dass ich nicht flüchten darf und dass ich meine Verabredung einhalten muss.
Mein Mann wäre der erste, der sich grenzenlos ärgern würde, wenn ich mich davor drücken wollte.
„Ich kann so eine Frau nicht mehr lieben, die so unvernünftig ist. Du machst dich lächerlich mit deiner Angst und diesem plötzlichen Rückzieher. Wer kann noch an dich glauben? So eine Verrückte."
Und meine ganze bisherige Existenz der Vorsicht, der überlegten Entscheidungen würde nicht mehr zählen. Es erfüllt mich mit Bitterkeit und Widerwillen, dieses Gefühl, dass meine jetzige Handlung alles andere überwiegt und ich nur daran gemessen werde. Es ist die Ausweglosigkeit der immer Weisen oder als solche angesehenen zu werden, die nie dummes Zeug reden.
Ich bin das hilflose Lamm der Selbstüberredung, das unfreie Opfer meiner eigenen Zwangsmentalität, denn ich würde mich selber verachten, sollte ich mein angekündigtes Vorhaben nicht zu Ende führen. Nun ja, führ es zu Ende und sieh, was du davon hast. Eine Welt von mitempfindenden Menschen habe ich, aber keine Freiheit.
Mein Vater sagt: „Wir würden dir gern die Operation ersparen. Du warst immer gut im Lernen und Arbeiten. Aber das hier ist etwas ganz anderes."
Ja, ich lasse mich schlachten. Vielleicht werde ich auch daraus lernen. Im Grunde fehlte mir gerade das, um alles besser zu verstehen; das war meine große Lücke.

Meine Mutter sagt verwirrt: „Bist du sicher, dass das die richtige Entscheidung ist?"
Das sagt sie immer in ihrer ewigen Unentschlossenheit. Sie lässt mich wenigstens frei und würde sofort mit mir zusammen flüchten. Aber es ist eine falsche Freiheit und der Strom der Entscheidungen, zum Bejahen oder Verneinen, ist immer da, solange ich lebe.
Meine Schwester sagt: „Du könntest es hinausschieben, aber mit der eigenen Gesundheit kann man nicht spaßen. Du kannst nicht unter Selbsthypnose vorgeben, dass alles normal ist. Früher oder später müsstest du die alte Geschichte wieder einfädeln: Arzt, Krankenhaus, Halsprobleme, ein neues, diesmal unwiderrufliches Datum. Es geht hauptsächlich um die Lebensqualität. Kannst du mit diesen Beschwerden weiterleben?"
Marlies sagt: „Alle in der Firma würden dich auslachen, wenn du jetzt kneifen wolltest."
Natürlich kann ich nicht am nächsten Tag im Büro erscheinen, als wenn nichts wäre, und meine üblichen Aufgaben übernehmen. Sie würden sagen: „Wir haben schon für eine Vertretung gesorgt. Sie sind krankgeschrieben, müssen operiert werden. Oder war das alles eine Lüge? Erfanden Sie die Krankenhausgeschichte bloß um Urlaub zu bekommen?"
Gewöhnlich, wenn man so etwas sagt, tut man es auch. Mit der Aussage verpflichtet man sich unumstößlich und hat keine Kontrolle mehr über die Folgen, die dem Gesetz des logischen Handelns unterstehen. Ganz unlogisch von mir wäre es, morgen arbeiten zu gehen und meinem Mann zu sagen, dass ich nicht mehr beabsichtige, meinen Krankenhaustermin wahrzunehmen.

So ein Theater zu machen... bloß weil ich schlafen werde, während andere doppelt so wach sein und sich mit meinem Körper beschäftigen werden!
Ich gehe dahin, nicht nur damit ich von meinen Halsknoten geheilt werde. Ich werde schlafen und zum ersten Mal in meinem Leben eine tiefe Lücke der Bewusstlosigkeit erfahren. Es muss auch ein interessantes Erlebnis sein. Warum davor zurückerschrecken? Die meisten Menschen haben es doch erlebt. Ich möchte nicht, dass sie es mir voraus haben.
Die Bewusstlosigkeit der Narkose ist immerhin weniger radikal und gravierend als der Tod, und auf den Tod muss ich mich auch irgendwann vorbereiten. Vielleicht muss ich mich jetzt schon bereit halten?
Das mit den Menschen, die mir an Erfahrungen weit überlegen sind, hat mich immer gestört: Diejenigen, die nicht mehr Jungfrauen waren, als ich noch eine war... Diejenigen, die Kinder geboren haben; auch etwas, was ich noch nicht kenne... Diejenigen, die eine Operation hinter sich haben... Ich hätte auch gerne den Führerschein gemacht, Fremdsprachen gekonnt, Yoga und transzendentale Meditation gemeistert, wie andere Menschen es tun.
Operiert werden bringt tatsächlich einen Vorschuss an Wissen, an Reife und Vervollständigung der eigenen Bildung. Ob man sich aber deshalb mit dem Gedanken trösten kann, bezweifle ich.
Bernadette sagt, dass ich im Krankenhaus viel Zeit zum Lesen haben werde. Meine Nachbarin Ursula spricht von ihrer Schilddrüse und meine Oma erzählt mir noch einmal das Märchen ihrer vielen Operationen.
„Cornelia, mach dir keine Sorgen. Die Vollnarkose ist das Schönste, was es gibt. Du merkst überhaupt nichts, und wenn danach die Schmerzen kommen, dann ist das schon das

Gewohnte, was wir sowieso von Natur aus gelernt haben, zu ertragen."
Diejenigen, die operiert wurden, wissen viel von Medizin.
„Erzähl mir das Märchen vom Arzt, der sich in dich verliebte wie in dem Film, den wir vorige Woche gesehen haben. Oder das Märchen vom Krieg... als du operiert werden musstest aber dann... kein Arzt und keine Schwester zu finden waren und es am Ende gar nicht gemacht wurde. War es nicht besser so? Im Krieg, im Chaos der Toten und Verletzten vergaßt du alle Beschwerden, nicht wahr? Und es war besser so, ohne die Operation... Oder nicht? Du bist schließlich nicht daran gestorben. Erzähl von Onkel Paul, der einmal an einem Leistenbruch operiert werden musste, der aber in der Nacht vor dem Eingriff aus dem Krankenhaus flüchtete. Er war feige, so wie ich, rettete trotzdem sein Leben auch ohne die Operation, nicht wahr?"
„Ja, dem Onkel Paul gefiel etwas nicht am Personal im Krankenhaus. Er war nicht sehr überzeugt und ihm wurde es richtig übel, als er schon halb seine Zustimmungsunterschrift gekritzelt hatte. Er sagte dann zu den Ärzten: ‚Wissen Sie was? Ich muss noch etwas von meinem Gepäck holen, und dann komme ich wieder.' Und danach betrat er nie wieder das Krankenhaus."
Sicher... manchmal werden die Ängstlichen belohnt und haben mehr Glück als die Mutigen.
Einige sagen, dass man während der Operation zwar kaum leidet, aber umso stärker danach; gerade dann, wenn man sich in der trügerischen Ruhe des überstandenen Kampfes zu sein glaubt und sich beinahe freut... dann kommen die richtigen Schmerzen. Was für eine schöne Aussicht! Am besten geht man nicht dahin. Ist es nicht Tatsache, dass Anstrengung, Eifer und Durchhaltevermögen manchmal

bestraft werden? Am besten ist man inkonsequent, unzuverlässig und so nachgiebig mit sich selbst, dass man ohne Strenge zu jeder Zeit die eigenen Entscheidungen zurücknehmen darf.

„Großmutter, erzähl von deiner letzten Krebsoperation vor zehn Jahren. Dank dieser bist du jetzt noch am Leben, nicht wahr?"

„Ja, alle behaupten, dass es der Operation zu verdanken ist. Natürlich weiß ich es nicht genau... Man kennt den eigenen Körper viel zu wenig."

„Das habe ich auch. Ich bin eine Analphabetin meines Körpers. Andere wissen mehr als ich über die Gründe meiner Atemnot, Halsprobleme, Schweißausbrüche. Aber auch die Operation könnte schlimme Folgen haben. Hoffentlich sind meine Stimmbänder nicht davon betroffen. Ich habe immer sehr gerne gesprochen und laut Gedichte vorgelesen."

„Du brauchst keine Angst zu haben. Manchmal verliert man etwas nur vorübergehend. Erinnere dich an deine Cousine Vanessa, die nach der Augenoperation eine Zeit lang nichts mehr sehen konnte. Danach kam das Sehen wieder zurück und noch viel besser."

Mein Schwager sagt: „Morgen stehen wir um sechs Uhr auf und wir fahren dich mit unserem Auto ins Krankenhaus."

Jetzt sind sie alle schon gegangen, und ich packe meinen kleinen Koffer für das Krankenhaus zu Ende, unter der fürsorglichen Aufsicht meines Mannes, der ein paar Ratschläge erteilt: „Du bleibst nicht sehr lange dort. Solltest du noch etwas brauchen, kannst du es mir, Bernadette oder deiner Schwester sagen, und dann bringen wir es dir nach. In Krankenhäusern wird viel geklaut; man darf nicht viel Geld oder Wertgegenstände mitnehmen."

Das hat die Nachbarin auch gesagt. Man liegt so allein und wehrlos da im Zimmer, und dann kann immer ein Fremder kommen und etwas stehlen. Auch ist man oft unterwegs bei Untersuchungen, sodass das Zimmer unbeaufsichtigt bleibt. Personalmangel ist die Regel, und wenn keine weiteren Patienten im Zimmer liegen, wer kann denn auf alles aufpassen? Von Mord und Vergewaltigung in Krankenhäusern hörte man bisher noch nicht, aber in letzter Zeit beginnen einige wenige Fälle Schlagzeilen zu machen.
Doch schlimmer noch als das sind die anderen, die inneren Ängste:
Die Angst vor der Unbewusstheit, vor dem chemischen Schlaf, aus dem niemand weiß, ob man erwachen wird...
Die Angst, meine Stimme zu verlieren.
Die Angst vor meinen eigenen Opferlamm-Reaktionen, vor meinem müden Einverständnis und gesellschaftskonformen Handeln, das nur darauf bedacht ist, Konflikte zu vermeiden, Konflikte zu vermeiden...

Ich schlage zwei Schlüsse für meine Geschichte vor:

Erstens: Ich habe dieses eine Mal der Zwangssituation nicht nachgegeben.
Mitten in der Nacht nehme ich mein Köfferchen fürs Krankenhaus und verlasse meine Wohnung. Es kostet mich eine große Überwindung, vor allem mich nicht von meinem Mann zu verabschieden, der morgen sehr überrascht sein wird.
Geld habe ich doch mehr mitgenommen, denn bekanntlich muss man - wenn man reist und nicht in einem Krankenhaus liegt - viel bezahlen. Der Hals tut mir weh. Aber ich bin froh zu

flüchten und zum ersten Mal nicht nach dem Gesetz des Verstandes zu handeln.
Das Bedrückende ist jetzt nicht mehr die Flucht, sondern die nächste Entscheidung nach der Flucht: ein Hotelzimmer in dieser Stadt? Oder in einer anderen Stadt? Eine möblierte Wohnung? Ein Krankenhaus im Ausland? Was macht ein Mensch, der krank ist und es nicht zugeben möchte? Irgendwo muss ich doch meinen Frieden finden können; es ist kein Verbrechen, wenn ich mich der Operation nicht unterziehen will.
Vielleicht gehe ich in ein Kloster und sage zu den Nonnen, dass ich nur beten möchte. Oder vielleicht gehe ich in eine Kneipe und trinke viel. Oder ich fliege irgendwohin nach Amerika und suche mir eine neue Arbeit. Sobald ich eine neue Arbeit und die Adresse eines neuen Arztes habe, bin ich wieder glaubwürdig, dann werden mir meine Familie und Bekannten verzeihen.
Doch das scheint mir sehr schwierig, denn dann müssten sie auch nach Amerika zu mir ziehen, sonst wäre unser Zusammenleben endgültig dahin. Mein Mann würde sagen: „Du hast alles zu kompliziert gemacht. Zu Hause wäre es viel leichter gewesen."
Die Großmutter würde unmöglich zur Operation kommen können und ich hätte keine Märchen mehr von ihr und von den anderen.
Ich nehme ein Taxi und lasse mich in ein sehr weit gelegenes Hotel fahren.
Offenes Ende nennt man das.

Zweiter Schluss: Der Zwang wird weiter fortgesetzt.
Dieser Schluss ist viel präziser und ausführlicher als der andere, und ich kann ihn viel klarer sehen. Natürlich habe ich

mich am nächsten Tag, wie festgelegt, operieren lassen. Das Flüchten war nie meine Stärke, ich hätte es sowieso nicht richtig gekonnt. Nach drei Tagen wäre ich zurückgekehrt und hätte mich - reumütig und beschämt - meinem Krankenhausaufenthalt unterworfen.

Aber die Vollnarkose hat wirklich etwas Tiefgreifendes in meinem Inneren bewirkt. Seitdem bin ich nicht die gleiche geblieben.

Ich brauche viel Zeit zum Denken, bin seit der Operation langsamer und schläfriger geworden. Ich bin schwächer, pflegebedürftiger, dem Leben noch verlorener als sonst, jeder oberflächlichen Unterhaltung und allen äußeren Vorschriften abgeneigt. Ach, warum hat es meine Großmutter nie erwähnt, dass eine Operation noch viel mehr als Angst und Schmerz ist? Ich wünsche mir noch ein paar Monate, um mir gründlich zu überlegen, was mit mir genau passiert ist... Was sie weggeschnitten haben und was noch von meinem Körper bleibt... und wie wichtig der chemische Schlaf für mich geworden ist, der so gut war, dass ich ihn mir gerade wünsche...

Ich wünschte, der Tod wäre so menschenwürdig und schonend wie mein Verlust an Bewusstsein in jener Minute, als ich der Narkosenschwester sagte: „Sie haben eine wunderbare Aufgabe." Danach gab es eine Lücke in meinem Leben, eine Lücke an Gedanken - doch nicht an Ereignissen - und ich würde so gerne nachforschen, wie das Ereignis des Schnitts ohne mein Mitdenken geschehen konnte, obwohl ich es besonders menschenwürdig finde, dass ich es nie wissen werde.

Solche Gedanken beschäftigen mich so intensiv, dass ich viel Zeit brauche, um mit alledem zurechtzukommen. Zum ersten Mal reklamiere ich Zeit, auch wenn ich nicht genau weiß,

wofür ich sie verwenden soll. Nein, ich will nicht arbeiten gehen, nicht früh aufstehen, nicht mit Leuten am Telefon sprechen, nicht einmal reisen und Urlaub machen.
Ich möchte nur Innerlichkeit. Vielleicht spiele ich berauscht mit der Illusion, dass ich noch unter der Wirkung der Narkose liege und schlafe. Das war das Schönste von allem. Ich brauche viel Zeit für mich selbst, liebe vor allem die Wärme meines Bettes und die Ruhe.
Nach einem Monat dieser Ruhe scheint es aber, dass die Folgen meiner Operation schon unerheblich sind. Ich kann wie zuvor mein normales Leben führen und wieder arbeiten gehen, sagen die anderen. Ich werde zur Arbeit gezwungen, zur Normalität gezwungen.
Familie, Freunde und Kollegen rufen mich zur Alltäglichkeit und in mein vorheriges Leben zurück. Meine Transzendenz ist vorüber, sagen alle. Operation überstanden... Jetzt bin ich nicht mehr krank. Alles hat eine Grenze, die die Zeit diktiert, wie Trauerkleidung oder Weihnachtsgeschenke. Ich darf nicht mehr vortäuschen, dass ich noch Pflege brauche, dass ich erst aus der Narkose erwache. Wenn ich jetzt die kleine Patientin weiterspielen wollte, dann wäre mit mir etwas seelisch nicht ganz in Ordnung.
Trotzdem... für mich ist es verfrüht. Nach meinem Gefühl bin ich unreif für diesen heftigen, grausamen Zwang der Wiederherstellung.
Sie wollen mich wieder zwingen. Die gleichen, die damals für die Operation waren, sind jetzt für Arbeit und Normalität. Ich widerspreche ihnen leise, meinem Mann, Bernadette, der Großmutter, meinen Eltern, der Nachbarin, Marlies, meiner Schwester und meinem Schwager... Dann ärgere ich mich über den Zeitverlust.

Es kostet mich große Überwindung, mich wieder zu einer Handlung zu bewegen.

Aber mitten in der Nacht... nehme ich mein Köfferchen, dasselbe vom Krankenhaus, aber mit einigen neuen Gegenständen und mit gewaschener Wäsche, die ich halb im Schlaf zusammen gesammelt habe, und dann flüchte ich... mit unbekannten Zielen, denn jedes Ziel ist ja bloß Zwang.

Es war fast wie ein Wunder. Sie haben mir die Ziele und die Pflichten herausoperiert, und ich bin meinem Chirurgen besonders dankbar.

Aber wer glaubt mir diesen Schluss? Dass ich - endlich, endlich - geflüchtet bin?

Gott umtaufen

Meine Freundin Demetra hat darauf bestanden, dass ich mit ihr gehe. Sie hat mich sehr darum gebeten, sie zu dieser Tagung zu begleiten, auch wenn ich selbst nicht zu denen gehöre, die ihren Glauben gewechselt haben.
„Ich habe keinen spezifischen Glauben, deshalb kann ich ihn nicht wechseln. Ich bin nicht wie ihr davon überzeugt, dass ich in meiner Beziehung zu Gott auf neuen Füßen stehen sollte. Ihr alle hier gebt Gott einen anderen Namen und sprecht mit ihm in einer ganz anderen Sprache, nicht mehr in der angeborenen der Kindheit."
„Aber Andrina, du hast auch deine Nationalität gewechselt. Zuerst warst du Finnin und jetzt Deutsche. Im Grunde ist es das gleiche Phänomen; du solltest uns verstehen können."
„Und ich verstehe euch doch, der Mensch verändert sich... und will nicht immer die gleichen Traditionen aufbewahren. Mir ist trotzdem ein Rätsel, warum du mich noch brauchst, wenn du von so vielen Menschen umgeben bist, die die Bekehrung mit dir teilen."
„Etwas Distanz ist nicht schädlich. Vielleicht möchte ich es auch so, dass jemand, der ganz abseits steht, uns sachlich und kritisch beobachtet. Frau Leßmann hatte auch keine Einwände, als du ihr sagtest, dass du gar nicht in unsere Gruppe eingegliedert werden kannst, weil du dich im Moment noch zu keiner Konfession bekennst. Du bist der neutrale, ruhende Mittelpunkt, um den wir alle mit unserer Gottesleidenschaft und beinahe hysterischen Gottesfreude kreisen. Bisher haben wir dich nicht beeinflussen können, aber auch das könnte sich ändern, und irgendwann spürst du vielleicht eine Neigung in die eine oder in die andere Richtung.

So sagt es auch Frau Leßmann. Alles kommt einem Experiment gleich."

„Ich glaube es kaum, dass ich mich beeinflussen lasse. Doch es ist wahr, dass ich euch gerne zuhöre. Amalia Leßmann und ich verfolgen eure Krisen, Beichten und Wiedergeburten aus der Ferne."

„Gewiss, eure ist die Perspektive der nicht Betroffenen, aber wir regen euch durch unsere Situation besonders an."

„Ich fühle mich trotzdem etwas fehl am Platz, ich bin keine Seminarleiterin wie sie, sondern nur deine Freundin und... Die anderen haben keine Freundinnen mitgebracht. Ich habe den Eindruck, dass sie mich teilweise verdächtigen und nicht mögen, weil ich in religiösen Fragen so lauwarm reagiere."

„Tröste dich. Amalia ist so wie du. Sie ist eine sehr tüchtige Referentin, hochbegabt, mit vielen Kenntnissen über die Weltreligionen, aber sie hat keine göttlichen Inspirationen. Sie bleibt an der Oberfläche, nur um vergleichende Analyse bemüht, eher berechnend und wissenschaftlich."

„Das ist der Punkt: Sie spielt eine Vermittlerrolle zwischen euch. Sie muss neutral bleiben, aber ich glaube, sie neigt zum Buddhismus und zu Rudolf Steiner. Mehr als wissenschaftlich scheint sie mir wie abgewandt, universell, reif und gütig in ihrer Schweigsamkeit, halbabwesend, betont vergeistigt. Sie ist ganz anders als ich, die ich wirklich nur eine Null an Religiosität bin."

„Vielleicht hast du Recht. Ich beschäftige mich weniger mit ihr als mit den anderen Frauen der Gruppe."

„Es ist schon interessant, euch alle hier zu erleben. Jetzt bin ich froh, dass ich gekommen bin."

Als ich von dieser Tagung der bekehrten Frauen erfuhr und Demetra mich unbedingt bei sich haben wollte, hatte ich am Anfang meine Bedenken. Ich stellte mir unmittelbar ein paar fanatische, nonnenhafte, katholisch konvertierte Damen vor, die nur über Priester und über den Papst reden würden. Aber ich habe mich geirrt, es ist nicht so. Es handelt sich um eine ziemlich kleine, aber heterogene Gemeinschaft, wobei die verschiedensten Konfessionen vertreten sind.

Meistens wurden die Frauen durch ihre Ehemänner in den neuen Glauben hineingezogen. So ist die Jüdin Lea Rosenbaum seit Oktober vor drei Jahren durch ihren Mann evangelisch geworden. Lilian Proust aus französischer Herkunft, bisher offiziell katholisch, ist vor kurzem dem Islam beigetreten, ja, ihrem türkischen Mann und seiner Familie zuliebe, die sie beide verehrt. Die Russin Nadja Robertson, wahrscheinlich die Älteste in der Gruppe, mit einem englischen Diplomaten verheiratet, hat schon vor 35 Jahren ihrem ursprünglichen orthodoxen Glauben den Rücken gekehrt und ist ein Mitglied der anglikanischen Kirche geworden; ja, um der Kinder willen, damit das Familienleben zu Hause schön und problemlos verlaufe; so viele Unterschiede seien ja nicht zwischen der anglikanischen und der russischen Kirche.

Demetra bildet aber die Ausnahme: als alleinstehende Frau, ganz autonom, aus eigener Initiative, hat sie die lutherische Bibel durch die katholische ausgetauscht. Ihr ganzes Leben lang hatte sie sich schon von Rom angezogen gefühlt, von der Kunst im Mittelalter, vom Latein und den kirchlichen Ritualen. Die Mutter Gottes vor allem, die Heiligen und die Sakramente, das hatte sie immer instinktiv bewundert, und nur die Angst, ihre alte Mutter zu enttäuschen, hatte die allmähliche Konversion meiner Freundin um einige Jahre verzögert. Erst jetzt, da sie 50 ist, und nach dem Tod der Mutter, fühlt sie sich endlich berechtigt, diesen Schritt zu wagen, den sie sich solange gewünscht hatte. Im vorigen August konvertierte sie.

Als neugeborene Katholikin fühlt sie sich besonders privilegiert, verjüngt und von der Gnade Gottes überflutet. Als letzte in der Gruppe habe ich Mirjana Winterstein kennengelernt. Sie ist die jüngste, ein 22-jähriges Mädchen von melancholischem, düsterem Wesen. Sie war damals Zeugin Jehovas und ist auch katholisch geworden wie Demetra. Beide sind Schwestern im Glauben und am selben Tag, am 24. August, in die neue Kirche ihrer Träume mit den Sakramenten der Firmung und Kommunion aufgenommen worden. Vielleicht hängen sie aus dem Grund immer zusammen, plaudern ununterbrochen und fallen sich mit übertriebenen Beteuerungen der Zuneigung ständig in die Arme. Demetra sagt immer wieder: „Sie ist meine Adoptivtochter, meine gute, kleine Schwester in Christus." Ich bin etwas eifersüchtig auf Mirjana, weil Demetra ihretwegen unsere Freundschaft völlig vernachlässigt. Es wundert mich, dass sie mich mitgenommen hat und die alte Sympathie für mich empfindet, dass sie meine religiöse Apathie noch akzeptieren kann. Aber es ist möglich, dass sie sich mir mit der Zeit gänzlich verschließt und mit andersdenkenden Menschen nicht mehr verkehren will. Im Moment respektiert sie noch alle Konfessionen, auch die Atheisten, wie ich selbst eine bin. Sie geht auch sehr freundschaftlich und nachsichtig mit der Jüdin, mit der Russin und mit der neuislamischen Lilian um. Aber wie lange kann es dauern, bis sie uns alle ablehnt und sich für die alleinige Wahrheitsverkünderin hält? Über Mirjanas Gründe zur Konversion weiß ich nichts Genaues. Es laufen viele Gerüchte, dass sie einem sehr harten Schock unterliege und ein paar Jahre in psychiatrischer Behandlung gewesen sei; ein böser Bruder soll mit ihr Inzest getrieben haben, danach fühlte sie sich wie vom Teufel besessen, war nahe daran, den Verstand zu verlieren, bis eine Nonne sich sehr intensiv ihrer geistigen Pflege annahm und sie zum Katholizismus führte. Sie will auch bald selbst ins Kloster gehen; nur dort findet sie vielleicht den ersehnten Frieden.

Ich frage mich, wer diese Tagung der bekehrten Frauen organisiert hat. Wahrscheinlich irgendeine ökumenische Vereinigung, eine jüdisch-christlich-muslimische Organisation; die Katholiken alleine hätten es wahrscheinlich nicht getan. Die Vielseitigkeit des Unternehmens gefällt mir, dieses abwechslungsreiche Gefüge von verschiedenen Glaubensrichtungen. Normalerweise tendieren konvertierte Menschen zur Ausschließlichkeit, sie wollen nicht mehr von dem alten Glauben hören; aber hier müssen sie es und noch dazu von anderen Fällen in der umgekehrten Reihenfolge; sie lernen, wie beliebig und im Grunde gar nicht einzigartig eine Konversion ist, kein Anzeichen von göttlicher Auserwähltheit, sondern einem sehr allgemeinmenschlichen Bedürfnis entsprungen, nämlich, sich von etwas loszusagen und mit Traditionen zu brechen, um sich neuen Gesetzen unterzuordnen. Ich finde es gut, dass so etwas gezeigt wird, damit alle Positionen relativiert werden und weltoffen bleiben. Demetra soll wissen, dass sie nicht die einzige ist, die so einen Schritt vollbracht hat, sondern dass auch all die anderen Frauen dem angeblichen Ruf Gottes in ganz andere Gefilde gefolgt sind. Die Christin Lilian ist jetzt keine Christin mehr, sondern fühlt sich einem ganz anderen Kulturkreis zugehörig; sie frisst wie die Tauben aus der riesigen Hand der islamischen Welt vom Futter Allahs. Auch die Jüdin hat das Judentum verlassen und ist zu einer Christin geworden. Nadja steht nicht mehr stundenlang in der orthodoxen Kirche in Sankt Petersburg bei den sehr ausgiebigen und zeitaufwändigen Gottesdiensten der Geduld... sondern sie ist zu einer richtigen Mrs. Robertson geworden, ist mit

Teekochen, Gartenarbeit und Bibelstunden in der Gemeinde beschäftigt. Und Demetra glaubt plötzlich, wie die junge, zerbrechliche Mirjana, an die Jungfräulichkeit Marias und an die Heiligen.

Ich wiederhole mit einem zufriedenen Lächeln meine erste Aussage: „Ich bin froh, dass ich gekommen bin. Solche Seminare sollten öfters stattfinden, denn es kann euch so viel an Toleranz und Zusammengehörigkeitsgefühl bringen. Ihr habt alle Ähnliches erlebt, diese innere Verwandlung, die Rituale der Erneuerung und der Integration in einen neuen Wirkungskreis."

Demetra seufzt und drückt meine Hand, während sie mit einer kleinen, sehr milden und vorsichtigen Predigt anfängt: „Manchmal mache ich mir Sorgen um deine Richtungslosigkeit. Vielleicht bringt dir diese Tagung doch etwas im Sinne von ‚Bestärkung deiner Spiritualität', denn du siehst in jeder von uns, egal aus welcher Perspektive, wie sehr Gott im Mittelpunkt unserer Gedanken steht. Heute ist nur der erste Tag, aber vielleicht wird dieses ökumenische Konversionswochenende dir vieles enthüllen und dir Klarheit über dich selbst verschaffen."

Mehr als um die Suche nach Gott geht es um ein soziales Phänomen, überlege ich mir manchmal, während ich den Frauen bei ihren Geschichten zuhöre.

Aber ich liebe uneingeschränkt und ohne Widerspruch die Art und Weise, wie sie das Feuer ihrer Verwandlung beschreiben. Ich wünschte, ich hätte so viel Entschiedenheit und Selbstsicherheit in mir.

Amalia hat ihr Referat über „das Leben nach dem Tode und die Wiedergeburt nach den verschiedenen Religionen" plötzlich unterbrochen. Es kommt zu einem, wie mir scheint, stürmischen Stillstand. Sie hat die Unruhe in den anderen Frauen gespürt, dass sie sich in diesem Augenblick um jeden Preis mitteilen wollen, und so bleibt sie ganz still mitten in einem Satz, einem dass-Satz, wie ich merke, als hätte man auf ihren Fuß getreten. In ihrer feierlichen und gewöhnlich sehr feinfühligen Art hat sie die nervösen Gesten der Zuhörerinnen wahrgenommen und dementsprechend eine sehr wichtige Erkenntnis für sich selbst registriert. Sie sagt, etwas verlegen, womöglich in Schweiß gebadet und von einem taktischen Fehler in ihrer Präsentation des Themas überwältigt: „Aber was sollen so viele Theorien? Ihr wisst es besser... Ihr sollt es mir erzählen, wie es ist, mit der Wiedergeburt."

Lea, die Jüdin, ist die erste, die mit ihrer Geschichte und mit einem Schluchzen beginnt. Sie kann ihre Tränen kaum unterdrücken, während sie spricht: „Für mich war es sehr schwer. Wenn ich daran denke, dass schon so viele meines Volkes das gleiche getan haben wie ich, und auch noch umsonst... Heinrich Heine, Rahel Levy, Theodora Veit, Fanny Mendelssohn... Mit wie viel Hoffnung und Assimilationslust hatten sie sich alle an den neuen Glauben geklammert! Und meistens wurden sie nie ganz akzeptiert, nur dem Schein nach in die neue Gemeinschaft aufgenommen. Aber meine Güte! Jeder führt sein eigenes Leben. Nur weil andere daran gescheitert sind, muss ich dann jetzt auf meinen eigenen Erfahrungsweg verzichten? Nur aus Routine bin ich die ganzen Jahre, 26 Jahre meines Lebens, beim mosaischen Glauben geblieben, und besonders weil die Familie großen Wert darauf legte, zuerst die Eltern in den Vereinigten Staaten und später mein Onkel und meine Tante in Hamburg, die mich nach dem Tod meiner Mutter zu sich holten. Ich war Einzelkind, und dadurch ausgesprochen behütet und gebunden. Ich hatte gerne den Sabbat und einige jüdische Gesänge, die mir besonders originell und poetisch erschienen. Das Verhalten einiger Deutscher zu uns Juden schien mir voll von Hochachtung, Bewunderung und Mitleid, was ich nicht als negativ empfand, sondern als eine Auszeichnung. Zwar hatten wir diese „Auszeichnung" sehr, sehr teuer mit dem Blut unserer Vorfahren bezahlt... Aber ich war halt jung, etwas oberflächlich und trotzdem durchaus sensibel, für das Mitgefühl anderer besonders empfänglich und dankbar. Im Grunde waren die meisten meiner amerikanischen und deutschen Freunde Christen, und ich liebäugelte schon immer mit dem Christentum, mit Weihnachten, mit der Osterwoche und sogar mit Lourdes, wo ich einmal eine kranke Freundin begleitete, die leider nicht gesund wurde. Christus war für mich schon immer sehr nahe, eine sehr menschliche und sympathische Figur, und überall sprach man von ihm und seiner traurigen Geschichte, in den Schulen, in den Büchern, die ich las. Außerdem... Ich brauchte ja keine Figur meines Glaubens zu streichen, denn das alte Testament bleibt, und es werden nur weitere Figuren in die himmlische Konstellation eingebaut, es ist eine Erweiterung, und ich brauche nichts von meinem Gott aufzugeben. Für meinen Geschmack wäre ich eher katholisch geworden, denn ich mag Abwechslung besonders, viele Figuren, Statuen, Prozessionen, Wunder und Pilgerstätten, wo Christus, Maria oder die Heiligen erschienen sein sollen. Aber Oswald, mein Mann, ist gerade Pfarrer; es hat sich so ergeben, dass ich gerade die Frau eines Pfarrers geworden bin. Aus Respekt vor seinem Amt, und weil er so wunderbar sprechen kann... weil er mich mit seinen Reden und seinen guten Taten völlig überzeugt hat... bin ich aus dem jüdischen Glauben ausgetreten. Auch haben wir natürlich an unsere zukünftigen Kinder gedacht; schon bei der Heirat wurde ich evangelisch. Was hätte es für einen Sinn gehabt, wenn ich an etwas anderes als meine christlich getauften Kinder geglaubt hätte? Oswald zwang mich nicht dazu, aber ich wollte keine Trennung aus religiösen Gründen zwischen ihm und mir oder den Kindern und mir. Auch wäre es nicht besonders schön für seine Familie und die Gemeinde, dass ich die so tief bewegenden und gefühlsvollen Predigten meines Mannes ignoriert und Jesus nicht als den richtigen Messias anerkannt hätte. Es wäre sehr peinlich und für unsere Verpflichtungen in der Gemeinde unpraktisch gewesen, wenn ich den Samstag und nicht den Sonntag für den Gottestag erklärt hätte. Und worüber hätte ich mit den Gemeindemitgliedern beim Sonntagskuchen und Kaffee geredet?"

„Wir erwarten schon jetzt unser erstes Kind; ich bin im fünften Monat schwanger, und ich fühle mich sehr glücklich in meinem neuen Leben. Ich glaube nicht, dass mein alter Gott dadurch beleidigt werden könnte und dass ich ihm ungerecht bin. Ich versuche, Gutes zu tun und alle Menschen zu verstehen, egal welche Religion sie haben. Natürlich bin ich noch keine sehr bewanderte und geübte Christin; die Sonntags-Bibelschule für die Kinder hat im Moment Frau Kranz, die Witwe des bisherigen Pastors bei uns übernommen. Aber wenigstens fühle ich mich völlig im Einklang mit der uns umgebenden Gesellschaft. Ich möchte keine unnötigen Konflikte und Spannungen, ich lasse mich einfach leiten; ich bin fügsam, einsichtig, lerne täglich viel und bin mit Freude dabei. In der Gemeinde spricht mich keiner im Bezug auf meine Vergangenheit an, für sie zählt nur meine Gegenwart als Frau des Pfarrers und Mutter vieler zukünftigen Christen."

„Manchmal grüble ich schon darüber nach, ob ich mir nicht alles zu leicht gemacht habe und ob meine toten Eltern es

nicht missbilligt hätten. Mein Onkel und meine Tante in Hamburg sind nämlich sehr gekränkt und unversöhnlich, sie blieben unserer Hochzeit fern und werden unsere Kinder auch nie sehen wollen. Andererseits aber sehe ich nicht ein, dass ich mich ihnen unterordnen sollte; ich folge eher dem emanzipatorischen Drang unserer Zeit; ich bin mündig und keines Menschen Eigentum. Wenn die Mehrheit der Menschen, die mit mir leben, Christen sind und ich mich immer wohl dabei gefühlt habe, warum sollte ich dagegen kämpfen? Meine Eltern in New York waren auch sehr anpassungsfähig, sie hatten Hunderte von Freunden, besonders in der evangelischen Kirche. Als ich Oswald kennenlernte, dachte ich nur an unser Glück, an meine neue Geburt in seiner Welt, und dann hat er mir Jesus nahegebracht. Alles erscheint mir spontan, ohne Heuchelei."
Demetra, meine Freundin, die rechts von Lea sitzt, ist als nächste in der Reihe sich zu melden.
„Meine Geschichte ist weniger radikal als deine. Ich hatte nicht diese schrecklichen Erinnerungen an den Holocaust wie du, die jeden Traum von einer neuen Heimat und jeden Assimilationsversuch zum Scheitern verurteilt haben. Ich bewundere diesen Mut, den du noch aufbringst, wieder an eine neue Geburt zu glauben, die sich für deine Vorfahren so oft als täuschend und falsch erwiesen hat. In meinem Fall, wie gesagt, war es viel einfacher. Aber auch da hat man ein schlechtes Gewissen gegenüber den Eltern. Solange meine Mutter noch gelebt hat, zögerte ich. Ich wollte keine so großen Diskussionen; ich wollte ihr nicht das Gefühl geben, dass sie mir nicht das Richtige beigebracht hätte. Sie empfand ihr ganzes Leben lang eine extreme, mir unerklärliche Abneigung gegen den Papst und die Nonnen; dasselbe gilt für meine Schwester Olivia und meinen Schwager. Beide betrachten

mich jetzt wie eine Abtrünnige und schreiben mir nur vorwurfsvolle Briefe. Aber ich mache mir nichts aus ihrer Meinung. Nur meine alte Mutter wollte ich nicht betrüben und mit meiner Konversion alarmieren. Jetzt bin ich soweit: Ich habe den Schritt vollzogen, wie schon so viele vor mir, wie Gertrud von Le Fort oder die heilige Philosophin Dr. Edith Stein, die auch Jüdin war wie du und nach vielen anfänglichen Schwierigkeiten mit ihrer Mutter katholisch wurde. Leider starb sie trotz ihrer neuen Identität als katholische Nonne den doppelten Märtyrertod der Juden und der Christen unter den Nazis zusammen. Ich fühle mich nicht mit so viel Stärke und Berufung ausgestattet wie meine Vorfahrinnen im Glauben; doch sie leiten mich schon in meinen Gedanken, und ich nehme mir vor ihrem Beispiel so weit wie möglich zu folgen."
Durch Leas lange Erzählung sind wir alle im Raum etwas unruhig geworden. Amalia Leßmann merkt, dass wir mehr Dynamik und Gespräch brauchen, dass wir nicht mehr imstande sind, langen Ausführungen zuzuhören, und so gibt sie einen Impuls: „Ihr könnt an Demetra Fragen stellen."
Die Fragen kommen sofort von allen Seiten wie spielerische und springende Kinder: „Welcher ist der Hauptunterschied zwischen evangelisch und katholisch?", beginnt Nadja Robertson zu erforschen.
„Es sind vor allem die Sakramente. Das Abendmahl der evangelischen Kirche ist nur eine Zeremonie des Andenkens, während in der Heiligen Kommunion der Katholiken ein viel tiefer gehendes Phänomen der Transmutation, der Verwandlung, stattfindet. Es ist Gott selbst, der jedes Mal seinen hohen Himmel verlässt, um uns zu besuchen; er ist wirklich da... Er nistet sich, verzweifelt und wärmesuchend, wie eine zitternde Schwalbe in unsere Körper und unsere Seelen ein. Ja... Er bleibt nicht in seinem Himmel hängen,

sondern er fällt herab... Zögert keine einzige Sekunde daran, zu uns herab zu fliegen, auch wenn die profane Berührung mit uns seine Flügel zerbrechen könnte. Das ist der große Unterschied nach meinem Gefühl: Gott kommt viel häufiger und viel wahrhaftiger vor. Bei den Evangelischen handelt es sich um einen Akt der Vernunft, während das hier pure Mystik, eine Dichtkunst der Liebe und Einverleibung ist. Und tatsächlich, wir essen und trinken Gott. Man kann vollends und grenzenlos fliegen, sich von der Erde abheben. Und das ist der Sinn eines Sakraments: uns zutiefst rühren, damit wir uns wenigstens für kurze Zeit von den Grenzen der Alltäglichkeit und der Materie befreien können. Ein Sakrament ist wie die Kunst, macht uns wahnsinnig und nicht alltäglich. Das hat die evangelische Kirche nicht; und genauso wenig hat sie das Ehesakrament als das Wunder einer spirituellen Verbindung. Unübertrefflich ist auch die letzte Salbung für die Sterbenden. Bei meinem Tod möchte ich so gerne diesen Trost haben, dass Gott mich schon zu sich ruft und dass ich die heiligen Worte dieser besonderen Zeremonie empfinden kann. Natürlich gibt es auch in der evangelischen Kirche wunderbare, beeindruckende und sehr tröstende Gebete, die fast magische Formel des Pfarrers in seiner Trauerrede an die Angehörigen bei einer Beerdigung... Aber ein Wort ist trotzdem nur ein Wort, nichts gegen eine Tat, und nur bei einem Sakrament vollzieht sich die eigentliche Tat: Etwas findet innen und außen statt, verwirklicht sich sozusagen vor unseren Augen und unseren Seelen. Genauso ist es bei den Worten in einer Eheschließung: In einer evangelischen Zeremonie hält der Pfarrer bloß eine Rede über die Liebe der beiden Neuvermählten, während es sich im Sakrament meiner neuen Glaubensgenossen um etwas ganz anderes handelt, um den direkten Segen Gottes an die beiden."

Die anderen zwei evangelisch Konvertierten, die Jüdin und die Russin, machen ein Zeichen des Protestes. Sie heben die Hand mit unterschiedlicher Energie in der Bewegung, aber mit gleicher Absicht: Sich zu melden. Sie können so eine einseitige und verletzende Wertung nicht einfach im Raum stehen lassen, ohne deutlich zu zeigen, dass sie nicht damit einverstanden sind und es falsch finden.

Nadja sagt sehr laut und überzeugt: „Mein Mann und ich, als wir heirateten, bekamen auch den Segen Gottes, und es waren nicht nur Worte, sondern Taten. Bei jeder Geburt und bei jeder Taufe unserer Kinder waren wir in der Nähe Gottes, wie du jetzt in seiner Nähe zu sein glaubst. Kein Mensch darf behaupten, dass unsere Mystik eurer unterlegen wäre, eine zweitrangige und mehr an die Erde gebundene. Das stimmt nicht. Wir zittern genau so stark und demütig vor den Geboten des Herrn und vor seinen Leiden am Kreuz."

Aha, denke ich boshaft, jetzt kämpfen die Religionen gegeneinander wie in den alten Zeiten.

Aber meine Freundin Demetra korrigiert schnell ihre Äußerung und bittet die anderen reumütig um Vergebung: „Entschuldige, Nadja, ich möchte keinen belehren und keinem meine Wahrheit aufzwingen. Es ist nur so, ich bin eben über die Unterschiede gefragt worden, die ich nach meinem Gefühl nennen könnte. Im Grunde gibt es nicht so viele Unterschiede: Wir sind alle Christen, ich bin nicht neu getauft worden. Meine Taufe bleibt die gleiche, weil wir den gleichen Weg zu Christus gegangen sind, und ich habe auch keinen neuen Namen bekommen; ich heiße immer noch Demetra; ich bin die gleiche Person. Bei meiner Firmung, die den gleichen lateinischen Namen Confirmatio trägt wie die Konfirmation der Evangelischen, sagte eine der Nonnen mit vorwurfsvoller Stimme: ‚Endlich, endlich sind Sie auf dem richtigen Weg!

Beinahe hätten Sie ihn nicht gefunden. Erst mit fünfzig.' Ich erinnere mich noch daran, dass diese Worte mir nicht gefielen, mich eher schockierten, mich abstießen, denn es ist nicht so, dass ich bis dahin auf dem falschen Weg gewesen bin. Es sind alle Wege, die zu Christus führen, notwendige Phasen und Abweichungen. Also bereue ich es gar nicht, dass ich erst so spät an diese andere Tür geklopft habe. Nur... der Weg jetzt entspricht mehr meiner Natur und meinen Bedürfnissen, und warum sollte ich dieser anderen Richtung nicht folgen? Genauso gut, wie du den Glauben der Orthodoxen verlassen konntest, und du, Lea, den der Juden."

Amalia Leßmann fasst zusammen: „Das heißt, du hast eine Lösung gefunden, um eine Synthese zwischen jetzt und deiner Vergangenheit zu erreichen. Habt ihr alle es so ähnlich erlebt, wie es Demetra beschreibt? Oder findet ihr es schwer, die beiden Zeiten in eurem Leben miteinander in Einklang zu bringen?"

Nadja erzählt: „Am Anfang war es bestimmt ungewohnt, aber ich liebte die Sprache, meine neue Heimat, meine neue Familie so sehr, dass ich kaum die Schwierigkeiten merkte; und jetzt nach so vielen Jahren kann ich mich nicht mehr daran erinnern. Mein Russisch habe ich teilweise verlernt; es kommt nicht mehr so fließend wie damals, und die Rituale der orthodoxen Kirche sind mir nicht mehr vertraut. Aber eigentlich kann von Verlust nicht die Rede sein; ich könnte alles zurückholen, wenn ich wollte, ich fühle mich reicher und kosmopolitischer. Es ist nicht so, dass wir einen Teil unserer Persönlichkeit leugnen, sondern wir nehmen noch einen hinzu und erweitern uns dadurch."

Da fühle ich mich plötzlich angesprochen und äußere mich kurz zum Migrantenschicksal, das auch meines ist: „Ja, der Nationalitätswechsel ist mir auch vertraut. In diesem Punkt entdecke ich meine Gemeinsamkeit mit euch: Ich habe zwar Finnland nicht ganz verloren, aber doch schon viel von diesem Land aufgegeben; nach fast 20 Jahren fühle ich mich mehr in Deutschland zu Hause. Als ich Georg kennenlernte, war er seit kurzem verwitwet und hatte eine damals dreijährige Tochter, die kleine Sabrina. Dieser Mann und meine Stieftochter, die ich wie meine eigene liebe, hatten damals die innere Wandlung in mir herbeigeführt. Meine zwei großen Lieben sind beide Deutsche und die Heimat, wie die Religion, kann man von anderen erben, mit denen wir tief verbunden sind; es sind viele Übertragungsmechanismen da. Man klebt am neuen Boden und dieser befestigt sich in unserem Innern mit den Jahren so stark wie der Geburtsort. Man übernimmt allmählich, ohne Schwierigkeiten, die Gewohnheiten und die Religion der geliebten Menschen. Wären Georg und Sabrina sehr stark katholisch geprägt gewesen, hätte ich wahrscheinlich auch diesen Schritt zur Konversion gewagt. Aber Sabrina war damals noch zu klein, um an etwas zu glauben, und Georg war genauso gottlos wie ich. Seht ihr, wir sind offiziell ausgetreten und zahlen keine Kirchensteuern mehr; wir wollen uns nicht gerade das Geld sparen, sondern die Freiheit nehmen, irgendwie anders Gutes zu tun."

Demetra wirft einen misstrauischen Blick in meine Richtung. Sie glaubt nämlich nicht ganz daran, dass wir uns nicht aus finanziellen Gründen verweigern. Die ethischen Argumente der Kirchensteuerverweigerer müssen den Gläubigen als fadenscheinige, vorgeschobene Ausreden vorkommen, und ich sitze in so einem Glaubensnest, in einem Wespennest sozusagen... Alle hier missbilligen vermutlich mein Verhalten, mit Ausnahme von Amalia Leßmann. Aber meine Freundin schweigt und aus einem Taktgefühl heraus fragt sie nicht danach, wie viele freiwillige Spenden wir im Jahr machen. Die

anderen fragen auch nicht und nehmen nicht viel Notiz von meinen Worten.
Wir warten alle in der Schwebe gespannt darauf, noch mehr von Nadja zu hören. Sie ist die dritte der konvertierten Erzählerinnen und kommt jetzt an die Reihe. Unsere russisch-englische Mrs. Robertson mit einer exotischen, fernen Vergangenheit... mit den höflichen Manieren einer Diplomatengattin und mit einem britischen Pass. Sie ist bestimmt nicht weniger interessant als die anderen zwei, denn sie ist in ihrer Veränderung noch radikaler gewesen; die anderen haben nur den Glauben, sie noch dazu die Nationalität gewechselt. Aber sie will nicht viel von ihrer Geschichte preisgeben. Schon gestern hatte sie sich bei der Vorstellung nur kurz gemeldet. Sie ist etwas ausdruckslos und fade im Vergleich mit der temperamentvollen, polemischen und sehr ausführlichen Lea, die am längsten und am lebhaftesten über die Gründe und den ganzen Prozess ihrer Konversion gesprochen hat.
„Wo lerntest du deinen Mann kennen?", fragte ich neugierig.
„In Paris bei einer Tagung der Esperantisten, die damals besonders in Mode waren. Viele Jahre meines Lebens verbrachte ich in Frankreich und schon damals war Russland eine verschwommene und sehr weite Kindheitserinnerung, die mich aber irgendwie vor den anderen Menschen auszeichnete. Ich habe es immer als Privileg empfunden, so wie auch Lea ihre jüdische Abstammung, dass ich als junges Mädchen von Familie und Freunden Nadja Nikolaewna Kutsenko genannt wurde. Meine Eltern verließen Russland in der zweiten Emigrationswelle zu Stalins Zeit. Damals war ich zehn und jetzt werde ich schon 60. Also man kann sagen, dass mein Mann nicht allein das Wunder der Internationalität für mich hervorbrachte; dieses Wunder war schon da, und ich

eine Weltbürgerin, als ich ihn traf. Die vielen Reisen und Kontakte ermöglichten von Anfang an meine Heimatlosigkeit oder sozusagen meine Weltoffenheit. Im Andenken an meine erste Heimat unterrichte ich manchmal meine Enkelin Jane in Russisch, aber das ist alles. Was möchtet ihr noch über mich wissen? In deutscher Sprache habe ich natürlich einen sehr starken ausländischen Akzent, weniger stark ist er im Englischen. Ich lebe glücklich und zufrieden in Großbritannien."
„Ich hätte nie gedacht, dass du schon 60 bist", ruft Demetra aus, „du machst so einen jungen Eindruck!"
„Ja? Das sind wahrscheinlich die vielen, vielen Länder..."
Jetzt wenden wir uns an Lilian, die bisher noch nicht gesprochen hat und unsere fragenden Blicke mit einem Lächeln beantwortet. Zu meinem Erstaunen beginnt sie, etwas monoton und apathisch zu erzählen, wie Nadja, als würde es sich nicht so sehr um die Geschichte einer Leidenschaft handeln, sondern um eine theoretische Abhandlung über Gottesgnade und über Völkerverständigung in der Wüste.
„Hasan, mein Herr und Gebieter, kommt aus Istanbul. Das mit ‚Herr und Gebieter' sage ich natürlich nur zum Scherz. Ich bin emanzipiert, wie jede gute Französin. Ich unterrichte Französisch und gelegentlich verkaufe ich Autos in der Firma eines Bekannten; damit fließt uns ein sehr willkommener Nebenverdienst zu. Hasans Beruf ist viel poetischer als meiner, er ist immer von schönem Schmuck umgeben und von vornehmen, reichen Damen, die die Kundinnen im Juweliergeschäft seines älteren Bruders sind. Ich bin eifersüchtig auf all diese Frauen, die er mit unermüdlicher Aufmerksamkeit, orientalischer Höflichkeit und schmeichelnden Interessensbekundungen beschenkt, und den wunderbaren Schmuck würde ich natürlich, wenn ich könnte,

nur für mich selbst in Beschlag nehmen. Er hat schon einen kleinen Harem mit seinen vielen Kundinnen, die uns ständig besuchen und uns keine Ruhe lassen. Da ist zum Beispiel die Tochter eines Detektives, eine Japanerin, die immer neue Ketten und Armbänder anprobiert und auch schließlich bestellt, weshalb Hasan ununterbrochen ‚sehr höflich zu ihr' sein muss. Selbstverständlich, ich sehe schon ein, dass wir ärmliche Untergebene sind, immer im Joch der Arbeit und der Unterwürfigkeit gefangen, aber immerhin... Es ist auch teilweise seine Schuld; er hat diese Harem-Mentalität und sträubt sich gar nicht so sehr dagegen. Ich glaube schon, dass dieser Punkt die Hauptquelle unserer Meinungsverschiedenheiten bildet. Wenigstens im Moment ist es so, bis ich mich gänzlich an seinen Lebensstil und die Sitten seines Volkes angepasst habe. Ich weiß auch nicht, inwiefern diese ‚Eingewöhnung' von meiner Seite erstrebenswert ist. Ich glaube, er muss auch vieles von mir akzeptieren. Aber wir lieben uns sehr und ich denke, dass ich mich bei ihm sehr wohl fühle, dass er einen beruhigenden Einfluss auf mich hat. Ich freue mich, dass ich die tradierten Vorurteile meines Vaters gegen die Muslime, besonders im Zusammenhang mit dem Algerienkrieg, abbauen konnte. Mein Mann und ich verdienen gut; wir gehen öfters ins Kino und auf Fahrradtouren; wir sind beide sehr sportlich. Wir haben viel Sex miteinander, zu Hause und überall... Und deshalb glaube ich ganz bestimmt, dass er keine Affäre mit der Japanerin hat. Zwei Mal im Jahr fahren wir weg: Einmal nach Frankreich zu meinen Eltern und einmal, im Winter, in die Türkei, in seine Heimat."

Eine beinahe wütende Lea wirft schroff und kritisch ein: „Sei vorsichtig! Das geht nur so lange gut, bis ihr im Ausland lebt,

aber sollte er dich irgendwann zu sich in die Türkei mitnehmen wollen... Wir kennen die Muslime auch sehr gut."
Demetra sagt entsetzt und vorwurfsvoll: „Und wie konntest du Christus vergessen? Bist du wirklich von dem Islam so überzeugt?"
„Um ehrlich zu sein, weiß ich es nicht genau. Für Christus habe ich sowieso nie viel übrig gehabt und jetzt mehr mag ich, als den islamischen Glauben an sich, die neue Sprache und die Menschen. Auch einige Lehren aus dem Koran faszinieren mich, gerade weil sie so neu für mich sind. Im Übrigen trage ich auch das Kopftuch sehr gerne eben darum, weil man so sehr darüber diskutiert. Ich tue immer gern das Gegenteil von dem, was die Mehrheit für richtig hält."
„Ich hasse das", sagt eine kleine, hysterische Stimme auf meiner rechten Seite neben dem Fenster. Das Stimmchen gehört Mirjana, der ehemaligen Zeugin Jehovas, der jüngsten unter uns. Mit dem missbilligenden, scharfen Mut der Verzweifelten fährt sie fort: „Das ist typisch für unsere Generation: Mehr als an etwas zu glauben, befolgen wir einfach oberflächlich eine Strömung, die uns in etwa zu entsprechen scheint, aber ohne richtig überzeugt zu sein; die Verweigerung ist da, aber sonst keine wirklichen Inhalte. Im Grunde sind wir leer, nur minderheitenbewusst und imitationsfähig."
Lilian reagiert mit Empörung auf diese so abstrakte Bemerkung, sie ist sichtlich pikiert und sauer auf diesen plötzlichen und unerwarteten Angriff der drei Frauen.
„Warum nennst du mich leer? Du kennst mich zu wenig. Ich habe auch meine Prinzipien und meine Religion. Gerade wenn man verliebt ist, wie ich es seit den letzten zwei Jahren bin, wenn man die Sexualität in vollen Zügen genießt... Tatsächlich, ich bin religiöser und viel sensibler als je zuvor,

und ich glaube an Allah so sehr wie du an deinen Jesus glauben kannst. Du hast ihn sowieso jahrelang geleugnet und geglaubt, dass er nicht der Richtige sei."
Amalia macht eine ungeduldige Gebärde der Abwehr, um den bedrohten Frieden in der Runde wiederherzustellen. Sie versteckt ihre besorgte Miene, um diplomatisch und unerschrocken zu wirken. Sie sagt lediglich mit dem gekonnten Ton einer Dozentin oder einer erfolgreichen Schauspielerin im Theater: „Meine Damen, wir wollen uns doch nicht wieder um die Wahrheit der Religionen streiten. Nathans Ringe und all das... haben wir doch überwunden, nicht wahr?"
Wir alle nicken verständig und gehorsam, um Sachlichkeit bemüht. Auch die junge Katholikin entschuldigt sich rasch. Sie fängt an zu schluchzen und wie unter Rauschgift zu sprechen: „Es tut mir Leid. Aber manchmal kommt der Teufel der Erinnerungen über mich und macht mich böse. Als Lilian über Sexualität gesprochen hat, habe ich unwillkürlich an gewisse Szenen meiner Kindheit denken müssen. An die Zeit zurück als mein Bruder mich jahrelang missbrauchte."
Wir sind verlegen, überrascht, mitleidig.
„Du hattest nicht genug Vertrauen zu deinen Eltern, um es ihnen zu erzählen?", fragt Amalia.
„Nein. Es blieb unser Geheimnis... Später, als ich fünfzehn war, hörte er damit auf. Er heiratete eine Rechtsanwältin, eine Frau, zehn Jahre älter als er, die mich aus mir noch unbekannten Gründen von vornherein hasste. Als schließlich unsere Eltern starben und ich drei Jahre bei ihnen lebte, fing es wieder von vorne an. Lucas hatte keine Hemmungen, mich wieder sexuell zu versklaven. Aber diesmal konnte er nicht mehr mit mir tun, was er wollte, denn ich lernte Schwester Johanna kennen und diese rettete mich. Sie verstand die

Situation sofort, sie schützte mich vor dem Bösen und gewährte mir Zuflucht im Kloster der Karmeliterinnen. Doch es ist wahr, dass ich das ganze Elend nicht vergessen kann, und jedes Mal, wenn das Wort ‚Sex' vorkommt, beginne ich zu schwitzen und zu zittern. Natürlich, Lilian spricht von einer gesunden und fröhlichen Liebe als verheiratete Frau und ich darf es nicht mit meiner eigenen Situation mit Lucas vergleichen. Aber ich wäre euch dankbar, besonders dir, Lilian, wenn weniger von der Erotik die Rede wäre."
Lilian ist nicht besonders entzückt, denn sie spricht am liebsten gerade von den Vorgängen in ihrem Körper. Sie empfindet die Tabuisierung des Themas „Sexualität" als eine von alters her bekannte, sehr ärgerliche Unterdrückung. Sie sagt streng und mit wenig Mitgefühl: „Es tut mir Leid. Aber Verdrängung war nie gut... Ich wage sogar die Hypothese, dass du die Sache mit deinem Bruder vielleicht doch nicht so ungern hattest... Doch dann kam die Nonne und sagte, es sei eine Todsünde, Inzest überhaupt sei die schlimmste von allen, und dann bist du wie wahnsinnig ins Kloster geflüchtet. Ich weiß nicht genau, was alle Religionen gegen den Inzest haben. Ich muss nachsehen, ob im Koran auch so viel gegen Inzest die Rede ist. Um ganz ehrlich zu sein, ich hatte selbst als 17-jähriges Mädchen etwas mit dem Bruder meiner Mutter, der mir besonders sympathisch war. Das soziale Umfeld und die Meinungen der anderen sollten uns nicht so sehr interessieren. Aber natürlich müsste man die Umstände näher kennen. Sollte er dich dazu gezwungen haben und sadistisch veranlagt sein... dann verstehe ich deine Abneigung und deine chronischen Angstzustände, die nur deine katholischen Freunde imstande sind, wenigstens zu beruhigen, wie es scheint."

Mirjana bleibt stur und passiv in ihrem Schmerz; mit Tränen in den Augen lehnt sie es mit einer sanften Bewegung ab, sich auszusprechen. Wir alle denken an das Wort „Therapie". Ob sie es schaffen wird, in zehn Jahren vielleicht eine ausgeglichene und sich nicht mehr auf der Flucht befindliche Schwester Gordula oder Schwester Sofie zu sein, die Kindern in einer Schule oder Kranken in einem Krankenhaus gute, konstruktive Ratschläge für das Weiterleben erteilen wird? Bedeutet eine Bekehrung immer die Überwindung einer Krise: klares Wasser, singende Bäche und himmlische Grenzüberschreitungen? Oder bleibt der umgetaufte Gott trotz seines neuen Namens genau so schwach und ohnmächtig, unfähig und tausendfach verhindert, die Kreatur aus der Hölle der negativen Erlebnisse herauszuholen?

Wir sind alle unruhig und unzufrieden durch die Wendung, die das Gespräch unter uns genommen hat. Wir können die Spannung ohne Handlung nicht länger ertragen. Ja, das Sitzen, das Sitzen, sage ich mir, ist eine der ewigen Torturen, die die Gesellschaft uns oft auferlegt und von der wir äußerst selten sprechen. Ich würde am liebsten aufstehen und gehen.

Aber dann wird Leas Stimme hörbar. Als gute Pfarrersfrau rettet sie die Situation. Sie sagt plötzlich mit einer unbeschreiblich schönen Geste der Zärtlichkeit, aber gleichzeitig mit Entschiedenheit, voll von mütterlichen Gefühlen: „Sie ist unsere Tochter und braucht Hilfe. Wir wollen knien und für sie, für uns selbst beten."

Wir gehorchen alle erleichtert. Das mit dem Knien ist gut, nicht wegen des Betens... sondern weil es das Sitzen unterbricht. Das gefällt mir, so ein dynamisches Seminar, nicht nur reden, sondern knien, weinen und später vielleicht auch Yogabewegungen machen.

Wir umarmen uns, schluchzen weiter und sprechen dieses Gebet aus, das wahrscheinlich für alle Religionen gilt: „Gott, helfe uns." Nach dem angestrengten Zuhören und nach den Emotionen der letzten Minuten sind wir alle hyperaktiv geworden. Ich möchte plötzlich etwas in mein Notizbuch schreiben. Auch beim Knien kann man etwas schreiben.

Amalia Leßmann blättert ein Buch durch, wahrscheinlich will sie uns etwas vorlesen und wartet noch damit, bis wir uns gänzlich ausgetobt haben. Sie und ich bleiben immer etwas abseits von dem Kreis der anderen. Die bekehrten Frauen teilen ihr schlechtes Gewissen miteinander und bitten sich gegenseitig um Vergebung.

Lea sagt freundlich zu Mirjana, in ihrer alten Zärtlichkeit, die mir besonders gefällt: „Ich möchte gerne deinen Schlaf bewachen und dir ein jüdisches Lied vorsingen."

Ein Lied? Es ist ein guter Einfall. Amalia, die immer auf Programmpunkte bedacht ist, wird vermutlich diese Gelegenheit nicht verpassen und uns alle ein Lied singen lassen. Ich werde ein finnisches Lied aus meiner Kindheit hervorzaubern. Ob Lilian uns schon ein türkisches Lied singen könnte?

Lea in ihrer verträumten und nicht ganz klar differenzierten Mischung aus Christentum und Judentum scheint mir die Gutherzigste und Menschlichste von uns zu sein. Aber sogar die aggressive und freche Lilian ist jetzt milder gestimmt. Sie schämt sich für ihre Auseinandersetzung mit den anderen und möchte mit allen Frieden schließen, vor allem mit Mirjana, der sie soeben harte Worte in Bezug auf „Verdrängung und Tabus" an den Kopf geworfen hatte.

Mit unschuldiger Miene verteilt sie jetzt Pfefferminzbonbons an alle. Nadja und Demetra wollen keine, aber sie bedanken sich mit einem würdigen Seufzer. Alle anderen, ich einbegriffen,

nehmen das Angebot an und freuen uns über diese neue Bewegungsmöglichkeit durch Lilians Pfefferminz; wir lutschen daran, was auch eine motorische Erleichterung bedeutet, genauso gut wie Knien, etwas Kritzeln oder einen Gegenstand in die Hand nehmen.
Ich habe zum Beispiel eine Kerze genommen, die ich zufälligerweise in meiner Handtasche habe.
Ja, wenn die Tagung zu Ende geht, werden wir alle für Amalia ein schönes Geschenk besorgen. Und das wird wahrscheinlich ein Kerzenständer sein.
Warum komme ich gerade auf Kerzen? Na ja, alle Religionen haben diese Lichtsymbolik der Kerzen, nicht wahr? Das so feierliche Osterfest der Russen mit ihren vielen Kerzen... Die katholischen, die evangelischen Lichtrituale, die Lichterketten bei Friedensdemonstrationen. Haben die Juden auch Kerzen? Und die Muslime? Oder habe ich etwas durcheinander geworfen? Nicht Terror und Sprengstoff, sondern... Der heilige Brand der göttlichen Flammen für das Leben... und zwar für alle Arten von Leben: das ewige und das vorübergehende - das leuchtende und das nächtliche - dunkle - das halbsterbende und das wiederauferstehende Leben...
Warum hat Gott so viele Namen?

Die Unendlichkeit der Enge

Einige Menschen sprachen - und sprechen immer noch - über den „Verein" zu verschiedenen Zeiten seiner Entwicklung:

„Wir waren eine Gruppe von behinderten Künstlern, dreiundzwanzig an der Zahl. Es gab Musiker, Schriftsteller, Maler und einen Bildhauer unter uns."
„Warum sprichst du in der Vergangenheit? Existiert denn die Gruppe nicht mehr?"
„Ich glaube schon, sie haben sich noch nicht aufgelöst, sie machen weiter. Aber ich gehe nicht mehr hin."
„Es muss bestimmt große Harmonie unter euch herrschen. Wir, die Gesunden, sollten uns ein Beispiel an euch nehmen. Die Behinderung verbindet euch und macht euch zu besseren Menschen."
„Nicht immer ist es so. Manchmal sind wir gereizt und voller Aggressionen. Wir lieben uns und hassen uns gleichzeitig."
„Ist das der Grund, weshalb du jetzt nicht mehr hingehst, Johannes?"
„Ja. Das letzte Mal war ich so entsetzt! Mir ist die Lust an weiteren Kontakten vergangen."
„Wilhelm Stahl stottert und hat nur zwei Finger an seiner rechten Hand, aber das ist vielleicht noch die kleinste und harmloseste unserer Behinderungen. Wenn er und Josef, der Spastiker, miteinander reden, muss man schon lächeln und das Ende ihrer verworrenen, kaum zu verstehenden Sätze sehr nachsichtig und geduldig abwarten, um zu sehen, was sie haben sagen wollen. Ich als Blinde fühle mich, was die Sprache betrifft, sehr überlegen und wie eine Königin des Ausdrucks. Meine Stimme ist schön, ihre Stimmen dagegen

sind verzehrt, fast unmenschlich, wie eine Konfiguration von sprechenden Insekten, die sich große Mühe geben, etwas halbwegs Verständliches zu artikulieren. Aber in einem Punkt sind wir gleich: Wir haben alle bestimmte Behinderungen, die uns verunsichern und unser Leben mehr oder weniger schwierig machen."

„Blindheit ist die schlimmste aller Behinderungen, noch schlimmer als in einem Rollstuhl zu sitzen und nie laufen zu können."

„Das denke ich nicht. Ich bin stolz auf meine Bewegungen, auch wenn diese durch das Nichtsehen begrenzt sind. Ich würde mit keinem tauschen, auch nicht mit Wilhelm und Josef, weil sie so falsch sprechen und die Sprache mir so wertvoll ist."

„Wir müssen bald etwas über uns in der Zeitung schreiben. Ich werde natürlich nur das Positive erwähnen. Ich bin Christine Sand, geburtsblind; ich bin die älteste von uns allen, die Mutter der Gruppe. Ich gründete diesen Verein 1982. Ich bin mit großen Hoffnungen und viel Begeisterung an die Sache herangegangen. Die Ziele? Sie fragen nach den Zielen? Natürlich haben wir viele und sehr konstruktive Ziele: Unsere Kunst soll trotz der Behinderung überleben. Wir haben einen regen Austausch von Meinungen über Kunst im allgemeinen und eigene Werke, und dann zeigen wir dem Publikum unsere Arbeiten, die wir in stillen Stunden hervorgebracht haben. Wir streben nach Vereinigung unserer Kräfte und Einübung in gesellschaftliche Zusammenhänge. Wir haben uns zusammengetan, um uns gegenseitig zu ermutigen und gegen die herrschenden Vorurteile zu kämpfen. Wir organisieren Lesungen, Ausstellungen, Konzerte. Wir träumen von Anerkennung, einem würdigen Honorar und finanzieller Unterstützung für unsere Projekte. Wir sprechen viel, öffnen

uns den anderen mit unserer Suche nach Zuschauern oder Zuhörern. Der blinde Christoph möchte sein letztes Gedicht vortragen, der Rollstuhlfahrer Johannes zeigt seine Bilder. Wilhelm und Josef sprechen sehr schlecht, aber dafür können sie wunderbare Landschaften malen, habe ich gehört, denn ich selbst kann diese natürlich nicht sehen. Ich glaube an das Talent von jedem von uns, auch wenn ich es nicht nachweisen kann. Mein blinder Glaube und meine blinde Liebe sind Gründe dafür, dass ich diese Gruppe ins Leben rief. Hinzu kommen mein Mitempfinden für unsere vielfältigen Probleme und die brennende Überzeugung, dass wir auch ein Recht auf Selbstverwirklichung und Chancengleichheit haben. Als Gruppensprecherin sehe ich es als eine schöne Aufgabe, unsere Bedürfnisse, Bitten und Rechte mitzuteilen."
„Christine, du sagst nicht die Wahrheit, du sprichst ja nur für die Zeitung, für die Öffentlichkeit, damit die gesunden Menschen eine gute Meinung von uns haben. Deine Ursprungsidee war sehr schön: Alle Formen der Kunst zusammen, behinderte Ausländer und behinderte Deutsche zusammen, alle Behinderungsarten und Verschiedenheiten von Charakteren zusammen... Aber es hat sich gezeigt, dass die Toleranz in unserer Gruppe fehlt und dass wir nur schwer miteinander auskommen."
„Gibt es denn soviel Streit unter euch? Gibt es keine Möglichkeit, es zu ändern? Das wäre doch schade, so eine wunderbare Gruppe! Meine Frau und ich haben euch in der Veranstaltung bewundert und sogar eine Spende für euren Verein gegeben. Vor allem hat uns euer kleinwüchsiger David, der Komiker, der Stimmen so gut imitieren kann, zum Lachen gebracht und gleichzeitig großes Mitleid in uns erweckt."
„Ich bin es, der kleinwüchsige David, noch dazu bin ich blind und habe Glasknochen. Für alltägliche Verrichtungen bin ich

auf meine Mitmenschen angewiesen. Trotzdem gelingt es mir, die Leute zum Lachen zu bringen, und das ist eine Kunst, die nicht jeder besitzt."

„Unser kleiner David zittert ständig, er ist zerbrechlich und winzig wie eine Puppe, er ist nervös und lebendig. Durch seine Missbildung und Behinderung ist er auf das Minimum eines Körpers reduziert, trotzdem enthält seine Stimme Tausende von Menschen, ein Orchester von Tönen; besonders Frauen kann er erstaunlich gut nachahmen. Seine übertriebene Mimik, sein Zucken, sein Sich-auf-den-Boden-werfen und Geräusche-produzieren, hat etwas Groteskes und Abnormes, das immer eine Bewegung im Publikum, eine Wirkung hervorruft. Dieses Schicksal ergreift mich auch unsagbar, und ich kann die Szene nicht aus meinem Gedächtnis löschen, als er sich an mich festklammerte und meine Hilfe gegen die Gruppe suchte."

„Warum ‚Hilfe gegen die Gruppe', Christine? Wer kann ihm etwas Schlechtes wollen? Alle Leute sind von seiner Situation so überwältigt, dass er ziemlich schnell populär und besonders beliebt wird. Alle wollen ihn stützen, seine unglückliche Lage durch Warme und nette Gespräche wenigstens mildern. Es ist ungewöhnlich, so etwas zu beobachten, so viele Behinderungen auf einmal und dann seinen Mut, seine sprachgewandten Witze und seine dynamische Komik. Ich habe es in der Veranstaltung gesehen, er hatte den meisten Erfolg mit seinen zwei Auftritten gehabt. Ältere Damen sammelten sich um seinen Tisch herum, gratulierten ihm zu seiner Begabung, wollten ihn zu sich einladen und ihm Kuchen geben. Er lächelte dankbar, freute sich auf die vielen Adressen, die er bekam, wie ein kleines Kind, das von den Ferien träumt. Er hat wenigstens eine schönere Welt, wir

versuchen unser Bestes, um ihm den Aufenthalt auf dieser Welt so angenehm wie möglich zu machen."
„Ja... Ich verstehe, dass die gesunden Menschen Mitleid mit uns haben. Ich denke, dass Mitleid ein legitimes, künstlerisch sehr produktives Gefühl ist. Die Hilflosigkeit Davids macht mich auch sehr schwach und klein. Ich bin blind, aber die Vollkommenheit meiner übrigen Organe und meine körperliche Stärke tun mir weh. Sie sind wie ein geschwollener Ballon, den ich am liebsten mit einer Nadel zerstechen möchte, um zu beweisen, dass wir alle des Mitleids würdig sind. Ich schäme mich, im Vergleich mit ihm so viel zu haben und leide fast darunter, an diesem fremden Leid. So war es auch in jenem Augenblick, als er angegriffen wurde: Der kleine David hielt sich an mir fest, und ich schleppte ihn durch den Flur, spürte seine Hand auf meinem riesigen Arm. Selten habe ich die Gegenwart eines Menschen so sehr gespürt, weil die meisten nie so ausgeliefert und unbeschützt sind."
„Ich bin Christoph, der blinde Dichter. Ich bin der Meinung, dass es gefährlich ist, wenn wir weiter so verfahren. Wir sind hier keine soziale Einrichtung, sondern eine Gruppe von Künstlern, die es ernst mit ihrer Arbeit meinen. Mitleid hin und her! Vor lauter Mitleid können wir uns manchmal nicht retten. Wir wollen keine Rührseligkeit, sondern gleichwertige Behandlung. Durch seine Komik und seinen Exhibitionismus bringt er uns noch mehr in Verruf. Behinderte Clowns waren immer besonders beliebt, aber einen Hanswurst können wir hier nicht gebrauchen. Wir beschäftigen uns mit Literatur, mit Texten, die wir sorgfältig überarbeiten, während er... Er improvisiert ja nur und spielt seine trivialen Rollen, die er sich manchmal so und manchmal anders ausdenkt. Bei uns ist die Behinderung nur ein Zusatz, ein böser Zufall. Bei ihm sieht

man als erstes nur die Behinderungen. Seine Auftritte haben in einer literarischen Lesung nichts zu suchen."

„Ich bin Sophie Krause, seit Oktober ein Vorstandsmitglied im Verein. Ja, es wäre sehr zu beklagen, wenn er unserem Ansehen schadet, das uns so viele Mühen kostet. Die Würde müssen wir uns bewahren. Ich habe ja nur eine leichte Sehbehinderung, und es wäre mir sehr unangenehm, mit ihm zusammen auftreten zu müssen."

„In eine literarische Lesung kann man heutzutage alle Formen der Kunst einbringen, damit sie abwechslungsreicher wird, damit die Leute bei langatmigen Texten nicht einschlafen und immer wieder aufs Neue angeregt werden. Insofern sind Davids Kabarettstücke durchaus vertretbar und für niemanden von uns eine Beleidigung oder Herabminderung. Seine mehrfache Behinderung ist natürlich kein Grund, um ihn auszuschließen. Es wäre ja ein Widerspruch gerade in einem Behindertenverein jemanden aus diesem Grund zu diskriminieren."

„Wenn wir so anfangen, kann ich schon wieder gehen. Was ist das für eine Solidarität, dass man sich darum streiten muss, wer in der Öffentlichkeit auftreten darf und wer nicht? Ich habe es mir immer wieder gesagt: ‚Johannes, es wird nichts dabei herauskommen. Die Behinderten verstehen sich nie untereinander.'"

„Christoph und Sophie waren damals schon brutal genug, aber so ganz offen sprachen sie es nicht aus... Sie haben ja nur von ‚Qualität' geredet, dass Davids Auftritte nicht mit den übrigen Texten zu vergleichen wären, dass unser Niveau kläglich sinken würde. Ich bin sicher, dass sie ihre innere Motivation vor sich selbst verheimlichen. Sie haben noch mehr Vorurteile als die gesunden Menschen, und das ist der Grund, weshalb sie David ausschließen wollen; er drückt den Stempel der Behinderung unmissverständlich - in aller Schärfe und Ehrlichkeit - auf uns alle als Gruppe, auch auf die, die sich ‚weniger behindert' glauben. Deshalb bin ich so unglücklich, denn ich muss den kleinen David nicht gegen die gesunden Menschen, sondern gegen unsere eigenen Schicksalskameraden verteidigen."

„Ja, ja, es geht um vertuschte Vorurteile, das ist das Ganze... Deshalb reden sie nur von Qualität, aber Qualität hin oder her: Es ist bestimmt kein Goethe unter uns. Sind wir denn so gut, dass wir uns anmaßen können, jemandem einen öffentlichen Auftritt in diesem kleinen Rahmen, in einer Dorfgemeinde auf dem Land, zu verweigern?!"

Jeder sagt etwas für oder gegen Davids Auftritt, die Diskussionen nehmen kein Ende. Was mich besonders betrübt, ist, dass David anwesend ist, dass er alles mithört, was die anderen ihm ins Gesicht schreien. Wo ist das Taktgefühl, die Diskretion, die „Schonung", wovon Goethe so viel geschrieben hat?

David verteidigt sich mit verzweifelten Worten selbst, als er merkt, dass ich trotz meiner Anstrengungen einen schweren Stand habe.

„Wenn ihr mich diskriminiert, dann bringe ich das in die Zeitung."

Später muss er diese Drohung zurücknehmen und sich dafür entschuldigen, denn es geht ja um „Qualität" und nicht um „Behinderung". Der arme David! Er zittert am ganzen Leib, seine Lippen beben. Aber er will sich nicht unterkriegen lassen. Er hat die pedantische, törichte, germanische Ausdauer in seinen Adern. Wäre er schöner und stärker, würden seine Argumente und Formulierungen besser klingen, dann könnten mehr Leute Partei für ihn ergreifen. Ich weiß, dass meine Unterstützung für ihn nicht nur von sachlichen

Motiven herrührt. In ihm erkenne ich mich selbst in Situationen der Vergangenheit, als ich auch ungerecht behandelt wurde. Jetzt bin ich teilweise mächtig, ich bin die Ältere, die Mutter der Gruppe, eine leitende Figur. Ich kann es nicht zulassen, dass man ihn beleidigt. Ja, Ausdauer und Mut hat er bewiesen. An seiner Stelle wäre ich schon längst zusammengebrochen und hätte es nicht fertig gebracht, nach so einer hartnäckigen Opposition mit den anderen zu erscheinen. Er besitzt einen eisernen Willen. Nur so kann er wahrscheinlich unter so schwierigen Umständen weiterleben. Er hält sich über Wasser mit seinen unerschöpflichen Kräften, mit seinem Glauben an Gott, an die guten Menschen und an seine eigenen Fähigkeiten.

„Ich bin Ottilie Rossmann, Schriftführerin im Verein, und hier ist das Protokoll der Ereignisse vom 12. Mai 1986. Wie jedes Protokoll trägt es das Datum als Überschrift, aber im Geheimen gaben wir ihm die Überschrift: ‚Der Skandal um den kleinen David und die Vorsitzende, die sich vielleicht zu sehr für ihn eingesetzt hat.'"

Aus der Chronik des Vereins

Am gestrigen Tag, am 11. Mai 1986, wurde beschlossen, dass David Schmidt zusammen mit sieben AutorInnen in der kleinen Gemeinde des Dorfes X mit zwei kurzen Kabarettstücken auftreten würde. Entschieden darüber hatten, wie üblich, die Mitwirkenden, die sich immer im kleinen Kreis zusammensetzen, um den Ablauf der Veranstaltungen vorzubereiten.

Am 12. Mai vormittags spalteten sich die Vereinsmitglieder in Arbeitsgruppen, die sich mit Textkritik und verschiedenen Themen befassten. Gegen 11 Uhr wurde die Vorsitzende,

Christine Sand, von sehr lauten, heftigen Stimmen überrascht, die durcheinander redeten. Auf uns, die wir bis dahin in der Stille gesessen und uns mit einem ganz anderen Thema beschäftigt hatten, wirkte das wie ein Aufstand. Anscheinend hatte irgendwo eine geheime Versammlung stattgefunden. Es wurde verlangt, dass nicht die Mitwirkenden, sondern das ganze Plenum des Vereins über den Auftritt von David Schmidt entscheiden sollte, mit dem Ziel, diesen aus dem Programm zu entfernen. Es gab viele Auseinandersetzungen. Am Ende wurden die Mitwirkenden in einer halbherzigen, zögernden Abstimmung in ihrer Aufgabe bestätigt, selbst über die Veranstaltung zu entscheiden. Damit wurde der Auftritt von David Schmidt erneut für zulässig erklärt.

Es ergaben sich aber weitere Schwierigkeiten, viel Unruhe und Unmut. Eine halbe Stunde vor der Lesung weigerte sich Christoph Hauer mitzulesen, da es ihm unmöglich sei, seine Gedichte mit den Kabarettstücken des Kollegen zu vereinbaren. Nach vielen Vermittlungsversuchen der anderen Autoren gelang es, Christoph am Ende doch zum Mitlesen zu bewegen. Die Veranstaltung erwies sich als erfolgreich innerhalb ihres kleinen Rahmens. Aber Harmonie und Freude kehrten nicht wieder in unsere Gruppe zurück. Am Abend kam es zu sehr harten Auseinandersetzungen im Vorstand, die nur ca. 5 Minuten dauerten und so befangen und unsachlich waren, dass sie nicht einmal protokolliert werden konnten. Der Vorstand, dem, wie bekannt, Sophie Krause und Christoph Hauer angehören, beschuldigte die Vorsitzende, Christine Sand, den Auftritt von David Schmidt zu sehr begünstigt zu haben.

Was nach alledem geschehen wird, ist nicht mehr Sache dieses Protokolls. Es kann sein, dass der Vorstand nicht mehr in der Lage ist, zusammen zu arbeiten und dass Neuwahlen stattfinden müssen.

„Ich kann es nicht verstehen. Warum sollt ihr meinetwegen nicht weiter zusammenarbeiten können? Ich wollte euch nicht auseinanderbringen, ich wollte ja nur akzeptiert werden. Die Veranstaltung war doch erfolgreich. Viele haben mir gratuliert und eine ältere Dame hat mich zu sich eingeladen. Ich war öfters im Fernsehen. Die gesunden Menschen akzeptieren mich. Nur hier im Verein scheint es, dass einige mich nicht mögen. Der Christoph will noch, dass ich mich bei ihm entschuldige... Er war derjenige, der nicht mit mir zusammen auftreten wollte."

„David bleibt im Verein, wird sich nicht vertreiben lassen, und nächstes Jahr in der Versammlung wird wieder die Frage besprochen, ob er an der öffentlichen Lesung mitwirken darf oder nicht."

„Auf jeden Fall werde ich wieder zu ihm stehen, für ihn kämpfen."

„Wirst du noch einmal für den Vorsitz kandidieren, oder wirst du uns endgültig verlassen, Christine?"

„Es tut mir leid, David, dass wir nicht gastfreundlicher zu dir waren, dass wir keinen guten Eindruck hinterlassen haben. Als ich den Verein gründete, hatte ich ganz andere Vorstellungen von der Gruppe. Ich dachte, dass wir tolerant und verständnisvoll miteinander umgehen könnten. Ich verklärte alles, über jede Veranstaltung freute ich mich und war stolz auf jeden Fortschritt: Auf Christophs Gedichte, auf Johannes' Bilder, auf den schwerhörigen Andreas, auf Minna im Rollstuhl mit ihrer himmlischen Geige. Manchmal überkam mich ein wunderbares Gefühl der Einigkeit mit euch, der Solidarität, der geistigen Mutterschaft, ohne dass ich euch bemuttern oder gängeln wollte. Ja, ich liebte die ganze Gruppe, umarmte euch in Gedanken. Ich war ja nicht misstrauisch und voller Spannung wie bei meiner Beziehung zu den gesunden Menschen. Hier hatten wir alle die gleichen Probleme, wir konnten als Verbündete uns alles intensiv und sorgenlos mitteilen und in guter Harmonie leben. Ich glaube, ich habe der Gemeinsamkeit unserer Behinderung und unserer künstlerischen Neigungen zuviel Bedeutung beigemessen. Im Grunde haben wir nur eine Gemeinsamkeit, die aber den schönsten Kontakt gerade zerstört: Unsere furchtbare Enge durch Misserfolg und Frustration, eine Enge, die uns schlecht gegenüber den anderen macht. Aber das ist vielleicht zu überspitzt und nicht ganz richtig dargestellt. Ich liebe Minna trotzdem mit ihrer himmlischen Geige, den kleinen David, der sich an mich festklammerte, sogar Christoph, seinen Gegner, mit seinen fieberhaften Bestrebungen nach ‚literarischer Qualität', und vor allem liebe ich Johannes, der leider nicht mehr zu uns kommen wird."

Die Rituale der Verbindung

„Was unverbunden bleibt, wird vergessen."
Igor Sacharow Ross

Georgina Sanders, Dozentin für kreatives Schreiben, schrieb einige Stichworte an die Tafel: „Verbindung = Nähe, Rituale der Nähe zwischen zwei Menschen."
Dann redete sie weiter: „Was hätten Buchstaben noch für einen Wert, wenn sie sich nicht zu Worten verbinden könnten? Losgelöste Laute ohne Verbindung mit anderen wären wie einzelne Regentropfen, die eine nicht im Ernst geglaubte Nässe erzeugen. Isolierte Berührungen finden keinen Zeugen. Nur im Zusammenhang mit weiteren Tropfen können sie sich zu großen Pfützen und sogar Meeren weiterentwickeln und ihre Macht verdoppeln, vervierfachen.
Nur in Verbindung mit unserer Haut können diese Tropfen auf uns wirken, uns kitzeln, überraschen, jemandem plötzlich lästig werden oder ihn erfrischen, sozusagen von einem inneren Druck befreien.
Weitere Kapitel der Verbindung öffnen sich uns alltäglich: Die Tropfen verbinden sich mit dem Pflaster unter unseren Füßen und erst dann bekommen sie eine wichtige Sprache und Persönlichkeit, dann schauen sie mächtig und zahlreich aus wie eine Herde, wie eine Armee von vielen Stimmen und Gestalten, ein grenzenloser Chor ohne Angst, weil so viele darin singen... und sie spritzen ihre Regenlieder mit Wonne und Kraft auf die überwältigte Haut, sogar in die eingeschüchterte Bekleidung der Passanten hinein.
Verbindung ist das Schlüsselwort für alles Produktive, ein Baubegriff der Zusammenführung von Elementen, damit alles

eine geordnete Struktur bekommt und nicht zerfällt. Das sind keine Stichworte, ich weiß, es sind vollständige Sätze. Ich mag keine Stichworte... Alles muss miteinander verbunden sein. Wie verbinden sich die Teile in mir selbst, damit es überhaupt zu einer ganzen Wahrnehmung kommt? Wie verbinde ich meine Ohren mit meinen Augen, mit meinen übrigen Sinnen, meinem Verstand und meinem Herzen? Nicht nur das... Auch Erinnerungen und Träume von der Zukunft müssen herangezogen werden, und vielerlei Erfahrungen nicht nur meiner Identität, sondern immer in Verbindung mit anderen Menschen, denn ich bin ja nur eine Kommafigur, ein Buchstabe höchstens in der riesigen Konstellation der anderen. Ich versuche, Stücke von meiner Welt mit der Außenwelt zu verbinden; erst wenn es mir gelingt, scheint es, dass ich glücklich sein kann. Mehr als Glück ist es ein Gefühl von Stärke, von pulsierender Realität und Transparenz.
Ist es auch bei Ihnen so? Und über die Rituale wollten wir auch sprechen. Wie ritualisiert unsere Gesellschaft die verschiedenen Formen der Verbindung?"

Frauen besuchen bekanntlich mehr kulturelle Veranstaltungen als Männer. Wo verbringen die Männer ihre Freizeit? Wahrscheinlich sind sie mit Sex, Sport, Schach, Computerkursen, Trinkerei, Schlaf oder irgendeiner unbenennbaren Arbeit beschäftigt. Das Komische ist, dass die Frauen es auch tun und noch dazu über genügend Zeit verfügen, Seminare zu besuchen und an kreativen Schreibübungen teilzunehmen.
Die vier Frauen dieser Geschichte waren kaum miteinander verbunden, nur insofern, als sie das gleiche Aufsatzthema bekamen und sich Gedanken darüber machen mussten. Das Thema lautete: „Augenblicke der Nähe zu einem anderen

Menschen. Beschreiben Sie die verschiedenen Stufen dieser graduellen Beziehung, oder wenn nicht graduell, den plötzlichen Wendepunkt, der den Fremden in einen uns Nahestehenden verwandelt." Die Dozentin (es war auch eine Frau, die sich mit solchen Dingen beschäftigte) nannte einige Formen der Symbiose zwischen Menschen: sexuelle Paarung, Liebe, Freundschaft, sogar Hass. Es ging hauptsächlich um die Überwindung von Gleichgültigkeit, Barrieren und Distanz. Was machte aus einem völlig Unbeteiligten eine sehr wichtige, intime Figur, vielleicht die wichtigste im Leben eines anderen? Die Frauen in der Gruppe zögerten, überlegten lange. Sie konnten ihre Gedanken nicht so gut ausdrücken. Sie wollten sich nicht zum Kaffee trinken verabreden, um darüber zu diskutieren, denn es musste schriftlich dargelegt werden, und es sollte eine individuelle, keine Gruppenarbeit sein. Jede für sich sollte im Alleingang wie die großen Schriftsteller ein literarisches Ei ausbrüten und in die Schale werfen. Nur als sie den Raum verließen und während sie auf den Aufzug warteten, sprachen sie flüchtig über das Thema miteinander.

Reinhild Jaspers meinte nüchtern und kalt: „Verbindung hört sich gut an. Was sagte Georgina gerade? ‚Stein um Stein, Gedanke um Gedanke, einfügen, immer das Verbindende suchen.' Aber manchmal ist eine ‚Trennung' auch sehr gut; sonst könnte man es nicht überleben, könnte man sich nicht endgültig von krankhaften, chronischen Verbindungen lösen. Ich lebe schon seit zwei Jahren ganz alleine mit einem Hund."

„Über Ihren Hund könnten Sie dann schreiben... über Ihre Nähe zum Tier, da es mit den Menschen nicht ganz klappt."

Der Vorschlag kam von Brenda Damberth, einer Kinderärztin, die immer süß lächelte und sehr positiv tat, die oft versuchte, der Dozentin zu schmeicheln und sie mit Du anzusprechen,

weil die beiden zufälligerweise im selben Kölner Viertel geboren wurden und einige gemeinsame Bekannte hatten.
„Nein, das wäre kein interessantes Thema, ich möchte nicht über Leila schreiben. Dann würden alle meinen, ich sei eine mürrische und verbitterte Jungfer, die keinen Partner bekommen kann. Dabei hätte ich schon welche, wenn ich wollte; ich bin ja erst 30 Jahre alt."
„Aber wir wollen vor allem ehrlich sein und über das schreiben, was uns bewegt", gab die Kinderärztin zu bedenken. „Und wenn Leila für Sie im Moment die Bezugsperson ist, die Ihnen am nächsten steht..."
Sabine Wirtz sagte ausweichend und verträumt: „Man braucht nicht unbedingt über sich selbst zu schreiben. Man könnte auch etwas Abstraktes, Allgemeines über ‚Bindungen' hervorbringen, das Für und Wider von sehr intensiven Gesprächen und Begegnungen, auch wenn diese in unserem Leben gar nicht stattgefunden haben."
Elsa Harrison widersprach mit ihrem englischen Akzent, der ein wenig gekünstelt und absichtlich klang, denn sie war schon lange in Deutschland, aber übertrieb gerne ihre Aussprache als Auszeichnung der Andersartigkeit.
„Das würde mich langweilen. Das Für und Wider von Kontakten kennt jeder. Wir müssen es gerade an einer sehr anschaulichen Situation festmachen, denke ich. Literatur hängt unmittelbar mit unserem Leben zusammen."
Brenda meinte: „Sie haben Recht. Ort, Zeit und Verlauf der Beziehung sind unbedingt notwendig, wie bei einem Schauspiel, damit wir die Nähe zu einem anderen Menschen beschreiben können."
Aber sie konnte nicht weitersprechen, weil der Aufzug schon kam. Diese einfache, abrupte Handlung des Herunterfahrens in Begleitung von anderen, fremden Menschen unterbrach das

kurzlebige Gespräch. Sie schämten sich ein wenig, über ihre kreativen Übungen in der Öffentlichkeit zu reden. Sie hörten lieber zu, wie eine ältere Dame sich sehr energisch über „die sehr schlecht geheizten Räume in der Schule" äußerte und über den „so schlechten Frühling," in dem sie es jetzt kategorisch ablehne, in Urlaub zu fahren, auch wenn man ihr eine Reise schenken würde; es sei kein Wetter zum Reisen. Auf der zweiten Etage stieg ein Mann mit einem Dozenten ein. Die beiden unterhielten sich sehr aufgeregt, beinahe schreiend, über das Verbrechen der Kinderpornographie in unserer Zeit.

Als die Frauen unten waren, war die sehr schwache und kaum gewachsene Verbindung zueinander schon verklungen. Mit einem schnellen Gruß gingen sie auseinander. Reinhild Jaspers fragte sich zerstreut: „Wer von uns allen wird den besten Aufsatz schreiben? Und warum schreiben wir überhaupt? Was interessiert die anderen, was ich erfahre und zu wem ich mich hingezogen fühle?"

Brenda Damberth: Die Mäzenin und der Künstler

„Er hat mir einen so Mitleid erregenden Brief geschrieben, dass ich unbedingt etwas für ihn tun muss."
„Du bist zu gutherzig, Brenda. Die anderen Menschen beuten dich aus."
Ich weiß, dass man einen Aufsatz nicht mit einem Dialog anfangen darf. Das ist eher das Kapitel eines Romans oder eine Kurzgeschichte, die ganz unvermittelt, in medias res, beginnt. Aber Georgina, unsere Dozentin, hat nicht gesagt, dass es unbedingt ein Aufsatz sein muss. Mehr als um formale, geht es um inhaltliche Kriterien: die Nähe zu einem

anderen Menschen... und die habe ich zu Hernie, dem Künstler.

Meine Familie ist dagegen, dass ich so viel Geld für die Künstler ausgebe. Das war schon immer unser Streitpunkt. Jetzt bin ich 61, aber daran hat sich bis heute nichts geändert; Otto schimpft mit mir, die kleine Sigrid schimpft und meine alte Mutter schimpft ebenfalls. Trotzdem lasse ich mich nicht von meiner Meinung abbringen, wenn ich jemandem helfen will. Das ist ein Beweis für meine Selbstständigkeit. Ich bin in der privilegierten Lage, geben zu können. Ich verfüge über eigenes Geld, kein geringes Einkommen. Als Kinderärztin verdiene ich gut, außerdem habe ich viel von meinen Tanten, von meiner Großmutter und besonders von meinem verstorbenen Mann geerbt.

Auf jeden Fall behalte ich ein reines Gewissen, dass ich, ohne dabei meine Familie zu schädigen, auch etwas Gutes für die Künstler tun kann. Denke daran, Georgina, wie wichtig die Rolle eines Mäzens ist. In vergangenen Jahrhunderten war sie für Musik, Poesie, Malerei und für alle Formen der Kunst unentbehrlich, und auch in unserem 20. Jahrhundert, na ja, jetzt haben wir schon das einundzwanzigste. Haben nicht Reiner Maria Rilke und James Joyce ständig lange Briefe an ihre Mäzene geschickt, worin sie sich über ihre finanzielle Not beklagten oder sich für die ihnen erwiesene Hilfe bedankten? Die Rolle der Mäzenen, der Förderer und Beschützer von armen Künstlern in der Geschichte, wird oft unterschätzt. Findest du nicht auch? In begeisterter Zuneigung haben sie mit vollen Händen gegeben, immer mehr... sogar mehr als sie konnten. Sie brachten viele Opfer und verzichteten auf einiges, um denjenigen beizustehen, die in praktischer Sicht versagten. So tat es auch Engels mit Marx. Man redet selten davon, aber manche waren doch nicht so reich, um alles zu

zahlen, und mussten leiden, wenn sie den Bedürfnissen ihrer Idole nicht sofort nachkommen konnten.
Und wie schön ist diese geistige Verbindung zwischen dem Künstler und seinem Helfer! Man hat sich selten Gedanken darüber gemacht, wie wunderbar die Dankbarkeit von beiden Seiten ist, vom Nehmenden und vom Gebenden, denn auch der Geber ist dankbar, weil er das Materielle, das plumpe Geld, für die Kunst vergeistigen darf und sich selbst darüber hinaus erhebt. Ich will das Geld bestimmt nicht verklären, aber Geld ist nicht immer schmutzig; es wird durch die gute Tat an dem Künstler veredelt und gereinigt, wenn diesem aus einer Notsituation geholfen wird. Dann genießen beide Erleichterung und Freiheit, der eine von seinen finanziellen Schwierigkeiten, der andere vom toten Plunder des Geldes, welches nur eine Rechtfertigung hat, wenn es der Schönheit und der Liebe zu Diensten steht.
Man sieht im Mäzen immer nur seinen Drang zu Äußerlichkeiten, seine Bequemlichkeit und seine Banksicherheiten. Man hat keine Ahnung von seiner Involviertheit und Demut gegenüber dem Schützling. Ich für meinen Teil empfinde diese Demut, wenn ich Hernie anschaue.
Natürlich habe ich auch noch andere Verbindungen zu Menschen, besonders zu meinen kleinen Patienten, jedes Mal, wenn ich Kinder heile oder ihnen bei der Behandlung Schmerzen zufügen muss, gerade damit ich sie heilen kann. Das ist auch eine unbeschreibliche Erfahrung: Das fremde Kind ist mir nicht mehr fremd, wenn ich in sein Leben eingreife. Aber noch tiefer als alles andere ist mein Kontakt zu Hernie.
Ist die Rolle einer Mäzenin noch wichtiger als die einer Ärztin? Ich weiß es nicht. Es kommt natürlich darauf an, mit welchen

Künstlern man es zu tun hat, denn bisher war ich als Mäzenin nicht besonders glücklich und es stellte sich bei mir kein Gefühl der totalen Nähe ein wie jetzt. So war meine Erfahrung mit dem Geigenspieler Matthias, einem Wunderkind, dem Neffen einer meiner Freundinnen, auch schön, aber bei weitem nicht so bereichernd. Matthias hat immer zu viel und zu laut gesprochen, war unausstehlich nervös und ungeduldig, mit einem schrecklichen Lampenfieber vor jedem Auftritt und einer alarmierenden Eitelkeit über sein Äußeres. Außerdem war er nie faszinierend fremd für mich gewesen, denn ich hatte ihn von klein auf im Hause meiner Freundin gesehen und sein Geigenspiel war zwar angenehm, aber nicht genial. Dann kam Nadja, eine russische Malerin, eine ferne Verwandte von meinem Friseur. Ich konnte ihre Bilder nicht richtig verstehen, ich fühlte mich ratlos und unsicher über ihr Talent, fühlte mich belogen, blamiert und war immer zur Flucht bereit, ohne viel von ihr zu sehen. Ich half ihr nur dem Friseur zuliebe und weil sie mir leid tat. Sie merkte es schon irgendwie... Und auch wenn ich ihr Geld gab und sie mit anderen berühmten Malern bekannt machte, blieb unsere Beziehung kühl, fruchtlos, ohne Bewunderung von meiner Seite und ohne Dankbarkeit von ihrer.
Mit Hernie verhält es sich ganz anders. Ich wünschte, du könntest ihn auch erleben, Georgina. Sigrid und Otto, meine Kinder, sind eifersüchtig und verdächtigen uns sogar einer sexuellen Beziehung, weil ich so verliebt in Hernie erscheine und nur von ihm spreche. Aber es ist absolut nichts dergleichen in unserer Freundschaft. Es ist eine ganz atypische, geschlechtslose Mischung aus Intellekt, Inspiration und Macht, was uns verbindet.
Er ist schon über 70, ziemlich hässlich, gehbehindert und sehr stark asthmakrank. Doch sein Werk fasziniert und erstaunt

mich immer wieder. Zum ersten Mal spüre ich Qualität in seiner Interpretation. Ich bewundere ihn deshalb und er freut sich unendlich über meinen Glauben an ihn und meine praktischen Hilfen. Er lässt mich fühlen, dass ich wie eine gutherzige Göttin für ihn bin, die manchmal einige seiner Träume verwirklicht. Die Macht, die ich besitze, etwas für ihn zu tun, berauscht mich, bringt mir eine Freude am Leben, die ich bisher nie gekannt habe.

„Wer ist dieser Hernie, von dem Sie immer sprechen, Frau Damberth? Ist er Dichter, Maler, Bildhauer?"
„Seine Stärke liegt in der Poesie, ja, er ist hauptsächlich Dichter. Aber man kann seine Kunst als multimedial auffassen; er ist alles, Schauspieler, Musiker, Tänzer, Hypnotiseur."
„Besitzt er übernatürliche Fähigkeiten?"
„Ich glaube kaum. Im täglichen Umgang ist er sehr einfach, beinahe kindisch und unwissend. Er stottert, widerspricht sich, lässt sich leicht täuschen... weiß nie genau, worum es geht und welcher sein nächster Schritt sein wird. Die Intuition versagt kläglich bei ihm, er hat keine prophetische Gabe, er ist wie ein großes Kind. Er ist meistens überrascht, unschlüssig und wirft fragende Blicke um sich. Aber das ist nur ein Teil seines Wesens, während er isst, spazieren geht oder mit seiner Familie spricht, immer wenn er von seinem Werk abgeschnitten wird. Sobald er beginnt, aus seinem Werk vorzutragen, dann ändert sich sein Verhalten völlig. Dann wird er uferlos mächtig... beinahe beängstigend in seiner Größe; seine Worte und seine Gestik strahlen eine besondere, plötzliche Kraft aus."
„Wo haben Sie ihn kennen gelernt?"
„Bei einer öffentlichen Lesung. Zuerst gab es einen kleinen Imbiss und einen Cocktail für uns. Die Künstler wurden

begrüßt und da stotterte er... Das enttäuschte mich natürlich, erinnerte mich an Matthias. Aber jetzt weiß ich, dass es bei ihm nicht aus Nervosität geschieht, sondern aus Zerstreutheit und Gemütlichkeit, weil er sich in seiner Freizeit gehen lässt und abschaltet, damit er sich später um so konzentrierter und beherrscht seinem Auftritt widmen kann. Als Kinderärztin ermutigte ich ihn mit ein paar belanglosen Worten und erwartete nicht viel von ihm. Ich dachte skeptisch, dass sein schlechtes, klapperndes Gebiss womöglich ein Hindernis zu seinem Vortrag werden könnte. Aber da irrte ich mich gewaltig. Mehr als der Schöpfer seines Werkes zu sein, schien es das umgekehrte Verfahren, als würde sein eigener Vortrag ihn neu erschaffen und ihn zum Leben erwecken. Er war zweifellos der Erzeuger seiner eigenen Dichtung, doch konnte man ihn schwer erkennen; er war ein ganz anderer Mann geworden, als der, den wir vor dem Auftritt sahen; ja, dieser, der jetzt mit so einer tiefen, vorsichtigen Stimme vorlas, sang und stellenweise aus dem Gedächtnis deklamierte... Hypnotisierend bei ihm war vor allem seine Beweglichkeit, dass er kaum an der gleichen Stelle blieb, sondern in einer unnachahmlichen Flexibilität und Gelenkigkeit der Hände und Füße schaukelte. Er tanzte, drehte sich von rechts nach links und dann zum Publikum... brachte ständig Laute hervor, die nicht genau ein Singen waren, sondern wie ein musikalisches Schluchzen oder ein Lautdenken, ein elementares, ursprüngliches Umarmen seiner Zuschauer. Dann zeigte er uns seine Zeichnungen, komplizierte graphische Darstellungen, die er mit dem Computer zu Hause angefertigt hatte. Seine Kunst ist eine Mischung aus ganz modernen und ganz alten Phantasien. Aber vor allem seine Worte waren das Beeindruckende, denn noch mehr als alle zusätzlichen Bekräftigungen: Bewegung, Laute und Zeichnungen, war es sein Gedicht über die Schöpfung der Welt, über ‚die Engel und die Fische'... was einem mehr im Gedächtnis blieb, oder so dachte ich, als ich ihm mit geschlossenen Augen zuhörte. Vom Anfang seines Vortrages an fixierte er seine Augen auf mich mit einem willenstarken Blick, ohne Zögern und ohne Angst, wie aus Rache an meiner anfänglichen Skepsis, und er ließ mir keine Ruhe, bis ich seine neue Persönlichkeit empfing und lückenlos erforschte, akzeptierte. Er wollte mir beweisen, dass er wirklich mein Vertrauen in seine Kunst verdiente, und ich feierte ihn, schweigsam und bedächtig in meinen Gedanken. Das Publikum und ich applaudierten heftig, als es zum Finale kam. Mir taten die Hände weh wie bei einem Konzert von Wagner, wenn sich alle schon erschöpft und fast taub vor so viel Größe neigen müssen."

„Ist der Vergleich mit Wagner nicht ein bisschen zu viel? Können Sie auf Hernies Kunst so bedingungslos schwören?"

„Ja. In jenem Augenblick fasste ich den Entschluss, nahm mir ernsthaft vor, die Mäzenin für sein Werk zu werden. Ich fand seine Ausdrucksweise besonders gelungen, ich bewunderte seine Leichtigkeit und Vielseitigkeit, sein selbstbewusstes Auftreten ohne Zittern und ohne Versprecher. Ich war die Zeugin einer Verzauberung, die ein ganz anderes Individuum aus ihm machte, als ich vorhin erlebt hatte. Und es reizte mich, diese Verwandlung durch seine Kunst... weil er unerreichbar, überlegen und mir surrealistisch fremd wurde. Auf der Bühne rauchte er, trank und schrie... während er in seinem Alltag, wie ich jetzt weiß, nie eine Zigarette anrührt und äußerst selten seine Stimme erhebt. Auf der Bühne hat er viele Gesichter, er ist die ganze Menschheit. Und ich glaube wirklich, dass ihm ein großer Erfolg bevorsteht."

„Aber lohnt es sich überhaupt, einen Mann mit siebzig Jahren noch zu fördern? Ist er nicht schon zu alt für den Erfolg?"

„Ich weiß natürlich nicht, wie lange er noch durchhalten wird, denn er ist schon sehr geschwächt. Aber ich glaube ganz fest, dass sein Werk ihn überleben wird, und ich tue mein Bestes, damit es nicht unbekannt bleibt."

„Liebe Frau Damberth,
entschuldigen Sie bitte, dass ich Ihnen einen Bettelbrief schreiben muss, aber meine sehr traurigen und dringenden Umstände zwingen mich dazu. Von einigen meiner Freunde weiß ich, dass Sie über genügend finanzielle Mittel verfügen und sich schon öfters als Wohltäterin für Künstler erwiesen haben. Das macht es mir weniger peinlich und schwer, mich an Sie zu wenden. Ich finde es durchaus viel schöner, Ihnen, einer sensiblen und begabten Frau, wie Sie es sind, mein Anliegen vorzutragen als einem herzlosen, groben und gleichgültigen Mann, der mir ohne Gefühl höchstens helfen würde, damit ich ihn mit meinen Briefen nicht weiter belästige. Sie dagegen, Sie sind weich und mitfühlend, und Sie werden sich bestimmt die Zeit nehmen, um meine verzweifelten Zeilen aufmerksam zu lesen. Ich erinnere mich noch an Ihre Freundlichkeit bei meinem Auftritt; da habe ich gesehen, wie ergriffen und begeistert Sie von meinen Gedichten waren. In Ihrer Güte lobten Sie mich und boten mir sogar reichlich honorierte Auftritte in anderen Häusern an, was natürlich eine große Freude für mich war. Das sind Lichtblicke, die ich selbstverständlich brauche und die mich ein bisschen ermuntern. Aber ich muss Ihnen meine Lage ausführlich schildern, damit Sie sich ein Bild machen können, wie voller Sorgen meine Zukunft ausschaut und wie betrübt ich durch die ungerechte Last meiner vielen Verpflichtungen bin."
„Als ich 52 wurde, beging ich den Fehler, zum zweiten Mal zu heiraten, so dass ich jetzt drei Söhne und zwei Töchter im

noch nicht erwachsenen Alter habe. Mein ältester Sohn ist 18, interessiert sich für nichts und findet auch keine Arbeit. Adele, meine Tochter aus erster Ehe, hat drei Kinder, ist krank, verwitwet und völlig mittellos. Alle vier leben jetzt auch mit uns zusammen in unserer sehr kleinen, feuchten und alten Wohnung. Es ist wirklich keine gesunde Umgebung, in der Nähe einer Fabrik... Ohne Aufzug und Heizung im Haus, doch vor allem ist es der Platzmangel, an dem meine Individualität als Künstler zugrunde geht. Elf Menschen zusammen in so einem elenden Loch... Das können Sie sich gar nicht vorstellen, Frau Damberth! Es ist ein Wunder, dass ich noch Gedichte schreiben, Rollen auswendig lernen, zeichnen und musizieren kann. Ich brauche ein passendes Arbeitszimmer für mich, Ordnung, Ruhe... Der kleine Hans, mein Monsterenkel, hat gestern (aus Versehen) mein neuestes Gedicht zerrissen. Dann fehlt es mir auch an Zeit, denn ich muss immer etwas arbeiten, damit wir wenigstens nicht verhungern; ich trage Zeitungen aus, bin Versicherungsvertreter bei einem Freund. Meine Frau und Adele gehen putzen. Wir schlagen uns schwer durch. Ich bekomme eine sehr kleine Rente, weil ich immer mehr für die Kunst, für Abenteuer und Abwechslung gelebt habe. Das ist jetzt meine Belohnung... ein grausames Schicksal der Enge, des Leidens und der Betäubung meiner ganzen Kräfte. Aber noch ist es Zeit, wenn Sie mir helfen, noch bin ich auf der Höhe meiner Inspiration, innerlich intakt, ungebrochen trotz Schwierigkeiten, wie Sie schon gesehen haben. Es liegt in Ihren Händen, alles für mich zum Positiven zu wenden. Bitte lassen Sie nichts unversucht, um mich zu retten."
Dieser Brief wirkt wie eine Koffeinspritze und setzt mich unverzüglich in Bewegung. An einem Tag erledige ich alles Notwendige: Ich habe sofort ein schönes und fröhliches

Apartment für ihn gemietet, damit er ungestört und frei weiter arbeiten kann. Seine Frau kann natürlich auch einziehen. Um Gottes willen, ich möchte die beiden nicht trennen! Aber ich habe die Bedingung gestellt, dass keine anderen Familienmitglieder nachkommen dürfen, denn dann hätte er keinen Frieden mehr und nur Sorgen. Seine Frau kann pendeln, wenn sie will, zwischen Kindern und Enkelkindern, aber sie soll ihm seine Individualität und seinen freien Raum in der neuen Wohnung lassen; seine Bedürfnisse haben Priorität und er braucht Platz, Luft und Zeit für sich selbst. Ich habe einen monatlichen Betrag für die Familie festgesetzt, damit er sich nicht ewig mit Gedanken um sie quälen muss. Ihm persönlich habe ich einen Scheck über 5.000 Euro zum Geschenk gemacht, damit er sich endlich das gönnt, was er am meisten braucht. Nach einigem Zögern hat er sich, glaube ich, für eine Reise nach Italien entschieden. Diesen Wunsch möchte ich ihm unbedingt erfüllen, denn ich weiß, wie wichtig es für sein Werk sein kann. Ich möchte ihm ein neues Klavier kaufen, Schuhe und Anzüge und eine gute Filmkamera, damit er schöne Bilder aus Italien mitbringen kann. Aber natürlich sind meine Möglichkeiten auch begrenzt und ich möchte ihm nicht alles auf einmal geben, denn es könnte ihm etwas peinlich werden, so viel von einer Frau zu empfangen. Ich muss äußerst taktvoll sein und seine Gefühle berücksichtigen, auch die, die nicht ausgesprochen werden. Die Filmkamera werde ich ihm bloß ausleihen und das Klavier lasse ich ihm von einem meiner Bekannten geben, der dafür andere Leistungen von ihm abverlangen wird. Er darf sich nicht überflüssig vorkommen. Die Welt soll ihm, dem Hartgeprüften, plötzlich schön erscheinen, nicht nur wenn ich da bin, um ihm zu helfen, sondern weil es noch andere Menschen gibt, die ihn mögen und schätzen. Mir liegt es an seinem Glück und nicht an meiner Eitelkeit. Ich wäre wahrscheinlich zu wenig für ihn, deshalb muss ich immer weiter nach mehr Freunden für ihn suchen, nach einem Verleger für seine Gedichte oder nach Publikum für seine Lesungen. Das ist eigentlich was jeder echte Mäzen tun sollte, sich nicht mit den eigenen Federn schmücken, sondern wirklich für den anderen kämpfen.

Sein Hilferuf und meine sofortige Antwort darauf haben uns natürlich sehr tief miteinander verbunden. Ich kann kaum die Qualität unserer Verbindung beschreiben, ich bin sehr stolz auf unsere Freundschaft.

Als er mir schrieb, besuchte ich ihn sofort und sagte zu ihm, dass ich ihn vollkommen verstehe. Dann kündigte ich ihm meine Hilfe an: „Ich bin gekommen, um Ihnen mitzuteilen, dass ich schon alles veranlasst habe, damit Sie eine neue Wohnung und Ihre Familie finanzielle Unterstützung bekommen. Ich hätte schon viel früher von Ihrer Lage erfahren sollen. Jetzt muss ich schnell handeln, damit uns beiden noch etwas Zeit bleibt. Ich möchte, dass Sie sich am Leben freuen und noch viele Werke schreiben können."

Hernie bedankte sich und lächelte, aber noch etwas betrübt und unsicher, denn er wusste die Höhe meiner Unterstützung nicht genau. Dann nannte ich Zahlen, obwohl es mir widerstrebte, und ich reichte ihm als erstes den Scheck, so konnte er sehen, dass es mein voller Ernst und kein hohles Versprechen wie bei anderen war. Dann merkte ich eine echte Erleichterung an ihm. Er schaute mich mit sanften, dankbaren Augen an. Voller Respekt und demütig wollte er mir die Hand küssen, aber ich verhinderte es; stattdessen umarmte ich ihn wie einen Bruder und drückte ihn fest an mich. Er hat mich besonders wegen meiner schnellen Reaktion zu schätzen gelernt, weil ich sofort gehandelt habe. Deshalb ist diese Nähe zwischen uns entstanden, dieses Gefühl von Bruderschaft,

weil ich seine Geduld nicht auf die Probe gestellt habe. So müssten alle Mäzene sein, damit ihre Protegés durch das lange Betteln und Warten in Ungewissheit keine Hassgefühle entwickeln..."
„Ich glaube noch nicht ganz daran, Frau Damberth. Ich glaube, ich träume. Ich habe so etwas noch nie erlebt. Sie sind eine schüchterne und rücksichtsvolle Wohltäterin, voller Achtung vor mir, als wollten Sie sich bei mir bedanken, dass Sie mir helfen dürfen."
„Natürlich, es ist ein Privileg für mich, dass ich Ihnen begegnet bin."
„Ich habe Angst, dass Sie sich mit meiner Familie nicht vertragen könnten. Meine Leute sind eigenartig und werden auf meinen so plötzlichen Erfolg bestimmt eifersüchtig sein."
„Ich werde mich bemühen, Geduld und Diplomatie zu üben. Wir werden hoffentlich keinen Streit haben, da sie alle auch schöne Dinge von mir bekommen werden und sich den alten Zustand nicht zurückwünschen können. Wann reisen Sie nach Italien, Hernie?"
„In ein paar Wochen. Zuerst möchte ich die neue Wohnung genießen. Vielleicht fahre ich gar nicht... oder erst zum Neujahr... oder im nächsten Frühling. Darf ich Ihr Geschenk zwischenzeitlich aufbewahren?"
„Selbstverständlich. Ich entscheide nicht über Ihr Leben."
Ich freute mich sogar sehr, dass er noch nicht wegfahren würde, denn so hatten wir noch mehr Möglichkeit zusammenzuarbeiten. Ich wollte Ihm öfters auch Gutes zu essen und zu trinken bringen und einen guten Arzt ausfindig machen, der seine vielen Beschwerden behandeln würde. Wir könnten auch einen großen Auftritt vorbereiten und ich würde Einladungen an alle verschicken, die Rang und Namen hatten.

„Ein Freund von mir möchte Ihnen gern ein Klavier zur Verfügung stellen. Würde es Ihnen Freude machen, wieder Klavier zu spielen?"
„Sicher... einverstanden. Aus Platzgründen und aus finanziellen Gründen musste ich die Musik aufgeben, weil die meisten guten Instrumente sehr teuer sind, und die Musik habe ich immer vermisst, mehr als gutes Essen und Trinken."
Ich glaube, dass unsere Verbindung eine von den besten ist, so gut wie die Verbindung zwischen Mann und Frau oder zwischen Mutter und Kind. Demnächst, wenn er wieder Musik spielt, wird er an die gute Seele denken, die es ihm ermöglicht hat, in seinen letzten, den intensivsten Jahren seines Lebens, für seine Selbstverwirklichung zu existieren.

Reinhild Jaspers: Eine nekrophile Beziehung

Ich habe das Thema des Aufsatzes verfehlt. „Familienriss" sollte ich schreiben und nicht „Verbindung".
Ich weiß, wie die feinsten Kontakte und die ehrgeizigsten Familienunternehmen in die Brüche gehen. Schon Jahre lang habe ich gewusst, dass der Zwiespalt und das Feuer der Wut nur unterdrückt waren; es hatte wenig Zweck, mich um ein Zusammenleben mit ihnen allen zu bemühen, sie alle in meinem Herzen gemütlich Platz nehmen zu lassen, damit sie in Toleranz und Harmonie miteinander auskommen könnten. Ich hatte versucht, eine künstliche Verbindung zwischen ihnen herzustellen, aber es bestand wirklich keine... Nur in meinem armen Herzen waren sie gewissermaßen als meine Liebesgegenstände verbunden, egal wie verschieden diese Arten von Liebe waren. Nach fünf Jahren schwieriger Verhandlungen kam es doch zum Bruch. Sie wollten keine

Sekunde länger, ruhig und gesittet, in meinem Herzen sitzen bleiben, sondern sprangen herum wie bittere Feinde und ich musste aufpassen, mit der ganzen Eigensucht, zu der ich noch fähig war, dass die Hauptader meines Herzens nicht zerplatzte. Den vergifteten Tee wollten sie natürlich nicht mehr trinken... und sie schütteten ihn in die Toilette, bevor sie alle gingen.

„Wovon reden Sie eigentlich, Frau Jaspers? Sie wollten doch über Leila schreiben, nicht wahr?"

Nicht doch! Es wurde nur so im Kurs vorgeschlagen, aber wie Sie sehen, habe ich viel bessere Themen: „Familienriss" oder meine Überschrift „Der Tote und die Lebende".

Wenn jemand Tee in die Toilette schüttet, dann ist Eigensucht das beste Mittel, um zu überleben. Gestern habe ich einen französischen Film gesehen und habe darüber nachgedacht, dass vielleicht die Franzosen es sind, die es am besten verstehen, sich unverletzt den anderen zu entziehen und sich mit vitaler Unabhängigkeit frustrierende Beziehungen vom Leibe zu halten, das heißt, sich das eigene Leben an aller erster Stelle heil zu bewahren, damit keiner kommt... und diesen wertvollen Schrein der individuellen Existenz mit Fußtritten oder Faustschlägen zerbricht. Bei der häufigen Rücksichtslosigkeit der anderen wäre es gar nicht ungewöhnlich. Ich weiß nicht, warum diese Idee in mir herangereift ist und sich gestern beim Anschauen des Filmes plötzlich wie eine Bombe materialisiert hat: Was unterscheidet die Franzosen von anderen Nationalitäten? Es ist wahrscheinlich absurd von mir. Ich neige immer zu solchen naiven Verallgemeinerungen und Schwärmereien, wie damals, als ich dachte, die Amerikaner seien die Meister in der Kunst einer zivilisierten und freundlichen Scheidung. Jetzt sind die Franzosen meine Helden, vor allem die französischen Frauen, die mir permanent so stark vorkommen. Sie sind nicht so von der Liebe versklavt wie ich, auf die anderen bedacht. Wenn ihnen etwas nicht passt, dann brechen sie resolut mit der Vergangenheit und nehmen einen konsequenten Richtungswechsel vor. Mutig und unversehrt, ohne viel zu grübeln und zu weinen, können sie immer wieder ganz von Neuem anfangen, als wenn nichts gewesen wäre; wie ein ungeschriebenes Blatt tanzen sie durch die Welt; es zählt nur das Gesetz des ewigen Anfangs. Ich wünschte, ich könnte auch so sein. Ich bewundere die Mütter, die ihren Töchtern eine solche Erziehung haben zukommen lassen, frei und unbesiegt zu bleiben, „les autres", wenn notwendig zu löschen und das Gebot des eigenen Lebens über alles andere zu stellen. Ich wurde nicht so erzogen, bei weitem nicht, auch wenn wir uns emanzipiert zeigten. Man klammerte sich an mich und ich klammerte mich an die anderen; nur nach einem erbitterten Kampf habe ich etwas für mich selbst tun können, aber nie komme ich zu dem Punkt, wo ich wirklich, zufrieden und in Ruhe gelassen, nur an mich selbst glaube und für mich alleine lebe.

Ja, ich denke, dass das schon etwas mit Erziehung und Nationalität zu tun hat. Die Heldinnen der englischen Romane mussten ständig um ihr Wenig an Privatheit und Selbstbeherrschung kämpfen, genauso wie die Deutschen. Wir haben immer zu viel gegrübelt und Federn lassen müssen; jeder Schritt zur Loslösung von den anderen hat uns Mühe gekostet, es war keine Selbstverständlichkeit und es wurde uns nicht in die Wiege gelegt. Wir bestärkten uns qualvoll in der langfristigen Absicht, große Schilder zu schreiben mit dem herrlichen Motto darauf: „Ich lebe ja nur für mich, wenn es sein muss". Wir haben es nur geschrieben, aber die Französinnen haben es getan, wie meine Freundin Nicole oder die Frau im

Film. Wie ist es in anderen Ländern? Lässt sich das innere Leiden der Selbstlosigkeit und des Opfertodes überhaupt geographisch präzisieren? Die Spanierinnen leiden wahrscheinlich noch mehr, und die Italienerinnen, Griechinnen, Russinnen mit ihrem ausgeprägten, familienbezogenen Hausieren durch die Welt... Wie ist es bei den Männern bestellt? Ich interessiere mich an sich weniger für die Geschichte der Männer, weil ich selbst kein Mann bin. Aber manchmal frage ich mich schon, welche Rolle spezifische Nationalitäten spielen, ob die Amerikaner tatsächlich scheidungsfähiger als die Europäer sind. Welcher Männertyp ist für eine Scheidung geeigneter? Sind es vielleicht die sanften, verlassenen Ehemänner und Väter, die zu Schwulen werden und melancholisch um ihre verlorenen Kinder weinen? Ist das auch eine neue Mode aus Amerika? Und wie verhält es sich mit den lateinamerikanischen entthronten Diktatoren und deren Frauen? Sind amerikanische oder europäische Familiendramen die brutalsten? Sind sie überall gleich oder von Land zu Land grundverschieden, je nach Bräuchen und Vorbildern? Können die amerikanischen Amokläufer im Land der Superlative in ein paar Sekunden noch mehr Leute töten, als die europäischen Amokläufer es je geschafft haben?

Wir haben es nicht gelernt, mit Waffen umzugehen; wir gehören zu den friedlichen Bürgern, die nur mit Worten Schäden anrichten. Gott sei Dank, denn... hätten wir Pistolen gehabt, die man mit dem bloßen, leichten Druck eines Fingers betätigen kann, dann hätten wir alle entsetzliche Verletzungen in unseren Körpern und nicht nur seelische Kugeln wie jetzt. Ich hätte auch nicht gewusst, in welche Richtung ich schießen sollte. Wahrscheinlich hätte ich auf mich selbst geschossen, um meine eigene Panik zu überwinden und um nicht zu hören,

wie sie weiter stritten. Außerdem... wie gesagt, ich halte nicht viel von meinem Leben; ich würde meine ganze Existenz wie eine lästige Kopie, die man nicht mehr braucht, an die anderen Teilnehmerinnen unseres Seminars für kreatives Schreiben weitergeben.
Unser Familiendrama war natürlich unblutig verlaufen, aber noch immer spüre ich Spannung und eine unerträgliche Heftigkeit bei der Erinnerung daran; mein Gesicht ist in Schweiß gebadet... Oder war es damals? Jetzt erinnere ich mich nur daran, dass ich geschwitzt und mich geschämt hatte, wie jemand, der schon alles in Alpträumen vorausgesehen hat. Ich habe mich so lange in feige Träumereien und Hoffnungen geflüchtet, aber plötzlich kann ich nicht mehr leugnen, vergessen und nach weiteren Auswegen suchen. Christoph und ich waren während unseres Urlaubs bei meiner Mutter und Tante Christel zu Besuch und dann... Aber ich mag jetzt nicht darüber schreiben.
Na ja, ich übertreibe vielleicht; ich hänge schon an meinem kleinen Leben, besonders seitdem ich mit Herrn Ede Bergmann, mit meinem Toten, in einer gewissen Verbindung stehe. Ich mache mir nichts mehr über intensive und echte Nähe vor, das war ja nur ein Märchen... Aber wenn ich unbedingt etwas beschreiben soll, was mich wirklich berührt und in dieser trockenen Zeit noch in engem Kontakt mit mir steht... da muss ich doch Ede Bergmann erwähnen, meinen toten Gitarrenlehrer.

Christoph hat aus heiterem Himmel unseren Frieden zerstört und uns angegriffen. Leticia und ich waren im Theater gewesen und gänzlich unvorbereitet.
Erschrocken denke ich mir automatisch meinen eiligen Monolog aus, der nichts mehr mit dem auf der Bühne

Gesehenen zu tun hat: „Ich finde es unmöglich von dir, Christoph. Vor fünf Jahren wusstest du noch, was dir heilig sein sollte, womit du ein wenig Geduld haben solltest. Wir bauten unsere kleinen Inseln der Geduld: ich mit deinen Leuten, du mit meinen. Aber jetzt stürmst du hinein wie ein Orkan und zerstörst alles... Du kennst keine Grenzen mehr in deiner Allmacht, die mich an die verzweifelte Allmacht der Wahnsinnigen erinnert."
Christoph, der in einer Krise steckt und nur seine unnachgiebige Seite zeigt, hat als erster geschrien.
Was ist eigentlich passiert? Ich war mit meinen Gedanken irgendwo anders, in das Theaterstück vertieft, das mich besonders fasziniert hat. Und jetzt höre ich nur den allgemeinen Zank, der sich wie eine Epidemie verbreitet.
Christoph hatte etwas zu Essen für uns vorbereitet, aber wir waren ein bisschen zu spät gekommen; dann haben wir sein Essen anscheinend nicht genug gelobt, denn jetzt... hat er, grundlos, wie mir scheint, in atemloser Wut das Essen in den Abfalleimer geworfen, und will weggehen, um sich dringend eine Flugkarte nach Caracas zu kaufen.
Aber bevor er geht, gibt es noch eine sehr unangenehme, groteske Szene: Leticia, meine beste Freundin (sie ist ebenfalls mit ihren Nerven am Ende) schreit zurück und beschwert sich über seine Tyrannei; warum sollten wir immer sein Essen schlucken und verherrlichen, während er selbst den Teller nicht anrühre und nur trinke? Er sagt, dass die Familie und die Freundin... die sich „so heißblütig und so fanatisch für die Familie eingesetzt hat", nicht mehr zu retten seien. Die Zustände in jenem Haushalt seien unzumutbar; immer blieben seine schönen Geschenke ungebraucht im Schrank, unsichtbar, und dafür kriegte man als Gast nur altes,

hässliches Geschirr und „verdammt unpraktische Messer", mit denen man das Fleisch unmöglich schneiden könne. Meine Mutter und meine Tante Christel beginnen beide zu weinen und sich gegen den „bösen, respektlosen Schwiegersohn" zu äußern, der dem schönen Urlaub der Familie mit seinem plötzlichen Zornesausbruch ein Ende gesetzt hat. Komischerweise sind sie am Anfang weniger hysterisch als Leticia, die am lautesten spricht, die Christoph sehr beleidigt und verärgert beschimpft. Als Gast dürfe er sich nicht so unhöflich benehmen und der Familie alles aufdiktieren wollen. Auch wenn er Geschenke gemacht hätte, gäbe das ihm noch lange nicht das Recht, die Familie zu erniedrigen und sich selbst als stolzer König gegen die Kleinen zu präsentieren. Sie scheint wirklich die Familie zu vertreten; vielleicht sagt sie das, was ich selbst hätte sagen sollen... Ich fühle mich überflüssig, ohne einen richtigen Platz, auf den ich noch gehören könnte. Dann, als Letizia sich schon etwas beruhigt hat, als ihre Nervosität und Empörung sich erschöpft haben, dann ist meine Mutter an der Reihe, ihre Rolle zu übernehmen und zu schreien. Ich höre ihre beleidigten Stimmen und Christophs eiskalte, pfeifende Schweigsamkeit, sobald es ihm gelungen ist, den Schwarm der Frauen in Unruhe zu versetzen. Du, Unruhestifter! Wie ich das alles verabscheue! Ich bin außer mir vor Entsetzen. Ich sage mir die ganze Zeit, dass ich schuld sei, weil ich immer wieder versucht habe, sie alle zusammen zu bringen; ich hätte es besser wissen müssen, denn im Grunde sind wir alle in Aggressionen verwickelt und nur mir zuliebe haben sie sich mit gewaltsamen Anstrengungen dazu gebracht, eine oberflächliche und befristete Duldung auszusprechen. Diesmal hat die Familie Recht, er hat sich unwürdig benommen. Und wenn man sich unwürdig benimmt, dann ist es gewissermaßen logisch und gerecht, dass man ausschließlich unvorteilhafte Abschnitte der Vergangenheit rekapituliert; sie haben jetzt alle vergessen, dass Christoph auch sehr gute Augenblicke hatte, in denen er sehr gut zur Familie und zu Leticia gewesen war. Auch er scheint alles vergessen zu haben, dass er sich immer voller Begeisterung zu meiner Freundschaft mit Leticia geäußert hatte; er hielt sie ebenfalls für seine „beste Freundin und beteuerte ständig in seinen Gesprächen mit Nachbarn und Bekannten, meine Eltern und meine Tante Christel aufrichtig zu lieben, viel stärker als seine eigene Familie. War denn alles von allen Seiten umsonst? Nur Schwindel? Verfliegt die Güte immer so vergeblich und spurlos? Die Inkonsequenz der Menschen ist erschreckend, finde ich. Eine einzige Handlung reicht, um alles zu vernichten.

Am nächsten Tag hätte man es noch bei der Kategorie eines „einfachen Streites" belassen können wie einige, die wir schon gehabt hatten. Leticia war sanfter, versöhnungsbereiter oder wenigstens für diplomatische Zugeständnisse offen. Aber Christoph bestand mit Energie und harter Uneinsichtigkeit auf Caracas und seiner Flugkarte. Das war der Wendepunkt... als die Worte in nicht mehr rückgängig zu machende Entscheidungen übergingen. Er würde die Familie nie besuchen und sie würden ihn auch nie empfangen wollen. Ich selber hatte endlich begriffen, dass das kompromissbereite Spiel der Zusammenführung dieser Menschen nichts brachte und nur gefährlich werden könnte. Leticia konnte mir auch nicht verzeihen, dass ich mir so einen Menschen ausgesucht hatte. Unser Familienriss beschädigte vor allem meine Beziehung zu Christoph wie eine Atomkatastrophe, denn es blieb sehr wenig davon übrig.

Deshalb kann ich gar nichts über „Nähe" oder „Verbindung" schreiben. Ich habe erfahren, dass die Nähe, an die wir oft glauben, nur eine Illusion, nur Humbug ist. Ich möchte mit Leila nicht denselben Fehler machen; sie spricht nicht und würde mir folglich nie widersprechen, ich könnte mich bis zu ihrem Lebensende von meinem selbstinszenierten Glücksrausch treiben lassen und ihr ein besonderes „Verständnis" für mich andichten, die wunderbare Freundschaft und Liebe zwischen uns beiden verklären. Dann könnte ich mir in ein paar Jahren neue Hunde nehmen und wieder mit dem Lied der Freude und der Nähe, der „großartigen Einheit zwischen Mensch und Tier" angeben. Aber ich nehme mich in Acht, ich lasse mich nicht wieder von irgendeiner Lüge versklaven. Sie ist ein schönes Tier und begleitet mich, aber das ist alles; ich habe mein Reich und sie hat ihres, wie in einer Wohngemeinschaft. Ihre Nähe zu mir ist sogar geringer als die Nähe, die wir wenigstens spüren müssten, wenn wir ein Tier verspeisen, denn sie hat nicht direkt mit meinen Organen zu tun; aber auch die kannibalische Annäherung dürfen wir nicht verklären; wir wissen, dass es nur eine automatische Handlung ohne Liebe ist. Und Leila ist für mich wie ein Touristenführer, der mir Sachen zeigt und den ich respektiere, aber von dem ich keine Einzelheiten über sein Privatleben erfrage. Lieben die Franzosen ihre Hunde auch so? Oder anders?

Aber ich wollte über meine Beziehung zu Herrn Bergmann schreiben:

Zwei Jahre lang war er mein Lehrer und wir hatten uns gut verstanden, aber wahrscheinlich wäre er nicht so wichtig für mich gewesen, wäre er nicht gestorben. Ist Nekrophilie eine Krankheit? Oder eine Perversität wie Pädophilie? Ich hoffe nein, denn ich empfinde nur eine gewisse Sympathie für ihn und Sehnsucht nach diesem Menschen, der nicht mehr da ist. Und wenn ich den Friedhof besuche und an seinem Grab stehe, bin ich nur nachdenklich, das ist alles... kein Orgasmus der Tränen oder der Trauerkleidung. Wenn ich mir seine Fotos anschaue, bin ich gleich verliebt, wie ein zwölfjähriges Mädchen, das im Geheimen einen toten Dichter liebt... ja, weil er so gut schrieb und im Unterbewusstsein vielleicht auch, weil er durch seinen Tod keine unbegreiflichen Dummheiten mehr begehen kann, uns nicht mehr enttäuschen kann. In seinem letzten Willen hat er verfügt, dass ich einige von seinen Fotos, Schallplatten, Kassetten mit seinen Gitarrenaufnahmen und seinen Büchern bekommen sollte. Deshalb habe ich so viel von ihm im Wohnzimmer und sogar in meinem Arbeitszimmer herumliegen, bis ich mich endlich entschließe, mich von irgendeinem dieser Gegenstände zu trennen, die einen großen sentimentalen Wert besitzen, die ich aber nicht immer bei mir behalten kann, da meine Wohnung klein ist. Zum Glück hat er viele Neffen und Enkel, die das meiste von ihm geerbt haben. Was hätte ich sonst mit seinen vielen Anzügen, Instrumenten und mit seinen drei Papageien gemacht?

Manchmal höre ich seine Gitarrenmusik auf Band, und sie hat eine hypnotisierende Wirkung auf mich; träge und willenlos schlummere ich ein und denke nur an das Ende des Lebens, aber ohne Angst, lediglich als mathematisches Gleichnis, die Aufschlüsselung eines Problems, das mit Minus endet: Ein Leben plus noch ein Leben gleich zwei Tode.

Noch deutlicher als sein Foto bringt mir die Musik seine Gegenwart ins Bewusstsein. Ich sehe ihn mit seinen Schülern oder alleine auf Konzertreisen im Ausland, auf die er so stolz war, besonders auf seinen Aufenthalt in Paris in seiner Jugend. Ja, wieder Frankreich... aber diesmal ohne den Film über die mutige Frau, die ganz allein bleibt und sich über ihr eigenes Leben ohne die falschen Beziehungen freuen kann.

„Herr Bergmann, warum haben Sie mir so viele Dinge hinterlassen? Es war schön von Ihnen, aber nicht ganz fair; ich kann mich nicht dafür bedanken. Aber ich bedanke mich dafür, dass Sie mich so sehr geschätzt haben. Trotzdem muss ich einiges weggeben, so leid es mir tut. Ich kann nicht alles behalten. Wie Sie sehen, habe ich eine sehr kleine Wohnung. Heute war einer Ihrer Neffen hier und hat mir erzählt, dass Ihre drei Papageien ständig Ihren Namen rufen: ‚Ede, Ede!' Es muss sich unheimlich anhören, wie ein Chor, alle drei zusammen in Ihrer leeren Wohnung. Ich glaube, ich könnte verrückt werden, wenn ich so etwas erleben würde. Vielleicht ist es sogar besser als das schönste Kunstwerk, wenn drei Papageien simultan einen Namen aussprechen. Aber Ihr Neffe will die Papageien loswerden, und er hat mir einen angeboten, falls ich Interesse hätte. Ich habe natürlich nein gesagt, weil ich über zu wenig Platz verfüge. Was sollte ich noch mit einem Papagei, wenn ich schon Leila habe?"
„Du brauchst kein schlechtes Gewissen zu haben, Reinhild. Du kannst alles, meine Bücher und meine Platten, verkaufen. So bekommst du wenigstens etwas Geld von mir, was mir im Leben nie gegönnt war, dir zu geben. Nur meine Fotos solltest du irgendwo in einer Tasche aufbewahren."
„Wofür werde ich bezahlt? Für welche Dienste? Vielleicht als Totenklägerin?"
„Es ist gut möglich. In der Eile des Sterbens konnte ich mir keine Menschen mieten und keinen Vertrag unterschreiben, und zu dem Zeitpunkt warst du mir wohl die Nächste; deshalb habe ich dir meine Schätze anvertraut, die ich leider nicht mit ins Grab nehmen durfte. Der Sinn einer Totenklage ist gerade, dem Verlust dieser Schätze nachzuweinen. Mit oder ohne Verkauf kannst du mir als gute Erbin diesen Dienst erweisen, das weiß ich."

„Ich kann mir den Luxus leisten, noch nicht zu verkaufen. Ich behalte deine Schätze, aber ganz unverbindlich, so lange es geht... Nur die Papageien möchte ich nicht, denn ich könnte es nicht ertragen, immer deinen Namen zu hören, genauso wenig wie ich Papageien ertragen könnte, die immer ‚Leticia, Leticia!' ausrufen würden, oder ‚Christoph, Christoph!', ‚Christel, Christel!', ‚Familie, Familie!', ‚Mutti, Mutti!'. Ja, als du starbst, waren wir uns wirklich sehr nahe. Ich hielt deine Hand fest und dachte, dass ich auch irgendwann so etwas Ähnliches erleben werde. Da sind wir uns alle sehr nahe, die Menschen, wenigstens im Sterben. Das ist die größte Verbindung, vielleicht auch die einzige, die mir als Aufsatzthema einfällt."
„Es ist ein Widerspruch, was du da sagst. Es gibt keinerlei Verbindung zwischen den Toten und den Lebenden. Ich bin Geist und du kannst mich nicht mehr sehen, nur auf dem Foto; aber das ist eine Täuschung; nur als noch Lebenden siehst du mich, aber jetzt weißt du gar nichts über mich. Wir sind uns gegenseitig unerreichbar und verweilen auf ganz verschiedenen Ebenen. Wir sind so weit weg voneinander, dass nicht einmal ein Medium mit super parapsychologischen Fähigkeiten uns in Verbindung bringen könnte."
„Doch die Dinge, die du mir anvertraut hast, deine Schätze, haben eine gewisse Macht von dir. Du bist nicht ganz von der Erde losgekommen, genauso wie ich auch nicht ganz am Leben bin und mich stellenweise schon mit dem Tod vertraut gemacht habe. Du schwebst undefinierbar um mich herum, bellst und stöhnst wie Leila und willst immer in meine Nähe kommen. Bei anderen Toten hatte ich nicht dieses Gefühl. Wahrscheinlich würdest du sehr gern mit mir reden und kannst es nicht."
„Ja. Ich hätte dir gerne eine Liebeserklärung gemacht; ich hätte auch gerne noch ein paar Jahre gelebt, um dir viel mehr

über mein Leben zu erzählen. Und jetzt würde ich dir so gern über das Jenseits erzählen... damit du nicht so frustriert und gelangweilt in deiner Einsamkeit verwelkst. Hör zu, ich werde dir erzählen, wie es im Himmel aussieht."
„Erzähl mir keine Lügen! Das sind nur Märchen, wie die Geschichten über die Nähe zwischen den Menschen. Als Lehrer hattest du Geduld und konntest auch witzige Anekdoten über das Ausland erzählen; aber unsere Beziehung war auch platt und uninteressant gewesen. Nur deine Todesstunde hat uns Nähe gebracht, weil es so eine entscheidende Reise für dich war, weil ich zurück bleiben musste und weil du mir etwas hinterlassen hast. Auch dein Tagebuch hattest du mir damals in die Hand gedrückt, und ich habe es natürlich gelesen. Wenn du willst, werde ich es verbrennen, damit es nicht von deinen vorwitzigen Enkeln und Neffen profaniert wird."
„Ja, wir verbrennen es irgendwann gemeinsam... Dann werden wir die Flammen kommen sehen und beobachten, wie sie sehr schnell meine Schrift auffressen und wie das Papier endgültig verschwindet. Den Himmel gibt es tatsächlich... oder wenigstens Stücke davon: Ich darf all die schönsten Ereignisse meines Lebens wiederholen und mich, so oft ich will, daran ergötzen. Es ist wie ein Spielautomat auf der Erde; ich werfe eine Münze ein, oder sozusagen einen Gedanken, und da kommen sie schon, alle die schönsten Augenblicke. Es ist nur schade, dass ich kein so schönes Leben gehabt habe und dadurch konditioniert werde, durch diesen kleinen Horizont meiner Erinnerungen. Den Tag meiner Erstkommunion zum Beispiel habe ich bereits 192 Mal wiederholt. Meine erste Lebendigkeit und Freude daran haben sich schon aufgebraucht, und alles droht vor Übersättigung zu platzen. Und noch kann ich mich glücklich preisen, dass es mir

gelungen ist, einiges Gutes und Wiederholungswürdiges in meinem Gedächtnis zu sammeln. Wenn ich an die armen Kinder in Brasilien und Kolumbien denke, die im furchtbarem Elend verkommen und immer ein so schlimmes Leben führen, so dass sie sich überhaupt an gar nichts Schönes erinnern können. Es ist ungerecht, dass es gerade für sie keinen Himmel gibt, denn sie bräuchten ihn ja mehr als die anderen, die Verwöhnten. Aber ich glaube, dass es für die richtig Verwöhnten auch keinen Himmel gibt, denn sie kennen ihn nicht. Sie legen keinen speziellen Wert auf irgendwelche Ereignisse oder Bilder in ihrem Leben und interessieren sich für keine hervorstechenden Merkmale des Charakters oder besondere Augenblicke ihres Daseins, deshalb werfen sie keine Münzen in den Automaten ein. Diesen Himmel, von dem ich spreche, kennen nur grübelnde Menschen wie du und ich, ja, den Himmel der schönen Wiederholungen mit dem Nachgeschmack nach Erlebtem und mit der unübertrefflichen Stärke einer Stereo-Erinnerung, die sich gleichzeitig auf der Erde und im Jenseits projiziert hat."

„Welchen Augenblick deines Lebens wiederholst du gerade?"

„Den Tag, als ich mein Stipendium bekam und Pläne machte, nach Paris zu reisen. Auf die genaue Chronologie brauche ich gar nicht zu achten, nur das nehmen, was mir gefällt. Gestern habe ich meinen Hochzeitstag mit Tanja wiederholt."

„Was heißt wiederholen? Nur daran denken, sich erinnern?"

„Nein, es richtig erleben, genau so wie es war... Nur dass ich mich jetzt in zwei Instanzen aufspalte, in den Erlebenden und in den Beobachtenden. Dadurch dass ich jetzt ein Geist bin, wird alles gefiltert und sanft, gedämpft ausgesprochen. So kann ich die Leidenschaft der Hochzeitsnacht meistens nur beobachten und bloß ein paar Sekunden wie damals empfinden. Alles wird relativiert, verlebt, verdichtet, wie in einem sehr langen Buch nur durchgeblättert und hier und da mit Ergänzungsnotizen versehen."

„Wirst du auch deine Todesstunde wiederholen wollen?"

„Ja, denn es war schön. Du hieltst meine Hand fest, und wir waren uns sehr nahe. Aber bitte ohne Schmerzen und ohne Atemnot! Man kann immer etwas von dem Erlebten abschrauben, zurechtbiegen und den unnötigen Ballast abhacken; in dem Fall werde ich meinen Körper völlig isolieren und nur meinen Geist mit dir sprechen lassen."

„Dein Himmel erscheint mir richtig mager. Wie kann man sich die ganze Ewigkeit mit den paar Ereignissen des Lebens begnügen und immer das gleiche zerkauen und wiederkauen? Du hast es selbst angedeutet. Wird das Schönste durch die Wiederholungen mit der Zeit nicht abgenutzt und von seiner ursprünglichen Bedeutung entleert?"

„Nicht ganz. Was uns gereizt und beeindruckt hat, kann nie ganz ausdruckslos und banal werden, und ich kann immer die Ordnung der Spalten in meinem herrlichen Menü wechseln: morgen greife ich wieder zu dem Tag, als meine Tochter Sara geboren wurde; und übermorgen nehme ich den Tag, als mein verheirateter älterer Bruder mir zum Spaß meine erste Gitarre schenkte. Und in ein paar Jahren nehme ich wieder meinen Erstkommunionstag und werde mich wie ein Kind daran freuen, nicht nur wie ein Kind natürlich... Mit Erleichterung aufatmen, weil ich sonst den Klang der alten Orgelmusik in der Kirche verlernt hätte, und das wäre ja für so einen Musikliebhaber wie mich eine echte Katastrophe."

„Ja, es muss wunderbar sein, sich so sehr über das einmal gelebte Leben freuen zu können. Das ist gerade mein Problem, mir fehlt es an der richtigen Liebe zu meinem eigenen Leben; ich dachte gestern noch daran, als ich diesen französischen Film sah. Die Französinnen verstehen es, den

Winter zu ignorieren und sich den Frühling wie Kirschen oder Nüsse einzuverleiben. Meine Freundin Nicole spricht immer wie eine Glücksphilosophin, sehr locker, zerstreut und selbstbewusst und als würde sie immer mit sinnlichem Genuss Obst oder Nüsse knabbern. Ach, all diese Klischees über Nationalitäten! Glaubst du auch daran? Die Tatsache ist, dass ich immer zu sehr auf die anderen und zu wenig auf mich selbst fixiert war. Später bin ich kalt und ausdruckslos geworden zu den anderen und zu mir selbst."

„Aber du warst nicht kalt zu mir, sondern sehr mitfühlend, als ich starb. Es befanden sich keine anderen Menschen mehr im Zimmer an meiner Seite und du warst die einzige, die diesen mir unendlich wichtigen Moment mit mir teilte. Alle meine Verwandten waren schon weggegangen; sie kamen sowieso nicht sehr oft. Du hattest mich kurz besucht und während deines Besuches hat uns der Tod plötzlich überrascht. Es war gut so, sehr gut... denn sonst wäre ich ganz allein verstorben, ohne eine menschliche Hand in meiner. Als du sahst, wie ernst es um mich war, bist du bis zu meinem Ende geblieben. Du riefst nach dem Personal, ich bekam meine letzte Ölung und dann... Als wir zwei wieder allein im Zimmer waren, hast du sehr still und mit Tränen in den Augen mein Ende abgewartet. Manchmal hörtest du auf zu weinen und sprachst liebevolle Worte; du wolltest mir und uns allen Mut machen und versuchen, unsere gemeinsame Angst zu lindern; dafür wandtest du alle möglichen Tricks an, sprachst abwechselnd von Gott und der Musik; dann bliebst du wieder still und konzentriertest deine ganze Kraft auf den Hautkontakt mit mir, schicktest mir wieder Wellen von Zärtlichkeit und Verständnis. Ja, es war richtige Freundschaft zwischen uns beiden. Du bist viel mehr als nur eine Schülerin für mich gewesen. Wir waren uns in jenem Augenblick sehr nahe, und ich werde dir dafür immer dankbar sein."

„Das mit der Nähe stimmt: keine Äußerlichkeiten, keine Höflichkeit, es war tiefes Untertauchen in Substanz und Gefühl. Es verhielt sich nicht so, dass wir uns bloß zum Kaffee oder zum Tanz getroffen hatten; es war ein Kernerlebnis... ein einmaliges, feierliches."

„Was hältst du von meinem Tagebuch? Sag mir deine Meinung, bevor wir es verbrennen."

„Es ist sehr gut geschrieben. Ich kann nicht so gut schreiben. Weißt du, ich glaube, am Ende schreibe ich gar nichts zu diesem Aufsatzthema über ‚Nähe, Verbindung'. Die Lehrerin würde sowieso meine komplizierte Verbindung mit dir, mit einem Toten, nicht verstehen."

Aber für mich selber kann ich doch noch ein paar Worte zusammenbasteln. Ede schaut mir zu und lächelt melancholisch. Ich muss jetzt nur entscheiden, ob ich es mit Schreibmaschine, Computer oder einfach mit einem Kugelschreiber tue. Letzteres ist einem Streicheln viel ähnlicher, es hat nichts mit dem Schlagen, mit dem aggressiven Trommeln auf Tasten zu tun, sondern eher mit Massieren und Malen; deshalb nehme ich den Stift und male langsam meine Buchstaben der Liebe:

„Die Toten und die Lebenden treffen sich häufiger, als man denken könnte, und es gibt eine unsichtbare Nähe zwischen den beiden Reichen, die nur die Hunde wie meine Leila zu spüren scheinen. Am liebsten würde ich drei Papageien haben, die meinen Namen ständig rufen würden... Gleichzeitig aber würde ich mich zu sehr davor fürchten. Mein Gitarrenlehrer, Ede Bergmann, den ich kannte und zum Schluss besonders liebte, besaß auch drei Papageien. Ich habe keinerlei Verbindung zu diesen Papageien; ich weiß nur, dass sie noch leben."

Sabine Wirtz: Fremder, verwandle dich in meinen Geliebten

Man kann sagen, was man will, dass Sex völlig unwichtig sei, doch verbindet gerade das Körperliche sehr stark und viel schneller als alles andere. Es hat doch mit der Haut zu tun, und die Haut ist keine nebensächliche Kategorie. Sie ist überall um uns herum, sehr tief... Mit unseren äußerst sensiblen Fingerspitzen angefangen... Ein Beweis für ihre Sensibilität ist, dass jeder Finger uns höllisch wehtut, wenn wir ihn aus Versehen in der Tür klemmen. Die Haut umfasst alles: Beine, Brüste, den Bauchnabel. Die körperliche Vereinigung zwischen zwei Menschen scheint mir eines der wichtigsten Wunder der Schöpfung und eine der direktesten Verbindungen. Dies ist vor allem der Fall, solange wir die Liebeshandlungen noch nicht automatisiert haben und im Kühlschrank der Gefühllosigkeit erfrieren lassen, ja... wenn die Liebe noch eine gewisse Frische besitzt. Ich möchte eigentlich keine Moralpredigt halten, aber man sollte es wirklich nicht zu häufig und mit beliebigen Partnern tun; das Körperliche sollte schon eine heilige Angelegenheit bleiben, wie wenn man die Osterkerzen anzündet oder einem Konzert von Mozart mit Begeisterung lauscht.
Tatsächlich habe ich vor, einen Aufsatz über die Liebe zu schreiben. Aber ich weiß nicht genau wie; meine Worte klingen theoretisch, hochtrabend, und nichts liegt mir ferner als wie eine Professorin der Liebe erscheinen zu wollen. Als die Dozentin uns fragte, fiel mir sofort meine Beziehung zu Sergej,

meinem Freund, ein; ich denke immer wieder darüber nach, wie spontan und natürlich, wie endgültig und befreiend er aufgehört hat, ein Fremder für mich zu sein.
Habe ich nicht oft in meinem Sauberkeitsfanatismus eine Tasse viermal hintereinander gespült? Bin ich nicht meistens darauf bedacht, Spuren von fremden Lippen und fremdem Geruch zu tilgen, auszuweichen, so dass ich sie nicht einzuatmen brauche? Die fremde Tasse, der fremde Teller waren immer meine Besessenheit. Jetzt aber kann ich ohne Bedenken, sogar mit Freude, aus Sergejs Glas trinken. Er probiert auch wie selbstverständlich von dem Essen auf meinem Teller, wenn ich es ihm erlaube. Im Grunde bilden wir eine körperliche Einheit, das Teilen zwischen uns erhöht noch den Genuss. Ich könnte ohne weiteres seinen Schlafanzug anziehen und mich über die Wärme dieses besonders persönlichen Kleidungsstücks auf meiner Haut riesig freuen, und ich könnte sogar seine Zahnbürste benutzen. Aber das hätte er nicht so gern... Das hat er mir schon unmissverständlich mitgeteilt. Einmal schimpfte er mich aus, weil ich seine Seife nahm, und er möchte auch nicht meine Haare in seinem Kamm sehen oder sein Rasierwasser mit meinem Parfüm vermischen. Das verstehe ich nicht so ganz, denn wenn man schon so viele intime Dinge im Bett miteinander teilt... Warum dann diese plötzliche Scham und beinahe Abneigung gegen die erlebte Verschmelzung? Er will auf „eine gewisse Distanz und Freiräume für unsere Verschiedenheiten" nicht gänzlich verzichten trotz unserer großen Liebe und Nähe zueinander. Seine Fremdtuerei ist kindisch und zum Lachen. Ich weiß sowieso, dass er kein Fremder mehr ist. Ich tröste mich mit diesem Gedanken und vergleiche ihn mit meinen Geschwistern, die auch so vieles mit

mir zusammen tun und doch so vieles wieder nicht mit mir teilen wollen oder können.
Aus hygienischen Gründen, sagt er, können wir nicht im gleichen Wasser baden und die gleichen Handtücher nehmen. Aber wenn wir bei der Liebe sind, verschwitzt und zusammengepresst, dann vergisst man alle Geschichten über Hygiene und Trennungslinien wie: „Das ist mein Mund, das ist dein Mund; das sind meine Säfte und Organe, das sind deine... und die dürfen sich nicht berühren." Ich bin froh, dass man es vergessen kann, wenn man so nahe aneinander liegt, denn irgendetwas von dieser Nähe bleibt immer erhalten, auch wenn wir später getrennte Wege gehen müssen. Er kann so distanziert tun, wie er will, und ich auch schlechtgelaunt oder unzufrieden mit seinem Verhalten sein... Eine Willkommensgeste der Bereitschaft zur erneuten Nähe ist immer zwischen uns, seitdem wir uns gegenseitig nackt und verliebt erlebt haben.
Ob man, an der Art und Weise, wie ich schreibe, mein Alter erraten kann... Ich bin 22 und heiße Sabine Wirtz. Und ich habe einen Verlobten, Sergej, er ist nicht nur mein Freund, sondern Verlobter, und wir wollen bald heiraten. Dann wird es noch weniger Distanz zwischen uns beiden geben; dann gibt es nicht mehr „mein Geld, dein Geld", meine Wohnung und seine Wohnung. Nur die verschiedenen Arbeitsstellen werden wir beibehalten. Wir werden gemeinsame und getrennte Einkäufe machen. Manchmal werden wir die erstandenen Güter als „Geschenke" bezeichnen, was ich für ihn kaufe und was er für mich kaufen wird. So viel Kaufen macht mir Angst, denn es könnte sehr leicht etwas Verkehrtes dabei sein, was jeder von uns für den anderen nach Hause bringen wird... Aber es ist auch aufregend und interessant, das Risiko, so

wunderbar gefährlich wie die Liebe zu einem damaligen Fremden.

Ich möchte dringend einen Flashback. Ein Flashback ist das Schönste der Literatur, denn ohne diese Möglichkeit könnte man nichts richtig verstehen. Ich möchte auf die Sekunde zurückblicken, als er mir damals vorgestellt wurde.

„Ein Herr Sokolow aus der Ukraine möchte Sie sprechen, Frau Wirtz. Es geht um seine neuen Arbeitspapiere und um einen Streit zwischen dem Sozialamt und seinem Vermieter, der eine zu hohe Nebenkostenabrechnung vom Vorjahr verlangt hat."

Herr Sokolow (mein Herr Sokolow) war groß, gutaussehend und schüchtern, und sprach ein sehr schönes, musikalisches, aber schwer verständliches Deutsch. Nur wenn man schon etwas Russisch gelernt hat, kann man ihn verstehen und sich an seine umständliche Ausdrucksweise gewöhnen; aber ich hatte damals noch kein Russisch gelernt. Ich stand da, verblüfft und ratlos. Er wiederholte sein Anliegen, so oft ich wollte, geduldig und gehorsam, aber immer mit mehr Schwierigkeiten und noch umständlicher als das erste Mal: „Vermieter will Geld von mir. Ich arbeiten jetzt Kellner in einem Café. Damals Wohngeld, Sozialamt... Sozialamt sagt, ich brauchen nicht bezahlen, bis es mit Prozess klar ist. Zu hohe Umlagen, er hat es übertreiben, darf nicht... Aber er will mich rausschmeißen, wenn Geld nicht von mir kriegt. Meine Mutter ist nervös, Angst vor Streit mit Vermieter. Wir nicht wieder wollen Wohnungssuche; Sprache zu schwer für uns. Jetzt ich arbeiten, könnte bezahlen. Aber dicke Rechnung war noch vom Zeit als ich noch keine Arbeit, und zu hoch... gesetzwidrig nach Mieterverein. Sozialamt sagt, ich soll auf Prozess warten. Aber Vermieter will Geld von mir sofort, und wenn ich nicht

sofort, dann auf Raten. Er schreit, mit Sozialamt hat er nicht gemacht Vertrag und nicht mit Mieterverein, mit mir ja."
Ich unterbreche seine ständigen Erklärungen mit einem ermutigenden Lächeln.
„Machen Sie Sich keine Sorgen. Der Vermieter kann Sie nicht aus dem Grund kündigen. Schreiben Sie ihm einfach, dass Sie die Gerichtsverhandlung abwarten; das ganze ist eine Angelegenheit zwischen dem Sozialamt und ihm, wofür Sie nicht belangt werden können."
„Aber Sie ihn nicht kennen gut. Er gemein, redet hässlich... er wissen, dass wir Ausländer und uns nicht in Gesetzen, und quält uns. Immer sprechen mit Mutter, wenn ich nicht da bin, um sie zu alarmieren. Schlimm, schlimm ist es bei Vermieter ins Hause wohnen. Was tun, ihn zu strafen? Er ausnutzt die Lage aus, dass wir sind ohne Schutz, ohne viele Kontakte mit Deutschen. Sozialamt will nicht mehr mit Vermieter, nur über Rechtsanwalt reden."
„Ich würde auch nicht mehr mit ihm sprechen. Es bringt ja nichts, er will Sie ja nur erpressen."
„Aber ich da wohnen... wir ihn täglich sehen..."
Er ist so sehr in sein Problem vertieft, dass er mich eigentlich, als Menschen, als Frau, gar nicht wahrnimmt. Durch meine Arbeit in der Ausländerberatung sieht er in mir nur ein Mittel zur Information. Vielleicht erhofft er sich im Geheimen, dass ich mit ein paar starken Burschen der Polizei den Vermieter überraschen und einschüchtern könnte. Aber das würde meine Kompetenz überschreiten, ich bin lediglich zur Beratung da. Unsere besondere Lage trägt dazu bei, dass wir uns tatsächlich sehr fremd sind. Er ist mir fremd durch sein Herkunftsland und seine Probleme, mit denen ich mich nur aus der Ferne befasse; und ich bin ihm durch mein Status als Sachbearbeiterin noch doppelt so fremd; es ist eine Funktion,

die in seinen Augen Respekt verdient wie ein Doktortitel, die auf der anderen Seite aber den spontanen Umgang zwischen zwei sich irgendwann duzenden, jungen Menschen nur erschwert. Und noch dazu werde ich ihn als Sachbearbeiterin enttäuschen, denn ich kann gar nichts für ihn tun.

Ich zögere: „Die Polizei wird nicht eingreifen wollen, es sei denn... hat der Vermieter Sie geschlagen oder Sie mit körperlichen Verletzungen bedroht?"

„Nein. Er schreit nur und beleidigen uns. Wir keine Ruhe finden, bis wir aus Wohnung ausziehen."

Ich sehe, dass er unbedingt ausziehen will. Nur dann wird er sich mit seiner Mutter wieder des Lebens freuen können.

„Vielleicht könnte ich Ihnen bei der Wohnungssuche behilflich sein."

„Ja... da ist auch Problem. Wenn ich, in zwei drei Monat passende Wohnung finden und ich will aus alter Mietvertrag, da steht, ein halbes Jahr Kündigzeit. Wie kann ich alles schnell, damit ich weniger bezahlen?"

„Sie können nach einem Nachmieter suchen, der die Wohnung übernimmt."

„Und was, wenn Vermieter nein zu mein Nachmieter sagt aus Rache?"

Immer diese Sackgasse! Das alles ist mir auch fremd, denn ich habe bisher bei meinen Eltern gewohnt und nur die Schwierigkeiten meines Studiums kennen gelernt. Durch meine Arbeit bin ich schon mit vielen Problemen konfrontiert, aber ich betrachte sie lediglich als abstrakte Regeln. Nur dieser fremde, junge Mann besitzt die Kraft, sie mir als anschaulich und erschreckend neu vor Augen zu führen.

„Im schlimmsten Fall kann er, aus sehr gravierenden Gründen, einen oder höchstens zwei Nachmieter ablehnen."

„Aber... Wie finden ich denn so viele? Und was, wenn er auch Schwierigkeiten mit dritten machen?"
Ich habe noch nie ein Helfersyndrom in mir entdeckt, doch jetzt mag ich die Reife dieses Mannes besonders, der so gequält und nachdenklich ausschaut. Durch Mitleid wird das Fremde weniger fremd, ja, das ist der erste Schritt. Aber es ist nicht nur Mitleid, sondern eine Vorahnung seiner Schönheit, seiner Intelligenz und Männlichkeit, seines lebhaften Temperaments und all der potentiellen Vertraulichkeiten und der späteren intimen Einzelheiten zwischen uns, die schon jetzt wie unruhige Moskitos nach dem Regen in der Luft schweben.

Flüchtig habe ich in seinen Papieren die Adresse des Cafés gesehen, wo er arbeitet, und nach einigen Tagen gehe ich mit einer Freundin dahin.
Ja, dort ist er auch. Er erledigt Bestellungen sehr schnell und freundlich, aber geistesabwesend wie ein kleiner Philosoph, der zwischen Geschirrgeräuschen und lauten Gesprächen meditiert. Er erkennt mich, grüßt, aber ohne Freude mich zu sehen. Er erscheint mir noch fremder als auf dem Amt, denn dort hatte er noch ein persönliches Anliegen vorzubringen und eine gewisse Verbindung zu mir. Hier ist er anonym, stumm und auf seine dienende Funktion als Kellner reduziert; er fühlt sich nicht wohl in dieser Rolle bei einer Sachbearbeiterin, das merke ich, und es macht mich traurig, dass ich selbst durch mein Kommen ins Café diese unvorteilhafte Situation zwischen uns hervorgerufen habe.
Wird er sein ganzes Leben auf dieser ausdruckslosen und anonymen Identität des Kellner-Daseins beharren? Es gibt natürlich auch Kellner, die ganz leicht, problemlos zu unseren Freunden werden und die uns nach ein paar Plauderminuten

nicht mehr fremd sind; aber er... Er ist wie aus Metal oder Marmor. Er hat es darauf angelegt, seine persönlichen Züge zu verstecken, so dass man jetzt nicht einmal seine russische Aussprache eindeutig hört, weil er kaum Töne von sich gibt und nur Verbeugungen macht, die Tabletts zum Tisch bringt und sich fleißig die Eisbestellnummer aufschreibt.
„Das Eis schmeckt mir", sage ich sehr persönlich mit bebenden Lippen.
„Das freut uns", sagt er mechanisch.
„Sind Sie schon umgezogen?"
„Noch nicht."
„Ist der Vermieter immer noch so lästig?"
„Er Urlaub, wir haben noch ein paar Woche Ruhe."
Ich fühle mich wie abgewiesen. Ich versuche, mich auf unsere Bekanntschaft zu beziehen, aber er geht kaum darauf ein. Das Dumme ist, dass, egal wie oft ich ihn in diesem verdammten Café sehen würde, auch wenn ich jeden Tag hierher käme, dass er immer weiter, vielleicht jeden Tag noch stärker, an unserer dreifachen Entfremdung arbeiten würde. Ja, Herr, Herr, Herr Sokolow.... dreimal „Sie" und „Herr" für Herrn Sokolow. An Sergej, den Vornamen, ist gar nicht zu denken.
„Auf dem Amt waren Sie viel gesprächiger. Habe ich Sie sehr enttäuscht? Werden Sie nicht wieder vorbeikommen, um mich zu sehen?"
„Ich glauben nicht, Sie etwas für mich tun können. Jetzt ich bin bei Kollegin von Ihnen auf Wohnungsamt und lasse mich auf lange Liste eintragen."
Ich bin beinahe eifersüchtig auf meine Kollegin, aber ich sage es natürlich nicht. Und es würde bestimmt auch nicht viel bringen, ihn als Sachbearbeiterin weiterhin zu sehen, dass wir uns weiterhin mit bürokratischem Kram, mit Akten und Papieren den Kopf zerbrechen würden; am Ende würde er

mich sogar hassen. Ach, es ist so wichtig, wo man sich trifft! Hätten wir uns in einer russischen Diskothek getroffen, dann hätte er vielleicht die Frau in mir gesehen; aber jetzt sieht er nur die Akten in mir, oder er sieht mich nur als den Gast im Café, der sich mit Eis voll stopft.

Ein paar Mal gehe ich noch mit verschiedenen Bekannten ins Café. Aber es ist umsonst. Er fragt mich nicht, ob ich Lust hätte, mit ihm ins Kino oder spazieren zu gehen. Dann, durch seine Passivität genervt, fasse ich den Entschluss, eine direkte Annäherung an ihn zu suchen und den Fremdenstatus für uns beide gewaltsam zu beenden. Ich frage ihn fast trocken und zitternd: „Hätten Sie etwas Zeit für mich? Ich möchte Russisch lernen. Könnten Sie mir drei oder vier Stunden in der Woche Unterricht geben?"

Er scheint überrascht und antwortet schüchtern: „Ich noch nie gegeben Unterricht. Russisch nur meine Sprache... Wäre es nicht besser Universität oder russische Einrichtungen?"

„Die anderen kenne ich nicht, Sie aber schon... Und ich möchte keinen Fremden als Lehrer."

Kann man das Fremdsein wie eine Krankheit heilen? Hoffentlich habe ich ihn jetzt durch meine Worte geheilt und das Fremdsein hat sich in eine ganz andere Beziehung verwandelt!

„Warum gerade Russisch?", fragt er perplex.

„Die Sprache ist faszinierend schwer, das gefällt mir. Außerdem... kommt sie mir nicht mehr fremd vor, seitdem ich mich an Ihren Akzent gewöhnt habe. Ich werde gut für die Stunden bezahlen."

„Nein, nein, wir machen Austausch; ich muss auch mein Deutsch verbessern. Eine Stunde für Sie, eine Stunde für mich, einverstanden?"

Ich nicke, bin zufrieden. Ja, das ist mir recht, denn so haben wir die doppelte Zeit, um uns besser kennen zu lernen, so können wir uns gegenseitig korrigieren, beanstanden, loben, zum Gespräch ermutigen und unsere Schüler-Lehrerrollen miteinander ausgleichen, so dass keiner von uns sich benachteiligt fühlt. Ich habe mir die schönste Freundschaft immer gerade als einen Austausch von Sprachen vorgestellt. Er wird mir etwas ganz Neues geben und ich ihm auch; ich gebe ihm etwas mehr Sicherheit, damit er den bösen Brief vom Vermieter in allen Einzelheiten deuten und ihn mit der passenden, gut formulierten und von Gesetz vorgeschriebenen Antwort zum Teufel schicken kann. Der schreiende Vermieter, den ich auch irgendwann zu sehen bekommen werde, und die schönen Sprachen von uns beiden, das sind die zwei Brücken, die uns zuerst verbinden.

Ja, die zwei Sprachen, das sind die Brücken, die uns zuerst verbinden.
Aber noch gibt es einige fremde Elemente in unserer neugeborenen Symbiose: Wenn er mein Lehrer ist, dann verwandelt er sich immer mehr in Herrn, Herrn Sokolow, und ich sehe keine Möglichkeit, ihn mit Sergej anzusprechen; und dann, wenn er mein Schüler wird, dann... Dann bin ich an der Reihe Frau, Frau Wirtz zu sein, eine Respektsperson, mit der man nur ernste Dinge bespricht wie: Schule, Bildung, die deutsch-russischen Beziehungen, die aktuellen Themen und Nachrichten in Zeitung und Fernsehen. Doch etwas von Freundschaft wird schon mit der Zeit spürbar, denn wir verbringen so viele Stunden zusammen, ohne dafür Geld zu zahlen oder zu nehmen. Etwas von unserem automatischen, freiwilligen Zusammensitzen besagt schon viel über unsere Vorlieben und Prioritäten, denn wir lassen andere Termine

fallen, um unsere Verabredungen nicht zu durchkreuzen. Durch unseren ausgiebigen Kontakt, der wie Weihwasser den Teufel des Fremdseins austreiben soll, verschwinden allmählich all die Festlegungen auf Rollen. Er ist nicht mehr der Kellner und ich nicht mehr die Sachbearbeiterin; am Ende sind wir auch keine Sprachspezialisten mehr.
Eines Tages lädt er mich zu der Hochzeit seiner Cousine Mascha ein. Sie heiratet einen deutschen Arzt und die ganze Familie ist stolz auf diese Heirat. Er ist zwar 15 Jahre älter als sie, aber er ist sehr angenehm, beruhigend und intelligent. Er ist das Richtige für Nervenzusammenbrüche und seelische Krisen, er ist Psychiater. Ich glaube, dass Mascha es sehr gut mit ihm haben wird und ich beneide sie einigermaßen.
Aber jetzt nicht mehr... Jetzt beneide ich keinen, denn das Wunder unserer Verbindung ist bereits geschehen, nicht mit dem Bräutigam natürlich, sondern mit Sergej. Zum ersten Mal hat er mich geduzt und Sabine genannt. Der Anblick einer Hochzeit hat wahrscheinlich unseren Nachahmungstrieb angeregt. Die Gedanken über Liebe und Zusammensein, die ganze Atmosphäre hat uns dazu motiviert, auch der Umstand, dass wir heute feiner und schöner als sonst aussehen; ich in meinem schicken Kleid, er in seinem feierlichen, zu diesem Anlass gekauften Anzug. Ja, der Einfluss der Umgebung ist sehr wichtig, wie wenn in einem Haushalt nur Schwangerschaften Anerkennung finden und sich dann alle Frauen danach sehnen, aus diesem Grund auch schwanger zu werden. Oder nehmen wir ein anderes Beispiel: In einem Haushalt von Künstlern werden Menschen mit künstlerischen Begabungen bevorzugt zugelassen; alle rühmen sich der Kunst und finden mehr Muße, Kunstwerke zu betrachten und besprechen, während das in einer ganz anderen Umgebung, in einem Büro oder in einer Fabrik, unvorstellbar wäre. Sieben

Mädchen zusammen in einem heiratsfähigen Alter, die immer auf der Suche nach Partys und neuen Bekanntschaften sind, bilden auch eine typische, stark mitreißende Atmosphäre für sich, die junge Männer wahrscheinlich mehr verlockt und reizt als eine Gruppe von alleinstehenden oder geschiedenen Müttern mit ihren Kindern. Aber warum erzähle ich das, von der Beeinflussung und Ansteckung von Gruppen, atmosphärischen Trends und Situationen? Sergej und ich hätten uns ebenfalls geliebt, egal unter welchen Umständen; das andere Paar hat nur den Prozess beschleunigt.

Sergej sagt:
„Ich dich und Mascha zusammen gesehen, als ihr heute Morgen vor meinem Bett so ernst versuchen, mich zu wecken. Ich konnte und konnte nicht wach werden. Ich bin Nachtmensch, ihr Frühaufsteher. Ihr seid euch sehr ähnlich, meine Cousine und du. Und ich denken, als ich euch sehen, du bist ein Teil meiner Familie... nicht mehr fremd wie am Anfang."

„Und was heißt genau das Nicht-mehr-fremd-sein, ein Teil der Familie sein?"

„Sich verstehen und lieben."

Das mit den Familien finde ich etwas vage und verschwommen, denn er kennt meine Familie nicht und seine bleibt mir noch fremd. Und trotzdem... es ist viel Wahres daran, er ist auch ein Teil meiner Familie geworden, des Vertrauten, nicht mehr Analysierbaren, das was man von vornherein akzeptiert und entschuldigt, auch wenn Fehler im Liebesgegenstand zu finden sind. Seine Fehler habe ich noch nicht entdeckt. Aber ich weiß, wenn ich es tue - wie bei meinen Eltern und Geschwistern -, dass ich dann über sie hinwegsehen und nur das Gute behalten werde.

Man kann sagen, was man will... Die richtige Verwandlung vom Fremden bis hin zum Bekannten, Intimen hat sich gerade im Bett vollzogen, als wir zusammen gelegen und uns körperlich verbunden haben. Alles andere waren Vorstadien: der Herr Sokolow auf dem Amt mit seinem gebrochenen Deutsch und seinen Schwierigkeiten, der Kellner im Café mit seiner reservierten Haltung, unsere Arbeit zusammen an den Fremdsprachen und dann der Abend der Hochzeit, als er meine angebliche Ähnlichkeit mit Mascha entdeckt hat. Da hat er mich nur als „nicht mehr fremd" angesehen, als Cousine oder Schwester, als eine sehr gute Freundin, zu der er sich hingezogen fühlt; aber die richtige Leidenschaft kam mit dem intimen Kontakt unserer Körper. Wie leidenschaftlich und verliebt hat sich dann sein russisch klingendes „Sabine" angehört! Das ist besser als Weihwasser und noch besser als meine Ähnlichkeit mit Mascha. Seitdem konnten wir ohne Hemmungen und mit Freude aus demselben Teller essen, und das ist schon das beste Anzeichen einer tiefreichenden Verbindung: Wir sind wie inzestuöse Zwillinge. Wir teilen alles, teilen gern... weil das einen doppelten Besitz bedeutet. Etwas von seinem Fischgericht möchte ich auch kosten. Das gemeinsame Essen und Trinken ist wie die Fortsetzung der oralen Lust; sogar seine Männlichkeit würde ich gerne übernehmen, wenn ich es könnte.

Das sind alles Tabuthemen, und ich dürfte vielleicht gar nicht darüber schreiben. Diese Blätter sind nur für mich selbst, womöglich für Sergej, aber nicht für die anderen. Das ist wie ein Liebesgedicht und kein Aufsatz für ein Seminar über kreatives Schreiben. Doch irgendetwas muss ich mir einfallen lassen, damit ich meine Hausaufgabe erledigen kann.

Ich schreibe einen Satz, wenigstens einen oder ein paar Sätze... wie ein Haiku. Vielleicht reichen schon ein paar Sätze.

„Die Liebe zu einem Fremden ist der Höhepunkt der Nähe. Wie unbeschreiblich ist der Augenblick, indem wir uns bei einem Fremden zu Hause fühlen und aus seinem Teller ohne Ekel und Distanz wie verwöhnte Kinder gefüttert werden wollen."

Elsa Harrison: Die Geschichte einer erstaunlichen Adoption

Ein Kind zu adoptieren kommt schon einem Wunder nahe. Eine Frau bekommt plötzlich einen Sohn oder eine Tochter wie einen Blumenstrauß ins Haus geliefert. Sie hat schon lange mit Ungeduld auf den schönen Blumenstrauß gewartet, aber ohne die neunmonatige Auseinandersetzung mit dem noch nicht fertiggestellten Embryo im eigenen Bauch. Sie bekommt es vollgeformt und überreif in ihre Hände, wie in einem Superbrutkasten hergestellt, über die Geburt hinaus, monatelang, vielleicht sogar jahrelang, durch fremde Arbeit vervollständigt. Für die Adoptiveltern kommt das neue Wesen wirklich aus der Fremde, aber bald betrachten sie es als ihr eigenes Fleisch und Blut, als unendlich wertvoll und unverzichtbar für das Familienleben, das heißt, wenn es sich um eine gelungene Adoption handelt. Wahrscheinlich verhält es sich so, wie bei Transplantationen: Der Körper muss erst das neue Organ akzeptieren. Aber meistens ist man sehr bestrebt, weiter zu leben, und deshalb nimmt man gern das neue Glied an, freut sich, öffnet die Tür seiner Intimität angelweit, damit keine unüberwindlichen Schwierigkeiten auftreten. Genauso ist es mit den adoptionswilligen Menschen. Sie freuen sich und atmen tüchtig und strahlend mit dem neuen Herzen. Das Gefühl von Fremdheit dauert vielleicht bei einigen nur ein paar Sekunden.

Über „die Rituale der Nähe" sollten wir auch schreiben: Wie äußert sich diese Nähe? Durch Grüße, Umarmungen, geteilte Stille, Briefe, Gedankenübertragung, Händedruck, Winken, Küssen, Penetration, Applaus... Einige Menschen werden Freunde, andere heiraten. Ich finde, Adoption ist eines der schönsten Rituale der Schöpfung, wenn jemand sagt: „Das ist kein fremdes Kind, es ist mein eigenes Baby." Wären wir in der Lage, die ganze Welt zu adoptieren, dann wären wir wirklich menschenliebend, wie engelhafte Figuren eines Märchens ohne Hexen; dann könnten wir bestimmt mehr Sauerstoff in uns hineinpumpen und besser atmen. Adoptieren heißt, das Fremde zu sich nehmen, feiern und in Eigenes, Freundliches umkehren.

Meine Geschichte ist noch rätselhafter und wunderähnlicher als die einer üblichen Adoption, denn... mit 28 Jahren bin ich von der Familie Hellmich adoptiert worden.

Nein, es ist kein Witz. Ich weiß, dass man es ins Lächerliche ziehen könnte. Wozu brauche man eine Adoption, wenn man übervolljährig ist? Haben „neue Eltern" für schon Erwachsene noch eine Daseinsberechtigung? Einige meinen, ich sage es nicht wörtlich, sondern im übertragenen Sinne. Es ist eine durchaus häufige Wendung, wenn wir ein sehr warmes Gefühl für viel ältere oder jüngere Menschen hegen, zu sagen „Sie haben mich adoptiert" oder „Ich würde diesen jungen Menschen gerne adoptieren." Man sagt oft: „Diese Familie ist sehr gut zu mir; sie haben mich in ihr Herz geschlossen, haben mich praktisch adoptiert." Als Kind, und nicht nur als Kind, wünscht man sich schon die Möglichkeit, irgendwann von reichen Eltern „adoptiert" zu werden, das heißt, geholfen, gefördert, verwöhnt zu werden. Man spürt auch hin und wieder die Lust, gewissen väterlichen oder mütterlichen Figuren um den Hals zu fallen und, ohne viel Ernst darin sehen zu wollen, ihnen zu sagen: „Von heute an nenne ich dich Papa. Ich bin Elsa, eure Adoptivtochter, wenn du einverstanden bist." Für viele bedeutet Adoption einfach eine Form von Freundschaft. Es reizt uns, die potentiellen Familienbande zwischen uns, die nicht existieren, zu unterstreichen, aus dem Nichts hervorzuzaubern.

Aber in meinem Fall geht es nicht um solche hypothetischen Adoptionen, um Worte, die als Metapher zu verstehen sind. Hier geht es nicht um ein „wie", sie haben es wirklich getan. Ariel und Alexandra Hellmich aus Karlsruhe sind vor fünf Wochen amtlich, mit all den legalen Folgen, die es mit sich bringt, zu meinen Adoptiveltern geworden.

Ich erzähle es selten, aber manchmal lässt es sich nicht vermeiden. Eine Nachbarin von mir, die zufälligerweise Journalistin ist, erfuhr davon, als ich ihr sagte, dass ich jetzt nicht mehr Harrison sondern Hellmich heiße. Sie hatte auf das Türschild gesehen und den Namenswechsel registriert. Und sie fragte mich: „Haben Sie geheiratet? Ich habe den glücklichen Ehemann noch nicht gesehen."

„Nein. Ich bin adoptiert worden."

Sie kam aus ihrem Staunen nicht heraus. Sie wollte unbedingt ein Interview mit mir machen, weil das ein sonderbares Thema ist. Aber ich sagte nein und lehnte das Interview strengstens ab. Meine Beziehung zu den Hellmichs ist eine ganz besondere, eine sehr innige und heilige Angelegenheit nur zwischen uns dreien. Die meisten würden kein richtiges Verständnis dafür haben und sie nur mit schmutzigen Worten profanieren, die ich nicht leiden kann, wie zum Beispiel: „Sie möchten wohl die alten Leute beerben, das ist der Grund, nicht wahr? Und was sagt Ihre richtige Mutter dazu? Wenn sie noch lebt, ist sie nicht beleidigt?"

Manchester ist meine Geburtstadt. Ich kam mit achtzehn nach Deutschland und lebte ein paar Jahre bei meiner Cousine Margaret in Karlsruhe, wo ich mit einundzwanzig die Hellmichs kennen lernte.
Es ist bestimmt kein Interview, aber meine Nachbarin, die Journalistin, fragt und fragt... und aus Höflichkeit beantworte ich einiges. Außerdem brauche ich mich dessen nicht zu schämen, was uns betrifft, und Geheimnistuerei würde noch mehr Neugier als eine direkte Erwiderung auf die Fragen erzeugen.
„Sind die Hellmichs das Ehepaar, das Sie öfters besuchen?"
„Ja."
„Ich habe sie manchmal gesehen, wie sie mit Ihrem Kind spazieren gehen. Sie sind sehr aufmerksam, richtige Großeltern, als wären Sie tatsächlich ihre Tochter."
„Ich bin es auch... offiziell seit fünf Wochen, aber schon viel früher."
„Wahrscheinlich sind die älteren Leute um des Kindes willen auf die Idee der Adoption gekommen; sie wollten Ihnen das Kind nicht wegnehmen und es gleichzeitig behalten."
Lass sie denken, was sie will. Sie lieben mein Kind und mich tatsächlich. Ohne Hermann hätten sie mich ebenfalls adoptiert, aber seine Gegenwart, die Notwendigkeit, für ihn zu sorgen und uns beiden bei unseren vielen Problemen zur Seite zu stehen, hat unsere Beziehung ganz sicher noch intensiviert. So konnten sie auf einmal simultan die Liebe von zwei Menschen für sich gewinnen.
Als ich 22 war, wurde ich schwanger. Mein Freund, ein türkischer Teppichhändler, der doppelt so alt wie ich war,

kehrte zum Schluss in die Heimat zurück, und Margaret verließ mich auch, um in England wieder bei ihrer Familie zu leben. Ich fühlte mich sehr einsam und meinen neuen Aufgaben als Mutter nicht gewachsen. Ich verlor meinen Sinn für Humor, wurde unerträglich düster, verbissen, eigenartig und stand am Rande des Selbstmords. Ich konnte es mit meinem Gewissen nicht vereinbaren, dass ich den falschen Mann geliebt hatte, dass Hermann keinen Vater mehr besaß. Es war bestimmt kein Spaß, den Kontakt mit mir zu pflegen, und die meisten Bekannten fühlten sich durch mein Verhalten abgestoßen; sie gaben es auf, mit mir zu sprechen, zuerst den persönlichen und dann sogar den telefonischen Kontakt mit mir. Die englischen Freunde waren besonders enttäuscht, weil ich trotz meiner Bildung und guter Voraussetzungen so eine Katastrophe aus meinem Leben gemacht hatte, dass ich nicht mehr arbeiten gehen konnte. Die Deutschen bemitleideten vor allem das Baby, welches meine Nervosität und Unausgeglichenheit ständig ertragen musste. Die Hellmichs waren meine einzige Stütze während dieser harten Zeit, die fast zwei Jahre andauerte.

Sie brachten mir bei meinen Depressionen großes Verständnis entgegen und schauten nach Hermann, wann immer ich es brauchte. Sie luden uns immer öfter zum Essen ein, kauften Geschenke für uns. Alexandra gab mir mit ihrer unaufdringlichen Weisheit sehr konstruktive Ratschläge, begleitete mich zum Arzt, massierte meine müden Knochen. Und das, obwohl sie in ihrem fortgeschrittenen Alter viel mehr Gründe als ich hatte, müde zu sein. Sie verhielt sich wirklich wie eine richtige Mutter: Wusch unsere Wäsche, hatte uns oft zu Gast übers Wochenende und stellte uns ihren Bekannten vor, die auch sehr freundlich und hilfsbereit zu uns waren. Ariel spielte mit mir Schach und unterrichtete mich in

Französisch, eine Sprache, die er perfekt beherrscht; er gab mir viel zu lesen, brachte mir das Schwimmen bei, holte meinen Sohn von der Schule ab und half ihm bei den Hausaufgaben. Ja, er ist auch ein richtiger Vater für mich, für uns.

Als die Hellmichs mir noch fremde Menschen waren, dachte ich schon, dass sie mir besonders gefielen. Sie waren keine typischen älteren Menschen, nicht misstrauisch, hatten keine altmodischen Ansichten über unwürdige ledige Mütter, die von der Gesellschaft als eine Randgruppe disqualifiziert werden. Sie waren nicht wie andere verkalkt, senil, halbtot vor Müdigkeit und mit chronischen körperlichen Beschwerden behaftet, sondern sie machten eher den Eindruck, als wären sie bei 50 Jahren stehen geblieben und nicht weiter gealtert. Alexandra arbeitet immer noch in der Apotheke ihrer Schwester; sie versteht viel von Medizin und hat bei meinen Depressionen, häufigen Erkältungen und Allergien einiges für mich tun können, nicht nur als Vertraute sondern als verständige Quasi-Krankenschwester. Ariel unterrichtet immer noch in seinem Rentenalter, treibt viel Sport und besucht gerne Verwandte und alte Bekannte, mit denen er Schach spielt. Beide reisen viel, sprechen selten über den Tod, feiern immer irgend etwas, können noch viel lachen und ich glaube sogar, dass sie noch ein wildes, gesundes Sexualleben miteinander führen können. Sie sind bei weitem nicht am Ende ihrer Kräfte, sie sind sehr klar in ihren Gedanken. Und das ist das erste, was mir auffiel; danach ihre Güte und ihr Verständnis für meine Situation. Vielleicht ist es die Tatsache, dass sie keine eigenen Kinder haben, die sie so atypisch macht, denn sie haben viel Zeit für sich selbst gehabt, Zeit genug um Hobbys zu entwickeln und ein sehr reiches, eigenes Leben. Sie besitzen keine Schwiegertochter, gegen die sie schimpfen könnten, und auch keine Enkelkinder, die sie ärgern würden, für die sie zwangsweise etwas tun müssten. Sie haben ja nur uns: eine ganz freiwillige Aufgabe, etwas was sie sich selbst ausgesucht haben, etwas ganz Neues für sie, was sie erfrischt und ihnen viele verjüngende Ziele gibt; sie sind zum ersten Mal Eltern und gleichzeitig Großeltern geworden.

So ist es überhaupt bei einer Adoption, man beginnt, „gebärt" im übertragenen Sinne, beginnt... Eine Adoption ist so erfrischend wie ein Zitroneneis. Man tut etwas gern, strengt sich an, aber spürt keinen Stress, weil es so neu... und so in der Freiheit entstanden ist. Vor allem in diesem Fall: zu mir als erwachsener Tochter haben sie keinerlei traditionelle Verpflichtungen wie eine Aufsichtspflicht oder dergleichen, und ich auch nicht als adoptierte Erwachsene; wir hätten es ganz gut sein lassen können, umso mehr war es eine freie Entscheidung von uns dreien, uns zu binden und uns zu dieser spontanen Liebe offiziell zu bekennen.

Ich bin ihnen besonders dankbar, weil sie mir seelisch und finanziell geholfen haben, zuerst mein Studium an der Uni zu beenden und später eine Stelle als Englischlehrerin in derselben Schule zu finden, in der auch Ariel bisher gearbeitet hat. Ich hätte das alles nicht machen können, hätten sie nicht Hermann so viele Stunden bei sich behalten. Und sie haben uns auch alles Mögliche an Büchern, Möbelstücken, Töpfen und Geschirr für unsere sonst ganz arme und leere Wohnung gegeben. Aber das war alles ein Freundschaftsdienst, sie haben keine Adoption verlangt, und es wäre einfach weiterhin auf dieser inoffiziellen Ebene geblieben; die älteren, wohlsituierten Freunde, die es besser haben, helfen den Jüngeren, Unbemittelten. Und so hätten wir unser ganzes Leben verbringen können - einfach in diesem Gefühl von

Freundschaft. Aber ich weiß andererseits, dass meine Dankbarkeit und ihre ganze Einstellung zu uns weit über „Freundschaftliches" hinausgeht. Wir hatten schon einige Jahre verbracht, ohne den genauen Namen für unsere gegenseitige Beziehung auszusprechen. Der Kontakt miteinander ist immer intensiver geworden. Wir wissen jetzt ganz genau, dass an eine Trennung unserer Existenzen nicht mehr zu denken ist. Wir wissen es noch besser als Eltern und Kinder. Wir leben zwar nicht zusammen, doch vergeht kein Tag ohne Telefonate oder Besuche, und das ist einfach weil wir uns brauchen, weil wir uns gerne haben. Und ich kannte schon lange ihren tiefsten, verborgenen Wunsch, Kinder zu adoptieren, Kinder zu hinterlassen, wenn sie nicht mehr da sind. Warum sollte ich ihnen diesen Wunsch nicht erfüllen?

Ich weiß, dass es für viele schwierig ist, meine Geschichte nachzuvollziehen. Das Interview mit meiner Nachbarin, dessen Verlauf ich mir ganz gut vorstellen kann, würde folgendermaßen lauten: „Mit 28 adoptiert zu werden... das ist schon ein bisschen spät. Es geht Ihnen um das Erbe Ihrer Bekannten, nicht wahr?"
„Nicht nur. In einer Ehe geht es auch nicht nur um Vermögensverhältnisse. Eine Tochter bekommt etwas, aber gibt auch etwas... Sie pflegt die Eltern, wenn diese alt und krank werden. So wird es auch bei uns sein. Auch wenn sie kein Geld hätten, würde ich sie pflegen, weil sie mir ohne Geld geholfen haben. Das Offizielle ist nur die Bestätigung der schon zwischen uns existierenden Gepflogenheiten. Jetzt steht es auch auf dem Papier, wir bekommen eine gewisse Sicherheit dadurch, eine Anerkennung, dass wir nicht fremde, sondern tief miteinander verbundene Menschen sind. Meine Adoptiveltern können dessen sicher sein, dass sie in der

Stunde der Not nicht allein gelassen werden. Sie haben wirklich eine Tochter und ein Enkelkind, mit all den Implikationen, die es mit sich bringt. Doch der Vertrag hat nur Gültigkeit, solange er innerlich besteht und mit Liebe... praktiziert wird wie in einer Ehe. Als Tochter werde ich auch für vieles zuständig sein, was die Fremden sonst nicht machen würden; es sind nicht nur Rechte, sondern auch Pflichten damit verbunden. Aber ich bereue es nicht. Ich hoffe, meinen Teil erfüllen zu können, solange ich lebe. Die Adoption ist beiderseitig, es ist kein leicht hingeworfenes Versprechen, von dem man sich problemlos und ohne viel Nachdenken lösen kann. Es ist genau so ernst wie die übrigen Zeremonien der Verbindung. Welche ich meine? Sie wissen schon, alles, was kompromittiert und vereinigt: Kommunion, Willkommens- und Abschiedsworte, Briefwechsel, Tischgespräche während oder nach den Mahlzeiten, eine Liebeserklärung... der Zeugungsakt... Lernvorgänge aller Art... Beichte, Kirchengebet für Anwesende und Abwesende, spirituelle Sitzungen... die Krönung eines Königs - mit neuen Hoffnungen für die Untertanen verbunden... heutzutage durch Wahlen ersetzt, ja, das Ritual der Wahl, der Stimmenabgabe... Krankenbesuche und später Grabbesuche... der Applaus als ein Explosionsritual der Menschen voller Bewunderung für ein Kunstwerk... und noch mehr: Die heiligen Rituale der Trauung, Taufe, letzten Ölung."

„Und was ist mit Ihrer richtigen Mutter? Lebt sie noch?"

„Ja. Wir schreiben uns sehr oft. Sie lebt in Manchester mit meinen Geschwistern zusammen. Nur mein Vater ist schon seit zehn Jahren tot."

„Wie hat es Ihre Mutter hinnehmen können, dass Sie jetzt einen neuen Namen tragen und eine neue Familie haben? Ist sie nicht sehr gekränkt?"

„Nein, an meiner Beziehung zu ihr hat sich nichts verändert. Wir haben ihr nichts weggenommen. Sie bleibt trotzdem meine Mutter, die mich geboren und meine Kindheit begleitet hat. Die anderen sind meine Adoptiveltern, die später, viel später hinzugekommen sind. Meine Mutter freut sich einfach, dass ich so gute Freunde gefunden habe. Und letzten Endes hat sie so viele Kinder und Enkelkinder... während die Hellmichs nur mich und Hermann haben. Das Privileg, eine Einzeltochter zu sein genieße ich nur bei den Hellmichs; sie brauchen mich auch deshalb viel mehr... Sie gehören mehr in meine Gegenwart, sie sind meine deutsche Familie, da ich jetzt in Deutschland lebe. Sie haben auch so viel mit mir geteilt, die schwierige Zeit meiner Schwangerschaft und die Jahre danach! Meine Mutter hat natürlich andere Abschnitte meines Lebens mitgeprägt und alle sind auf ihre Art wichtig. Ich sehe nicht ein, warum jemand gekränkt sein sollte, bloß weil ich zwei Mütter habe. Andere haben auch zwei Mutterfiguren an ihrer Seite, eine Schwiegermutter oder eine Stiefmutter, und können ganz gut damit leben. Für Hermann ist es um so schöner, je mehr Stützen er hat; es reicht schon, dass er keinen Vater bekam. Zu meiner Zufriedenheit stelle ich fest, dass es nicht an Menschen fehlt, die ihn sehr lieben. Ja, auch mit achtundzwanzig will ich behütet sein und Eltern haben, die sich um mich kümmern und alles über mich wissen wollen: Ob ich die Pille nehme, ob ich jemanden kennen gelernt habe, ob ich an einem Sonntag Hunger auf Spargel habe... Und das Wissen schließt auch gemeinsame Pläne für die Zukunft ein: Ob wir unsere Wohnung renovieren und ob wir, alle vier gemeinsam, irgendwann einen Urlaub im Ausland verbringen werden..."
Die neugierigen Fragen der Reporterin kann ich mir bis ins Unendliche weiter ausdenken: „Wie geht diese Zeremonie der

Adoption vor sich? Spricht man auch rituelle Worte wie bei einer Hochzeit? Ich stelle es mir ungefähr so vor: ‚Ja, ich will... Hiermit nehme ich euch als meine wahren und mit Treue zu liebenden Eltern, im Guten und im Schlechten, bis der Tod uns...' Muss man bei der Adoption eines Erwachsenen so lange wie bei der eines Kindes warten? Bestimmt nicht. Die alten Herrschaften könnten doch nicht sehr lange warten, denn die Zeit läuft ihnen davon. Bei Erwachsenen ist alles von vornherein geregelt und beide Teile sind schon einverstanden. Man braucht die Zustimmung der richtigen Mutter auch nicht mehr. Müssen Sie da viele Papiere unterschreiben? Und wie haben Sie Sich dabei gefühlt? Ist es nicht so, als ob man eine neue Nationalität annähme? Sind Sie jetzt dadurch automatisch Deutsche geworden? Oder behalten Sie immer noch Ihren englischen Pass? Wo hat die Adoption stattgefunden? Haben Sie danach gefeiert? War Ihre richtige Mutter dabei? Mussten die Hellmichs viel dafür bezahlen? Kann auch ein armer Teufel Erwachsene ohne Weiteres adoptieren? Wie ist es statistisch gesehen, gibt es viele Fälle wie Ihren eigenen? Und kann man sich mit 50 noch adoptieren lassen oder gibt es eine Altersgrenze?"

Ich schicke alle Fragen zum Teufel. Als gute Journalistin wird sie sich die Informationen schon selbst besorgen können.

Mir ging es um die Nähe zu Menschen, denn darüber sollten wir ja schreiben. Die Nähe zu meinen Adoptiveltern ist eines der schönsten Gefühle, das ich kenne, wie auch die Nähe zu meinem Sohn. Doch ist die Beziehung zum eigenen Kind bestimmt sehr oft beschrieben worden; deshalb habe ich die erstere als die originellere und kompliziertere Zusammenstellung ausgewählt. Adoption, ein lebensentscheidendes Ereignis des menschlichen Kontakts, eine graduelle Beziehung des Liebens und Verstehens zwischen Erwachsenen verschiedenen Alters, die sich nicht mehr als Fremde vorkommen, sondern als Verwandte, assimilierte Teile einer und derselben Familie. So erkenne ich nach Monaten von erfolgreichen Erfahrungen der Kommunikation in diesem älteren Ehepaar mein eigenes Fleisch und Blut und meine charakterlichen Anlagen. Alexandra Hellmich ist meine Wunschmutter; ich weiß, dass ich bei ihr Ruhe und Geborgenheit finden kann; und Ariel, der Französischlehrer, den ich so sehr bewundere, ist mein Vater. Jetzt frage ich mich, wieso ich so lange ohne sie habe leben können?

Epilog

Georgina Sanders betrachtet das Geschriebene und macht sich ein paar Notizen über die Texte:
Der französische Film von Frau Jaspers bleibt zu vage; die Anspielung auf Nationalitäten wird zu oft wiederholt. Und in welchem Zusammenhang steht der tote Gitarrenlehrer zu ihrer gescheiterten Beziehung mit Cristoph und dem Familienstreit? Frau Wirtz wird vorrangig durch Sinnlichkeit und Erotik bestimmt, es ist eine gute Liebesgeschichte, aber wenig Originalität darin zu finden. Elsa Harrison, die Adoptivtochter, ist die einzige, die von Zeremonien und „Ritualen der Verbindung" spricht. Ja, Küsse, Umarmungen... Briefwechsel... Die einen heiraten... die anderen wohnen einer spirituelle Seance bei, um einen Verstorbenen zurückzurufen... Eine Mutter streichelt ihren Bauch und spricht so mit ihrem noch nicht geborenen Baby... Einige singen in einem Chor... oder schreiben gemeinsam ein Buch... die Kunst als eine weitere Variante, eine sehr schöne Form der

menschlichen Zusammenarbeit und des Miteinander-Verbundenseins. Frau Damberth, die Mäzenin, spricht eine Spur zu geschwollen, finde ich, übertrieben, und wiederholt sich zu sehr in ihrem Lob für den alten Künstler.
Aber irgendwie gefallen mir alle Texte. Ich bin auch neugierig auf die Zeremonie der Adoption geworden. Waren nicht die Römer besonders großzügig damit umgegangen? Die meisten Kaiser in der Thronfolge waren nicht eigene, sondern adoptierte Kinder gewesen. Damit öffnet sich eine Tür zur Demokratisierung und zur Tilgung des aristokratischen Blutadels. Ich werde morgen mit dem Standesamt telefonieren und fragen, ob es tatsächlich für eine Adoption eine Altersgrenze gibt.
Keine von ihnen wollte lange schreiben, aber da haben wir es... Sie beschreiben ihre Nähe zu anderen Menschen und vor allem ihre eigenen Ängste: Die Angst vor dem bösen Augenblick des Familienstreits, die Angst, das eigene Leben nicht lieben zu können; die Angst, dem Künstler nicht helfen zu können; die Angst, dass der Geliebte in vielen Dingen noch weiter auf die Barrieren des Fremdseins besteht. Womöglich verbirgt sich auch eine gewisse Angst in der Unterstreichung des Positiven bei einer Adoption... Angst, dass die Volljährigkeit eines Menschen durch affektive Bindungen und geheimnisvolle, regressive Zeremonien, wie die Elternsuche eine ist, zu jeder Zeit in Frage gestellt werden kann.
Wo hat Frau Jaspers diese Idee über den Wiederholungshimmel her? Denn es ist ja unmöglich, dass sie mit einem Toten gesprochen hätte.
Einige Worte der Texte sind mir besonders im Kopf geblieben: „Familienriss", „eine Mäzenin ist wie eine Göttin für den armen Künstler", „die Südländerinnen leiden mehr als andere Völker,

Begründung: Ihr familienbezogenes Hausieren durch die Welt".
Und wie war es mit der letzten Ölung? Ist die letzte Ölung auch ein Ritual der Verbindung? Ja, bestimmt, mit Gott.

Magische Dokumente

Gertrud, meine Schwester Kriemhild und ich sitzen im Wohnzimmer und sprechen über Tinte... Buchstaben und den unbeschreiblichen Magnetismus von Schriftstücken aller Art.
„Hast du eine Abschrift von dem Brief machen lassen?"
„Ja, natürlich. Und auch eine zweite Kopie, falls die erste verloren gehen sollte, und alles ist beglaubigt..."
„Ist die zweite Kopie so gut und leserlich wie die erste?"
„Ja, sie sieht fast wie ein Original aus. Doch das Original ist das magische Ritual. Nichts geht ohne. Hoch lebe das Original!"
„Es handelt sich um ein äußerst wichtiges Dokument, wie du weißt."
„Ich weiß von keinem Dokument, das unwichtig wäre, Gertrud. Ohne Papiere mit der Beschwörung unserer Namen darauf wären wir so gut wie tot. Sie sind für die Psyche auch besonders wichtig."
„Nicht nur... Sie haben einen praktischen Wert: Wenn die Papiere nicht in Ordnung wären, bekäme ich meine Rente nicht regelmäßig, dann würde alles in Verzug geraten und wir hätten nicht genug Geld zum Leben."
„Ich kenne es nicht anders bei dir, Gertrud. Einmal sind es Papiere für die Rente, ein anderes Mal ist es ein Rezept, ein anderes Mal ein Antrag auf Steuerermäßigung oder ein Brief nach Australien mit den besten Geburtstagswünschen für eine Freundin, der ‚unbedingt nicht verloren gehen darf'. Gib es zu, dass Papiere dein ganzes Leben ausmachen."
„Warum sollte ich es leugnen, Melanie? Ich bin dankbar, dass du wenigstens mehr Verständnis als Kriemhild dafür zeigst: Du besorgst mir immer die Kopien, die ich brauche."

Ja, weil ich selbst eine Sklavin des Gedruckten bin... Bevor ich meine Manuskripte an die verschiedenen Verlage schicke, mache ich auch Kopien davon. Die Verlage halten mich auf Trab, haben mich im Sammeln von Adressen und im Warten auf Empfangsbestätigungen professionell gemacht.
Ich heiße Melanie Stifter. Das steht in meiner Geburtsurkunde, und seitdem habe ich es über neunhundertmillionen Mal gehört, dass ich so heiße; aber Buch führen über diese Angelegenheit kann ich nicht, denn als Kind zählt man nicht, wie oft man den eigenen Namen hört, und als Erwachsener lohnt es sich sowieso nicht mehr, weil der Name bereits aufgebraucht ist. Ich bin die Kopienfee. Ich mache auch eine Abschrift von meiner Geburtsurkunde für den Fall, dass das Original verloren gehen könnte. Ach, könnte ich bloß eine Superabschrift meines ganzen Lebens machen! Ja, damit die wichtigsten Inhalte nicht vergessen werden, damit ich selbst sie nicht vergesse. Doch wären die gesamten Fotokopiermaschinen der Welt für den riesigen Umfang meiner Gedanken, Enttäuschungen und Hoffnungen nicht genug mit Papier ausgestattet, und die Buchstaben wären viel zu klein für meine kurzsichtigen Augen. Deshalb schreibe ich Texte: Nachdichtungen des Originals; die Liebe zum Selbstdokument treibt mich zum Schreiben.
„Es beruhigt mich sehr, Melanie, dass du zwei Kopien von dem Brief gemacht hast."
Ich gebe ihr die zwei Kopien und sie nimmt sie gierig in ihre alten Hände, mit einem zufriedenen Lächeln der Erleichterung. Uns kann nichts mehr passieren.
„Sie sind sehr gut geworden, sind perfekt."
Wir sind da ähnlich: Ich fühle mich auch nur in Sicherheit, wenn ich mehrere Abschriften von meinen Geschichten in der Schublade habe. Jeder Fremde kann sie jetzt gefahrlos in

Stücke zerreißen und in den Papierkorb werfen, ohne dass sie wirklich sterben müssen. Sie siegen über die Launen der Menschen, überleben immer... wie meine Zeugnisse, mein Pass, meine Gehaltsabrechnung. Ich bin eine bürokratische Künstlerin. Ich tue mir selbst leid; Gertrud tut mir auch leid, weil sie von ihren Dokumenten so abhängig ist, so erfolglos und nur als „Papier" unzerstörbar – und weil sie ausschließlich den bürokratischen Teil vertritt, nicht die Kunst. Sie hat noch nie eine Geschichte geschrieben.

Kriemhild schaut sich die Kopien auch an und murmelt gequält: „Schrecklich, wir ertrinken in Papier. Die meisten Briefe gehen nicht verloren und dann sind die Kopien überflüssig, eine unnötige Last. Außerdem werden nur beglaubigte Kopien anerkannt; diese hier zählen nicht. Es ist nur Selbstbetrug zu denken, dass..."

Gertrud stöhnt in Sorge: „Ach, du hast recht! Aber es ist immer besser, wenigstens ein Stück Papier in Händen zu haben als gar keins. So bin ich weniger verzweifelt, wenn ich das Original abgeben muss."

Ich sage leise zu Kriemhild: „Du glaubst nicht mehr an die heiligen Mythen der Bürokratie und der Kunst."

„Nein. Es ist ein Schwindel und ich ärgere mich über die Tyrannei der schriftlichen Vorlagen."

„Ich ärgere mich auch. Diese Überflutung an Kopien in meinem Leben ist beinahe krankhaft. Ich mache eine Abschrift von einer meiner Geschichten. Dann bin ich plötzlich unzufrieden mit einem Satz, muss sie neu überarbeiten... und dann muss ich wieder eine Kopie dieser zweiten Fassung machen."

„Genau. Am Ende weißt du nicht mehr, ob du im Laufe der Jahre nicht Verwechslungen unterliegst; es kann sein, dass du manchmal die falsche Kopie schickst. Du weißt nicht mehr, ob du die Kopie der ersten oder der zweiten Fassung in deiner Schublade behältst und ob es vermischte Seiten beider Fassungen sind."

„Es ist wahr, Kriemhild, Nicht das Behalten ist wichtig, sondern eine sinnvolle Ordnung und Sparsamkeit, das Unnötige entsorgen. Aber ich habe nie die Geduld, diese ganzen Blätter zu überprüfen. Bisher gebe ich nur wie eine Wahnsinnige mein Geld für Kopien aus; für nichts anderes gebe ich so viel Geld aus. Aber irgendwann gehe ich auf Tötungsreise. Falsche Kopien sind wie Insekten, sie stören."

„Papiere machen alles nur komplizierter und verworrener. Wir sollten unser Leben vereinfachen."

Ihre „Vereinfachung" erscheint mir gleichzeitig fremd und wünschenswert. Die Angst, etwas zu verlieren, verbindet mich mit Gertrud, mein Befreiungswunsch dagegen mit Kriemhild. Gertrud nimmt die zwei Abschriften und geht in ihr Schlafzimmer, um sie sorgfältig aufzuheben für den Fall dass... Kriemhild und ich bleiben im Wohnzimmer, nachdenklich... in Erinnerungen und Zukunftsträume vertieft.

Die Angst vor Verlust ist durch die zwei Katastrophen der letzten Monate noch tiefer in Gertrud verwurzelt. Katastrophe Nummer eins hätte uns beinahe ins Irrenhaus gebracht: Kriemhild wurde die Handtasche mit Schlüssel, Ausweis und weiteren Dokumenten in einem Kaufhaus gestohlen. Wir meldeten es dem Kaufhauspersonal und der Polizei, aber die Sachen wurden nicht wieder gefunden. Wir mussten das Schloss wechseln und neue Papiere beantragen.

„Ja, Schwester, wir besitzen keinen gleichwertigen Ersatz für so ein Dokument wie einen Personalausweis, genauso wie wir keine Kopie der eigenen Knochen besitzen. Die Worte in einem Ausweis sind noch heiliger als die Worte in anderen

Papieren; vielleicht liegt es an den Ritualen des eigenen Bildes, der eigenen Unterschrift... und an der magischen Musik des Aktenzeichens."
Auf jeden Fall haben wir zu dritt gespürt, wie verzweifelt wir ohne Kriemhilds Ausweis waren. Das führte uns direkt vor Augen, wie schwächlich wir ohne diese so intimen Unterlagen sind, die irgendwie unsere Identität zu bestätigen helfen. Gertrud war sehr betroffen, sie war außer sich und hatte einen Nervenzusammenbruch. Der bloße Gedanke, dass ein fremder Krimineller sich wie in einer Peep-Show das Foto, die Unterschrift und weitere Angaben von Kriemhild ansehen konnte, machte sie krank.
„Es gibt viele Dinge, die ohne unsere Wahrnehmung im Dunkeln weiterexistieren. Weißt du noch, als deine Papiere gestohlen wurden? Wo sind sie jetzt, diese alten Papiere?"
Wir kriegten keine Ruhe, bis Kriemhild endlich... zuerst eine vorläufige Bescheinigung und später einen neuen Ausweis bekam. Gertruds Angst hat sich seitdem intensiviert, ebenso wie Kriemhilds Wunsch nach Befreiung von dieser Angst.
„Und dann... Das zweite kleine Erdbeben, die Sache mit dem ärztlichen Befund."
Gertruds Mann wurde untersucht und wir bekamen irgendeinen Befund vom Krankenhaus. Ich sollte diesen Befund dem Hausarzt weiterleiten. Wir schickten ihn ungeöffnet dem Arzt zu, weil das das übliche Verfahren ist. Aber bald bereute Gertrud schon, dass wir keine Kopie von dem Brief gemacht hatten. Der Hausarzt rührte sich in den nächsten Tagen nicht (nachher stellte sich heraus, dass er verreist gewesen war), und der ungeöffnete Brief wurde immer mehr zu einem Albtraum. War das Schreiben richtig adressiert worden? War es vielleicht unterwegs oder in der Praxis abhanden gekommen?

Kriemhild und ich bleiben im Wohnzimmer und tun etwas ganz Ungewöhnliches für unser Alter, denn wir sind schon über vierzig: Wir spielen. Es ist ein schönes, altes Ritual, das Spiel. Als Kind kann man sehr leicht die eigene Identität wechseln und in Sekundenschnelle erfüllen sich die Wünsche, entstehen die schwierigsten Handlungen wie durch Magie. Oft hatten wir uns Zettelchen mit einem Rollenspiel darauf ausgetauscht und alles Mögliche über uns selbst erfunden. So machen wir es jetzt auch... Wir flüstern uns gegenseitig kleine Botschaften zu. „Und ich, Melanie Stifter, ernenne mich selbst mit diesem feierlichen Dokument zur Direktorin dieser Schule. Meine Unterschrift allein vollbringt das Wunder, ich war keine Direktorin, jetzt bin ich eine."
„Wie viele Angestellte hast du in deiner neuen Schule?"
„Zehn Dozenten und zwei Sekretärinnen. Sieh, hier ist das Siegel des Instituts."
Ich zeige ihr einen gefalteten Zettel. Mit etwas Widerwillen macht sie die Pantomime auch nach und zeigt mir ebenfalls einen Zettel: „Das ist meine Heiratsurkunde. Ich habe einen Amerikaner geheiratet. Ab heute bin ich Mrs. Ramsey."
„Ich gratuliere. Hast du die Einladungen rechtzeitig abgeschickt? Ich habe nämlich keine bekommen. Aber hier ist ein anderes wichtiges Dokument: Hiermit kaufe ich das schöne Haus in Sevilla neben meiner Freundin Paulina, das mir immer so gut gefallen hat, und es geschieht unter sehr günstigen Bedingungen."
„Hier ist meine Adresse in Amerika."
„Ja, gib mal her. Ich werde viele Kopien davon machen, damit ich sie nicht verliere. Und hiermit wechsle ich meinen Namen. Jetzt heiße ich nicht mehr Melanie Stifter, sondern Elfi Rubens. Was hältst du davon?"

„Es hört sich gut an. Aber Elfriede wäre noch vornehmer und schöner für eine Direktorin. Hier ist meine Einbürgerungsurkunde, ich habe meine Nationalität gewechselt. Jetzt bin ich Amerikanerin und habe italienische Schwiegereltern. Ramsey ist nicht italienisch, aber hier ist alles sehr vermischt. Amerika ist wie ein Überraschungspaket."

„Hier ist eine Bescheinigung, dass wir, trotz meiner Namensänderung und der Änderung deiner Nationalität, trotzdem Schwestern bleiben."

„Hier ist der Taufschein meines Babys, Clive, oder nein... ich nehme lieber eine Tochter, Emma."

„Hiermit gründe ich einen Selbstverlag für meine eigenen Bücher. Ich habe es schon satt, immer zu betteln, dass die anderen meine Werke lesen."

„Hier ist mein Führerschein. Alle bewundern meine Schnelligkeit beim Fahren und meine guten Reflexe am Steuer. Und hier ist der Kraftfahrzeugbrief. Natürlich müssen wir aufpassen, dass wir das alles nicht verlieren, denn ein Auto ohne Papiere hat ja keinen Wert."

„Hier ist der Totenschein von einem Bekannten... Den muss ich an die Angehörigen weitergeben, aber ich habe Angst davor; ich will nicht, dass er stirbt..."

„Ich auch nicht."

„Hier ist meine Scheidungsurkunde, Kriemhild. Ich möchte ein neues Leben beginnen."

„Aber du hast doch noch keinen Mann, Elfi. Wie kannst du denn geschieden sein?"

„Doch. Die meisten glauben, dass Thomas und ich ohne Papiere nur so zusammengelebt haben, aber es gibt doch eine Urkunde über unsere Geheimehe."

„Das sind die ersten Buchstaben meiner Tochter, der kleinen Emma, denn gerade jetzt hat sie angefangen zu schreiben."
„Ist sie denn schon so schnell gewachsen?"
„Ja. Genau so schnell wie ich fahren kann, kann sie wachsen."
„In meinem neuen Leben bin ich nicht mehr Schuldirektorin, sondern Rechtsanwältin. Als Rechtsanwältin stelle ich ab sofort folgende überdimensionale Bescheinigung aus: Wir brauchen keine Kopien mehr zu machen, weil alles schon automatisch von selbst mit nur einem einzigen Knopfdruck vervielfältigt wird."
„Die Bescheinigung ist nicht gültig, ist nicht gültig... Sie müsste erst beglaubigt werden, und keiner wird so etwas Dummes beglaubigen."
Kriemhild stößt einen Schrei aus und wirft sich auf den Boden. Unser Pantomimenspiel mit Zettelchen ist zu Ende. Ich bin erschrocken über ihre Heftigkeit. Aber ich verstehe sie gut, denn auch ich hasse, trotz meiner Hörigkeit, die Magie der Dokumente.
„Du, Mrs. Ramsey, ich glaube, dass ich die Vernunftsgrenze überschritten habe. Du schreist so schmerzhaft, und auch ich bin verrückt geworden, weil ich zu sehr an Akten, Urkunden und an die Macht des geschriebenen Wortes glaube. Aber schreie nicht so laut, sonst wird Gertrud kommen und fragen, was mit uns los ist. Lass meinen Wahnsinn unter uns bleiben, solange es noch geht. Immer wenn ich die letzte Zeile einer Geschichte schreibe, zittert mein Restverstand, und ich habe ein unerträgliches Gefühl, als wäre diese Zeile auch mein eigenes Ende. Eine Bescheinigung meiner Unsterblichkeit wäre die Lösung. Aber wo finde ich so eine Bescheinigung?"
„Du bist nicht verrückt, du tust nur so, als ob... Lass mich in Ruhe mit deinen Papieren. Ich will nichts mehr davon hören."

Kriemhild ist aufgestanden. Jetzt schreit sie nicht mehr, sondern scheint in einer sachlichen und feierlichen Stimmung zu sein. Sie geht zum Tisch in der Ecke und durchsucht eine Schublade. Ich weiß nicht genau, was sie macht, denn ich kann nur ihren Rücken sehen. Aber bald höre ich das Geräusch von Blättern, die sie langsam und eintönig zerreißt.
„Was machst du? Was ist das? Sei nicht zu voreilig, denn später kann man die Stücke nicht wieder zusammenkleben."
„Es sind nur Papiere, unser Mietvertrag... mein Arbeitsvertrag... meine Tanzrückmeldung, meine Gymnastikquittungen, die Adresse des Arztes... meine Geburtsurkunde..."
„Um Gottes willen! Es könnte sein, dass wir all diese Dokumente irgendwann brauchen. Lass wenigstens den Mietvertrag, den Mietvertrag... weil das unser gemeinsames Gut ist. Deine eigenen Sachen kannst du natürlich zerreißen, wenn sie dich so sehr belästigen. Hoffentlich erfährt Gertrud nie, dass du so etwas gemacht hast, dass du nicht nur die Kopien... sogar die Originale... Sie schläft jetzt so ruhig!"
Ja, Gertrud schläft ahnungslos. Sie glaubt sich so sicher! Sie glaubt, dass ihre ganzen aus Edelstein, Marmor und Stahl gemachten Papiere alles erdenklich Böse, sogar das Feuer und die Rache ihrer zwei Töchter im Wohnzimmer, überleben können.

Das Konzert

To concert - arrangieren. To act in concert - zusammenarbeiten, an einem Strang ziehen. In concert with - in Übereinstimmung mit. Concerted - abgestimmt, vereinbart. Concerted action - gemeinsames Handeln. To disconcert - beunruhigen, verwirren, aus der Fassung bringen.

***

Mileva Russell, die Klavierspielerin aus Südafrika, ist nicht krank. Auch alle Mitglieder des Chors sind nicht krank. Und das ist schon ein Glück. Sie sind über 20 an der Zahl. Und der Geiger ist, Gott sei Dank, nicht krank. Auch das Publikum ist nicht krank, über 130 Zuschauer, die gekommen sind, um die schöne Oper zu hören und zu sehen, auch zu riechen und zu betasten, denn alle Sinne fühlen sich von der wunderbaren Musik angesprochen. Der Komponist (übrigens ein Norweger von internationalem Ruhm, weltberühmt wie Carreras) ist auch nicht krank; er ist leider tot... Aber ein Komponist ist nicht unentbehrlich in einem Konzert, braucht nicht unbedingt zu erscheinen, da er schon sein Werk hinterlassen hat, welches die anderen aufführen. Es ist tatsächlich ein Glück, wenn ich es mir gut überlege... dass wir, so viele, zusammen sitzen und keiner von uns krank ist. Die Leute an der Kasse, die uns die Karten gegeben haben, sind auch nicht krank; doch wären sie bestimmt leicht zu ersetzen gewesen, hätte man für sie einspringen sollen. Die Mitglieder des riesigen Orchesters sind nicht krank. Die ganzen Instrumente ertönen voll und mächtig wie ein Gesang der Engel in der Gegenwart Gottes. Und all die Sängerinnen und Sänger erscheinen ohne Zögern wie auf göttlichen Befehl, machen ihren Mund auf und singen ihre Arien voller strahlender Gesundheit. Ob sie Bauchschmerzen haben, Fieber, Schwindelgefühle oder geheime Herzbeschwerden, das sieht man ihnen natürlich nicht an. Aber es geht ihnen bestimmt gut, sie sind vollkommen, souverän... oder sonst, in der Begeisterung dieses großen Augenblicks, vergessen sie alles, Elend, Schwäche und Alltäglichkeit.

Der einzige, der krank ist, ist der Haupttenor. Im Grunde ist es ein Wunder, dass unter so vielen Menschen nur einer krank geworden ist. Aber man ist dadurch irritiert und verunsichert, gerade in einem Konzert. Es wundert mich immer in einem Konzert, dass alles so glatt und reibungslos verläuft und dass man es als selbstverständlich annimmt. Ob Konzert oder Oper sehe ich da keinen Unterschied, denn beide verkörpern die vollkommene Harmonie. „Konzert" bezeichnet mehr als das Spiel eines Einzelnen, das sich mit anderen koordinieren lässt; Sänger und Instrumente stimmen in allem überein. Es ist das totale Einvernehmen, kein Missklang, kein falscher Akkord. Sie alle bewahren die heilige Reihenfolge in der Zeit und im Ausdruck. Tatsächlich ist die Gefahr immer da, dass bei so vielen... dass irgendeiner der Gruppe vielleicht nicht auftreten könnte, oder dass jemand an einer Stelle zu voreilig oder zu langsam nach den Noten greift. Die mathematischen Gesetze der Musik sind so streng, dass ich manchmal eine Gänsehaut bekomme, denn bei aller Schönheit ist es wirklich eine Zumutung. Nicht husten darf man, nicht gähnen, sich nicht im Text verlesen, nicht einmal falsch (das heißt ein wenig abweichend) atmen, die Lippen falsch bewegen. Am schlimmsten haben es die Sänger, denke ich mir, und diejenigen, die mit Vokalinstrumenten arbeiten. Das muss eine Sklaverei sein!

Doch wir werden verwöhnt: Wir sind daran gewöhnt, dass gerade bei einem Konzert alles klappt und nichts schief läuft.
Es war Pech. Der Tenor hatte sich monatelang sehr intensiv vorbereitet, was er eigentlich nicht nötig gehabt hätte, denn, nach all dem was ich gehört habe, ist dieser Künstler so brillant und begabt, dass es ihm leicht gefallen wäre. Aber so ist es halt mit den gründlichen Menschen; sie sind zu gründlich, und deshalb werden sie auch krank.
Fünf Tage vor der Operaufführung musste er schweren Herzens absagen. Dann musste man ganz schnell nach einem Ersatz suchen, nach einem neuen Tenor, der sehr verdienstvoll, Hals über Kopf versuchte, mit nur zwei eiligen Proben diese schwierige Aufgabe zu bewältigen. Logisch, man kämpfte für die Rettung dieser Produktion, die schon so viele Anstrengungen von vielen Seiten gekostet hatte. Man fand den Ersatz... Er war der Retter in dieser Notsituation, sonst wären die ganzen Mühen der beinahe 50 Leute, die in diesem riesigen Spektakel engagiert waren, umsonst gewesen.
Es ist komisch, Dass alles in so einem großen Ensemble einzig und allein von nur einer Stimme abhängen kann! Es gibt bestimmt eine Anarchie von verschiedenen Kategorien; man könnte den Chor zum Beispiel verkleinern, das Team an der Kasse auswechseln und anderes mehr; aber den Haupttenor, den musste man unbedingt haben.
Ich bin eine aus dem Publikum. Für mich selbst bin ich natürlich viel mehr als das... Das wäre mir zu wenig. Ich entledige mich meiner Identität nur ein paar Sekunden, indem ich mich als „Publikum" mit einem abstrakten Wert bezeichne. Ich bin ich, eine ganz klare Persönlichkeit, mit Namen, Adresse und vielen Eigenschaften. Alida Huertas, in Buenos Aires geboren, vierzigjährige Schauspielerin und Sängerin, seit drei Jahren in Berlin.

Ich singe nicht in diesem Konzert, bin hier nur zur Erholung und Beobachtung. Aber wie viele in diesem Publikum bin ich allen Formen der Kunst besonders zugeneigt. Da ich selbst künstlerisch involviert bin, verstehe ich das ganze seelische Gewebe einer Aufführung und all die Mühen, die es kostet, so etwas zustande zu bringen. Mögen all die anderen, die so etwas nie mitgemacht haben, so oberflächlich behaupten: „Das dauert ja nur anderthalb Stunden! Und dafür so viele Energien investieren, so viel verbessern, üben, auswendig lernen, sich nervös machen lassen..." Recht haben sie schon. Verrückt werden wir vor lauter harter Konzentration auf diese paar Minuten, in denen wir mit Gesang oder gesprochenen Worten auftreten. Ach, das ist nicht nur in der Kunst so! Auch die Dauer des Kochens übertrifft die des Essens. Es gibt Menschen, die in 20 Minuten die Speisen verschlucken, wofür andere Stundenarbeit gebraucht haben. Aber sicher, gerade bei einem Konzert oder Theaterstück geht man die größten Risiken ein und kann sich besonders blamieren, weil diese Formen der Kunst die höchste Perfektion erreichen wollen.

Vor einem halben Jahr habe ich mich auch blamiert, ich weiß es noch. Ich hatte in Argentinien schon Deutsch gelernt, in der deutschen Schule; trotzdem fällt mir Spanisch leichter. Einmal spielte ich „Der gute Mensch von Sezuan" von Brecht, und ganz spontan, statt des deutschen Textes sprach ich zwei oder drei Sätze der spanischen Übersetzung aus. Gott sei Dank, war es in einem kleinen Theater, in einem Vorort von Berlin. Ich war so konsterniert über meine Gedankenlosigkeit... Als ich das merkte, tat ich so, als ob ich das beabsichtigt hätte und begann ein paar Takte von einem argentinischen Tango zu singen, um das Ganze noch mehr zu verfremden. Ich glaube, Brecht hätte meine Wendigkeit und meine Verstellungskunst gerne gesehen.

Der Ersatztenor ist nicht gut, eine Katastrophe... Ich selbst bin Laie, was die klassische Musik betrifft; ich singe ja nur romantische Lieder, höchstens Gardels Tangos, mit viel Gefühl, aber ohne Noten. Ich weine dabei mehr als dass ich singe. Ich weine um Gardel, der so jung starb. Doch ich merke, dass dieser Tenor eine sehr schwache Stimme hat. Er wirkt sehr unsicher und ausdruckslos; er wird oft von der Musik übertönt, verschluckt, abgeschnitten, und das Ende seiner Sätze bekommt man gar nicht mehr mit, höchstens noch die Anfänge, wenn er einigermaßen Kraft hat, um sich durchzusetzen. Na ja, was kann man von einem Menschen verlangen, der sich innerhalb von fünf Tagen in so ein monumentales Werk einstudieren musste? Und vielleicht wäre ich weniger kritisch gewesen, hätte ich das nicht von vornherein gewusst. Wir haben alle eine instinktive Tendenz, uns an Fehlerquellen zu ergötzen. Wo schon die ersten Unvollkommenheiten waren, finden wir immer mehr eine Fehlergrube und eine Bestätigung des negativen Urteils. Es ist schade, sehr schade! Ich an seiner Stelle würde mich so sehr schämen und vor Verlegenheit würde ich mittendrin verstummen. Es ist ihm überhaupt hoch anzurechnen, dass er den Mut findet, seine klägliche Rolle bis zum Schluss durchzustehen. Er ist so mittelmäßig, dass er gar nicht gegen seine Grenzen kämpft, er erhebt seine Stimme nicht, um Riskantes zu versuchen, was natürlich seinem Vorteil dient; er versteckt sich hinter dem Orchester und den Stimmen der Mitsänger; es ist eine gewisse Technik der Feigheit und Diskretion darin. Er ist nur ein halber Retter. Er wird zwar keinen besonderen Applaus bekommen, aber durch sein Unvermögen auch keinen Skandal verursachen, und doch geht er mir langsam auf die Nerven. Meistens mache ich meine Augen bei einem Konzert zu, um richtig hören zu können, und ich lasse mich nicht von optischen Täuschungen ablenken. Deshalb, auch wenn er in seinen Bewegungen und seiner Gestik gut trainiert sein mag, reagiere ich ziemlich sensibel auf seine unvollständigen Sätze, seine schwankenden Vibrationen, in denen immer Lautlücken entstehen, als würde sein Mikrophon an Lähmungserscheinungen leiden. Ich habe zwiespältige Gefühle. Auf der einen Seite haben die 50 Leute nicht umsonst gearbeitet, sie haben ihre schönen, gelungenen Stellen anbieten können. Produktionsmäßig ist es auch ein Erfolg, volles Haus... Diese intensive Werbekampagne der verschiedenen Kreise hat zu einem sehr guten Ergebnis geführt. Der verstorbene Komponist hätte sich gefreut, so viele Menschen versammelt zu sehen. Und die Künstler bekommen wenigstens ihre Leistungen honoriert, die Theaterdirektion ihren Profit. Keiner brauchte die Gelder der Eintrittskarten an das Publikum zurückzuerstatten, wie das der Fall gewesen wäre, hätte man alles platzen lassen.

Auch eine jüdische Autorin hatte neulich aufgrund einer sehr kurzfristigen Erkrankung ihre angekündigte Lesung vor dem enttäuschten Publikum platzen lassen. Zumindest ich war enttäuscht, als ich am Theaterschalter von der plötzlichen Programmänderung erfuhr. Ich hatte mich mit einer Freundin dort verabredet, und jetzt wussten wir beide nichts mit unserer Zeit anzufangen. Wir, Kulturratten, verzichten sehr ungern auf eine schon längst programmierte Unterhaltung. Wir saßen in einem Café und sprachen von der unbekannten Krankheit der Autorin, und wie unangenehm es sein müsste, wenn Künstler plötzlich verhindert sind gerade dort zu erscheinen, wo sie so sehnsüchtig erwartet werden und auch sein möchten, um ihre Highlights zu erleben. Es ist nicht wie eine Büroarbeit oder eine Unterrichtsstunde, die man beliebig auf später verschieben kann. An der Einmaligkeit der Kunst liegt vorrangig ihre Stärke. Wie ausweglos und herzzerreißend muss es sein, eine Oper, eine Lesung, eine Bilderausstellung, etc. absagen zu müssen! Gott sei Dank, ist mir das noch nicht passiert.

„Wir Künstler sind Menschen wie alle anderen", sagte ich zu meiner Freundin Gerlis im Café. „Jeder kann eine Erkältung haben, sich den Fuß verstauchen oder an Übelkeit leiden. Nur bei uns fällt es sofort auf und die ganze Öffentlichkeit muss benachrichtigt werden. Es ist dann sehr traurig für die Betroffenen."

Gerlis, die bisher nur Kinder geboren hat und Künstlern gern applaudiert, ohne einer zu sein, genau so gern wie sie Berühmtheiten aus dem Adel oder reichen Amerikanern in Wohltätigkeitsveranstaltungen applaudiert, fragte dann: „Ist es aus Eitelkeit, weil sie auf einen Erfolgsabend verzichten müssen?"

„Nicht nur. Auch aus praktischen Gründen. Wenn ein Schauspieler oder Musiker das Pech hat, zwei oder drei Mal verhindert zu sein, wird er bestimmt Schwierigkeiten bekommen, wieder engagiert zu werden. Die Verantwortung des Erscheinens um jeden Preis ist für den Künstler fast wie ein Schwur. Wir Künstler können stundenlang im Alleingang schreiben, malen, die Rollen auswendig lernen, proben, musizieren, doch wenn wir am Tag des großen Ereignisses nicht vor dem Publikum erscheinen, dann ist das Ziel verfehlt. Sogar wenn wir sterbenskrank sind, müssten wir erscheinen, habe ich den Eindruck. Sind nicht sogar schon einige auf der Bühne vor den entsetzten Augen der Zuschauer verstorben? Ich kannte einen jungen Klavierspieler, der unerwarteter Weise und zum Schrecken aller Anwesenden einen Herzinfarkt an seinem Klavier bekam. Auf jeden Fall darf ein

Künstler nur für eine kleine Krankheit nicht zu Hause gemütlich sitzen und dem großen Ereignis fern bleiben, das wäre ja charakterlos, unprofessionell."
„Wer hat es am Schlimmsten von allen, die armen Autoren, die armen Musiker?"
„Es gibt Krankheiten, die für eine Schauspielerin tödlich wären, aber für einen Maler zum Beispiel weniger. Ein Maler ist an sich der glücklichste aller Künstler; er kann niesen, husten und das beeinträchtigt seinen Ruf nicht. Überhaupt ist er unantastbar, sein Werk steht schon da; er hat alles schon gemalt und braucht nichts mehr zu tun. Während wir, wir müssen ständig kämpfen, um uns in der Gegenwart zu behaupten, mit all unseren Waffen, mit der Stimme, dem Lesefluss, dem Körper, den Gedächtnisfähigkeiten. Auch die Tänzer dürfen nicht auf die Grazie und Dynamik ihrer Körper verzichten. Viele der Musiker müssen ihre schweren Instrumente festhalten, auch wenn ihre Knochen schmerzen."
„Haben die auch Knochenschmerzen die Musiker? Ehrlich gesagt, ich hätte nie daran gedacht, dass die Künstler auch rheumatisch werden können."
Ich überlege mir mehrere Krankheiten, weshalb der Haupttenor des norwegischen Oratoriums nicht kommen konnte. Vielleicht hat er auch Rheuma gehabt. Aber Rheuma scheint mir weniger schlimm für einen Sänger; er hätte trotzdem singen können. Wahrscheinlich ist es eine sehr starke Grippe gewesen, die ihn behindert hat zu kommen, oder er hat die Schwindsucht; er leidet an Tinnitus, hysterischer Blindheit... Oder er ist ganz plötzlich wegen irgendeiner furchtbaren Nachricht verrückt geworden. Mit dem Flugzeug abgestürzt ist er nicht und ein Unfall war es auch nicht, sonst hätten sie es schon gemeldet. Nur von einer „Krankheit" haben sie gesprochen.

Mit Tinnitus könnte ich auch nicht richtig spielen, sollte ich mitten in meinem Auftritt komische Geräusche von allen Seiten hören. Taubsein ist für einen Schauspieler genau so schlimm, wie es für Beethoven war. Nur dass man darüber nicht spricht. Dabei sind die genialen Komponisten ebenso beneidenswert wie die Maler, sie haben ihr Werk schon hinterlassen und können sich danach ausruhen, alle anderen passiv und gleichgültig anschauen. Zu dieser Gruppe gehörten damals auch die Autoren, aber seitdem sie vorlesen und ihre Lesungen bühnenwirksam gestalten müssen, tragen sie das gleiche Schicksal wie wir.

Ich komme wieder zu meinen zwiespältigen Gefühlen zurück. Vielleicht hätte man lieber auf diese Aufführung verzichtet. Einen Haupttenor kann man nicht so schnell ohne weiteres ersetzen. Das ganze Konzert leidet darunter; die heiligen Gesetze der Harmonie auf allen möglichen Ebenen werden gebrochen und vereitelt.

Gerlis ist auch heute mit mir ins Konzert gekommen und atmet tief an meiner Seite. Sie sagt: „Wir haben Pech, kranke Künstler überall!"

Auf meiner linken Seite sitzt mein Schwiegervater. Wir sind drei enttäuschte Kulturratten, die in der Pause aus Rache noch lauter als sonst husten werden, aber die mit nachsichtigen Blicken das gerettete große Werk und die ausgezeichnete Mitarbeit aller bewundern.

„Man darf nicht all zu streng sein", sagt Anton, mein Schwiegervater. „Es gibt immer Leute, die einspringen müssen, wenn die anderen verhindert sind. Ich selbst bin auch Stellvertreter für einige hohe Persönlichkeiten in der Politik gewesen und musste mich auf die Schnelle mit ihren Papieren, ihren Reden und Arbeitsgewohnheiten zurechtfinden."

Ich glaube, er mag den neuen Tenor wegen der Schwierigkeiten und der Vorläufigkeit seiner Rolle, weil er sich - wie Aschenputtel-Schuhe - anschließend in die alte Anonymität und Armut rückverwandeln wird; es ist die Sympathie eines Stellvertreters für einen anderen, während meine Sympathie eher dem abwesenden Künstler gilt, der nicht hat singen können und dessen große Pläne verhindert wurden. Gerlis hat wahrscheinlich keinerlei Empfindungen dazu. Sie fühlt sich besonders von der Sopranistin angezogen und beobachtet entzückt die zwei schönen Cocktailkleider, die sie abwechselnd trägt.

Ja, das ist auch ein Teil der schönen Ausnahmesituation in einem Konzert: die Beleuchtung, die Feierlichkeit des Sitzens und aufmerksamen Zuhörens, die besonderen Düfte nach Blumen, Seife, Sauberkeit und teuren Parfüms, das gepflegte Aussehen der Menschen im Allgemeinen, die endlich ihre Hausklamotten verlassen und die schicksten Anzüge aus ihren Schränken geholt haben, um sich in der Öffentlichkeit von ihrer besten Seite zu präsentieren. Gerade wegen ihrer Straßenbekleidung, weil sie nicht mehr zu Hause hocken, wegen der ordentlichen, frisch gemachten Frisuren und nicht zuletzt wegen der Schminke sehen die Menschen weniger krank aus als sonst. Man könnte sich fast der Illusion hingeben, dass der Tod nicht existiert, solange man diese gutaussehenden Menschen um sich herum beobachtet, die pariserisch riechen und keine schmutzigen Schuhe tragen. Es ist schwer zu glauben, dass diese gleichen Menschen eines Tages aufs Bett fallen und sich vor Schmerzen krümmen werden. Die Hausklamotten... die sind an allem schuld; sie sind zwar bequem, aber sie machen die Menschen krank. Es ist sogar möglich, dass der Tenor doch nicht so krank geworden wäre, wenn er die Kraft gefunden hätte, seinen gemütlichen, aber krank machenden Trainingsanzug auszuziehen und sich zu uns ins Konzert zu schleppen. Gewiss, das ganze Auftreten der hier Versammelten wird durch all diese positiven Äußerlichkeiten beeinflusst. Sie schauen sich im Spiegel an und lächeln, sie sind nur von angenehmen Dingen umgeben: von Schmuck, schönen Gegenständen und dieser himmlischen Musik, diesen großartigen Stimmen und Instrumenten, die beides, das Äußere und das Innere, in Einklang miteinander bringen. Dadurch werden sie auch freundlicher, gütiger, und reden mit mehr Selbstsicherheit als sonst. Hier herrscht nur diese kultivierte Atmosphäre der Bewunderung für die Künstler, des großen Respekts und der Stille. Hier gibt es keine senilen Omas, keine brüllenden, rastlosen und dummen Kinder und keine Spastiker, die sich ständig um eine halbwegs verständliche Sprache bemühen müssen. Hier gibt es keinen Partner, der stinkt... keinen Partner, der schreit... Hier gibt es nur die Harmonie der Musik, die alle ergreift. Wir wären gar nicht zu einem Fluch fähig, wir sind nur zum Schönen prädisponiert, genauso wie wenn man den positiven, den sozialen Tag hat und sich gänzlich dem anmutigen Rahmen der fröhlichen Weihnachts- und Neujahrswünsche angepasst hat. Keiner könnte hier schnarchen, Flecken verursachen, jemanden vergewaltigen, genauso wenig wie in einer Kirche... denkt man. Ein herrlicher Augenblick der Kunst ist die höchste Verfremdung der Alltäglichkeit und der Gefahr, die beste Medizin für die von Angst gejagten Menschen. Ich glaube, deshalb können die Menschen so gut singen, die Musiker so gut spielen und das Publikum so fantastisch zuhören, weil sie sich in weniger Gefahr wähnen als sonst... und weil sie den Dämon der Hausklamotten nicht mitgenommen haben. Natürlich gehe ich von einer ziemlich bürgerlichen Mentalität

aus: Das hier ist klassisch, traditionell, kein Rockkonzert, wo junge Leute sich in schweißtriefenden Arbeiterkitteln und Sportunterhemden, lang ausgestreckt, auf dem Boden wälzen während sie schrill mitpfeifen, mitsingen und trommeln würden. Ich mag auch manchmal Rockkonzerte, aber das hier ist ein Oratorium und es folgt gewissen Konventionen; Ernst und Religiosität gehören zusammen, auch einige kostbare Pelze und Perlen. Das heißt nicht, dass wir uns alle wie Millionäre zeigen, denn es gibt viele bescheidene unter uns, doch eine gewisse Sauberkeit und ein Touch von gutem Geschmack muss schon da sein. Die Sopranistin riecht nach Chanel wie eine Stewardess. Die einen machen sich fein für die Luft, die anderen für die Erde. Was heißt „Erde"? Für den Himmel der Kunst. Ich bemerke ihr Parfüm, weil wir in der zweiten Reihe sitzen. Als eine logische Folge, weil wir in der zweiten Reihe sitzen, habe ich mich auch sorgfältig angezogen; als Schauspielerin achte ich auf solche Einzelheiten, vielleicht noch mehr als andere Menschen. Meine Begleiter zum Beispiel gehören nicht zu den am feinsten angezogenen im Konzertsaal. Doch ich schäme mich nicht, denn sie haben wenigstens geduscht, sich die Zähne geputzt und ihre Wäsche vor der Vorstellung gewechselt. Ein Konzert ist genauso gut wie ein Arztbesuch. Man muss gewisse Teile des Körpers zeigen, deshalb strengt man sich ein wenig an... und das hilft psychologisch, diese besondere Handlung. Ich zum Beispiel möchte meinen Hals mit meiner schönen Kette zeigen.
Ich behaupte es. Wir drei sind sehr verschiedene Menschen, nicht nur was die Kleidung betrifft. Wenn wir überhaupt eine Gemeinsamkeit haben, dann ist es, dass wir getrennt von unseren Ehepartnern leben. Gerlis lebt mit ihren vielen Kindern, mein Schwiegervater hat einen Papagei zur

Unterhaltung und ich bewohne ein kleines Apartment, bekomme noch gelegentlich Besuch von meinem Mann, der sich nicht ganz zwischen seiner neuen Freundin und mir entscheiden kann. Manchmal bekomme ich Wut auf ihn und würde sogar endgültig mit meinem Schwiegervater brechen, weil er mich natürlich unmittelbar an Frank erinnert, aber andererseits, tut mir der alte Mann leid, der so einsam vor sich hinvegetiert, und er kümmert sich auch rührend um mich. Zärtlich und väterlich ist er zu mir. Mit wem sonst könnte ich zu Konzerten gehen? Die meisten Theaterkollegen sind zu beschäftigt, und nur ich, scheint es, verfüge über die meiste Freizeit der Welt, um zum Beispiel an einem Selbstverteidigungskurs für Frauen teilzunehmen oder in einem Chor zu singen. Meine Engagements in letzter Zeit sind ziemlich spärlich und ich verspüre immer weniger die Lust öffentlich aufzutreten. Bei meinen wenigen Auftritten habe ich nur Lampenfieber; je weniger ich spiele und singe, desto mehr Lampenfieber habe ich. Aber das bedeutet doch nicht meinen Niedergang, vierzig ist an sich ein gutes Alter. Ich muss mich nur endgültig von meinem Mann trennen und mich einem guten Liebhaber zuwenden, der mich zerstreut und erfüllt. Die endgültige Trennung ist ein Stadium, das die anderen zwei schon erreicht haben. Franks Mutter ist auch eine sehr schwierige Person, deshalb hat Anton sie zum Schluss zum Teufel geschickt, und Gerlis Mann ist depressiv, hat schon ein paar Mal versucht, sich das Leben zu nehmen. Meine Konzertbegleiter haben nicht mehr so viele Probleme, wie ich sie habe; sie sind endlich zu einem Gleichgewicht gekommen und haben alle Partnersorgen gestrichen. Für Anton muss es besonders schwer gewesen sein, sich nach einer 30-jährigen Ehe von Ruth zu lösen.

Aber das private Leben von uns allen verschwindet teilweise im Rausch des Konzerts. Es ist die Magie der Kunst: Man fühlt, was die anderen, die Fremden erzählen, nicht das eigene... Man fühlt tief, was die musikalischen Seufzer der Instrumente und der Stimmen besingen, beatmen. Ich denke vor allem an den Tenor, der nicht da ist, an die verhinderten Pläne der Menschen im Allgemeinen und immer wieder an eine mögliche Beschreibung für die Atmosphäre, die uns jetzt umgibt. Aber was beabsichtige ich mit einer solchen Beschreibung? Besser ist es, mich von der Musik einlullen und treiben zu lassen wie ein schlafendes Baby; Musik als Schnuller, als Muttermilch, die die weinenden Organe, den Schluckauf und das zu schnell schlagende Herz eines Neugeborenen beruhigt. Musik ist wirklich eine therapeutische Hilfe ersten Ranges, noch direkter und intensiver als die Bücher, denke ich. Und es ist nicht nur für die Zuhörer, sondern auch für die Ausübenden; allein diese tägliche Geduld, die die Musiker aufbringen müssen, um ihre vielen, endlosen Übungen zu verrichten! Das diszipliniert sie schon, macht sie stärker, voller Kontrolle über sich selbst, Beständigkeit und Ziele. Wenn ich im Schulalter wäre, würde ich bestimmt klassische Musik studieren, denn meine Parodien und Singversuche hier und da waren kein richtiges Studium. Ich hätte dann eine viel stabilere, keine so schwankende Persönlichkeit. Na ja, sei es drum... Verpasst, trotzdem Teile davon behalten... Ich bin eine taumelnde Zuhörerin. Doch auch ich werde teilweise von der Musik geheilt. Die Musik ist wie ein Lift für die Seele; ich erhebe mich, steige hoch bis zum 130. Stockwerk. Wir, die Wolkenkratzerbewohner, wissen, dass wir in der Höhe die schönsten und beeindruckendsten Einblicke der Stadt bekommen, und es ist weniger wichtig, dass man auch selbstmordgefährdeter ist, wenn man in Hochhäusern lebt. Mein Lift funktioniert einwandfrei, in ein paar Sekunden bin ich schon oben, ich berühre sogar die Sterne, die Sonne, die mich beinahe verbrannt hätte. Beinahe, denn in letzter Minute hat sie Mitleid mit mir gehabt und mir nur die Hand zerkratzt. Ich bin im Begriff zu schreien... doch tut man so etwas nicht während eines Konzerts. Man bewegt sich kaum, atmet ja kaum. Sonst wären meine Nachbarn im Saal belästigt, sehr irritiert und entsetzt, sollte ich meinen Mund aufmachen und das wunderbare Konzert durch meine unwillkürliche Tat des Schreiens jäh unterbrechen. Es wäre unverzeihlich. Ich bleibe noch stiller als die anderen. Ich fange an vor Zurückhaltung, Bedächtigkeit und vor Respekt dieser Musik gegenüber zu schwitzen; meine Augen beginnen zu tränen, denn das ist erlaubt; Schweiß und Tränen hört man nicht. Irgendetwas muss mein Körper tun, um sich zu äußern. Meine Füße bewegen sich auch geräuschlos wie in einem Tanz. Meine Lippen stammeln ein lautloses Gebet, meine Hände zittern, alles ist Bewegung und Dynamik in mir, auch wenn ich so still sitze. Sogar meine Haare und meine Fingernägeln tanzen, oder bilde ich es mir nur ein? Vielleicht ist die Stille der anderen auch so wie meine. Die Frauen zerquetschen in fieberhafter Spannung ihre Handtaschen, die Männer die Programme, die sie in der Hand halten, aber alles ohne Geräusch. Unterdrückte Leidenschaft... Nein, es ist kein Schlaf, wie es am Anfang zu sein schien. Gerade dieses In-die-Höhe-gehen ist eine sehr schwierige und anstrengende Übung. Man bricht sich unterwegs die Muskeln und die Nase, und wenn man nach oben gelangt ist, gibt es kaum Knochen, die nicht gebrochen wären. Aber es tut gar nicht weh, denn die Kunst hat alles geheilt. Nur wenn man wieder nach unten muss... Dann erst merkt man die Verletzungen; dann werden

sofort Notoperationen von schlechten Ärzten und Heilpfuschern in Angriff genommen.
Ich nehme mein Gesicht zwischen meine beiden Hände, als wollte ich mich selbst streicheln oder die genaue Größe meines Gesichtes messen. So kann ich am intensivsten zuhören. Ich bin total besiegt von der Schönheit der Musik. Und gerade dann, zusammenhangslos, in Sekundenschnelle, kommt mir eine ganz überraschende Assoziation ins Gedächtnis: „Der Bauch von Paris" von Zola; keiner hat so meisterhaft wie er das Gegenteil vom Schönen, die Hässlichkeit wiedergegeben. Die Hässlichkeit umfasst so viele Bilder der unterschiedlichsten Bereiche, dass einem fast schwindelig wird vor lauter Vielseitigkeit. Alle Formen hat er genannt: böse Zungen, Gestank verwester Waren in den Geschäften von Paris, Armut, schmerzhafte Vorgänge im Bauch durch hässliches Überfressen oder Verhungern, Kellerexistenzen ohne die erfrischende Luft zur Wiedergesundung, geschlechtliche Fleischgier ohne Liebe, Tierfolter, Misshandlung, Verbrechen, Blut... Die anständigste Reaktion der Leser ist natürlich Übelkeit.
Doch hier ist keine Übelkeit vorhanden, sondern das Gegenteil davon, Lichtstrahlen im Gehirn, viel Sauerstoff in den Lungen und natürlich die Qual des Aufstiegs und die Angst vor dem Abstieg danach; aber der Sauerstoff bleibt trotzdem als Reserve für schlechte Zeiten der Not. Dieses Konzert ist ein köstlicher Cocktail von Sauerstoff und Glanz, und ich löffle darin sehr sanft und still, picke die deliziösen Früchte heraus und beiße genussvoll darauf. Ich bin schon ganz betrunken, aber sicher, ich darf es den anderen nicht zeigen.
Der Chor fasziniert mich besonders, so viele Stimmen in Einklang miteinander... Es ist schwer, dass wir Menschen irgendwann eine gewisse Einigkeit erreichen. Jeder redet

getrennt von dem nächsten, manchmal simultan, aber immer mit abweichenden Lautfrequenzen, dissonant und gebrochen. Ich sage meine Worte, der andere sagt ganz andere Worte, und wir treffen uns nie. Eine Schlacht von Dissonanzen zerbirst in meinen Ohren. Ich sage „Ah" und die anderen sagen „Oh" und „Uh" in hartnäckiger Ablehnung meiner Äußerungen oder Ausrufe. Nicht einmal einen kurzen Ausruf kann ich mit den anderen Menschen zusammen anstimmen, während hier in diesem Konzert hingegen... alle 25 oder 30 Stimmen mit der gleichen Betonung und in der gleichen Sekunde in dieser Fremdsprache, die ich nicht verstehe, ein universelles, unendlich ineinander verschmolzenes „Ah" der Einigkeit sagen. So viel Einklang, Einverständnis und Harmonie kann man nur in einem Chor erleben. Die Harmonie überträgt sich auch weiter auf das Orchester, die Instrumente gehorchen, ergänzen einander ohne Widerspruch, als hätten sie alles miteinander abgesprochen, bis zum kleinsten Signal einkalkuliert und abgestimmt. Und tatsächlich ist es so: Das architektonische Werk der Laute muss genauso perfekt und bis ins letzte Detail eingeschmiedet sein wie Schmuckkostbarkeiten, Armbänder, Ketten... oder andere höchst präzise, ineinander abgestimmte Gebilde wie Torten, Blumensträuße, Adventskränze... wie der Bau einer Kathedrale. Harmonie ist wahrscheinlich das Schlüsselwort für alles. Ohne Harmonie könnte man nicht einmal einen Pullover stricken, sollten die Teile nicht zueinander passen. Vielleicht ist es nicht so sehr, dass die Orchestermitglieder alles lückenlos abgesprochen haben; jeder beherrscht individuell seinen Teil der Musik, hat eine Partitur vor sich liegen und vergisst sogar die Anwesenheit der anderen, kann sich der Illusion hingeben, als wäre er ganz alleine. Aber dadurch, dass jeder seinen Teil so wunderbar beherrscht und alle die Musik als die gemeinsame Sprache haben, entsteht dieses Gefühl der kollektiven Schwingungen und des Ineinander-Lebens, als würden sie alle mit nur einer Stimme sprechen. So wiederholen die Geigen wie ein himmlischer Nachhall das „Ja" der Sopranistin, die nach Chanel duftet, die schlank wie eine Tanne ist und eine Stimme aus Kristall hat, und fast gleichzeitig hört man die Klavierspielerin aus Südafrika, die dieses „Ja" in die Länge zieht, durch die Winde verstreut und in eine noch tiefere Gefühlsdimension, in die Gefilde der Ewigkeit, eintaucht.

Zum Teufel! Ich bin wütend, ich habe es satt mit so vielen Widersprüchen. Warum müssen die Menschen immer „Oh" oder „Uh" sagen, wenn ich „Ah" sage? Der Kampf ist mein Schicksal. Auch das Wasser im Meer würde sich gegen mich auftürmen, sich gegen meinen Leib pressen, wie eine mitleidslose Hebamme bei der Geburt, sich mit aller Kraft auf mich werfen, in dem geheimen Wunsch mich vielleicht zu zertrümmern. Anstatt, dass die Wellen meinen Gesang wiederholen, bestätigen, sich mit mir verbünden und verbrüdern, opponieren sie nur... Sie singen ihre eigene Melodie, die ganz anders als meine ist. Und so war es immer. Aber hier im Chor und im Orchester erlebe ich die volle Harmonie, da streicheln und massieren sich die Laute, bestärken sich gegenseitig und beeilen sich, den Weg zur Heilung zu nehmen. Es stört mich nur, dass ich nicht mitsingen darf, dass ich nur zuhören darf. Aber weil es so viele Zuhörer gibt – überall, in allen Richtungen – bin ich weniger neidisch und verbittert. Ich grüble weiter in der Stille, mache mir einige Sätze zurecht über die Qualität dieser Aufführung, für den Fall, dass jemand etwas über meine Meinung wissen will. Ich frage mich, ob meine Begleiter das gleiche empfinden. Ich verteidige meine eigene Subjektivität und vergleiche meine

Zustände vor und während des Konzerts. Ich nehme wieder das seltsame Phänomen meiner inneren Erhebung wahr. Vor dem Konzert war ich so sehr in den Boden gesunken, und jetzt habe ich mich so sehr erhoben, dass sogar mein Haar nicht mehr auf meinen Schultern liegt, sondern sich nach oben bewegt und unsichtbare Berge besteigt. Vor dem Konzert hat mir Frank Schreckliches gesagt: Dass er sich doch nicht entscheiden könne, dass die andere Frau, Jasna, ihm doch zu sehr gefalle. Und das alles, nachdem wir so eine intensive Nacht zusammen verbracht hatten... Das erschöpft mich noch mehr und macht mich unbrauchbar; ich bin meiner alten Reserven und Hilfsmittel der Anziehungskraft beraubt, während die andere mächtig und unverletzt bleibt. Sie ist die exotische Tochter einer Russin aus dem Adel; sie lebt in Paris im Exil; eine schöne Figur hat sie, wie die Sopranistin. Aber jetzt erinnere ich mich nicht daran und die Krise ist überwunden. Mein ganzes Leben scheint mir wie ein Oratorium mit freudigen Stimmen und grandiosen Zusammenfügungen von Elementen der Evangelien: Jesus, Gebet, die Heiligenfiguren. Es ist unglaublich, dass menschliche Stimmen so sehr das Göttliche vermitteln können; nur der Ersatztenor kann das nicht, aber den lassen wir beiseite.

Ich verstehe nicht viel von Musik, doch Händels „Messias" und viele andere Konzerte von Bach waren so ergreifend, die uns ebenfalls Gott so nahe bringen. Alles in mir will nach oben, meine Augen, meine Hände, sogar meine Füße, und ich hebe meinen Kopf so hoch, dass mir am Ende der Nacken höllisch wehtut. Morgen werde ich Kopfschmerzen haben; gewiss, es ist der Kater der Erhabenheit. Es klingt zynisch, aber es ist so, wie wenn man zu viel getrunken hat. Oder es ist wie ein

Muskelkater der Seele: Man hat die Muskeln zu sehr strapaziert und ermüdet.
Ich atme tief und erhole mich ein wenig von so viel Schönheit und Perfektion. Ich bin noch wie hypnotisiert und höre von allen Seiten die wunderbaren Klänge. Aber mit der Klugheit des Überlebenden rechne ich schon unwillkürlich damit, dass viel Zeit vergangen ist, bestimmt über eine Stunde und dass das Konzert in einer Viertelstunde womöglich schon zu Ende sein wird. Dementsprechend bereite ich mich langsam auf die 180-Grad-Wendung vor, die notwendigerweise erfolgen muss. Was links ist, wird dann rechts sein, und was vorne war, wird dann hinten sein. Da ich besonders geradelinig und zielstrebig bin, täusche ich mich nicht über die Dauer dieses Augenblicks. Irgendwann bald werden wir diesen schönen Ort der Kultur, der Musik und Inspiration verlassen müssen, und wir wären verrückt, wollten wir zu lange hier bleiben. Früher oder später muss es geschehen. Für die Künstler, die das Konzert zum Entstehen gebracht haben, gibt es natürlich eine ganz andere Perspektive: Sie leben davon und leben darin; sie schwimmen in Noten und Gesang, auch nachdem sie mit ihrem Auftritt bereits fertig sind; sie feiern den großen Tag unter sich und fast zeitgleich machen sie sich schon wieder an die Arbeit für den nächsten Auftritt. Aber wir, das Publikum, wir bleiben außen vor; wir genießen, bewundern, und dann ist es Schluss.
Am Ende des Konzerts werden wir in ein Café gehen und zu dritt ein wenig über den Tenor plaudern, der verhindert gewesen ist zu kommen, den wir nicht haben hören können. Gerlis wird auch über ihre Kinder sprechen und Anton über seine junge Nachbarin, die er „wie eine Tochter liebt".
Gerlis sagt:
„Nächstes Mal bringe ich Traude, meine zwölfjährige Kleine mit; Konzerte hat sie schon gern. Ab wann dürfen Kinder ins

Konzert? Weißt du das? Ich werde mich verpflichten müssen, dass sie nicht stören wird."
„Genau, Gerlis, lass die Kinder in das Reich der Schönheit kommen, dass sie sich wie wir erheben dürfen!"
Anton sagt:
„Nächstes Mal bringe ich auch Charlotte, meine Nachbarin, mit. Nein, nein, glaubt mir, wenn ich sage, dass wir nur befreundet sind, Charlotte und ich. Es ist nichts außer Freundschaft zwischen uns."
Dann werden wir das nächste Mal zu fünft ins Konzert kommen. Trotzdem fühle ich mich ziemlich alleine... Auf jeden Fall wird es ein ganz anderes Konzert sein, ein anderes Datum, mit anderen Künstlern, die nicht mehr norwegische Worte sprechen. Frank wird wahrscheinlich gänzlich verschwunden sein. Vielleicht werde ich mit der Zeit allergisch gegen Konzerte sein, die nichts mehr bei mir bewirken werden außer Ungeduld und Müdigkeit.
Ich muss mich immer wieder daran erinnern, dass ich auch Schauspielerin und Sängerin bin, dass ich gewissermaßen zu den Künstlern gehöre. Fast habe ich es vergessen, deshalb wird alles vergänglicher, mühsamer. Auch ich möchte dem Publikum etwas geben, das Publikum mit übertriebener Wärme umarmen; dann wäre ich weniger müde und weniger passiv. Als Zuschauer und Zuhörer ist man so gut wie tot, ich möchte keine Zuhörerin mehr sein. Es ist schön und gut dem Werk der anderen zu applaudieren, aber jetzt möchte ich schon an meinem eigenen Werk arbeiten, mich ausstrecken, von dem unbequemen Stuhl aufstehen und selbst singen.
Es ist dumm, wie wenig die Menschen sich anstrengen, das Leben für die anderen angenehm zu machen. Warum sind sie nicht auf den Einfall gekommen, einen wunderbaren Abend voller Licht und Wärme für mich zu veranstalten? Das ist zu

abstrakt gesagt. Wer sollte das tun? Das Publikum ist an sich viel besser als die Familie. Wenn ich wenigstens das Publikum hätte!
Vielleicht werde ich meinen Begleitern irgendwann absagen müssen: „Es tut mir Leid, ich konnte nicht zum Konzert kommen. Und dabei hatte ich mich wochenlang darauf gefreut, die Karten gekauft und alles vorbereitet. Aber ich hatte plötzlich so eine Übelkeit... Ich musste ständig zur Toilette gehen und mich übergeben. Unter solchen Umständen kann man doch nicht ins Konzert gehen. Was blieb mir anders übrig, als zu verzichten?"
Aber Gott sei Dank ist es nicht soweit. Ich habe noch kein großartiges Konzert verpasst, das Gehörte hat eine positive Wirkung auf mich gemacht, hat mich zum höchsten Wolkenkratzer der Welt hochgetragen und ist gerade zu Ende gegangen, als ich schon begann, es mir beinahe zu wünschen.
Jetzt stehen wir alle und applaudieren. Ich applaudiere wie eine Wahnsinnige; ich schone meine Hände nicht, sie tun mir weh, doch ich achte nicht auf solche Lappalien und mit Begeisterung erfreue ich mich doppelt an der endgültigen Befreiung von meiner Passivität durch den Applaus. Dieser Applaus ist nicht nur ein Beweis der Hochschätzung für die Ausführenden, sondern auch ein Ausgleich für uns, ein Racheakt gegen das lange Sitzen und Grübeln; und ich applaudiere mir selbst dabei, meiner Fähigkeit, noch Kunst auszuleben.
Dann gehe ich zu der Klavierspielerin, die mich von Anfang an besonders interessiert hat, und tue etwas, was in einem anderen Rahmen lächerlich, sogar unzulässig wäre, aber was hier erlaubt und ohne weiteres erwünscht ist... Denn das Publikum ist der König, das Publikum darf alles tun und die

Künstler lassen sich auch gehen, kennen keine Grenzen mehr in ihrem Rausch, in dem Höhepunkt der erfüllten Erfolgsstunde, gerade nach so viel Disziplin, Leistung und Unterwerfung für die Kunst. Ich drücke Mileva an mich, küsse ihre Wange, nehme ihre Hand in die meine und flüstere: „Eine himmlische Kraft hast du!"
Mit so einem Menschen würde ich gerne zusammenleben. Vielleicht ist dieses Konzert der Anfang unserer Liebe.
Sie strahlt, ist glücklich, spielt zerstreut und ausgelassen noch ein paar Akkorde auf dem Klavier. Für sie bin ich nur noch Publikum, eine unbeschreibliche Substanz der Nähe und der kollektiven, kommunikativen Umarmung. Aber diese Publikumsvalenz könnte mit noch anderen ergänzt werden, sobald wir beginnen, miteinander zu sprechen. Wir umarmen uns flüchtig, lachen wortlos. Ihre Hände und ihre Stirn schwitzen.
„Du Arme! Du hast dich so sehr für uns alle angestrengt!"
Ich gratuliere ihr zu ihrem Erfolg überschwänglich und zeige ihr meine Bewunderung. Ein Fan ist dazu da, Lob zu äußern. Ich habe mich in sie verliebt.

***

Die Frau im Publikum hat mich umarmt. Ist sie eine der Kulturbeauftragten, die mich zuerst vom Flughafen abgeholt, ins Hotel und dann ins Konzert begleitet haben? Aber nein, ich erkenne sie nicht. Die Frau, die mich betreut, sieht ganz anders aus, viel älter, distanziert, pedantisch und redet mich mit „Sie" an, während diese andere sofort mit einem zärtlichen „Du" beginnt, als wären wir die besten Freundinnen. Nachher erfahre ich, dass es sich um einen Fan handelt, jemanden, der meine Musik liebt und sich in mich wegen meiner Kunst verliebt hat. Fans darf man nicht unterschätzen, ohne sie könnten wir Künstler nichts werden, so ungefähr wie die Lehrer ohne die Schüler. Mit einem großen Unterschied jedoch, dass wir die Fans nur selten wiedersehen, und wenn ja, nur flüchtig. Es ist ein höchst unverbindlicher Kontakt, deshalb umso wertvoller und einzigartig für beide Seiten.

„Du hast wunderbar gespielt", sagt sie mit Tränen in den Augen. „Du warst die Beste, obwohl auch der Chor und das Orchester und die Soprano beeindruckend sind, aber ich habe von vornherein meistens nur dein Klavier gehört. Das geht einem so tief, so nahe..."

„Es freut mich, dass es dir gefallen hat. Dafür sitze ich so viele Stunden am Klavier und übe, alles für euch."

„Ich fühle mich wie ein Teenager. Ich würde am liebsten dein Foto über meinen Schreibtisch hängen. Warum dürfen wir uns mit 40 nicht auch wie eine 16-Jährige benehmen?"

„Natürlich. Mach das. Ich habe nichts dagegen."

„Es ist ein Glück, dass du so gut Deutsch sprichst. Mein Englisch ist nämlich sehr ärmlich und ich könnte dann nicht so tiefgehende Gespräche mit dir führen. Wie schade, dass ich keine Blumen für dich mitgebracht habe!"

„Mach dir keine Sorgen. Es sind so viele von uns auf der Bühne, und man kann nicht für alle Blumen mitbringen. Ich hätte es auch nicht so gern, die einzige zu sein, die so etwas bekommt; ich bin sehr für die gleiche Behandlung aller. Als schwarze Pianistin in Südafrika bin ich schon froh, dass man mich nicht als unterlegen behandelt, aus dem gleichen Grund will ich auch nicht zu hoch gepriesen und ausgezeichnet werden. Unsere Blumen sind... der Applaus."

„Trotzdem würde ich dir gerne etwas geben, auch wenn es nur ein Bonbon ist, und auch etwas von dir empfangen. Ich weiß, ich verhalte mich sehr kindisch."

„Zuerst warst du eine 16-Jährige und jetzt ein Kind... Wohin soll das denn führen? Aber im Grunde basiert die ganze Industrie der Kunst auf solchen Launen. Du würdest mir am liebsten eine CD abkaufen und dann könnte ich sie dir signieren, damit hätten wir unseren Austausch. Aber leider habe ich noch keine CD gemacht, ich bin doch nicht so berühmt."
Mein Fan kommt mir ziemlich originell vor und stellt nicht die typischen Fragen: „Seit wann spielen Sie Klavier? Bei wem haben Sie gelernt? Spielen Sie auch Mozart und Brahms? Sind Sie auf Tournee in weiteren deutschen Städten oder fliegen Sie sofort wieder in die Heimat?" Ich mag diese unbekannte Verehrerin mit ihrer ehrlichen und überschwänglichen Begeisterung für mich. Trotzdem gibt es einige negative Umstände, die mich dazu zwingen, das Gespräch nicht ins Unendliche zu verlängern. Es ist keine Eitelkeit oder Verschlossenheit, sondern ein körperliches Missbehagen in mir. Nach der Euphorie der ersten Minuten, durch den Applaus bedingt, und die Erleichterung des Aufstehen-Könnens, überkommt mich eine plötzliche Müdigkeit. Das habe ich immer nach einem Konzert, nach dem angestrengten und konzentrierten Spiel, das keine zerstreuten Gedanken erlaubt. Außerdem muss ich zur Toilette gehen. Es ist ein dringendes Bedürfnis nach dem langen Sitzen, leider noch stärker als die Freude über die Bewunderung eines Menschen. Ich muss ehrlich sein und es zugeben. Im Moment möchte ich nur zur Toilette. Ich bin so dumm gewesen, dass ich im Hotel kaum Gebrauch davon gemacht habe, weil die Kulturbeauftragte draußen etwas ungeduldig auf mich wartete und sich immer wieder über die Flugverspätung beklagte, die uns jetzt in eine Notlage gebracht hatte; ob wir es noch schaffen würden, rechtzeitig

zum Konzert zu kommen... Zusätzlich gibt es ein paar Leute, die ebenfalls herumstehen und ihre Reihenfolge abwarten, um mir ein nettes Wort zu sagen, um mich zu begrüßen. Und bald wird die Kulturbeauftragte kommen und mich erneut entführen wollen, da wir, alle Künstler zusammen, nach Plan zu einem gemütlichen, gemeinsamen Abendessen marschieren sollen. Ob das wirklich gemütlich sein wird, ist die Frage; ich denke eher an den schwierigen, problematischen Marsch mit den verschiedenen Autos und Richtungshinweisen, die in einer fremden Stadt meistens Verwirrung auslösen; ich denke an das überfüllte, laute Restaurant, wo wir zu viele sein werden. Es kann durchaus sein, dass der Chordirektor und die erste Sopranistin, die für ihre Launen und ihr heftiges Temperament bekannt sind, sich über dieses und jenes beschweren, und dann wird die Kulturbeauftragte sich räuspern, sich entschuldigen, eine demütige Haltung bewahren, aber im Grunde mit peinlicher Arroganz zeigen, dass sie sich sehr verletzt fühlt über das unhöfliche Verhalten der gastierenden Künstler. Das wird uns allen die Atmosphäre verderben.

Ich sage zu der Frau, die mir gerne Blumen bringen würde: „Es tut mir leid, aber ich muss auch kurz mit den anderen reden, es ist das Gesetz der Gleichberechtigung, verstehst du?"

„Aber ich möchte doch länger mit dir sprechen!"

„Das kann vielleicht nur in der Toilette möglich sein, in fünf Minuten."

„Sehr praktisch, ich muss auch sowieso hin."

Sie klammert sich an diesen Strohhalm, folgt meinen Bewegungen aus der Ferne, und als sie sieht, dass ich den Saal verlasse, geht auch sie in Richtung Toilette; besser gesagt, sie zeigt mir den Weg, denn ich kenne mich in diesem Gebäude nicht aus.

Egal ob es unwürdig klingt oder nicht, gestehe ich ihr direkt mit einem Seufzer: „Ich bin in Not, ich muss so dringend!"
Sie lacht. „Da muss ich dafür sorgen, dass du als erste an die Reihe kommst."
Die Toilette ist wahrscheinlich nicht der richtige Ort, um sich mit einem Fan zu unterhalten, aber es war doch die beste Lösung. Es sind viele Leute dort. Die ganze Konzertmannschaft scheint sich versammelt zu haben, aber natürlich ohne die Musik. Die Frau erzählt mir ein bisschen über ihr Leben. Doch ich höre nicht richtig zu, bis ich endlich mein Bedürfnis verrichten darf. Dann ja, dann bin ich ganz bei ihr und genieße den Einblick in ihre sehr interessante Persönlichkeit. Sie ist Schauspielerin und Tangosängerin, sie hat sich neulich von ihrem Mann getrennt, komischerweise ist sie gerade mit ihrem Schwiegervater und mit noch einer Freundin ins Konzert gekommen. Ob die Freundin womöglich ihre Geliebte ist? Ist meine Beifallspenderin lesbisch wie ich selbst? Ich glaube, sie ist noch keine; aber sie könnte eine werden. Ich würde ihr gerne sofort mitteilen, dass ich Frauen liebe statt Männer. Andererseits will ich nicht zu voreilig sein und das Risiko eingehen, sie zu schockieren.
Wir reden als nächstes über Städte, in denen ich gewesen bin und die sie noch nicht besucht hat: San Francisco, Tokio, Montreal, Río und Buenos Aires. Doch... In Buenos Aires, ihrer Geburtsstadt, war sie schon mehrmals bei ihren Großeltern gewesen, deshalb könne sie Tangos singen. Aber ansonsten sei sie ein richtiges europäisches Kind.
Meine Frage lautet daraufhin: „Was heißt europäisch genau? Ich bin eigentlich in keinem Kontinent zu Hause. Afrika könnte ich auch nicht als meine ‚Heimat' bezeichnen."
„Das ist immer so bei den großen Künstlern. Heimat engt zu sehr ein; ich möchte auch keine Heimat haben. Mit 16 Jahren

möchte man alles Mögliche erleben und sich nicht fesseln und einkerkern lassen."
„Gewiss, ich hatte vergessen, dass du erst 16 bist. Durch die Magie meiner Musik bist du plötzlich so jung geworden, nicht wahr? Ich wünschte nur, dass ich die gleiche Wirkung auf mich selbst ausüben könnte."
Sie hat sich vertan, wenn sie denkt, dass ich 16-Jährige besonders mag; ich habe lieber die 40-Jährigen mit ihrer Reife und Lebensweisheit. Sie sieht noch sehr jung aus trotz ihrer anfänglichen grauen Haare. Aber ich habe mich noch nicht in sie verliebt. Dass ich lesbisch bin, bedeutet nicht, dass ich immer auf der Jagd nach neuen Freundinnen wäre. Ich bin meiner Freundin Angela sehr treu.
Die Frau der hypothetischen Blumen fragt schon nach meiner Familie: „Bist du verheiratet? Hast du Kinder?"
„Es ist gar nicht so einfach das zu erklären. Es ist nicht das übliche Muster, obwohl es heutzutage immer mehr lesbische Künstlerinnen gibt. Ich habe schon seit 10 Jahren eine Freundin und wir haben auch eine Tochter, Asteria. Sie ist Angelas Tochter, aber wie meine eigene. Ich habe sie sozusagen adoptiert."
Sie scheint etwas enttäuscht zu sein und macht keine Anstrengung es vor mir zu verbergen.
„So, so... Auf der einen Seite hätte ich vielleicht Chancen bei dir, weil du lesbisch bist und deshalb hat uns diese gegenseitige Anziehungskraft gepackt; aber auf der anderen Seite bist du sehr konservativ eingestellt, wie ich sehe, sehr familiengebunden und willst keine neuen Kontakte. Meistens bin ich bereits von solchen Begleiterscheinungen überhäuft, es ist mein Pech. Alle sind gebunden und nicht an einer Beziehung mit mir interessiert. Sogar mein Schwiegervater hat eine sehr treue und spirituelle Beziehung zu einem Kind... zu

289

seiner jungen Nachbarin im Haus. Für mich bleibt nichts zu tun, keiner ist für mich frei. Ich schlafe noch hin und wieder mit meinem Mann, weil ich nichts anderes finde."
Ich berühre ihre Schulter mit einer zärtlichen, verständnisvollen Miene, denn sie tut mir ausgesprochen leid und ich mag sie in diesem Augenblick unendlich. Ich mag ihre Direktheit mir gegenüber. Ich sage mit zitternder Stimme: „Gegen Freundschaftskontakte habe ich nichts. Wenn du möchtest, kannst du mir ab und zu E-Mails schreiben; wir freunden uns an und irgendwann kannst du uns besuchen kommen."
Ihr Gesicht wird wieder von einem Lächeln belebt. Sie freut sich letzten Endes über meinen Vorschlag. Sie bleibt immer noch ein Fan, der sich über all das freut, was er von dem verehrten Künstler bekommen kann. So greift sie nach meiner Visitenkarte und küsst sie dankbar. Sie fächert sich damit etwas Luft zu, steckt sie in die Tasche und umarmt mich wieder. Ich schaue auf die Uhr. Mit Schrecken stelle ich fest, dass die Kulturbeauftragte wahrscheinlich auf mich, auf uns alle, wartet.
Dann erinnere ich mich automatisch und mit wachsendem Widerwillen an die Szene vor dem Konzert, als wir mit ihrem Auto durch die Straßen gerast sind und es schien, als würden wir nicht rechtzeitig ankommen. Sie hatte ihre Flüche unterdrückt, jedes Mal wenn ein Auto uns überholte, denn sie ist eine sehr feine Frau; doch ich merkte an ihrer gespannten Reserve und eiskalten Nervosität, wie irritiert sie war. Sie war sehr pflichtbewusst wie die meisten Deutschen, oder ist es nur ein Klischee? Sie wollte pünktlich sein und litt viel unter dem Gedanken an eine mögliche Blamage. Fakt war, dass keiner ohne uns, das heißt, ohne mich hauptsächlich, anfangen konnte. Zu Beginn litt ich weniger, denn ich bin schon sehr an

Reisen gewöhnt und vertrete die lockere Ansicht, dass man irgendwie mit Verspätungen rechnen muss; die Hauptsache war, dass ich mich an Ort und Stelle befand, und irgendwann würde man schon beginnen können. Der lange Flug hatte mich zerstreut, danach die neuen Menschen, die neue Stadt. Aber meine Begleiterin war von ihrer Aufgabe der Pünktlichkeit besessen; am Ende steckte sie mich mit ihrer Panik an. Ich dachte an eventuelle Pannen, die uns noch zustoßen könnten. Was wenn wir einen Unfall hätten? Was wenn wir die falsche Adresse vom Konzertsaal hätten? Ich atmete im Auto auf, als wir es schließlich schafften, pünktlich zu sein.

Und wenn ich jetzt verhindert sein sollte, an diesem Abendessen teilzunehmen, wäre das gar nicht so tragisch, auf alle Fälle weniger schlimm als es die Nicht-Erfüllung meines Konzertvertrages gewesen wäre; es ist ja lediglich der inoffiziellere Teil der Veranstaltung. Am liebsten wäre es mir im Moment, das Gespräch mit Alida Huertas - das unter unbequemen Bedingungen in der Vorläufigkeit einer Toilette bei so vielen anderen Frauen verläuft - an einem ruhigeren Ort, irgendwo in einem netten Café fortzusetzen. Und doch... Ich schaffe es nicht, von der Kulturbeauftragten loszukommen. Ihre Meinung hat Gewicht. Ich kann sie mir vorstellen, wie sie nervös und leidend vergeblich nach mir sucht. Sie ist wie mein Schatten, sie sitzt mir im Nacken, vielleicht weil ich einen ähnlichen Charakter habe. Oft versuche ich, meine Verpflichtungen locker und gleichgültig zu betrachten. aber bald bin ich fest und feierlich in sie hineinverstrickt; dann wächst das wohlbekannte Grauen in mir, Verantwortung zu vernachlässigen... Dann gehorche ich dem Befehl: Bewege mich, beeile mich, stehe total unter dem Druck einer eventuellen Verhinderung des Unternehmens, wozu ich mein Wort gegeben habe. Diese Verhinderung ist mir so verhasst,

dass ich nur über Mittel und Wege grübeln kann, ihr vorzubeugen und als Siegerin über alle Schwierigkeiten zu erscheinen. Es ist ein bitterer, unmenschlicher Kampf. Meine Haltung hat zweifellos mit vergangenen Erfahrungen zu tun, so erinnert mich die bedrohliche, unglückliche Stimme der Kulturbeauftragten an andere von mir erlebten Szenen der Verhinderung.
„Ich muss gehen", sage ich zu Alida. „Frau Staubach, die Dame, die alles organisiert, wartet auf uns und drängt immer so... Ich kann ihre Nervosität nicht ausstehen, aber sie hat teilweise Recht: Man ist zu etwas verpflichtet und muss sich sehr darauf konzentrieren, dass es nicht schief geht. Morgen werde ich mich auch in Acht nehmen müssen, dass ich mein Flugzeug nicht verpasse. Ich hätte gerne eine vernünftige Einstellung dazu, keine krankhafte Regelhaftigkeit, aber ich fühle mich so verkrampft, weil ich schlechte Erfahrungen gemacht habe. Frau Staubach erinnert mich an meine fünf Jahre, in denen ich eine Pechphase durchmachte und viele meiner Pläne nicht ganz bis zum Ende ausführen konnte."
„Wenn du möchtest, könnten wir uns im Flughafen treffen. Ich komme dann sehr pünktlich, um dich nicht zu verpassen. Was hältst du davon?"
„Warum nicht? Und sollten wir die Verabredung nicht wahr machen können, dann hast du wenigstens schon meine Visitenkarte. Du kannst immer eine E-Mail schicken."
„Oh, nein, Mileva! Warum sollten wir die Verabredung verpassen? Die ist mir sehr wichtig."
Schweigsam gebe ich ihr meine Flugkarte und sie schreibt sich die Angaben daraus ab: Flugzeit, Nummer, Flugziel. Sie hat eine sehr schwierige Handschrift, finde ich. Ich könnte sie gar nicht lesen. Aber ich brauche sie ja gar nicht zu verstehen, denn sie ist diejenige, die kommen soll; an ihrer Handschrift

liegt es nicht, ob wir uns morgen im Flughafen wiedersehen können oder nicht.
„Eine Pechphase?", wiederholt sie neugierig. „Was ist dann passiert? Fünf Jahre ist eine lange Zeit."
„Ja, alles ist schief gelaufen. Aber ich kann es dir so auf die Schnelle nicht erklären."
Ihre Neugier und die überfüllte Toilette gehen mir jetzt auf die Nerven. Ich bin froh, Alida zu verlassen, auch wenn sie mein Fan ist und meine Musik so bewundert, auch wenn sie eine schöne Frau ist, die leicht lesbisch werden könnte. Sie besitzt die gleiche Hartnäckigkeit von Frau Staubach, während sie mir beim Abschied zuflüstert: „Bis morgen. Schon zwei Stunden früher werde ich in der Flughafen-Cafeteria auf dich warten."
„Ich weiß nicht, ob ich zwei Stunden früher dort sein kann, aber ich werde es versuchen."
„Wenn nicht, dann werde ich wenigstens einen letzten Blick von deinem Flieger erhaschen. Ich bin ein richtiger Fan, weißt du."
„Aber ich bitte dich, küsse nicht den Boden unter meinen Füssen. Das wäre mir doch zu viel."
Wir drücken uns zärtlich die Hand und trennen uns. Da ich eigentlich nicht so viele Fans habe, empfinde ich eine große Verantwortung. Wieder eine neue Verpflichtung! Wenn es mir morgen aus irgendwelchen Gründen nicht möglich wäre, ihrer Erwartung zu entsprechen, würde ich mich sehr schlecht fühlen.
Frau Staubach ist wieder am Rande einer Krise. Ich merke es an ihren Augen, die unruhig, ja sogar verzweifelt nach mir suchen. Sobald sie mich erblickt, seufzt sie, kommt in großer Eile zu mir und äußert mit einer giftigen, schroffen Resignation: „Ach, Sie sind immer die Letzte! Wir wollten ein schönes Foto von all den am Konzert Beteiligten haben. Nur

von Ihnen haben wir kein einziges Foto. Aber kommen Sie, wenigstens ein Bild können wir mit Ihnen machen. In letzter Minute haben Sie es geschafft."
Alle anderen sind schon auf der Straße verstreut. Nur drei Chorsängerinnen stehen noch in der Nähe; sie werden auch zum Foto hergeholt, damit ich nicht ganz alleine darauf auftauche, was zu einem Erinnerungsfoto der kollektiven Zusammengehörigkeit nicht besonders passend wäre. Frau Staubach hat sich auch uns zugesellt und steht in der Mitte; wir alle fünf lächeln.
Bei Fotoaufnahmen vermisse ich immer mein Klavier; ich weiß nicht, warum ich immer ohne mein Klavier fotografiert werde. Meine Hände ohne Klavier stören mich. Was soll ich damit? Ich fühle mich nackt ohne meine Arbeit. Warum haben sie uns nicht während des Konzerts fotografiert? Da waren wir im richtigen Element, mitten in unserer gemeinsamen Aufgabe; jetzt aber nicht. Noch gerade in letzter Minute geschafft! Was habe ich heute für ein Glück! Noch rechtzeitig zum Konzert angekommen, noch rechtzeitig zur Toilette, Zum Foto, zum Abendessen. Morgen zum Treffen mit meinem Fan, noch rechtzeitig für ein nettes Gespräch angekommen... Und dabei war es nicht immer so. Fünf Jahre lang habe ich es kaum geschafft.
Frau Staubach fährt ihren Wagen höchst gespannt, aufmerksam und sehr schnell allen voran, um die Gruppe zu lotsen und ihnen den richtigen Weg bis zum Restaurant zu zeigen. Da sitze ich wieder, zum zweiten Mal am selben Tag (es scheint mein Schicksal zu sein), und neben mir zwei der Chorsängerinnen von dem Foto. Jetzt kann ich mich wohl entspannen, denn bei uns ist es garantiert, dass wir wenigstens zum richtigen Restaurant kommen werden. Sollten

die anderen uns aus den Augen verlieren und den richtigen Ort verpassen, hat es nichts mit mir zu tun.
Ja, fünf Jahre ist eine lange Zeit, von meinem 25. bis zu meinem 30. Lebensjahr ungefähr, oder war es 26 bis 31? Ich würde eher sagen, dass ich 26 war, als meine Unglücksperiode begann, und jetzt erinnere ich mich immer daran, besonders bei Autofahrten, U-Bahn-Fahrten, Flügen und Reisen mit weiteren Verkehrsmitteln, denn meistens ist das Scheitern immer mit einem Weg, einer Strecke dazwischen verbunden. Wir werden nicht von Beschäftigungen abgehalten, die in unserer Wohnung stattfinden, sondern gerade von denen außerhalb. Wir schlagen die Richtung unserer Ziele ein... Aber dann geschieht die Panne: Wir werden abgeleitet.
Nein, mein Fan muss bis morgen warten, um ihre Neugier zu befriedigen; ich konnte ihr unmöglich die Geschichte meiner Niederlagen so im Stehen... und mit nur ein paar Worten erzählen. Aber morgen, wenn nichts dazwischen kommt und wir uns auf dem Flughafen treffen, dann werde ich es ihr erzählen. Dann setzen wir uns in aller Ruhe hin und rauchen eine Zigarette. Ich beginne in etwa folgendermaßen: „Auch unsere Zeit hier ist zu kurz. Lass mich in medias res ohne Einleitung anfangen..."

***

Ich hatte viele Vorbereitungen für das Seminar getroffen, ein Seminar zu meinem Lieblingsthema: „Verkannte Komponistinnen", wie zum Beispiel Clara Schumann und Lili Mendelssohn. Ich hatte mich monatelang in viele Biographien eingelesen, schon meine Kommentare dazu geschrieben, Musikabende mit der Aufführung ihrer Werke eingeplant und ich hatte an mögliche Interessenten viel Werbung geschickt. Ich hatte die bürokratischen Hürden überwunden und beinahe unsere ganze Veranstaltung finanziert bekommen. Ich hatte eine vorläufige Liste von Teilnehmern, meistens Teilnehmerinnen, um die Wahrheit zu sagen. Und am ersten, an dem so genannten Anmeldetag, würden sich bestimmt noch viele mehr einschreiben wollen. Meistens bin ich wie besessen von meinen kreativen Unternehmungen. Ich dachte ausschließlich an mein Seminar, bestimmt ein ganzes halbes Jahr. Nur das schien mir Antrieb und Ermunterung zu verschaffen; alles andere trat in den Hintergrund für mich. Manchmal war ich sogar entsetzt über meine Einseitigkeit, die mich verschluckte und mich für alles andere unempfindlich machte. Aber ich konnte nichts dafür, es war meine Natur. Mein ganzer Schreibtisch war voll von gestapelten Akten, Anträgen an eventuelle Sponsoren, allerlei Informationen über meine „Heldinnen der Musik", Noten, Sekundärliteratur, Zeitungsartikeln, Adressen von wichtigen Frauen, die sich auch für das Thema interessierten und unbedingt kommen wollten. Das Seminar sollte von Januar bis März in zwölf Wochenendveranstaltungen stattfinden.

Es kam der Anmeldetag, an sich ein ganz wichtiger, denn ohne ihn könnte man nicht wissen, wie viele am Seminar teilnehmen würden und wie die ganze Planung laufen sollte. Die Schule war nicht sehr weit weg von meinem Viertel; ich brauchte bloß fünf Stationen mit der Bahn zu fahren. Das hatte ich schon getan, alle Details angeschaut, hatte alles eingepackt und mich voller Erwartungen auf den Weg dahin gemacht. Ich hatte nichts vergessen, und ich wäre auch überzeugend pünktlich gewesen. Aber dann, nach der dritten Station, klingelte mein Handy mit der schrillen, dringenden Vitalität einer Krankenwagensirene.

„Deine Mutter hat in London einen schlimmen Unfall gehabt. Du musst sofort ins Krankenhaus kommen." Natürlich wurde das Seminar abgesagt. Aussichtslos war es, so kurzfristig nach einer Vertretung zu suchen. „Unfall, Unfall!" Alle Frauen gingen konsterniert nach Hause. Am zweiten Seminartag hätte ich vielleicht durch eine ungeheure Anstrengung das Ganze noch retten können. Ich hätte die Frauen wieder zusammen getrommelt, mich mit einem traurigen Lächeln entschuldigt und versucht, das Versäumte nachzuholen, aber zu dem Zeitpunkt kämpfte meine Mutter noch im Krankenhaus mit dem Tod, und es schien mir lächerlich an Seminare zu denken. Ach, nie mehr wieder konnte ich an schöne Musikabende glauben, an großartige, brillante Diskussionen, an Laudatioreden für unsere geliebten Komponistinnen! Angesichts des Todes klingen sogar die schönsten Symphonien frivol. Und doch stimmt es nicht ganz, sogar bei Beerdigungen wünschen wir uns die Musik als einzigen, möglichen Trost. Ohne die Musik könnten wir gar nicht sein. Aber nach dieser Erfahrung schwor ich mir nichts mehr zu planen. In masochistischer Selbstbestrafung meines Ehrgeizes spielte ich in den folgenden Wochen kein Klavier mehr. Nur als es meiner Mutter besser ging, traute ich mich allmählich wieder.

An mein abgesagtes Seminar erinnert sich kein Mensch mehr, nur in meinen Akten bleibt es noch als eine gute Idee, die ich ein Mal hatte, aber nicht verwirklichen konnte, obwohl ich so nahe dran war... Irgendwann werde ich die ganzen Stichwortzettel und mehrmals kopierten Aufsätze wegschmeißen; sie stimmen mich nur traurig, und es ist ein Wunder, dass ich sie noch behalten habe. So ein Projekt wie damals werde ich nie wieder in Angriff nehmen, allein deshalb weil ich ziemlich abergläubisch bin. Ich hätte Angst, dass ich genauso wie an jenem Tag einen Handyanruf bekommen könnte. Angela, Esteria oder meine alte Mutter könnten wieder einen Unfall haben.

Es folgten Tage der Unruhe und Ziellosigkeit für mich. Ich freute mich natürlich, dass meine Mutter den Unfall überleben konnte und gesund wurde; aber andererseits war ich melancholisch und schlecht gelaunt über meine verhinderten Pläne.

Dann kamen die Vorbereitungen für meine Deutschprüfung. Prüfungen im Allgemeinen kann ich nicht ertragen, nur die vom Konservatorium hatten mir weniger ausgemacht, weil die Musik schon so sehr ein Teil meiner Alltagsdisziplin geworden ist. Aber diese schreckliche Klausur, bei der ich mein Mittelstufenzeugnis bekommen sollte, brachte mich allmählich zur Hysterie. Ich lernte viele Stunden, quälte mich unaufhörlich mit dem Stoff, verschlang Grammatikbücher, ging nicht mehr mit Freundinnen aus, um meine ganze Zeit dieser wichtigen Aufgabe zu widmen. Ich würde jedem davon abraten, sich mit etwas so ausschließlich und absolut zu befassen, dass alles Übrige ausgelöscht wird. Tue so etwas nicht, Alida! Durch meine Fixierung auf die Prüfung wurde ich, was ich nie gewesen bin,: Wechselhaft und schwach, ein schwankendes Lied ohne Rhythmus, mit manchen gelungenen Stellen, die mich wirklich voran zu treiben schienen, sodass ich glaubte, bald mit großen Schritten mein Ziel zu erreichen. Dann aber war ich wieder fade, leer, unausgewogen und ohne Dauer in der Wirkung.

Am Tag der Prüfung ging es mir schlecht. Meine Freundin Angela, die ich ein paar Monate zuvor kennen gelernt hatte, mit der ich aber noch keine intime Beziehung unterhielt, sagte besorgt: „Das ist ein Mangel an der richtigen Ernährung. Du siehst zu dünn und ohne Energien aus."

Ich überlegte mir, ob ich ein ärztliches Attest vorlegen sollte, um die Prüfung zu verschieben; andererseits wollte ich diesen unangenehmen Zustand der Unruhe und der nervenaufreibenden Lernverpflichtungen nicht verlängern. So sprach ich mir wieder Mut zu; es war am Vormittag eines düsteren Januars, an einem Dienstag, ich erinnere mich noch daran... Ich badete, was sich meistens wohltuend auf mich auswirkt, ich nahm eine Kopfschmerztablette ein und eine Tasse Kaffee dazu und fuhr dann mit der Bahn zum Institut. Ein Auto habe ich nie besessen, ich habe keinen Führerschein, Alida. Schon der Weg war eine Qual, ich bekam plötzlich Brechreiz und Magenkrämpfe. „Der Kaffee und die Tablette sind mir nicht bekommen", dachte ich die ganze Zeit. Ich musste meine Fahrt für einen Besuch auf der Toilette eines Cafés unterbrechen. Aber ich blieb stur mit dem Gedanken, dass die Prüfung mich vielleicht zerstreuen würde. Doch als ich schon im riesigen Raum saß, als wir alle - in die ernste Atmosphäre der Klausur eingetaucht - unsere Aufgaben bekamen, als ich die anonymen Figuren beobachtete, die gar nicht sprachen, die nur lasen und schrieben... als ich die Überschriften der Aufgaben erblickte, die mir allein durch ihre Formulierung sonderbar Kafkaesk, verschwommen bürokratisch und unverständlich vorkamen... da intensivierten sich meine Magenkrämpfe und meine Übelkeit so dermaßen, dass ich den Raum unverzüglich verlassen musste.
Eine halbe Stunde ungefähr verbrachte ich in der Toilette des Instituts. Gott sei Dank, war sie frei, denn alle Leute befanden sich im Prüfungsraum, und niemand merkte meine Schwierigkeiten. Nicht einmal durch einen starken Willen lässt sich Schmerz betäuben, diese Lektion habe ich daraus gezogen. Mit Schmerzen kann man sich nicht auf eine Prüfung konzentrieren. Vielleicht geht es noch bei manchen Routine-

Arbeiten, wie zum Beispiel den Kunden im Büro mechanische Auskünfte zu geben. Doch ist der Schmerz alleinherrschender König in gewissen Situationen, wie bei der intellektuellen Herausforderung dieser entscheidenden Aufgaben, die durch den Zeitdruck noch bedrohlicher werden. Außerdem war mein Schmerz von einer sehr sichtbaren und peinlichen Art. Ich schämte mich, weil er so körperbezogen war, als hätte sich mein Körper an meinem Geist letzten Endes gerächt. Hätte ich da weiter gesessen und vielleicht einen Teil der Aufgaben gelöst, dann hätte das Elend meiner Erkrankung zu einem sehr unästhetischen Finale geführt. Nicht einmal die große Kraft meiner Zielstrebigkeit konnte so einen Feind überwinden. Auf der Toilette bekam ich meine Periode mit einer sehr starken Blutung. Danach nahm ich ein Taxi und fuhr nach Hause. Seitdem ist mein Deutsch ungeprüft geblieben und ich besitze kein Mittelstufenzeugnis, wenn auch in praktischer Hinsicht Deutsch meine zweite Sprache ist, denn meine Mutter, die in Deutschland geboren wurde, brachte sie mir bei.

Meine dritte Verhinderung war einfach ein Missverständnis. John Merton, Asterias Vater, flog nach Brasilien, um dort für immer bei seiner zweiten neugegründeten Familie zu bleiben. Ich begab mich zum Flughafen, um ihm zu begegnen. Mir lag viel daran, ihn ohne Angela kennen zu lernen und ihm zu sagen, dass ich auch als Adoptivmutter für die Kleine sorgen würde. Eine ganze Woche lang hatte ich nur daran gedacht, welche meine ersten Worte an ihn sein würden, mit wie viel Unmut, Missbilligung oder Verständnis er unser Lesbischsein beurteilte. Ich hatte mir einen schönen Plan ausgelegt, um ihn vom Konstruktiven meiner Absichten zu überzeugen; er solle in einem regulären Briefwechsel mit seiner Tochter bleiben. Ich strahlte in dem Gedanken, dass ich vielleicht klüger als Angela argumentieren und die Angelegenheit besser behandeln könnte. Aber auch da wurde mein Stolz bestraft. Die Zeit der Zwischenlandung seines Fluges, die mir von einer Sekretärin mitgeteilt wurde, erwies sich als falsch. Entweder hatte ich etwas missverstanden oder sie hatte sich durch den Zeitunterschied der zwei Länder geirrt. Auf jeden Fall, als ich voller Selbstsicherheit und Erwartung den Weg zum Flughafen einschlug, wusste ich gar nicht, dass meine ganzen Mühe vergeblich sein würden. Bei meiner Erkundigung nach seinem Flug erfuhr ich dann, dass ich drei Stunden zu spät gekommen war. So habe ich John nie getroffen und so schreibt er nie an die Kleine, was ich eigentlich schade finde. Seitdem, immer wenn ich eine Uhrzeit gesagt bekomme, wiederhole ich sie zwei bis drei Mal und checke es selbst noch sicherheitshalber nach. Deshalb habe ich dir meine Flugkarte gegeben und nicht mündlich meine Flugzeit gesagt.

Die vierte Verhinderung war meine vorletzte. Wer weiß? Vielleicht kommen viele weitere für den Rest meines Lebens hinzu. Ich hatte ein Konzert in Rom, damals vor sechs Jahren. Mit viel Freude trat ich diese Reise an, die mich noch durch andere Länder Europas führen sollte; auch Frankreich und Deutschland standen auf dem Programm. Auf Rom bereitete ich mich sehr sorgfältig vor, da es mein erster Aufenthalt im Ausland war und ich mir viel davon versprach.

Der erste Tag in Rom war noch gut. Aber unsere Reiseleiterin verhielt sich sehr chaotisch; immer verloren wir jemanden von der Künstlergruppe, jemanden, der sich verlaufen hatte oder bestohlen worden war. Ich dagegen wurde nicht bestohlen, aber gerade am Sonntagabend, als das Konzert stattfinden sollte, verlor ich tatsächlich die Gruppe, und nicht nur sie, sondern meine Handtasche, die bei der Reiseleiterin geblieben war; sie hatte sie mir kurzfristig abgenommen, als wir im Restaurant saßen, damit keiner sich daran vergreifen

könnte. Ich nahm ein Taxi. Doch... zu meinem Entsetzen hatte ich die Adresse des Konzertsaals total vergessen, wo wir auftreten sollten. Hatte ich sie mir nicht zweimal aufgeschrieben? Aber den Zettel hatte ich sowieso nicht mehr, er lag in der Tasche neben meinem Handy und meinen anderen Papieren. Den Namen hatte ich nicht behalten; nur den Namen vom Hotel hatte ich behalten. Aber was nützte mir das? Ich sprach kein Italienisch. Ich bemühte mich, den Taxifahrer zu fragen: „Concerto, concerto... Mozart."
Doch er verstand nur, dass ich CDs kaufen wollte und brachte mich zu einem Musikladen. Darauf hin wurde ich sehr nervös, schrie ihn an in der Hoffnung, dass er mich vielleicht so verstehen würde: „Lo concertista."
Aber er schien nicht sehr Musik bewandert zu sein, er wusste überhaupt nicht, wo es stattfinden sollte und suchte willkürlich in einer Gegend, wo er eher ein paar Musiklokale kannte.
„Live music, Rock concert?" sagte er begeistert.
„Nein, nein, Klassik...", sagte ich in grotesker Abhängigkeit von diesem Mann, der gar keine Ahnung von meinen Sorgen und meinem Beruf hatte.
Dann dachte ich an die Zeitungen. Vielleicht könnte ich uns auf irgendeiner Kulturseite finden. Ich kaufte ein paar Zeitungen; aber auch da wusste ich nicht genau, wohin ich schauen sollte. So verging die wertvolle Zeit. Und inzwischen fuhren wir immer weiter ziellos durch die Straßen von Rom. Bis ich endlich doch eine Erwähnung von uns mit der Adresse in der Zeitschrift „Roma c'é" fand...
Aber als wir ankamen - und ich war ja ganz verschwitzt, erschöpft und durcheinander - war das Konzert schon eine ganze Stunde im Gange. Als ich zum Schalter ging, um meinen Namen bekannt zu geben - und auch damit der Taxifahrer bezahlt werden könnte - sah mich plötzlich unsere

Reiseleiterin. Diese sagte mit geheimnisvoller Miene und abwehrender Bewegung: „Um Gottes Willen, verhalten Sie sich still! Nehmen Sie Ihre Tasche und fahren Sie ins Hotel zurück. Als Entschuldigung haben wir gesagt, dass Sie krank sind. Es würde keinen schönen Eindruck machen, wenn Sie jetzt plötzlich erscheinen würden."

Ja. Entweder ist man von Anfang an da oder sonst... darf man nicht so mittendrin hereinplatzen und die wunderbare Harmonie der Musik unterbrechen. Sie hatten von Anfang an auf das Klavier verzichtet; jetzt war ich da, aber meine Präsenz hatte keinen Wert.

Sehr frustriert, als würde mich eine geheime Schuld treffen, fuhr ich ins Hotel zurück, und zwar mit dem selben Taxifahrer, der mich hin und wieder mitleidsvoll anschaute, obwohl er nicht genau verstand, worum es ging.

Durch die Version meiner Erkrankung wurden uns alle Unannehmlichkeiten erspart; ich durfte meine Tournee durch Europa weitermachen. Doch ärgerte ich mich darüber, dass ich wegen so einer dummen Unvorsichtigkeit, dass ich die Adresse nicht hatte... auf meinen schönen musikalischen Abend mit den Kollegen verzichten musste.

Und noch einen Streich spielte mir das Schicksal ein paar Monate später. Ich hatte geplant, meinen Urlaub gemeinsam mit Angela und Asteria bei meiner Tante Sophie zu verbringen. Diese Tante war schon immer eine etwas eigenartige Frau, aber bisher gut zu mir gewesen. Sie hatte sich oft beklagt, dass ich sie vernachlässigt hätte und hatte uns öfters schriftlich zu sich eingeladen. Sie hat ein sehr schönes Haus am Meer an der Südküste Englands und ich liebte diese Umgebung besonders, wo ich als junger Mensch zweimal gewesen war. Wir hatten schon alles abgemacht, den Flug gebucht, Notwendiges für den Urlaub gekauft, auch

Geschenke für die Tante, und Asteria hatte sich besonders über die Vorbereitungen gefreut.
Aber gerade einen Tag vor unserer Reise, als ich im Begriff war, meinen Koffer zu Ende zu packen (gerade in jenem Augenblick hatte ich zwei Nachthemden und zwei Pullis eingesteckt), da klingelte das Telefon. Es war Tante Sofie, die ohne Grund, aus heiterem Himmel, einen Streit mit mir begann. Ihre Stimme klang sehr nervös und unsympathisch aus der Ferne; ich merkte dann, dass sie alarmierend senil geworden war. Trotzdem gelang es ihr letzten Endes ein paar deutliche Worte zu artikulieren: Sie wollte unseren Besuch nicht mehr.
„Es wäre mir zu viel Arbeit. Ich habe genug mit mir selbst zu tun. Ich bin nicht mehr an Menschen gewöhnt, die plötzlich bei mir wohnen sollen."
„Wenn das das Problem ist, können wir uns auch ein Hotel in deiner Nähe nehmen."
„Nein. Ich will im Moment keinen empfangen, es geht mir nicht so gut."
Das Ganze wurde nachher gemildert, wir sprachen von einem „späteren Zeitpunkt", denn sonst hätte es zu hart und endgültig geklungen. So verschoben wir unseren Besuch auf eine unbestimmte Zeit. Aber am Ende verfielen unsere Flugkarten ganz und der geplante Urlaub fand nie statt.
Bei all diesen Verhinderungen fühlte ich mich sehr gedemütigt und willenlos, wie ein Spielball der Götter. Kannst du es dir vorstellen? Kennst du so ein Gefühl? Der Tenor, der heute nicht gekommen ist, der hätte mich schon verstanden; aber leider kann man nicht mit ihm reden. Wer weiß, was aus ihm geworden ist? Ob er nicht irgendwo krank und betrübt in einem Krankenhausbett liegt? Oder vielleicht ist es umgekehrt; er hatte einfach keine Lust zu singen; er hatte zu viel

getrunken und befindet sich bei einer seiner Geliebten, auf einer überraschend mit ihr vereinbarten Reise nach Honolulu. Auf jeden Fall bin ich der Meinung, dass mir diese Pannen und Verhinderungen schon viel zu oft passiert sind. Ich glaube nicht, dass es sich bei anderen Menschen so häufig ergibt. Hoffentlich, wenn du uns irgendwann in Südafrika besuchst... hoffentlich bin ich da nicht verhindert, dich zu sehen.
Wir sitzen noch im Auto von Frau Staubach. Ich bin allmählich sehr müde geworden, und meine Augen gehen zu. Im Grunde fühle ich mich hier sehr gemütlich, innerlich und auch durch die angenehme Temperatur der Heizung im Auto aufgewärmt. Ich bin glücklich und dankbar, dass der Tag ohne weitere Verwicklungen zu Ende gegangen ist. Gewiss, ich kann aufatmen. Das Konzert war schön, und für solche Augenblicke lohnt es sich zu leben.
Nichts und niemand hat meine Pläne zum Scheitern gebracht. Wir kamen pünktlich zum Konzert, mein Klavier war in Ordnung, ich hatte die Noten nicht vergessen, die Menschen liebten meine Musik, und vor allem Alida Huertas liebt mich. Sie war keine Fremde mehr, sie umarmte mich nach dem Konzert und redete mich sofort mit „Du" an, keine steife Person.
Ach, so ein wunderbares Publikum habe ich mir immer gewünscht!

Zu der Autorin

Pilar Baumeister, 1948 in Barcelona, Spanien, geboren, lebt seit 1975 in Deutschland.
Nach ihrem Staatsexamen 1981 in Deutsch-Englisch, promovierte sie 1990 in Germanistik mit der Dissertation „Die literarische Gestalt des Blinden im 19. und 20. Jahrhundert", erschienen im Verlag Peter Lang. 1999 schloss sie ihr Staatsexamen im Fach Russisch ab.
Nach ihren Werken „Estados Interiores" und „El Antro de los Extraños" auf Spanisch schreibt sie seit vielen Jahren auf Deutsch.
Sie hält häufig Vorträge in den Schulen und Kulturzentren von Madrid und Segovia in Spanien. In Deutschland tritt sie bei Tagungen des Verbandes Deutscher Schriftsteller, bei Lesungen im Dunkeln und Lesungen mit zweisprachigen, zugewanderten AutorInnen auf. Seit 2006 leitet sie ein NRW-weites Projekt: Lesungen von AutorInnen mit Migrationshintergrund in deutscher Sprache. Außerdem ist sie seit 1999 Sprecherin der Schriftsteller mit Migrationshintergrund im VS NRW.
Pilar Baumeister schreibt vorwiegend Kurzgeschichten, aber auch Lyrik, Romane und literarische Essays. Thematisch bezieht sie sich oft auf ihre Blindheit und die Reaktionen der Gesellschaft darauf, auf ihre doppelte Heimat (Deutschland und Spanien), auf Zweisprachigkeit, Multikulturalität, Krisensituationen und das Zusammenleben mit Familie, Freunden oder Fremden.

Publikationen (Auswahl):

„Die Gedankenleserin - eine fantastische Novelle", Norderstedt, 2015

„Me escondí, pero gritaba para quem e oyesen. Poemas de Minerva y otras voces" (auf Spanisch), Norderstedt, 2015

„A pesar de Franco... Los mejores momentos" (auf Spanisch), Norderstedt, 2015

„Exotische Geschichten: Wo komme ich her?", Norderstedt, 2014

„Das Schiff Pardis für alle, auch für die Blinden", zweisprachiges Märchen (Deutsch-Spanisch), Bonn, 2011

„Wir schreiben Freitod... Schriftstellersuizide in vier Jahrhunderten", Frankfurt am Main, 2010

„Lyrikbrücken, Zehn blinde Dichter aus zehn Ländern Europas", Berlin, 2009

„Zwei Länder, die sich lieben. Geschichten aus Spanien und Deutschland", Bonn, 2006

„Die Erfindung des Erlebten. Geschichten über Behinderung, Erotik, Jenseits", Essen, 2000

www.pbaumeister-andreo.de